Alice Pantermüller
Daniela Kohl

Mein Lotta-Leben
Alles voller Kaninchen

Weitere Bücher von Alice Pantermüller im Arena Verlag:

Mein Lotta-Leben. Alles voller Kaninchen (1)
Mein Lotta-Leben. Wie belämmert ist das denn? (2)
Mein Lotta-Leben. Hier steckt der Wurm drin! (3)
Mein Lotta-Leben. Daher weht der Hase! (4)
Mein Lotta-Leben. Ich glaub, meine Kröte pfeift! (5)
Mein Lotta-Leben. Den Letzten knutschen die Elche! (6)
Mein Lotta-Leben. Und täglich grüßt der Camembär (7)
Mein Lotta-Leben. Kein Drama ohne Lama (8)
Mein Lotta-Leben. Das reinste Katzentheater (9)
Mein Lotta-Leben. Der Schuh des Känguru (10)
Mein Lotta-Leben. Volle Kanne Koala (11)
Mein Lotta-Leben. Eine Natter macht die Flatter (12)
Mein Lotta-Leben. Wenn die Frösche zweimal quaken (13)
Mein Lotta-Leben. Da lachen ja die Hunde! (14)
Mein Lotta-Leben. Wer den Wal hat (15)
Mein Lotta-Leben. Das letzte Eichhorn (16)
Mein Lotta-Leben. Alles Bingo mit Flamingo! (Buch zum Film)

Linni von Links. Sammelband. Band 1 und 2
Linni von Links. Alle Pflaumen fliegen hoch (3)
Linni von Links. Die Heldin der Bananentorte (4)

Poldi und Partner. Immer dem Nager nach (1)
Poldi und Partner. Ein Pinguin geht baden (2)
Poldi und Partner. Alpaka ahoi! (3)

Bendix Brodersen. Echte Helden haben immer einen Plan B

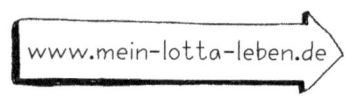

www.mein-lotta-leben.de

Alice Pantermüller
wollte bereits während der Grundschulzeit „Buchschreiberin" oder Lehrerin werden. Nach einem Lehramtsstudium, einem Aufenthalt als Deutsche Fremdsprachenassistentin in Schottland und einer Ausbildung zur Buchhändlerin lebt sie heute mit ihrer Familie in der Lüneburger Heide. Bekannt wurde sie durch ihre Kinderbücher rund um „Bendix Brodersen" und die Erfolgsreihe „Mein Lotta-Leben".

Daniela Kohl
verdiente sich schon als Kind ihr Pausenbrot mit kleinen Kritzeleien, die sie an ihre Klassenkameraden oder an Tanten und Opas verkaufte. Sie studierte an der FH München Kommunikationsdesign und arbeitet seit 2001 fröhlich als freie Illustratorin und Grafikerin. Mit Mann, Hund und Schildkröte lebt sie über den Dächern von München.

meine beste Freundin

Cheyenne Wawrceck

das bin ich

Lotta Petermann

kleine Schwester von

Chanell Wawrceck

meine Mama

Sabine Petermann

mag Ajudingsbums-Gekoche

Rainer Petermann

mein Papa ↑ Lehrer

(Über Heesters schreib ich später noch was.)

Heesters/Schildkröte

Alice Pantermüller

MEIN LOTTA-LEBEN
Alles voller Kaninchen

Illustriert von Daniela Kohl

Arena

Für Emma, die schon vor langer Zeit 🖤
einen Euro für „ihr Buch" angezahlt hat

5. Auflage der Sonderausgabe 2020
© 2012 Arena Verlag GmbH,
Rottendorfer Str. 16, 97074 Würzburg
Alle Rechte vorbehalten
Einband und Illustrationen: Daniela Kohl
Gesamtherstellung: Westermann Druck Zwickau GmbH

www.arena-verlag.de
Mitreden unter forum.arena-verlag.de

FREITAG, DER 19. AUGUST

Juchhu!!! Heute bin ich in die Fünfte gekommen! Ab jetzt gehe ich nämlich nicht mehr zur Grundschule, sondern in die Günter-Graus-Gesamtschule.

Darauf hab ich mich schon die ganzen Sommerferien gefreut.

Ich war vorher total aufgeregt und hab mein Lieblingskleid angezogen. Das, was an den Armen so einen krisseligen Stoff hat wie diese Fliegenvorhänge vorm Fenster.

krisseliger Stoff

Bloß in schön natürlich.

Mama ist mit mir zur Schule gefahren, weil nämlich erst mal eine Feier in der Aula war.

Papa konnte nicht mitkommen. Er ist ja selber Lehrer und musste in seine Schule.

Erst hat die Schulleiterin lange geredet und dann hat das Schulorchester Musik gemacht. Ich glaub, das Stück hieß „*Eine kleine Schlafmusik*" oder so.

Dann wurden wir auf unsere Klassen aufgeteilt. Ich bin in die 5b gekommen, in dieselbe Klasse wie Cheyenne. Zum Glück!!! ☺

Cheyenne ist nämlich meine **allerbeste Freundin**, seit dem Kindergarten! Und zwar, weil:

Cheyenne →

1. Wir mögen dieselben **Spiele** (zum Beispiel Beerdigung. Dafür nehmen wir immer Cheyennes Schwester Chanell und buddeln sie in der Sandkiste ein).

2. Wir finden das Gleiche **komisch** (zum Beispiel, wenn bei Cheyenne ganz oben im Haus ein Fernseher aus dem Fenster geschmissen wird).

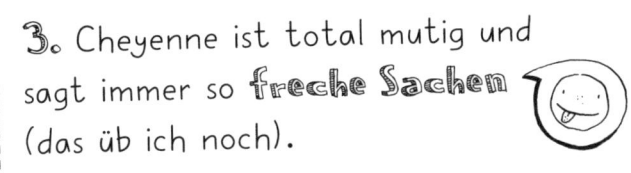

3. Cheyenne ist total mutig und sagt immer so **freche Sachen** (das üb ich noch).

4. Wir mögen gern das Gleiche essen (nämlich am liebsten **Knäckebrot mit Erdnussbutter und Chipsletten**. Obwohl, eigentlich mag Cheyenne alles gerne essen).

5. Cheyenne kann total gut **Geheimnisse** für sich behalten (zum Beispiel, wer den Regenwurm unter die Salamischeibe von Frau Bohstedts Pausenbrot gelegt hat. Aber was gibt die mir auch eine Vier für mein tolles Bild in Kunst???).

6. Wir liiiiieben **Tiere!!!**

Tiere

Deswegen mussten wir unbedingt in dieselbe Klasse kommen. Sonst wär ich sowieso gleich wieder gegangen.

strenger Blick -->

Unsere neue Klassenlehrerin hat uns in unser Klassenzimmer geführt. Sie ist so eine Kleine mit ganz kurzen Haaren. Und so einer schmalen Brille, über die sie immer streng geguckt hat.

Als Erstes hat sie streng über ihre Brille geguckt.

Da haben wir lieber alle sofort die Klappe gehalten.

„Ich heiße Gisela Kackert", hat sie gesagt und immer noch so geguckt, dass niemand sich traute, auch nur mit den Ohren zu wackeln. „Ihr wisst es noch nicht, deshalb sage ich es euch: Wer Witze über meinen Namen macht, stirbt einen qualvollen Tod."

Wir haben sie alle nur angestarrt.
Bloß Cheyenne nicht. „Hihihi", hat sie gekichert.

> Gisela kackert auf Klo.

→ Da musste sie nachsitzen.

Dabei war heute gerade mal der **allererste** Schultag in der Günter-Graus-Gesamtschule!

Außerdem hat Cheyenne einen Gipsarm und kann sowieso nicht schreiben.

Cheyenne und ich haben uns angestupst und Cheyenne hat so getan, als müsste sie würgen.

Aber ganz heimlich, weil Frau Kackert es ja nicht sehen sollte.
Und da hätten wir fast nicht mitgekriegt, dass wir uns einen Platz aussuchen durften.
Alle sind plötzlich losgerannt. Cheyenne und ich natürlich auch. Wir wollten nämlich unbedingt nebeneinander am Fenster sitzen.

Und zwar ziemlich weit hinten.

Fast hätten sich zwei Jungs auf unsere Plätze gesetzt, aber Cheyenne hat sie **weggefaucht**.

Ganz hinten an der Wand haben fünf oder sechs Jungs versucht, sich an einen Tisch zu quetschen.

Da ist Frau Kackert **giftig** geworden und hat sie überall in der Klasse verteilt.

Keiner hat es gewagt, sich zu beschweren. Irgendwann war es wieder still und wir haben nach vorne geguckt.

Ganz vorne saß bloß ein einziges Mädchen.

hochnäsige Nase --→

Das hatte lange blonde Haare und so schicke Klamotten. Und eine voll hochnäsige Nase.

Cheyenne hat die ganze Stunde nichts mehr gesagt. Sie hat bloß ihr neues Arbeitsheft mit lauter Kaninchenbildern verziert. Allerdings sahen die mehr aus wie Amöben, weil Cheyenne mit links auch nicht zeichnen kann.

Überhaupt hat sich niemand mehr getraut, was zu sagen, obwohl Frau Kackert die ganze Zeit versucht hat, irgendwelche Kennenlernspiele mit uns zu spielen.

Dann hat es endlich zur Pause geklingelt und alle Mädchen aus der Klasse haben sich auf dem Schulhof getroffen. Ich kannte nur Cheyenne und zwei andere Mädchen aus meiner alten Schule, sonst keinen.

> Also, ich war in den Ferien in Kalifornien.
>
> Da habe ich Keitsörfen gelernt.

Sofort war sie von fast allen Mädchen umringt. Ich hab sie auch lieber schnell umringt, obwohl ich keine Ahnung hab, was Keitsörfen ist.

Dann hat Cheyenne dazwischengerufen, dass sie immer im Freibad gewesen ist.

> Da bin ich voll von der ←--Wasserrutsche geknallt und hab mir den Arm gebrochen.

Und sie hat mit ihrem Gipsarm rumgewedelt.

Ich hab nichts von meinen Ferien erzählt. Wir hatten ein Sommerhaus in Dänemark. Aber bei so einer Familie wie meiner ist das sowieso egal, 🙁 wo man hinfährt!
IN ECHT!

vorher   nachher

Heute Mittag zum Beispiel. Da sind wir alle zusammen essen gegangen, und zwar, weil es ein besonderer Tag ist, wenn man in eine neue Schule kommt.
Deswegen durfte ich auch aussuchen, wo wir hingehen. Und ich wollte Pizza!

PIZZA ist SPITZE!

Sofort hat Papa rumgemault, dass er uns eigentlich zum Griechen einladen wollte. Weil er gern mal wieder Kalamari essen würde.

Aber es war ja **mein** erster Schultag an der Günter-Graus-Gesamtschule und deshalb sind wir zum Italiener gefahren.

Meine Brüder haben gejubelt und mir
außerirdische Waffen gegen den Rücken
gehauen. Das sollte wohl nett sein.
Aber ich hab trotzdem zurückgehauen.

Simon

Jakob

Meine Brüder heißen Jakob und Simon.
Sie sind beide acht. **Zwillinge** nämlich.
Achtjährige Zwillingsbrüder sind die
schlimmsten Geschwister, die es gibt.

Im Auto muss ich immer in der Mitte sitzen.
Damit sich die beiden nicht so viel kloppen.
Sie kloppen sich aber trotzdem.
Und ich krieg natürlich alles ab.

Auf der Fahrt zum Italiener hatte ich ständig ein Laserschwert in der Nase.
Oder eine Weltraumpistole im Ohr. Besonders wenn Papa über einen Hubbel gefahren ist.

Hubbel

Ich glaub, er ist noch extra über die dicksten Hubbel gefahren.

Aber das war mir egal, weil ich mich total auf die Pizza gefreut hab! Mama macht im Moment nämlich immer nur so 'n komisches indisches Essen mit Kichererbsen und Möhrencurry und so.

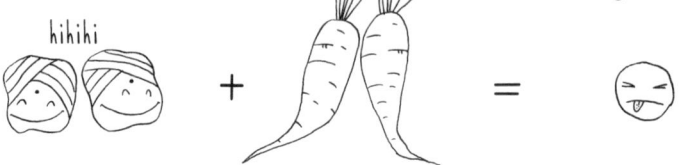

Ich hab Pizza Salami bestellt und die Jungs auch. Papa hat natürlich Kalamari bestellt. Da ist er ja bockig. Wenn er Kalamari will, will er Kalamari.

Und diesen griechischen Wein, der schmeckt, als hätte ein Wildschwein unten gegen einen Tannenbaum gepinkelt.

Danach hat Jakob mit dem Laserschwert die Kerze in der dicken Flasche vom Tisch gehauen.
Na klar aus Versehen.

Aber Papa war natürlich trotzdem **stinkig**. Und wenn er **stinkig** ist, dann kriegen wir alle was ab.

Als Nächstes war Mama dran. „Wieso hüpfst du eigentlich dauernd auf deinem Stuhl rum? Das macht mich ganz wahnsinnig!", hat Papa sie angemosert.

> Ich hüpfe nicht. Das ist mein neues Shiatsu-Massage-kissen mit paarweise rotierenden Massageköpfen. Das entspannt die Muskeln und beugt Kopfschmerzen vor.

Shiatsu-Massagekissen

Mamas Stimme hat ein bisschen **GEZITTERT**, als sie das gesagt hat.
Und zwar, weil sie doch gehüpft ist.

seufz!

Papa hat gestöhnt. „Sag nicht, du hast schon wieder so einen Mist aus dem Fernsehen gekauft! Mir reicht dieser Edelsteinbrunnen mit Pumpe und Beleuchtung, den du neulich angeschleppt hast."

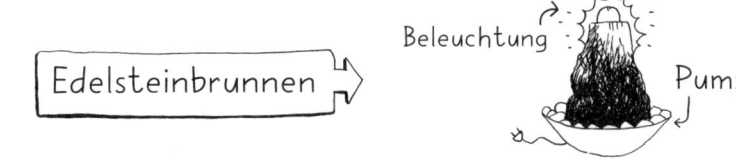

Edelsteinbrunnen → Beleuchtung, Pumpe

Mama hat nicht geantwortet und ich musste grinsen. Papa hat nämlich keine Ahnung davon, was Mama in Wirklichkeit so alles kauft. Ich sag nur:

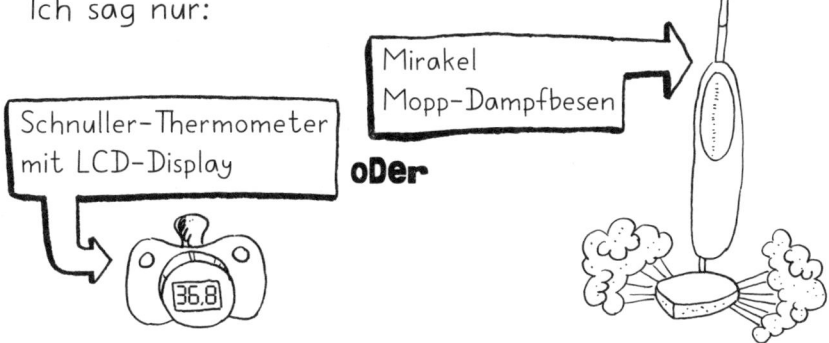

Schnuller-Thermometer mit LCD-Display **oder** Mirakel Mopp-Dampfbesen

Endlich kam das Essen und ich dachte, jetzt wird's gemütlich. „Die Kalamari sehen aus wie **Pottwalpolöcher**", hab ich gesagt, um die Stimmung ein bisschen aufzuheitern.

Aber Papa hatte anscheinend so richtig schlechte Laune. Er fand das nämlich gar nicht komisch.

Dann hat Simon seine Apfelschorle umgekippt, und zwar auf meine Pizza. Mama hat wie wild mit all unseren grün-weiß-roten Servietten auf meiner Pizza rumgeschrubbt.
Leider hat die Pizza anschließend ein bisschen pappig geschmeckt.
Genau wie die grün-weiß-roten Flusen.

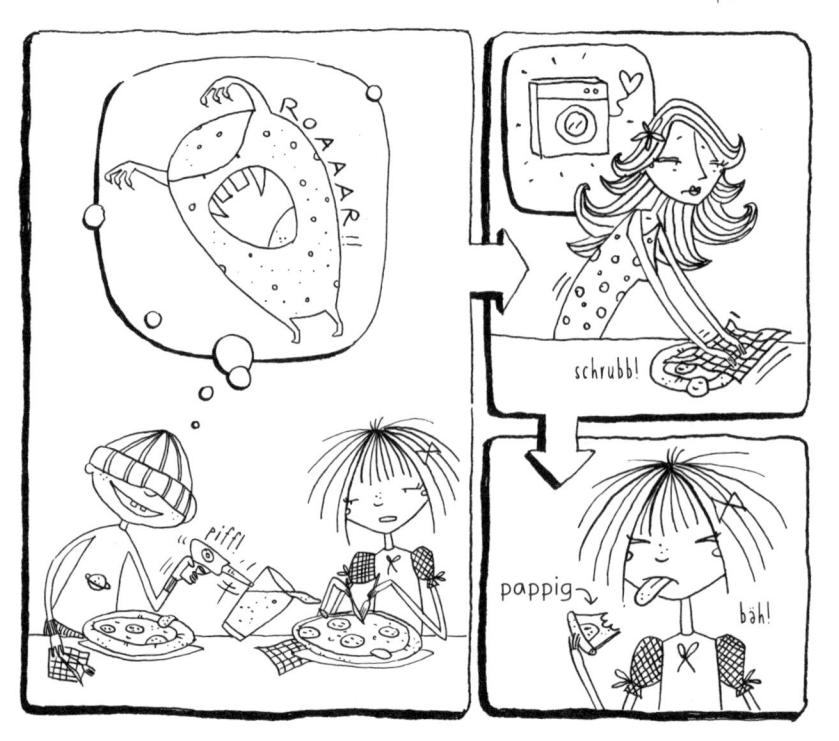

Als ich gerade dachte, dass sich die Lage wieder etwas entspannt hat, ist ganz aus Versehen ein Stück von Jakobs Pizza in Papas Wildschweinpisse gefallen. Das ganze Glas ist umgekippt, und zwar auf seine Kalamari.

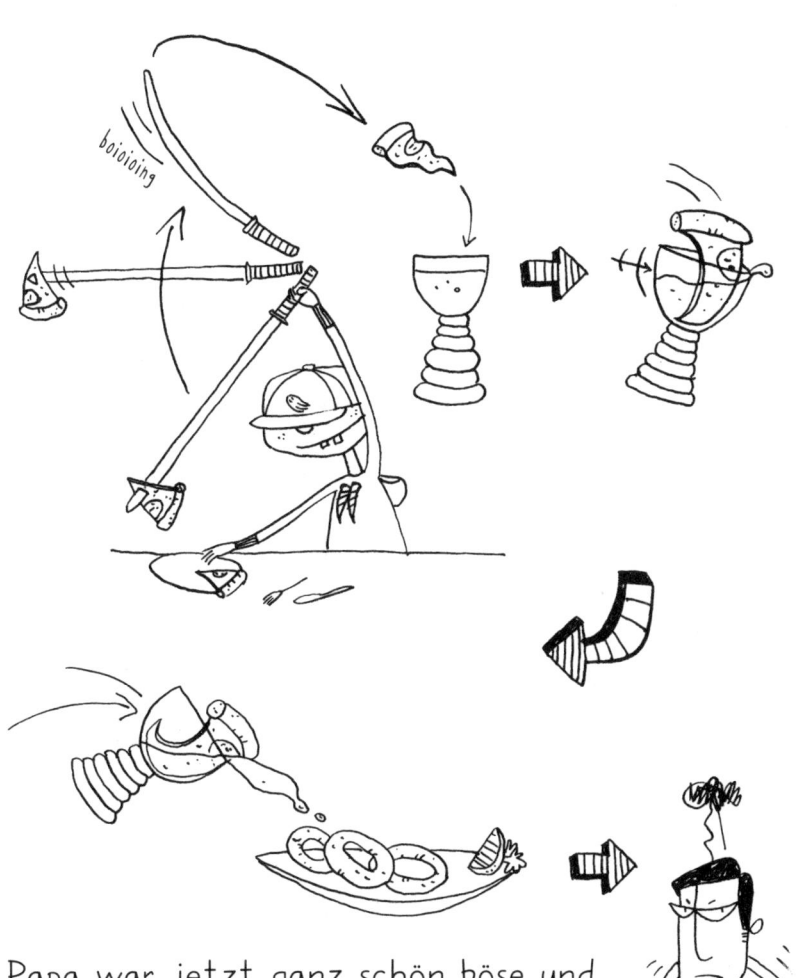

Papa war jetzt ganz schön böse und Servietten waren auch keine mehr da.

Aber Mama konnte sowieso gerade nicht wischen, weil sie auf den falschen Knopf von ihrem Shiatsu-Massagekissen gedrückt hat.

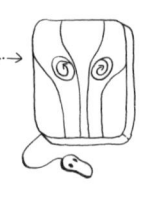

Ich glaub, sie war ein bisschen **nervös**.
Und ihr Kissen auch. Auf jeden Fall ist Mama plötzlich auf ihrem Stuhl hoch und runter gerattert wie verrückt.
Alle Leute im Restaurant haben schon geguckt und ein kleiner Junge hat sogar mit dem Finger auf uns gezeigt.

Da hab ich gefragt, ob ich noch ein Eis krieg.

Als wir dann zu Hause waren, hatte Mama noch ein Geschenk für mich. Weil ja ein besonderer Tag war. Ich war auf einmal ganz **aufgeregt**.

Mama hat total geheimnisvoll getan und gesagt, dass es was Besonderes ist. Und dass sie es in so einem kleinen indischen Laden gefunden hat.
„Als ich ayurvedisches Massageöl -----→ gekauft habe.

Und Pan-Parag-Gaumenreiniger und Atemerfrischer." ------→

Waaas?

„Und Haldirams Chana Dal – würzig geröstete halbe Kichererbsen."

Ich war immer noch **aufgeregt**.
Aber so komisch aufgeregt plötzlich.
Mir war ein bisschen schlecht beim Auspacken.

Es war eine **Blockflöte**. ----→

Dazu muss ich was erklären.
Ich bin die **schlechteste**
Blockflötespielerin der Welt.

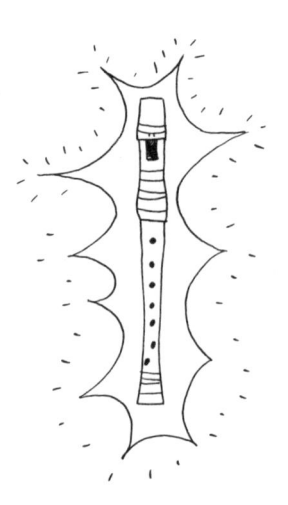

Ich bin blockflötisch
total **unbeGabt**.

Für mich hören sich
alle **Töne gleich**
an, und zwar gleich
schrecklich.

Seit drei Jahren hab ich Unterricht und in der Zeit **SIEBEN BLOCKFLÖTENLEHRER** verschlissen:

1. FRAU ACKERMANN. Hatte einen Hörsturz und musste in Rente gehen.

2. FRAU HUPPERTZ. Unbekannt verzogen.

3. HERR TRAMPENAU. Hatte eines Tages einen Rottweiler im Garten und ein Schild am Zaun: **Vorsicht, bissiger Hund. Betreten des Grundstücks verboten!**

4. FRAU PETERS. Wechselte den Beruf. Wurde Verkäuferin hinter der Fleischtheke bei Sparkauf.

5. FRAU BRANDES. Hat mich in den Keller geschickt, um einen Blockflötenreiniger zu holen, und dann die Tür abgeschlossen. Zum Glück bin ich durch einen Lichtschacht entkommen.

6. FRAU GERKE. Ist nach Neuseeland ausgewandert.

7. FRAU HOLZINGER. Die konnte ich sowieso nie verstehen, weil sie so österreichisch gesprochen hat. Keine Ahnung, warum sie plötzlich nicht mehr da war.

Ich hasse Blockflötespielen!!!

Deswegen hätte ich mich zum Beispiel viel mehr über einen Hund oder ein ganz kleines Schaf gefreut. Weil ich nämlich furchtbar gern ein eigenes Tier hätte.

Bei der nächsten Einschulung muss ich das unbedingt rechtzeitig vorher klären. Ist doch auch schade für Mama, wenn ich ihr Geschenk gar nicht so richtig schön finde.

Und für Oma Ingrid auch.

Die hat mir nämlich dieses Tagebuch hier geschickt. Und mir geschrieben, dem kann ich all meine kleinen Geheimnisse anvertrauen.

Glaubt sie vielleicht, ich hätte keine beste Freundin?

Abends wollte ich dann noch meine Lieblingssendung im Fernsehen gucken. ----→

Die coolen Girls von der COLUMBIA HIGH SCHOOL

> Okay, aber erst Flöte üben.

Dabei war es zehn nach sieben und der **VORSPANN** lief schon!

Aber Mama hat nur ihr **Keine-Widerworte-Gesicht** gemacht. Das kannte ich schon.

Also hab ich mich vor den Fernseher gesetzt und in diese neue indische Flöte gepustet. Sie hörte sich genauso fies an wie meine alte Blockflöte.

Shelley und Ashley haben ihre Münder bewegt und ich konnte nicht verstehen, was sie sagen.

Deshalb hab ich versucht, besonders schnell zu spielen, damit ich in drei Minuten fertig bin.

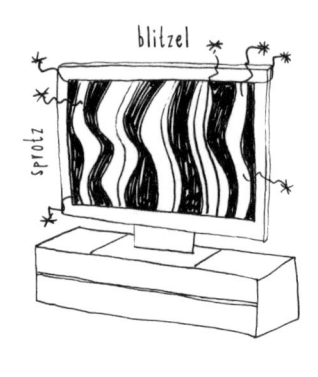

Und dann ist was ganz Komisches passiert. Und zwar fing es auf dem Bildschirm plötzlich an, zu sprotzen und blitzeln, und → Die coolen Girls von der COLUMBIA HIGH SCHOOL waren einfach weg.

Stattdessen saß da plötzlich so ein Opa mit einem hässlichen Schlips. Neben seinem linken Ohr stand **Börsen-News**.

UMSCHALTEN, sofort wieder umschalten!

Aber niemand war da. Da wollte ich selbst umschalten, aber es war schon das **richtige** Programm.

Die coolen Girls waren einfach verschwunden!

Bestimmt war der Fernseher KAPUTT. Ich bin aufgesprungen, um schnell Papa zu holen, damit er ihn wieder repariert, und da bin ich über Heesters, die Schildkröte, gestolpert.

stolper
Heesters

(Über Heesters schreib ich später noch was. Jetzt bin ich viel zu **stinkig!!!**)

Aua!
wumm!

Leider hat Papa gerade irgendwas für die Schule gemacht und wollte nicht mit zum Fernseher kommen. Er hat nur was von *dämlicher Sendung* gemurmelt.

SAMSTAG, DER 20. AUGUST

Heute Nacht bin ich aufgewacht, weil mich was Hartes in den Rücken gedrückt hat. Da hab ich das Licht angemacht und nachgeguckt.

Es war die **inDische Blockflöte!** ----→

Bestimmt hat Mama sie mir heimlich ins Bett gelegt.

Das fand ich ziemlich **MERKWÜRDIG**. So als Idee, meine ich.

Vielleicht sollte ich ihr auch mal nachts eine Vakuumglocke oder einen Schokobrunnen unters Kopfkissen stopfen, damit sie merkt, wie **blöD** das ist!

chrrr ...

MONTAG, DER 22. AUGUST

Frau Kackert wollte, dass wir in der ersten Stunde **Steckbriefe** schreiben. Meiner sah so aus:

Name: Lotta Petermann
Alter: 10
Augenfarbe: Blau mit ein bisschen Grün und so braunen Sprenkeln am Rand
Lieblingstier: Hunde, ganz kleine Schafe
Lieblingsbuch: ~~Tierlekis~~ ~~Tierlexkt~~ ~~Tierlekxon~~ Madita
Lieblingsessen: Knäckebrot mit Erdnussbutter und Chipsletten, Pfannkuchen
Was ich mag: TIERE!!!, meine beste Freundin Cheyenne, Ferien
Was ich nicht mag: BLOCKFLÖTE!!! und Rosenkohl

Frau Kackert hat das gesehen und (ganz in echt!) zu mir gesagt:

> Oh, du spielst Blockflöte, Lotta? Das ist ja ganz wunderbar. Bring bitte morgen deine Flöte mit, dann kannst du der Klasse etwas vorspielen.

WAS? Die braucht wohl eine neue Brille! **Was ich nicht mag,** steht da doch ganz deutlich!

PUH, ich hab schon heute keine Lust mehr auf die blöde Gisela Kackert und die Günter-Graus-Gesamtschule.

noch blöDer **blöD**

Das einzig Gute sind die Pausen, da stehen alle Mädchen zusammen und erzählen lauter Sachen. Die mit den langen blonden Haaren heißt Berenike von Bödecker. Sie ist ziemlich reich, glaub ich. Sie hat nämlich in der großen Pause erzählt, dass sie ein Pferd hat. Und dann hat sie ihre langen blonden Haare geschüttelt.

wipp

Eine Warmblutstute. Sie heißt REXANA.

Wie das **DEO** von Steffi Graf?

Ich glaub nicht, dass Berenike noch mal mit ihr redet.

Aber Cheyenne hat gar nicht gemerkt, dass sie was **Doofes** gesagt hat. Stattdessen hat sie sogar noch erzählt, dass sie zu Hause **zweihundert** Kaninchen hat.

Na klar hat das niemand geglaubt. Ich hab ihr schnell zugeflüstert, dass die anderen vielleicht nicht mehr mit ihr spielen wollen, wenn sie immer so **komische** Sachen sagt.

Aber das macht ihr, glaub ich, gar nicht so viel aus. Sie ist dann nämlich losgegangen und hat sich den **coolsten** Jungen auf dem Schulhof gesucht. Der musste auf ihrem Gips unterschreiben. **Casimir** hieß der.

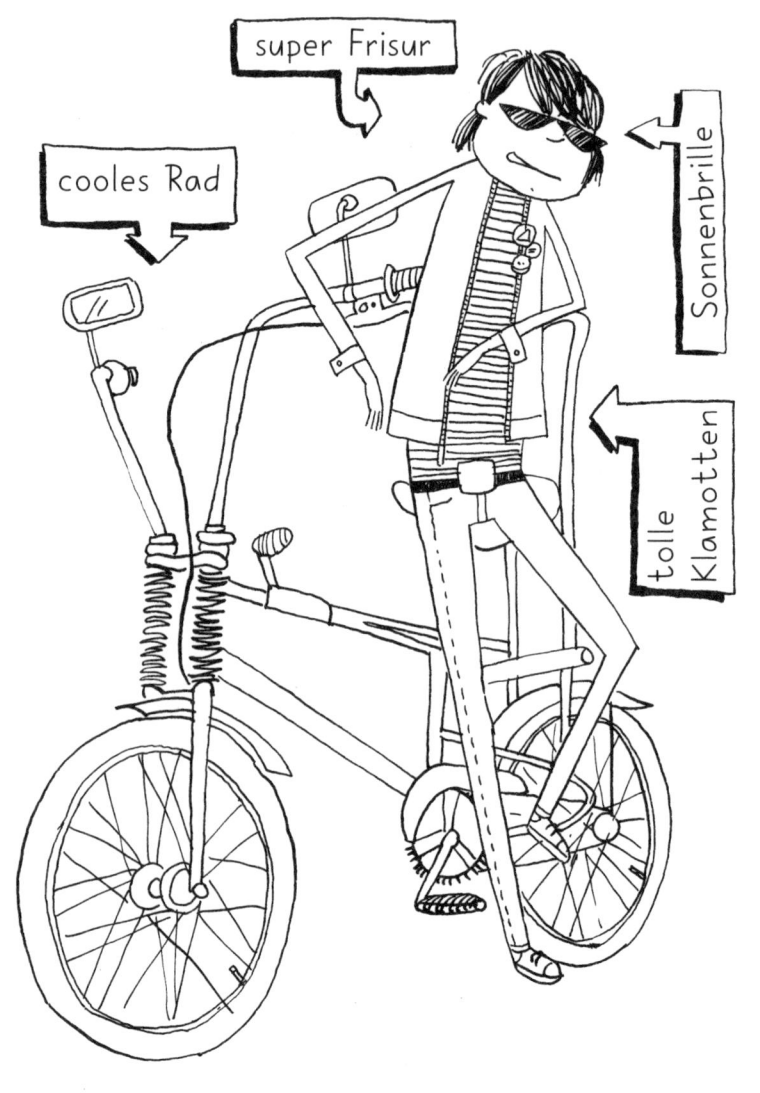

super Frisur

cooles Rad

Sonnenbrille

tolle Klamotten

Cheyenne meinte, der hat sogar ein Herzchen ♥
für sie gemalt, aber in Wirklichkeit war das bloß
ein verrutschter i-Punkt.
Weil Casimir so gekrakelt hat.

Berenike hat dann später
ganz komisch geguckt.
Und zwar, weil Casimir
ihr BRUDER ist.

← Bruder

Übrigens: Das mit den zweihundert Kaninchen,
das hat echt gestimmt!
Nachmittags war ich
nämlich bei Cheyenne zu
Hause. Sie wohnt in einer
ziemlich kleinen Wohnung
in einem Hochhaus.

Hier wohnt Cheyenne

Aber so viel Platz brauchen die auch nicht, weil kein Vater da ist, der sich überall ausbreitet.

Und ihre Mutter ist auch ziemlich platzsparend. Sie ist meistens müde und liegt auf dem Sofa.

Cheyenne hat ein Zimmer zusammen mit ihrer Schwester Chanell. Chanell ist sieben und ganz schön NERVIG.

Allerdings, wenn ich so überleg, fallen mir mindestens zehn Sachen ein, die noch **viel nerviger** sind. Nämlich:

1. zwei kleine **Brüder!!!**

2. die **Töne**, die aus meiner **Blockflöte** rauskommen

3. Gisela **kackert**

4. Papas **Oberlehrer-Stimme**, wenn er einem was erklären will

5. das ganze **Zeugs**, das Mama immer kauft, sodass kein Geld mehr da ist für einen Hund (oder ein ganz kleines Schaf)

6. **Hausaufgaben** (vor allen Dingen in Mathe) (und Deutsch)

7. **Berenike** mit ihrem ganzen Keitsörfen und den Deo-Pferden

8. Mamas indisches **AjuDingsbums**-Gekoche

9. **Heesters**, die Schildkröte, die immer im Weg rumliegt

10. Äääh...

Das ganze Zimmer von Cheyenne und Chanell war voller Kaninchen! Sie hoppelten überall rum, saßen unter dem Schrank, auf Chanells Kopfkissen und hinter dem Fernseher.

Ein paar lagen auch unter dem Bett und in einer Sporttasche, aber die sahen schon ein bisschen steif aus. Wie **MUMIEN**. Die hab ich mir lieber nicht so genau angeguckt.

Oooh, ich dachte, ihr hättet zwei Männchen gekriegt!

Ja, das haben wir auch gedacht.

Da hat Chanell losgeschrien.
Chanell schreit meistens.

> Sind ja auch zwei Männchen, ey! **Charlie** und **Horst**, ist doch klar, dass das Männchen sind!

Und Cheyenne und ich haben uns bloß so angeguckt und gegrinst. Chanell ist manchmal noch ziemlich klein und dumm.

Cheyenne hat ihr Kaninchen Horst genannt, weil sie die Zeichentrickserie HORST DIE WURST so toll findet.

Da erlebt immer eine Wurst Abenteuer, weil sie gegrillt werden soll und das nicht möchte.

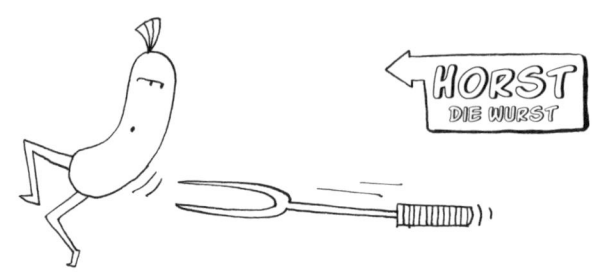

Cheyenne kennt sich gut mit so was aus. Mit Fernsehen und Stars und so. Viel besser als ich. Ich bin ja auch **gerade erst zehn** geworden und Cheyenne ist schon **ewig zehn**.

Dafür hab ich mehr Ahnung von Tieren. Zum Beispiel weiß ich, dass es total UNFAIR ist, dass Cheyenne so viele Tiere hat und ich nicht ein einziges.

Und ihre Kaninchen sind so süß!

Ich hab versucht, eins hochzunehmen, aber es hat sich hinter einem Haufen Klamotten versteckt, der in der Ecke lag.

„Was ist unsichtbar und riecht nach Möhrchen?", hat Cheyenne gefragt. Ich wusste das nicht, aber Chanell hat gebrüllt: „'n Kaninchenfurz!"

Ha! Ha!

Da mussten wir erst mal so doll lachen, dass sich die ganzen Kaninchen überall verkrochen haben.

Cheyenne kennt total viele lustige Witze.

Irgendwie war das aber schon komisch mit den ganzen Kaninchen im Zimmer. Deshalb hab ich Cheyenne gefragt, ob ihre Mutter denn gar nicht **meckert**, wenn alles voller Kaninchen ist. Und voller **Kaninchenkacke.**

Cheyenne hat bloß den Kopf geschüttelt und ganz stolz geguckt.
„Nee. Mami fährt immer mit uns zum **BURGER PARADISE**. Da kaufen wir dann Hamburger und die Kaninchen kriegen die Salatblätter."

Cool! Von so was kann ich nur träumen.
Papa kriegt schon **schlechte Laune**, wenn ich bloß
Hund in den Mund nehme.

Das Wort mein ich.

Dann ist mir was eingefallen. Nämlich, dass mir Cheyenne und Chanell ja ein Kaninchen abgeben können, wenn sie so viele haben.
➪ Nur ein **einziges**.

Aber als ich Cheyenne gefragt hab, hat sie so komisch geguckt.
So geschäftstüchtig.

Und dann hat sie gefragt, was sie dafür kriegt.

Da wurde mir mit einem Mal ganz klumpig im Hals. „Aber ich bin doch deine **beste** Freundin", hab ich gesagt. „Und ihr habt so **viele** Kaninchen! Da kannst du mir ja wohl ein **einziges** abgeben!"

Cheyenne hat sowieso schon so viel, ein eigenes Fotohandy und einen MP3-Spieler und einen **Fernseher** im Kinderzimmer! Mit **Wii-Konsole**!
⟶ Ich hab bloß einen **alten Kassettenrekorder** von Mama.

Und dann ist sie so geizig!
Sie wollte echt keins rausrücken!

Da bin ich aufgesprungen und hab gerufen, sie soll sich eine neue beste Freundin suchen. Ich setz mich morgen auf jeden Fall in die erste Reihe neben Berenike! Wenn da noch Platz ist.

So!

Cheyenne und Chanell haben angefangen zu tuscheln und dann hat Cheyenne ein Kaninchen zwischen den Barbies und den Kens rausgezogen.

Da, bitte. Das ist **Schrotti**. Den kannst du haben.

wobbel

Schrotti hatte **komische** Hinterbeine.
Die hingen so runter.

„Was ist denn mit dem los?",
hab ich ziemlich **knurrig** gefragt.
Cheyenne sollte bloß nicht glauben, dass ich
schon wieder ihre beste Freundin war.

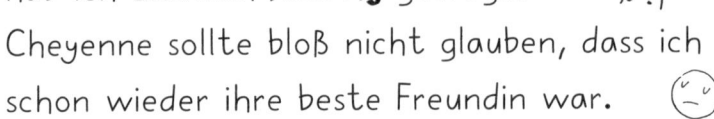

Sie hat erzählt, dass Chanell neulich mit
dem Fuß an der Schnur vom Fernseher hängen
geblieben ist.

„Und das ganze Ding ist voll runtergedonnert.
Und leider waren **Schrottis** Beine drunter."

Da hab ich mich nur umgedreht und hab die Tür hinter mir zugeknallt WAMM! und bin rausgerannt. Ich musste richtig heulen, weil das so gemein von Cheyenne war! Aber die wird schon sehen, was sie davon hat! **Ich such mir nämlich gleich morgen eine neue beste Freundin!**

Als ich zu Hause ankam, hab ich so getan, als wenn nichts wär. Aber Mama hat trotzdem was gemerkt und wollte mich trösten. Sie hat mir eine Tüte Chips geschenkt.

"Die hab ich neulich bei einer Homeshopping-Sendung im Fernsehen bestellt", hat sie gesagt, als ob mich das aufmuntern würde. **"Hühnerchips, ideal zur Zahnpflege.** Ich fand, das hört sich richtig lecker an. Und so gesund!"

"Och, Mama", hab ich nur geschnieft, "die sind für **Hunde**!" Mama hat **"Oh"** gesagt und plötzlich ganz besorgt ausgesehen.

Wir haben nämlich gar keinen Hund.

"Und ich hab gleich eine Zwanzigerpackung gekauft. Wie ärgerlich", hat sie noch gemurmelt.
Dann wurde sie blass.

und die Jungs und ich haben auch schon davon gegessen.

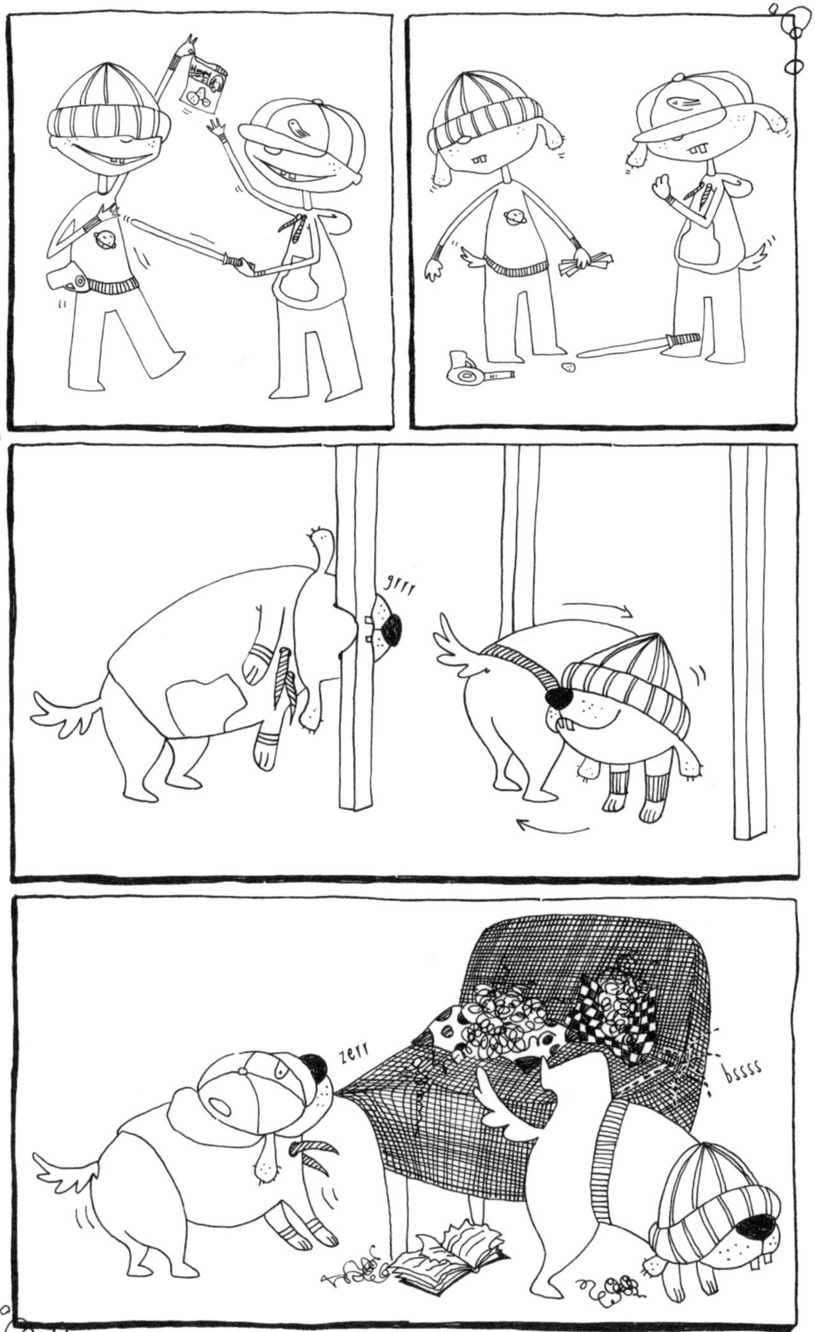
grrr
zerr
bssss

Ich bin dann in mein Zimmer gegangen.
Und das Erste, was ich gesehen hab,
war meine **indische Blockflöte**. --→
Sie lag nämlich mitten im
Zimmer auf dem Teppich.

Das konnte nur eins bedeuten: Jakob
und Simon waren in meinem Zimmer
gewesen und hatten meine Sachen
ANGEFASST!

Das ist so was von verboten!
Wozu hab ich das sonst extra groß auf das
Schild an meiner Tür geschrieben?

☠ ZUTRITT UND
SACHEN-ANFASSEN
VERBOTEN!!

Ich hab mir die Flöte geschnappt und sie
geschwungen wie eine Keule. „**Wo seiD ihr?**",
hab ich gebrüllt und bin in ihr Zimmer gelaufen.

Auf dem Weg bin ich über Heesters gestolpert, die Schildkröte.

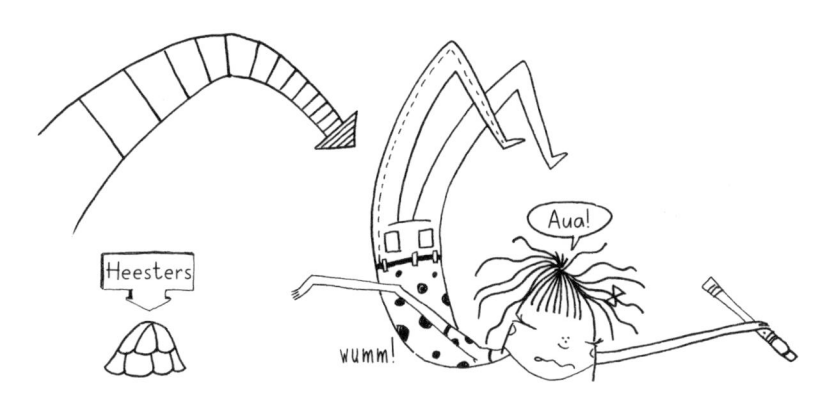

(Über Heesters schreib ich später noch was. Jetzt bin ich viel zu **stinkig!!!**)

Leider waren Jakob und Simon **nicht** in ihrem Zimmer. ARRGRRRR!

Aus Mama war auch nichts rauszukriegen. Sie hat die ganze Zeit nur gelesen, was auf der Tüte mit den **Hühnerchips, ideal zur Zahnpflege** stand.

Und dabei sah sie ziemlich **BESTÜRZT** aus.

Erst abends tauchten die beiden wieder auf. Da war meine Wut fast schon wieder weg, weil ich riechen konnte, dass Mama Pfannkuchen gemacht hat. Ich musste mich ganz schön anstrengen, um noch richtig böse zu sein.

PFANNKUCHEN sind mein absolutes Lieblingsessen

Aber dann haben die beiden Blödbrüder einfach frech behauptet, sie wären den ganzen Nachmittag nicht in meinem Zimmer gewesen und meine Blockflöte sollte ich sowieso ins **Klo** stecken, wo sie hingehört.

Ha! Das schrie nach sofortiger Rache!

Ich bin ihnen mit der Flöte hinterhergelaufen und habe sie vollgetrötet, bis sie zu Mama geflüchtet sind.

„**Hör auf!**", hat Mama gesagt und
ihr **stinkiges Gesicht** gemacht. ------>

„Wieso?", hab ich gefragt,
„ich üb doch bloß Flöte."

Und dann hab ich weitergetutet,
bis es Pfannkuchen gab. *Nr. 1*

Hm, Pfannkuchen, lecker!
Inzwischen war meine Laune fast schon gut.

Pfannkuchen sind mein absolutes Lieblingsessen (außer Knäckebrot mit Erdnussbutter und Chipsletten natürlich).

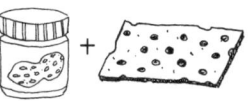

Lieblingsessen **Nr. 1b**

Aber dann hab ich gleich den ersten Bissen wieder auf den Teller gespuckt! Was hatte Mama denn jetzt schon wieder gemacht?

Die waren voll vergammelt, die Pfannkuchen! Die haben geschmeckt wie ... Rosenkohl! **Bäh!**

"Lotta! Das ist ja wohl das Letzte! Wenn du isst wie ein Schwein, dann geh auf dein ZIMMER!"

Da war ich echt **entrüstet!**

"Die kann man aber nicht essen! Mama hat schimmeliges Mehl benutzt. Und Eier mit Hühnerpest! Die schmecken total *eklig!*"

Jetzt hatten Mama und Papa beide **schlechte Laune!**

Ihre Pfannkuchen waren nämlich komischerweise lecker. Auf jeden Fall haben sie alles aufgegessen. Nur meiner hat immer noch geschmeckt wie **Rosenkohl.**

Auch Jakob und Simon haben die Pfannkuchen nur so in sich reingestopft.
Dabei mögen sie auch keinen **Rosenkohl**.

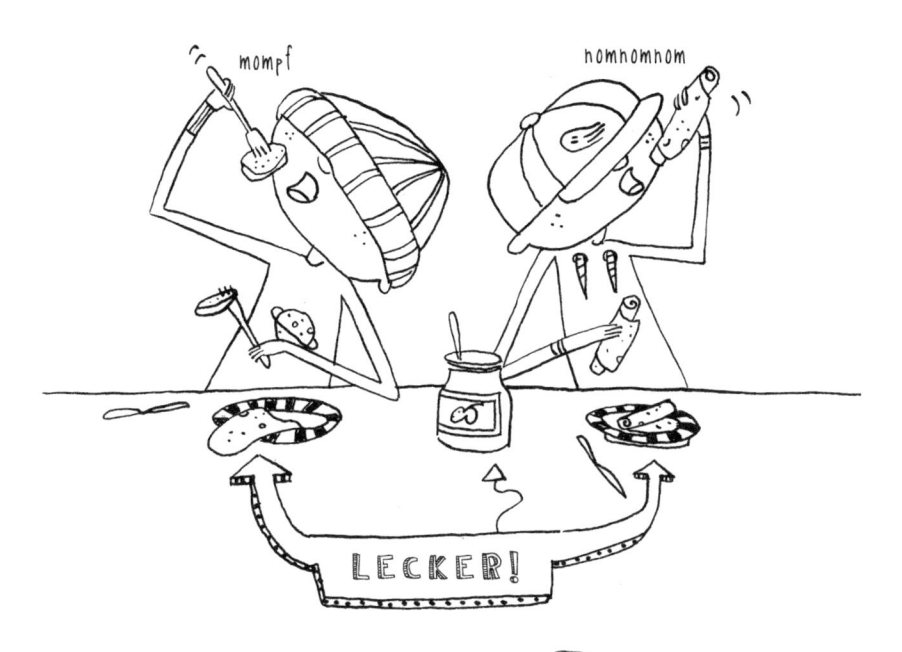

Ich hab dann nur das Apfelmus runtergeleckt.
Obwohl das auch ein bisschen **eklig** war.
Ein bisschen so wie **Katzenfutter**.

Zum Glück hatte ich in meinem Zimmer noch eine Tafel **Marzipan-Schokolade**.

Das war fast genauso gut wie **Pfannkuchen!**

DIENSTAG, DER 23. AUGUST

So! Heute hab ich in der Schule so getan, als wär Cheyenne aus LUFT. Obwohl, ich glaub, sie hat es gar nicht gemerkt. Sie hat nämlich trotzdem die ganze Zeit mit mir geredet.

Also hab ich mich neben einen Jungen gesetzt, der Paul --→ heißt. Paul hat so eine kluge Brille auf und sieht nett aus. Von dem kann man bestimmt gut abschreiben.

kluge Brille

Neben Berenike war nämlich kein Platz mehr. Da saßen schon Emma und Liv-Grete.

Emma Berenike Liv-Grete

In Deutsch hat Frau Kackert dann gesagt, ich soll mal was auf meiner Blockflöte vorspielen. Tja, leider hatte ich die Blockflöte aber zu Hause vergessen. **So ein Pech!**

Aber Frau Kackert hat so ein bisschen in meinen Rucksack geguckt, weil der offen war, und gefragt: **Und was ist das?**

Es war die Blockflöte! **OH NEIN!**

Und dabei weiß ich ganz genau, dass ich sie nicht eingesteckt hab! Das muss **Mama** gewesen sein! Ich war so erschrocken, dass mir gar keine Ausrede eingefallen ist.

„Welches Lied spielst du uns denn vor?", hat Frau Kackert gefragt, als ich vorn an der Tafel stand und meine Beine GESCHLACKERT haben.

WELCHES LIED? WIE KOMMT DIE BLOSS AUF DIE IDEE, DASS ICH LIEDER SPIELEN KANN?

Hei-ho-Horst

hat Cheyenne mir zugewispert. Das ist ihr Lieblingslied. Aber ich hab getan, als wär sie LUFT. Dann hab ich in die Flöte gepustet.

Sofort haben sich alle die Ohren zugehalten.

Am liebsten hätte ich das auch gemacht, aber ich brauchte beide Hände zum Flöten. Und dann hab ich gesehen, dass die anderen plötzlich so komisch geguckt haben. ERSCHROCKEN. Aber ein paar haben auch gegrinst. Alle haben an die Tafel geschaut. Da hab ich aufgehört zu spielen und hab mich umgedreht.

Da stand mit Kreide:

Gisela Kackert ist beknackert

Von Lotta

Mir ist ganz **kodderig** im Bauch geworden. „Das war ich nicht!", hab ich gequietscht.

Frau Kackert hat **böse** in der Klasse rumgeguckt,  aber sie konnte mit keinem schimpfen, weil das ja keiner geschrieben hatte. Also hat sie mich noch ein bisschen **böse** angeguckt und gesagt, ich soll mich wieder hinsetzen.

Und dann haben wir ein Diktat geschrieben.

Ich will auf jeden Fall auch ein **TIER** haben!
Das hab ich mir fest vorgenommen.
Und dazu brauch ich
Cheyenne gar nicht.
Ich will ja schließlich kein
langweiliges Kaninchen,
sondern ...
am liebsten ein ganz kleines Schaf.

Aber das erlauben Mama und Papa nie.

Außerdem ist unser
Garten viel zu klein.
Ich weiß ja auch,
dass ganz kleine Schafe
irgendwann **groß**
werden, ich bin
schließlich nicht **doof**.

Und wohin dann
mit der ganzen
Wolle?

Eine Katze wär auch schön,
aber besser noch ein Hund.

Ein Jack-Rüssel-Terrier oder wie der heißt.
So einen hat meine Tante Sonja,
so einen will ich auch.

Tante Sonja

ihr echter **Jack-Rüssel-Terrier**

mein **Traum-Terrier**

Nach der Schule ist Cheyenne zu mir gekommen und hat gesagt, wenn ich will, darf ich mir ein Kaninchen aussuchen. Oder zwei. Ein Männchen und ein Weibchen.

Dann hab ich auch bald zweihundert.

Da hab ich mich total gefreut.

Ich hatte nämlich auch langsam keine Lust mehr, sauer auf Cheyenne zu sein.

Und Kaninchen sind ja vielleicht doch nicht so langweilig.

Eigentlich wollte ich gleich mit zu Cheyenne. Aber dann hab ich mir überlegt, dass es besser ist, wenn ich erst mal Mama die **tolle Neuigkeit** erzähle, dass wir zwei Kaninchen bekommen.

Ich wusste auch schon genau, wie ich es ihr sagen wollte: Als Allererstes hab ich nach einem ganz kleinen Schaf gefragt, weil ich dachte, dass Mama sich freut, wenn sie mir dann doch kein Schaf schenken muss, sondern gar nichts, weil ich die Kaninchen von Cheyenne krieg.

Aber Mama hat mir **gar kein** Haustier erlaubt!

Sie hat gesagt, dass ich erst mal alt genug werden muss, um selbst die Verantwortung für ein Tier zu übernehmen, und dass sie keine Lust hat, sich darum zu kümmern und Futter zu kaufen und so.

Natürlich hab ich sofort gesagt, dass sie das ja gar nicht machen muss, weil ich mich um das Schaf kümmere. Oder die Kaninchen.

Aber da hat Mama noch gesagt, dass wir ja schon ein Haustier haben. Nämlich Heesters, die Schildkröte. Und um den würde ich mich ja auch nicht kümmern.

Aber Heesters ist gar kein richtiges Haustier! Er ist schon mindestens **tausend Jahre alt** und ich glaub, er ist längst gestorben. Er bewegt sich nämlich nie. Wie sein Kopf aussieht, das weiß ich schon gar nicht mehr, weil der immer im Panzer ist.

Bloß **komisch**, dass er trotzdem ständig im Weg rumliegt und man über ihn stolpert. Bestimmt haben die Jungs was damit zu tun, aber ich hab sie noch nie erwischt.

HEESTERS' HEIMLICHE HOBBYS

Ich hab Mama gefragt, ob ich einen Hund kriege, wenn ich beweisen kann, dass Heesters tot ist.

Da hat sie mich in mein Zimmer geschickt und gesagt, ich soll Hausaufgaben machen.

Also, so langsam bin ich ein bisschen **ungeduldig** geworden! Mama will nur keinen Hund und kein Hundefutter kaufen, weil sie unser ganzes Geld lieber für irgendwelchen **BlöDquatsch** ausgibt!!!

Zum Beispiel für den *Apfelschäler*, den sie gerade gekauft hat:

Der Apfel wird automatisch geschält, entkernt und in dekorative Ringe geschnitten. Auch für Kartoffeln geeignet.

Ich will aber keine dekorativen Kartoffelringe! Ich will ein Tier!!!

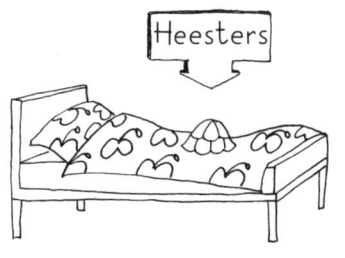

Als ich in mein Zimmer gekommen bin, lag Heesters auf meinem Bett. Da ist er nie im Leben von alleine hochgeklettert! **RACHE!!!**

Wie gut, dass ich sowieso schon so **WütenD** war!
Ich bin in das Zimmer von Jakob und Simon gerannt.

Die saßen gerade auf dem Boden und haben SENF in meine Blockflöte gefüllt.
Jakob hat noch versucht, sie hinter seinem Rücken zu verstecken, aber es war schon zu spät.

bling

Ich hab mir Füschi und Barni geschnappt und bin zum Fenster gerannt.
Dann hab ich sie rausgehalten.

Natürlich haben Jakob und Simon sofort losgeheult und nach Mama geschrien.

Füschi und Barni sind nämlich ihre Lieblings-Kuscheltiere, ohne die sie nicht schlafen können.

Füschi ist ein Wal (das behauptet Jakob auf jeden Fall, obwohl Füschi mehr aussieht wie eine Flunder) und Barni ein Affe.

Barni

schlenker!

GNADE!

HÜLFE!

Füschi

Ich hab sie hin und her geschlenkert und sie haben um Gnade gefleht.

Und dann kam Mama und der ganze Spaß war schon wieder vorbei. Sie wollte mit mir schimpfen, aber da hab ich ihr die Blockflöte mit Senf gezeigt.
Und da hat sie lieber mit den Jungs geschimpft.

Selber schuld, ihr Blödbrüder!

Auf dem Rückweg bin ich in meinem Zimmer über Heesters gestolpert.

Erst wollte ich ihn nehmen und in Mamas Vakuum-Glocke stecken.

Batteriebetrieb.
Funktioniert auf Knopfdruck.
Hält Nahrungsmittel länger frisch.
Zehn Liter Volumen.

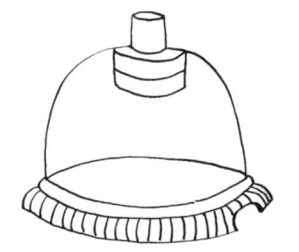

Aber dann fiel mir ein, dass ich Heesters ja gar nicht frisch halten wollte.

Stattdessen hab ich lieber einen Plan gemacht.
- Ich wollte selbst Geld verdienen.
- Und dann wollte ich mir ein eigenes Haustier kaufen, von meinem eigenen Geld!
- Ich würde es ganz allein versorgen und allein die Verantwortung dafür übernehmen.
- **So!**

Nachdem das schon mal geklärt war, hab ich überlegt, wie ich Geld verdienen soll.
War meine Blockflöte vielleicht wertvoll?
Bestimmt nicht mit Senf drinnen.

Also bin ich ins Badezimmer
gegangen und hab sie ausgespült.

Mama verkauft manchmal was bei eBay, aber ich glaub nicht, dass sie mir dabei hilft, die Flöte da anzubieten.

Na, mal sehen.

Bestimmt gibt es irgendjemanden, der **dringend** eine indische Blockflöte braucht.

seufz!

Erst mal hab ich sie wieder ins Regal über meinem Bett gelegt.

Abends bin ich schlafen gegangen und hab versucht, von meinem Hund zu träumen.

Aber ich hab bloß davon geträumt, dass mein Zimmer voller Kaninchen ist.
Vom Teppich war gar nichts mehr zu sehen, so viele waren es. Und sie haben voll süß gemäht, wie ganz kleine Schafe.

mäh! mähähä! mäh! mäh! mähähä!

MITTWOCH, DER 24. AUGUST

Mitten in der Nacht hat meine Blockflöte mich angesprungen! **Ehrlich wahr!**

DONNERSTAG, DER 25. AUGUST

So, heute geht das Geldverdienen los!

Wir haben nämlich eine Nachbarin, *Frau Segebrecht.* Das ist so eine alte Oma und die hat einen kleinen Hund. Der heißt **Polly**.

Frau Segebrecht

künstliche Hüfte

Polly

Rheuma

Ich wollte bei Frau Segebrecht klingeln und ihr sagen, dass ich mit Polly jetzt jeden Tag einmal Gassi gehe. Dann ist Frau Segebrecht bestimmt froh, dass sie das nicht mehr machen muss und sich nur noch um ihr Rheuma und ihr künstliches Hüftgelenk kümmern kann oder was alte Frauen so alles haben.

Und dann gibt sie mir **ganz viel Geld** dafür.
Das ist ein **guter Plan**, finde ich!

Also hab ich nachmittags bei
Frau Segebrecht geklingelt.

Frau Segebrecht hatte **so
komische Falten** auf der Stirn,
als ich ihr erklärt hab, dass sie von
nun an in ihrem Sessel sitzen und
Stützstrümpfe stricken kann, weil
ich mit Polly gehe.

Sie hat die Hände in die Seiten gestemmt und
so grimmelig geguckt. Und sie hat einfach so
getan, als sei sie noch gar keine alte Frau.

Ich geh sehr gern allein mit Polly, danke schön

hat sie gesagt und versucht, die Tür zuzumachen.

Da hab ich schnell einen Fuß dazwischengestellt und gesagt:

Och bitte! Nur heute!

Und Frau Segebrecht hat so geguckt, als ob sie überlegt. Im Hintergrund waren gruselige **KREISCH!**-Geräusche zu hören, wie wenn einer abgemurkst wird. Aber ich wusste, dass das nur Hannibal war, Frau Segebrechts Papagei.

Eigentlich ist er kein Papagei, sondern ein **Nymphensittich**, hat Mama mal gesagt. Ich glaube, Nymphen bedeutet, dass er irgendwie krank ist.

KREISCH!

KREISCH!

Die Nymphen sitzen irgendwo hier und da

Dann hat Frau Segebrecht gesagt, dass sie mich heute wirklich mal gebrauchen kann. Sie will nämlich zum Tennis.

Am Wochenende sind Seniorenmeisterschaften und sie muss noch trainieren, um ihre alte Widersacherin **Hansine Jannsen** zu schlagen. Dabei hat sie so getan, als würde sie mit einem Tennisschläger einen Ball hauen.

Oh Mann. Ich weiß ja nicht, ob Tennis so gesund ist für alte Damen. Aber Hauptsache, ich darf Polly ausführen.

Nun mussten wir nur noch das Finanzielle klären. Ich hab gesagt, dass ich **zehn Euro** → für eine Stunde nehme.

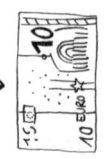

Frau Segebrecht hat schon wieder so komisch geguckt und gesagt, sie gibt mir ← **drei Euro** und keinen Cent mehr.

So langsam war ich nun wirklich **EMPÖRT!** Das gehört sich ja wohl echt nicht für eine alte Oma, oder?

Alte Omas sollten sich doch freuen, wenn sie ihr Geld jungen Leuten geben können.

Die haben doch sowieso schon alles, Hunde und Papageien und so.
WIE KANN MAN NUR SO GEIZIG SEIN?

Ich hab noch versucht zu feilschen, aber sie ließ sich nicht erweichen. 🙁

NEE, ALS ALTE OMA WAR FRAU SEGEBRECHT EINE TOTALE ENTTÄUSCHUNG!

Aber Polly ist echt **SÜß!** Sie ist einer von den Hunden, bei denen man nicht weiß, wo hinten und wo vorne ist.

Polly

vorne?
oder hinten?

oder ist hier vorne?
hinten?

Frau Segebrecht wusste es aber schon. Sie machte nämlich die Leine an der richtigen Stelle fest und hat mir gesagt, ich dürfte Polly auf **keinen Fall** frei laufen lassen, weil sie sonst sofort WEG ist. 🙁

Und dann bin ich losgezogen. 🙂
Als Erstes bin ich zu Cheyenne gelaufen und hab bei ihr geklingelt. Leider war sie nicht da. 🙁

Da bin ich in den Park gegangen, wo der Spielplatz ist. Polly ist so hinter mir hergetrottet.

Ich glaub, sie ist älter als Frau Segebrecht, eine richtige Hundeoma. Eigentlich musste ich sie fast schon ziehen, so langsam war sie. Wie eine **Schlaftablette auf vier Beinen.**

Also hab ich sie doch losgemacht, als wir im Park waren. Und dann sind ganz **VIELE SACHEN** auf einmal passiert.

1. Polly ist sofort **WEGGERANNT**, und zwar auf den SPIELPLATZ.

2. Sie hat mindestens vier **KLEINKINDER UMGESCHUBST**. x 4

3. Sie hat sich in die SANDKISTE gehockt und einen sehr **GROSSEN HAUFEN** gemacht (dabei ist sie eigentlich ganz schön klein für einen Hund). iiiiiihh!

4. Sie hat ein paar **MINISALAMIS** in einer Handtasche gefunden.

Bissspur

5. Sie hat eine Frau **GEBISSEN**, die ihr die Minisalamis wegnehmen wollte.

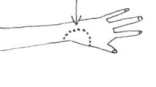

6. Sie ist zum Teich gerannt und **REINGESPRUNGEN**.

7. Sie hat Enten **GEJAGT**.

8. Sie ist mit einer **ENTE IM MAUL** ans Ufer geschwommen.
Amputieren nennt man das. Das weiß ich, weil ich so viel Ahnung von Hunden hab.

In der Zwischenzeit hatten so zehn oder zwanzig Mütter angefangen zu schreien. Als ob was SCHLIMMES passiert wär.

kreisch!

wusch!

Ich wär am liebsten nach Hause gegangen und hätte so getan, als gehörte ich gar nicht dazu. Aber dann hätte ich bestimmt Ärger mit Frau Segebrecht gekriegt. Also musste ich hin. ☹

Die Mütter waren sehr böse auf mich und haben Sachen gesagt wie „EKELERREGEND", „VERANTWORTUNGSLOS" und „POLIZEI".

Ich hab eine alte Plastiktüte aus einem Papierkorb geholt und erst mal den Hundehaufen weggemacht. Das war so EKLIG.

Als ich fertig war, war Polly schon wieder im Teich. Wieder gab es viel Geschrei.

Ich konnte ja schlecht hinterherspringen, also hab ich versucht, Polly mit **Hühnerchips, ideal zur Zahnpflege** zu locken, die ich in meinem Rucksack hatte. Aber ich glaub, Polly wollte ihre Zähne nicht pflegen.

Dann hab ich ein Stöckchen geworfen.
Als Stöckchen hab ich meine Blockflöte
benutzt. Die hatte ich extra dazu
mitgenommen. Ich hab so weit geworfen,
wie ich konnte.

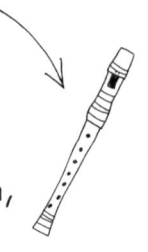

Ich wollte nämlich nicht, dass mich die Flöte
nachts noch mal anspringt. ☺

☺ Doch ich hatte nicht mit Polly gerechnet.

Polly ließ die Enten in Ruhe und
stürzte sich auf die Flöte.

Dann schwamm sie ans Ufer, legte sie vor meinen Füßen ab und schüttelte sich so doll, dass ich ganz nass wurde. 😐

spritz!

sprotz!

schüttel!

Da hab ich sie schnell wieder an der Leine festgemacht. Leider hatte sie ganz viel Entengrütze im Fell und roch ein bisschen **muffig**.

Auf einmal hatte ich Angst, dass Frau Segebrecht mir kein Geld gibt, wenn ich Polly so sumpfig wieder zurückbringe. ☹

Also bin ich mit ihr nach Hause gelaufen, um sie zu waschen. Mama war gerade beschäftigt. Sie hing auf ihrem POWERTRAINER MAGIC FITNESS und trainierte Bauch, Beine, Po.

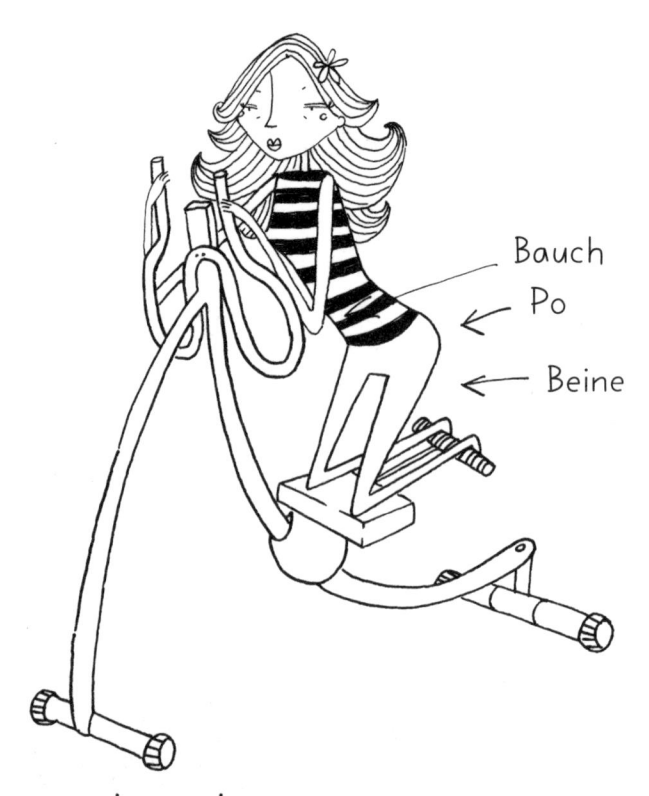

← Bauch
← Po
← Beine

Es sah so **komisch** aus,
dass ich sie lieber nicht gestört hab.

Ich hab nach Shampoo gesucht.
Die Shampooflasche neben der
Badewanne war nämlich fast leer
und Polly hat so viel Fell.

Shampoo hab ich zwar
keins gefunden, aber
dafür eine Riesentonne
SUPER-RAKETENPULVER
— selbstreinigender
WC-Kraftschaum.

Selbstreinigend, cool!

Das heißt, ich muss Polly nicht schrubben, das
macht das RAKETENPULVER von alleine!

blubber

bling!

Ich hab sie in die Badewanne gesetzt, noch mal richtig nass gemacht und einen Becher **WC-Kraftschaum** über sie gestreut.

BOOOAH, HAT DAS GESCHÄUMT!

Polly war schon gar nicht mehr zu sehen und der Schaumball in der Badewanne wurde immer größer und größer. Es hat gezischt und gebrodelt. Aber dann hat Polly so winselig gefiept und da hab ich sie lieber abgeduscht.

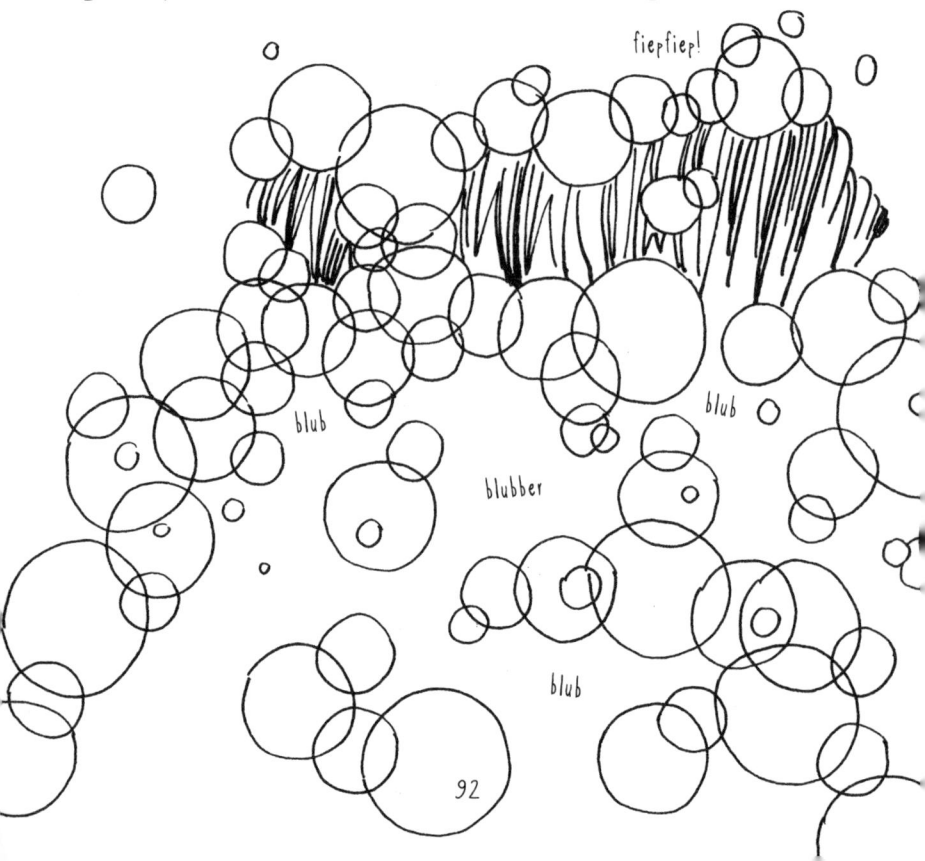

Und dann hat mein Herz einen Purzelbaum gemacht. GANZ IN ECHT! Polly sah nämlich plötzlich so **komisch** aus.

Ihr Fell war so dünn und fisselig geworden und stand in alle Richtungen ab wie bei einem von diesen haarigen Kaktussen. --→

Irgendwie war es auch ein bisschen blau, nur so ein bisschen, aber trotzdem.
Sie sah überhaupt nicht mehr aus wie Polly!

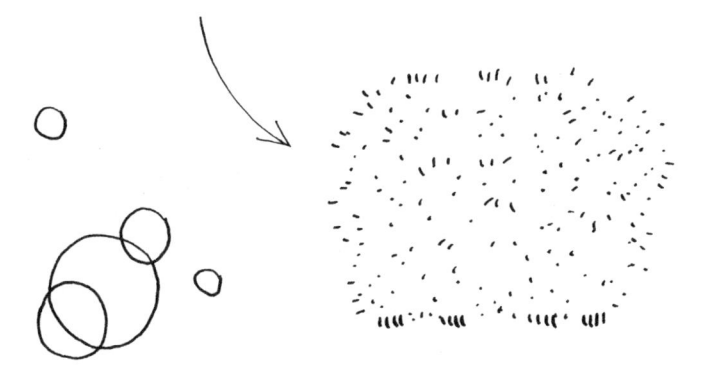

AuWeia! Frau Segebrecht würde mir gar nicht glauben, dass das wirklich ihr Hund war!

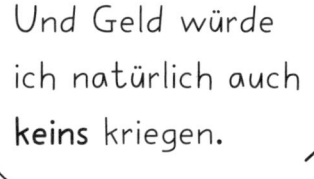

Und Geld würde ich natürlich auch **keins** kriegen.

blub

Ich hab versucht, Pollys Haare runterzudrücken, und hab ihr ein bisschen **Penatencreme** → ins Fell geschmiert, aber es wurde nur noch schlimmer.

STACHELIGER, irgendwie. Und die Penatencreme ging auch nicht mehr raus.

Als ich sie so angeguckt hab, hatte ich einen richtig dicken Kloß im Hals. Aber dann fiel mir was Gutes ein. Ich wollte nämlich Frau Segebrecht erzählen, dass ich mit Polly beim Hundefrisör war und dass ein wuschiges blaues Fell die neueste Mode bei Hunden ist.

Dann würde mir Frau Segebrecht bestimmt doch zehn Euro geben. Oder sogar noch mehr!

Ich war ziemlich zufrieden mit mir und hab Polly noch ein paar Penatencreme-Stacheln mehr gemacht. ☺

Jetzt sah sie aus wie eine Mischung aus **Zuckerwatte** und **Stachelschwein,**

aber ziemlich **gut!**

Als wir dann bei Frau Segebrecht ankamen, war ich richtig stolz. Leider war Frau Segebrecht in ziemlich mürrischer Stimmung.

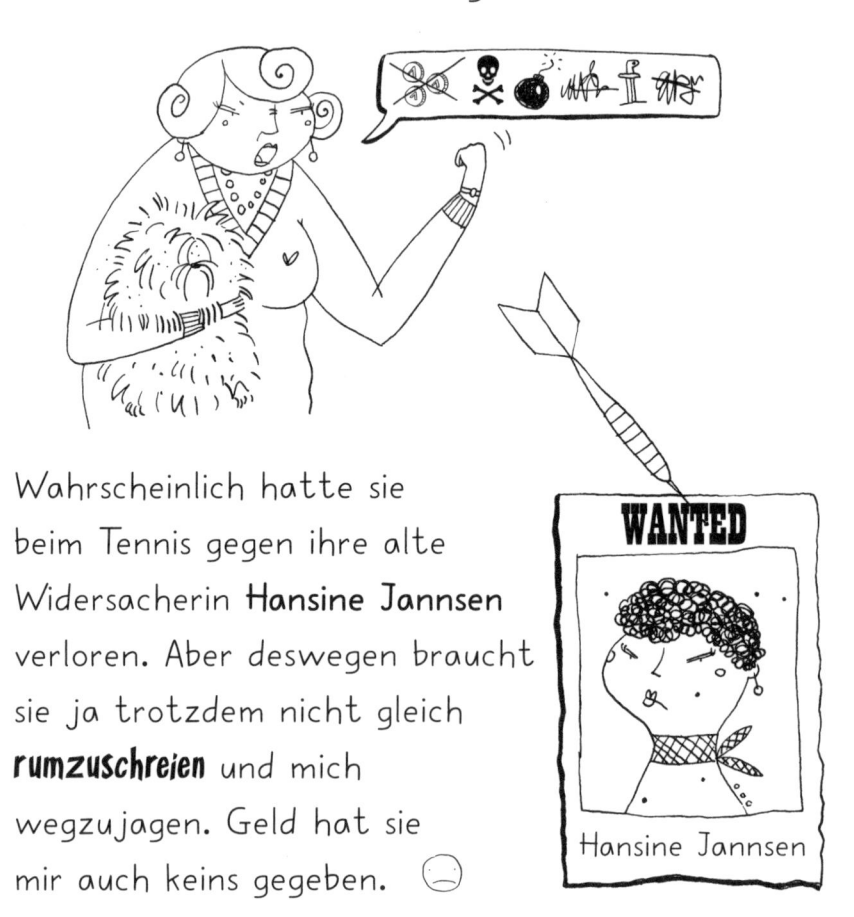

Wahrscheinlich hatte sie beim Tennis gegen ihre alte Widersacherin **Hansine Jannsen** verloren. Aber deswegen braucht sie ja trotzdem nicht gleich **rumzuschreien** und mich wegzujagen. Geld hat sie mir auch keins gegeben.

Hansine Jannsen

Und das, obwohl ich Polly ganz umsonst eine Frisur gemacht hab, die kein anderer Hund auf der ganzen Welt hat. **Frau Segebrecht ist echt die geizigste Person, die ich kenne!**

FREITAG, DER 26. AUGUST

Nach der Schule ist Cheyenne mit zu mir gekommen.

Gestern hat sie ihren Gipsarm abgekriegt. Ein Arm war ganz dünn und weiß und der andere braun von der Sonne.

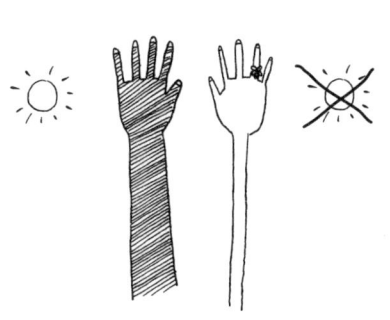

Und sie hat mir sogar ein **Kaninchen** mitgebracht. Das sah so **süß** aus!

Ich bin sofort zu Mama gelaufen und hab sie gefragt, ob ich es behalten darf.

Ich dachte, wenn sie es erst mal sieht, dann kann sie nicht Nein sagen. Ich hab es extra vor ihre Nase in die Obstschale gesetzt, wo es so **süß** an einem Apfel geknabbert hat.

Mama hat aber trotzdem **Nein** gesagt und auch noch rumgeschimpft.
Sie dachte, das Thema wäre durch, hat sie gesagt. Und dass ich nun wirklich mal vernünftig sein soll.

Da bin ich mit Cheyenne rausgelaufen und hab mir überlegt, ob ich mein Häschen irgendwo im Garten verstecken kann. Aber unser Garten ist ziemlich klein und es gibt **keine** Verstecke.

hier?

oder hier?

oder vielleicht hier?

Dabei hat Cheyenne sogar gesagt, dass ich ihren Stall haben darf. Sie und Chanell müssen die Kaninchen nämlich loswerden, weil ihre Mutter gemerkt hat, wie viele es geworden sind.

Und zwar wollen sie sie verkaufen und ich kann auch mitkommen und dabei helfen. Und **Geld** kriege ich dann auch ab.

Das fand ich voll klasse.

☺ Klar wollte ich mitmachen.

Ich bin nur noch schnell in mein Zimmer geflitzt und hab die **Blockflöte** geholt.

Mit Cheyenne, meinem Kaninchen und der Flöte im Rucksack bin ich zu dem Hochhaus gelaufen, wo Cheyenne wohnt.

Hier wohnt Cheyenne

Chanell war schon da, mit einem riesigen Pappkarton, wo ein Fernseher vorne drauf war.

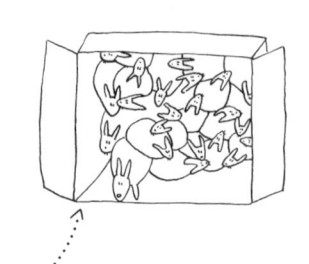

Und der Karton war voll mit Kaninchen!

Sie wuselten durcheinander und fiepten und kratzten und sahen sehr niedlich aus.

Chanell saß auf einer Wolldecke auf dem Rasen und hat ein Nutellabrot gegessen. Dabei hat sie Aufkleber aus einer Schachtel in ihr Sticker-Album geklebt. Das war schon ganz **FLECKIG**.

Hier sind die Kaninchen drin

„Lass mal sehen, wie viele hast du schon verkauft?", hat Cheyenne gerufen und eine **Arielle-die-Meerjungfrau-Spardose** hochgerissen und geschüttelt.

rassel?

„Noch keinsch", hat Chanell genuschelt und ein bisschen Nutella auf ihr rosa Glitzer-T-Shirt gesabbert.

Und dann hat Cheyenne das Preisschild so hingestellt, dass man es besser sehen konnte.

So, nachher sind wir reich.

Jedes Kaninchen 10 Euro

Ich hab meine Blockflöte an den Karton gelehnt. Und auf das Schild hab ich noch dazugekritzelt:

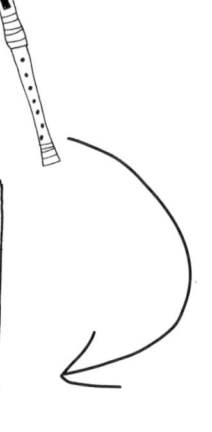

Jedes Kaninchen 10 Euro Indische Zauberblockflöte 50 Euro

Dann wollte ich wissen, wie viel ich denn abkriege von dem ganzen Geld. Cheyenne hat gesagt, ich darf das Geld behalten, das ich für mein Kaninchen kriege. Und für **Schrotti**.

Das fand ich ja schon wieder ein bisschen **geizig!**

Aber zum Glück hatte ich eine **Idee.** Ich hatte nämlich in meinem Rucksack noch ein paar Tüten **Hühnerchips**, ideal zur Zahnpflege. Die waren da noch von Polly drinnen.

Drei volle Tüten und eine angebrochene.

Weil ich weiß, dass Cheyenne und Chanell meistens Hunger haben, hab ich ihnen die Tüten verkauft. **Jede Tüte für ein Kaninchen.**

Bei der angebrochenen Tüte wollten sie zuerst kein ganzes Kaninchen rausrücken, aber ich hab <u>nicht</u> nachgegeben.

Ha! Mit einem Mal hatte ich **fünfeinhalb Kaninchen** zu verkaufen (für Schrotti krieg ich bestimmt höchstens fünf Euro).
Das sind insgesamt **fünfundfünfzig Euro.**

Und dann noch die **Blockflöte.**
Ob es dafür schon einen Hund gibt?
Mit Futter und Halsband und Leine?

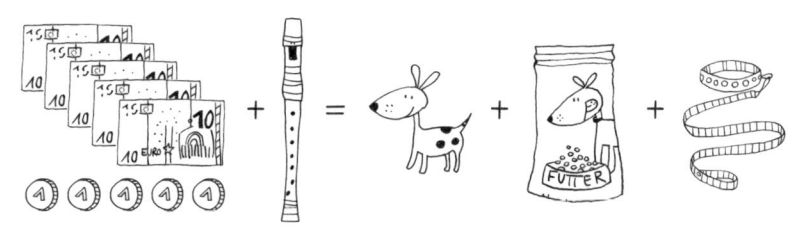

Vielleicht zumindest einen ganz kleinen? 😐

Cheyenne und Chanell fanden die **Hühnerchips, ideal zur Zahnpflege** total lecker.

knusper

Als die **Hühnerchips** alle waren, hatten wir noch immer kein Kaninchen verkauft. ☹

„Wir müssen näher zur Straße", hab ich gesagt und dann haben wir den Pappkarton mit den Kaninchen bis zum Bürgersteig vorgezogen.

Kaninchen, Kaninchen, schöne Kaninchen!

Eine Menge Autos sind vorbeigefahren, aber nur wenige Fußgänger waren unterwegs. Eine Frau mit einem Kinderwagen hat kurz angehalten und in den Karton geschaut.

lehrerinnenhafter
<----------- Blick

Und dann hat sie uns so lehrerinnenhaft angeguckt und gesagt, dass das Tierquälerei ist, weil die armen Kaninchen nicht genug Platz haben im Karton.

„Deswegen verkaufen wir sie ja", hab ich gesagt und ihr ein besonders goldiges Kaninchen hingehalten. „Damit sie ein besseres Zuhause kriegen."

Sie hat trotzdem **keins** gekauft.

Cheyenne hat mich angegrinst. „Was hoppelt über die Wiese und qualmt?"

Ich hatte keine Ahnung, da hat sie gerufen: „Ein **Kaminchen**!"

Ich hab fast einen Schluckauf gekriegt vor Lachen, aber Chanell hat immer dazwischengeschrien:

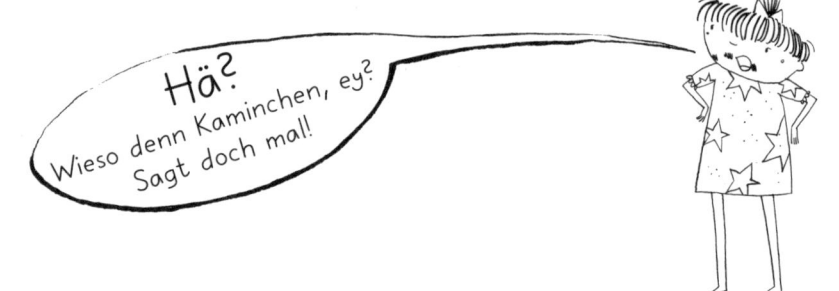

Hä? Wieso denn Kaminchen, ey? Sagt doch mal!

Irgendwann hat das Verkaufen aber keinen Spaß mehr gemacht. 🙁 Vielleicht waren die Kaninchen auch einfach zu teuer. Deshalb hab ich vorgeschlagen, sie für **fünf Euro** zu verkaufen.

Cheyenne und Chanell haben zuerst gemeckert, aber nach einer halben Stunde haben sie dann doch **Ja** gesagt.

Jedes Kaninchen ~~10~~ 5 Euro

Indische Zauberblockflöte 50 Euro

Schöne, billige Kaninchen! Heute im **Sonderangebot!**

Da kam ein gruseliger alter Mann mit Bartstoppeln und hat in den Karton geguckt. Er hat komisch gerochen und sich die ganze Zeit am Kopf gekratzt.

Sogar Cheyenne hat nichts mehr gesagt.

Dann wollte er uns zwanzig Euro geben — für alle Kaninchen zusammen! Wir haben nur die Köpfe geschüttelt, außer Chanell, die hat begeistert „Jaaa" geschrien.

Aber zwanzig Euro waren ja viel zu wenig!

„Zweihundert Euro", hat Cheyenne ganz mutig gesagt.

Da hat der Mann mit den Armen gefuchtelt und geschimpft und gesagt, dass er bei Sparkauf einen Kaninchenbraten für **drei Euro** kriegt, schon fertig zerlegt.

Und dann ist er zum Glück weggegangen, wobei er noch immer geschimpft und gefuchtelt hat.

Cheyenne und ich haben uns ganz entsetzt angeguckt. Der wollte unsere Kaninchen essen!
Nie im Leben!

Wir haben uns jeder ein Kaninchen genommen und sie gestreichelt. Sie waren so süß und flauschig! So was Niedliches kann man doch nicht aufessen!

Dann haben wir **drei Euro** auf das Preisschild geschrieben. Und später, als ich schon fast nach Hause musste, **ein Euro**.

Trotzdem hat **niemand** auch nur **ein** Kaninchen gekauft.

Stattdessen kam ein Fahrrad um die Ecke und darauf saß Berenike von Bödecker. Sie hatte Reitstiefel an und einen Reithelm auf dem Kopf. Es sah total **dämlich** aus.

Ich hab mich gefragt, was die wohl hier macht, wo es doch nur Hochhäuser gibt und nichts Schickes. Aber dann ist mir eingefallen, dass in der Nähe ein Reitstall ist.

hoppel

Als Berenike uns gesehen hat, hat sie angehalten. Sie hat so voll eingebildet gegrinst.

Na, verkauft ihr eure Bar‑ biepuppen und Bilderbücher?

"Nee, wir verkaufen unsere Reithelme, weil man damit total **bescheuert** aussieht."

hihihi

Da musste ich kichern wie verrückt, vor allen Dingen, weil Berenike plötzlich ganz **GIFTIG** geguckt hat unter ihrem Helm.

Trotzdem ist sie zu uns rübergekommen und hat in den Karton geschaut.

hochnäsig -->

Und dann hat sie die Augenbrauen hochgezogen. So hochnäsig.

„Ach, du grüne Neune", hat sie gemurmelt. „Das hätte ich mir ja denken können."

„Ach, du schleimige Anneliese", hab ich da auch gemurmelt. „Das hätte ich mir ja denken können, dass du mit Reithelm aussiehst wie ein **Gorilla mit Dauerwelle.**"

Da musste Cheyenne auch kichern und Chanell hat losgeprustet vor Lachen.

„Ihr seid mir echt zu blöd", hat Berenike gesagt und wollte auf ihr Fahrrad steigen.

Aber in dem Moment ist Cheyenne aufgesprungen und hat ihr so auf den Rücken geklopft und gesagt, dass das doch nur ein Spaß war.

Und als Berenike sich dann zu ihr gedreht hat, hab ich gesehen, dass Cheyenne ihr dabei einen von Chanells Aufklebern auf das T-Shirt geklebt hatte.

Da stand drauf:

Ich bin der neue **DOPPEL-WOPPLER** ... jetzt noch **dicker**, noch **saftiger**, noch **leckerer!**

BURGER PARADISE

Ich hab Cheyenne angeguckt und Cheyenne mich und dann haben wir weggeguckt, weil wir sonst wahrscheinlich vor Lachen gestorben wären.

Chanell hat geschrien: „Was steht da drauf?", aber ich hab ihr schnell den Mund zugehalten.

Dann hat Berenike meine Blockflöte gesehen. „Na, ist wohl auch besser, dass du die verkaufst", hat sie ganz **affig** gesagt. „So grottig, wie du spielst! Also, ich hab ja Geigenunterricht, seit ich vier bin und mein Geigenlehrer sagt immer, ich bin ein großes Talent."

Da hab ich die Flöte aufgehoben und hab reingepustet. Berenike hat sich die Ohren zugehalten und ist rückwärts gestolpert.

Ich hab trotzdem weitergespielt.

Und dann ist plötzlich was **KOMISCHES** passiert.

Nämlich ist der Karton mit den Kaninchen auseinandergeplatzt. Alle Kaninchen sind auf einmal losgeflitzt, und zwar alle auf Berenike zu.

Zweihundert Kaninchen, boooaaah!

Berenike hat sich umgedreht und ist gerannt.
Sie hat sich ihr Fahrrad geschnappt, ist draufgesprungen und so schnell gefahren, wie sie konnte.

Dabei hat der große Aufkleber auf ihrem
Rücken geleuchtet wie das Gelb von einer Ampel.

Und alle Kaninchen sind hinter ihr hergehoppelt!

Cheyenne und ich haben so gelacht, dass wir
gar nicht loslaufen konnten, um die Kaninchen
wieder einzufangen.

Ha! Ha! Ha!

Ich hatte schon fast
BAUCHSCHMERZEN
vor Lachen.

Nur Chanell hat gekreischt und ist die Straße runtergerast, aber da war schon kein Kaninchen mehr zu sehen.

kreisch!

Außer **Schrotti** natürlich, der nicht so schnell war und auf der Straße rumgehumpelt ist.

Dann kam der |Bus| und ich musste ihn retten.

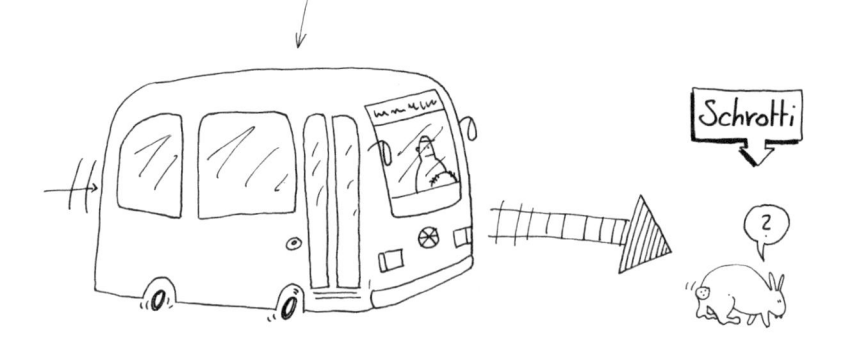

Schrotti

?

Cheyenne wollte Chanell helfen, aber immer, wenn wir uns angeguckt haben, mussten wir wieder so lachen, dass sie sich nicht mehr bewegen konnte. ☺

So haben wir außer **Schrotti** leider **kein Kaninchen** mehr eingefangen.

Irgendwann musste ich dann nach Hause. Cheyenne hat gesagt, ich soll **Schrotti** mitnehmen, aber das wollte ich nicht.

Obwohl ich ihn irgendwie richtig lieb gewonnen hatte inzwischen, wie er da so friedlich im Gras lag und an einem Löwenzahnblatt gekaut hat.

Aber ich darf ihn ja sowieso nicht behalten.

Da hat Cheyenne ihn hochgenommen und gestreichelt und gesagt, dann bleibt er eben bei Chanell und ihr.

Dann hätten sie wenigstens noch **ein Kaninchen**, jetzt, wo die anderen alle weg waren.

Also hab ich nur meinen Rucksack und die Flöte geholt und bin losgegangen. An der Ecke zur Hauptstraße stand ein Briefkasten.

Die Blockflöte passte genau durch den Schlitz.

SAMSTAG, DER 27. AUGUST

Jippie! Wochenende!
Zwei ganze Tage lang keine
Gisela Kackert und
keine Berenike von Bödecker!

Fr. Kackert

Berenike

Heute bin ich von einem komischen Geräusch aufgewacht. Von so einem **Fauchen.**

Als ich aus dem Fenster guckte,
hab ich Papa gesehen. ....>
Der stand mit einem
Flammenwerfer auf der
Terrasse und hat das
Unkraut abgefackelt, das da
überall aus den Ritzen wächst.

abgefackeltes **Unkraut**

fauch!

Flammenwerfer

Typisch Papa!
Ich darf keinen MP3-Spieler haben, weil er sagt, die Strahlen **zerstören** mein Gehirn.
Aber er kauft sich immer die tollsten Sachen!

Ich hab mich wieder hingelegt und bin eingeschlafen.

Ein bisschen später wurde ich von Mamas Kreischen geweckt.

Als ich rausguckte, hab ich gesehen, dass ihr Holzkübel mit der **AFRIKANISCHEN NASHORNBANANE** in Flammen stand, die sie mal beim Tele-Gartenversand bestellt hat.

Jakob und Simon hüpften drum herum wie **Rumpelstilzchen** ums Lagerfeuer und haben sich gefreut.

brennende
AFRIKANISCHE
NASHORNBANANE
im Holzkübel
Kreisch!
jippie!
hops
clack

Das nächste Mal bin ich wach geworden, als die Zwillinge heulten.
Das war, als ihr **INDIANERZELT** abgebrannt ist.
Da bin ich dann aufgestanden.

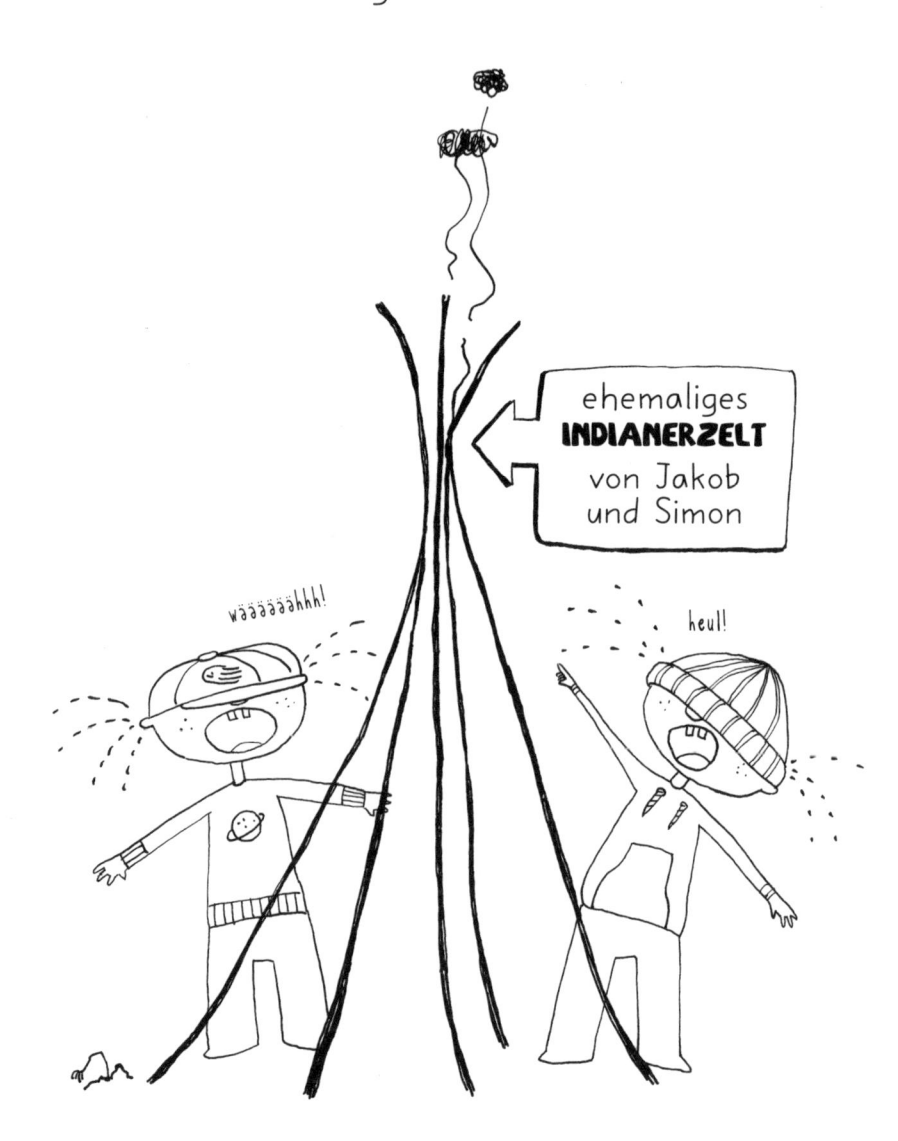

ehemaliges **INDIANERZELT** von Jakob und Simon

wäääääähhh!

heul!

Als die Post kam, war ich schon angezogen und hab gerade gefrühstückt. Ich krieg ziemlich selten Post, aber diesmal war was für mich dabei.

An Mamas stapfigen Schritten hab ich schon gehört, dass es **nichts Gutes** war.

Es war die Blockflöte!

Mama hat sie mir auf den Tisch geknallt, dass mir fast die Schokobällchen aus der Schüssel gehüpft sind. Dann hat sie mich gefragt, wie ich ihr das erklären will.

Aber ich war genauso ratlos wie sie, ehrlich! Und **gruselig** fand ich es auch, weil das ja eigentlich gar nicht sein kann. Dass die Flöte zu mir zurückkommt, obwohl ich keine Adresse draufgeschrieben hab.

Nachmittags hat Cheyenne geklingelt und mich gefragt, ob ich mitkomme zum **Jahrmarkt**.
Na klar! **Jahrmarkt** ist das Beste überhaupt und es ist echt schade, dass er nur zweimal im Jahr hier ist.

Mama hat mir zehn Euro gegeben und wir sind losgezogen.

Zehn Euro sind total wenig für den **Jahrmarkt**, weil da alles so teuer ist. Aber Cheyenne hatte zum Glück **fünfzig** Euro mit.

Ich hab sie gefragt, wo sie die herhat, und sie hat gesagt, von ihrer Mutter. **Das konnte ich gar nicht glauben!** Cheyennes Mutter ist zwar nicht so geizig wie meine, aber fünfzig Euro fand ich trotzdem nicht normal. Da hat Cheyenne gesagt, ihre Mami hat ihr das Geld auch nicht direkt gegeben, aber ihr Portemonnaie hat offen auf dem Küchentisch rumgelegen.

Nimm dir Geld, mein Kind!

„Und wenn das nicht heißt *Nimm dir Geld, mein Kind*, dann weiß ich auch nicht", hat Cheyenne gesagt.

Da ist mir ganz schön **mulmig** geworden. Ich weiß nämlich, dass das bei meinen Eltern **ganz bestimmt nicht** *Nimm dir Geld, mein Kind* heißt.

Aber dann hab ich mich **lieber gefreut**, weil wir so viel Geld hatten und auf den **Jahrmarkt** gehen konnten.

Es war total voll, weil Samstag war, und es war wahnsinnig laut und roch überall sehr lecker.

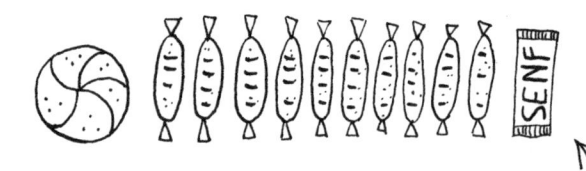

Cheyenne hat sich erst mal **zehn kleine Bratwürstchen** gekauft, aber ich nicht, weil ich noch satt vom Mittagessen war.

Dann sind wir mit dem **KILLERDING** gefahren.

Anschließend war uns total **SCHLECHT**.
Cheyenne musste sogar ihre zehn kleinen
Bratwürstchen wieder auskotzen.

Und dann wollte sie sich bei den Leuten vom
KILLERDING beschweren, weil die uns
reingelassen haben, obwohl
wir noch gar nicht zwölf sind. „Die müssen uns
unser Geld zurückgeben!", hat sie behauptet.
„Und das Geld für die Würstchen auch!" Aber
dann hat sie das doch nicht gemacht.

Stattdessen haben wir **Lose** LOS gezogen.
Wir ziehen immer Lose, wenn wir auf dem
Jahrmarkt sind, aber meistens gewinnen wir nur
Gummifledermäuse und **Plastikgebisse**.
Wir haben noch nie was **Tolles** gekriegt.

Aber diesmal doch! Schon auf meinem ersten Los
stand **HAUPTPREIS!!!**
Es war ein **Riesenpanda**, fast so groß wie ich selbst!
So was hab ich mir immer gewünscht.

Cheyenne war fast ein bisschen SAUER.
Erst das mit den Würstchen
und dann krieg ich auch noch
den **HAUPTPREIS**.

Als wir weitergegangen sind, haben alle Leute NEIDISCH geguckt, weil ich den Riesenpanda im Arm hatte. Besser gesagt: in beiden Armen. Er war nämlich **so groß**, dass ich ihn mit einem Arm gar nicht tragen konnte.

Wir haben dann ein **Eis** gegessen. Auf jeden Fall hab ich es versucht. Aber es ging nicht, weil ich keine Hand frei hatte. Cheyenne hat mich ein bisschen mit meinem Eis gefüttert, aber das meiste musste sie selber essen, damit es nicht runtertropfte.

So langsam haben mir meine Arme wehgetan. Ich hatte das Gefühl, sie werden immer länger.

Und geschwitzt hab ich auch, weil **Panda** so warm und dick war.

Da hab ich Cheyenne gesagt, dass ich mich <u>dringend</u> mal irgendwo hinsetzen muss.

ächz ...

Cheyenne hatte die **Idee**, dass wir uns gut in der **Achterbahn** hinsetzen können.

Das fand ich auch gut und so sind wir zur Achterbahn gegangen und haben Tickets gekauft.

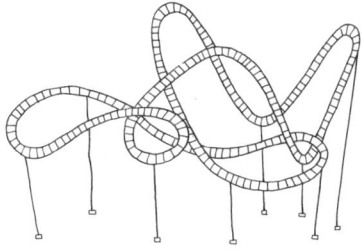

Der Panda bleibt aber draußen!

Jede Fahrt 3,-

Hä? Wie sollte das denn gehen? Wer sollte denn auf ihn aufpassen? Er konnte doch nicht einfach allein irgendwo rumsitzen — nachher wurde er noch **geklaut!**

Da hat die Frau gesagt, dann muss ich für ihn den vollen Fahrpreis bezahlen, weil er einen ganzen Sitz braucht.
Sechs Euro hat das für uns beide gekostet.
So viel hatte ich gar nicht mehr.

Cheyenne ist die Beste!

Aber Cheyenne war total lieb und hat alle Fahrkarten gekauft.

Sie hat sogar gleich ganz viele Fahrkarten gekauft, weil eine Fahrt immer so schnell vorbei ist, hat sie gesagt. Und dann haben wir nebeneinander gesessen, Cheyenne und ich außen und **Panda** in der Mitte und sind **viermal** Achterbahn gefahren. Immer, wenn es runterging, haben wir die Arme hochgerissen und gekreischt.

Das war fast wie fliegen. Als wir ausgestiegen sind, hatten wir ganz verwuselte Haare, bloß **Panda** sah noch aus wie normal.

Cheyenne wollte danach noch mit dem **BRAIN BLASTER** fahren, aber ich hab mich mit **Panda** auf eine Bank gesetzt und gewartet. Die Sonne schien, überall war es laut und so richtig **jahrmarktlich** und die Leute haben gegrinst, wenn sie mich und **Panda** gesehen haben.

Es hat auch gut gerochen, nach gebrannten Mandeln.

So langsam hab ich doch Hunger gekriegt.

Als Cheyenne aus dem **BRAIN BLASTER** wieder raus war, hat sie dann die gebrannten Mandeln gekauft. Und Zuckerstangen und Salmilollis und Armbänder zum Abknabbern und Nuckelflaschen mit Liebesperlen und eine Tüte Waffelbruch und dann sind wir nach Hause gegangen.

Cheyenne hat mich mit gebrannten Mandeln gefüttert, und wenn **Panda** mir zu schwer wurde, hat sie ihn getragen.

Dann hab ich ihr Waffeln und Liebesperlen in den Mund gestopft und sie zum Lachen gebracht.

Leider hat sie dabei **Panda** ein bisschen angesabbert. Aber da mussten wir nur noch mehr lachen.

Cheyenne hat mich bis zu unserem Haus gebracht. Dann hat sie mir den Rest von den Mandeln geschenkt. Und ein Armband und eine Nuckelflasche.

Ich hab geklingelt *Bimmel!*, und als Papa aufgemacht hat, hab ich ihm **Panda** gezeigt.

Da musste er natürlich erst mal ein paar doofe Sachen sagen. Dass am Montag der Sperrmüll kommt und so. Aber das war mir egal.

Ich bin nämlich zu den Zwillingen gegangen und hab ihnen **Panda** gezeigt, damit sie **neidisch** werden. Und sie waren so was von **neidisch!**

Obwohl Simon gesagt hat, so ein Panda ist ja wohl was ganz Blödes und Affen sind hundertmal cooler. Und Jakob hat gesagt, dass bei **Panda** hinten am Po eine Naht aufgeplatzt ist und gerade eine KACKWURST rausquillt.

Da hab ich schnell nachgeguckt und die Naht war wirklich aufgeplatzt. Allerdings war das so eine Art kratzige Watte, die hinten rausquoll. Ich hab Mama **Panda** gezeigt und sie hat versprochen, ihn zu nähen, wenn sie Zeit dazu hat.

Später sollte ich dann Flöte üben. 😐

> **Menno, wie mir dieses blöde Flöteüben zum Hals raushängt!**

Außerdem passieren immer so **komische** Sachen, wenn ich spiele. 😌

Ich bin mit **Panda** in mein Zimmer gegangen und hab ihn neben Helga und die anderen Stofftiere aufs Bett gesetzt.

Kuschel-Lämmergeier

Helga, das Kampfschaf

Lumpi, der Hund

Helga ist ein Kampfschaf, ich hab sie gekriegt, als ich noch ganz klein war. Sie hat die Hörner so komisch am Kopf festgenäht. Darum hat Papa gesagt, sie trägt einen Wikingerhelm und heißt Helga, das Kampfschaf.

Erst viel später hab ich gemerkt, dass sie nur Helga heißt, weil Papa das behauptet hat. In Wirklichkeit hätte ich ihr auch einen schönen Schafnamen geben können, so wie (Missy) oder (Daisy).

Helga und **Panda** sind beide ziemlich groß. Für mich bleibt da nicht mehr viel Platz im Bett.

Meine Zimmertür hab ich offen gelassen. Damit jeder im Haus was hat von der Musik. Dann hab ich mir die Flöte geschnappt und reingeblasen.

Schreckliche Töne kamen da raus. Und ein bisschen **Spucke**.

Und dann ist schon wieder was passiert!

Nämlich hat **Panda** sich Helga geschnappt und meinen Kuschel-Lämmergeier aus dem Vogelpark.

Und er hat sich beide auf die Ohren gedrückt. Aber weil Helga ja ein Kampfschaf ist, hat sie sich gewehrt und rumgemäht.

Und dann hat **Panda** Helga aufs Bett geworfen und sich dafür mit Lumpi, dem Hund, sein Ohr zugehalten.

Da hab ich sofort aufgehört zu spielen. Ich hab meine Tiere angestarrt, aber sie waren wieder normale Stofftiere.

Und da war mir klar: **Die Flöte muss weg!!!** Sonst passiert am Ende noch was **ganz schlimmes**.

Erst mal hab ich sie in meinen Kleiderschrank gesperrt, ganz hinten unter die Skisocken, und hab abgeschlossen.

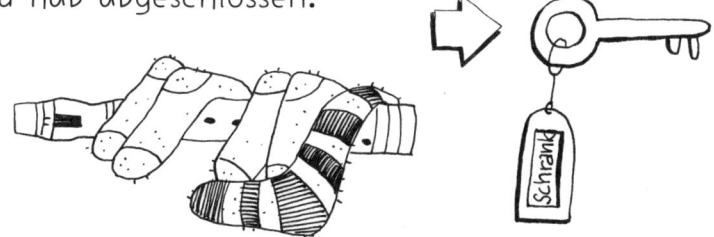

SONNTAG, DER 28. AUGUST

Heute war ich bei Cheyenne und hab ihr **Panda** geschenkt. Cheyenne hat sich total gefreut.

Bei ihr und Chanell im Zimmer ist es egal, wenn noch ein **Riesenpanda** dazukommt. Da ist sowieso schon alles so voll, dass man den Fußboden gar nicht mehr sehen kann.

Dann wollte Cheyenne mir eine Zuckerstange oder einen Salmilolli geben, um sich zu bedanken, aber sie und Chanell hatten schon alles aufgegessen.

MONTAG, DER 29. AUGUST

Heute war Frau Kackert mal wieder besonders blöd. Wir sollten eine Tierbeschreibung machen und ratet mal, welches Tier drankam?

Der **Panda!** Da kenne ich mich ja nun wirklich aus!

Ich hab geschrieben, dass Pandas nicht so gerne Flötenmusik hören.

Und dass es vorkommen kann, dass bei ihnen am Po was aufplatzt.

(Noch mal!) *zisch!*

Aber Frau Kackert weiß wohl nicht so gut Bescheid über Pandas. Sie hat nur böse rumgezischt und gesagt, dass ich alles zu Hause noch mal schreiben muss.

UNFAIR!

Berenike hat sich kaputtgelacht, die **blöde Pute**. Ich glaub, sie mag mich nicht mehr seit neulich. Und dann hab ich auch mal aus Versehen **Bären-Niete** zu ihr gesagt.

Es ist ja nicht so schlimm, dass Berenike mich nicht mag, ich mag sie ja auch nicht. Es ist bloß so, dass sie heute eine Mädchenbande gegründet hat und alle Mädchen aus unserer Klasse wollen da rein. Nur Cheyenne und ich bleiben noch übrig.

Aber vielleicht machen wir auch einfach unsere eigene Bande auf, hat Cheyenne in der Pause gesagt. Gute Idee!!!

vielleicht: DIE COOLEN AUS DER SCHULE

oder

DIE WILDEN KANINCHEN

WK

oder

DIE WILDEN KANINCHEN

Die 2 geheimen BLUTSSCHWESTERN

MITTWOCH, DER 31. AUGUST

Cheyenne hat es echt gut!
Was bei ihr alles **besser** ist:

1. **keinen Vater**, der ständig rumnervt ☠

2. **keine kleinen Brüder!!!** ☠

3. einen eigenen **Fernseher** im Kinderzimmer (sogar mit **Wii-Konsole!**)

4. ein eigenes **Fotohandy**

5. einen **MP3-Spieler**

6. Sie darf jeden Montagabend um **Viertel nach acht** im Fernsehen gucken.

Ratet mal, wo ich jeden Montagabend um Viertel nach acht bin! **Im Bett, na klar!** Dabei will ich auch mal sehen, wenigstens einmal!!!

Aber Mama sagt immer nur, ich brauch meinen Schlaf, und Papa sagt, das ist eine Mistsendung und so was gucken wir nicht.

Schlaf

Mistsendung

Voll blöd, dass Eltern über so was bestimmen dürfen!

Dabei ist es gar nicht wahr, dass das eine Mistsendung ist. Cheyenne erzählt immer davon und es hört sich **total lustig** an!

Leute können Tiere filmen, denen was **Komisches** passiert.

Das schicken sie dann an den Fernsehsender, und wenn es im Fernsehen kommt, kriegen sie hundert Euro.

Hundert Euro! Die könnte ich gut gebrauchen. Für mein Haustier, na klar. 😊

Leider haben wir keine Kamera zu Hause und auch kein Fotohandy.

Daran ist Papa schuld, der ist nämlich technisch in der ⇦ **STEINZEIT** stehen geblieben.

Der glaubt schon, ein Videorekorder ist was ganz TOLLES.

Also hab ich Cheyenne gefragt, ob wir zusammen ein **witziges** Tiervideo filmen sollen.

Cheyenne und Lotta, die coolen Tierfilmer

Nachmittags, als wir mit den Hausaufgaben fertig waren, sind wir losgezogen. Cheyenne hatte ihr Fotohandy dabei, weil man damit auch filmen kann. Ich hatte meine indische Blockflöte dabei, weil ich sie immer noch irgendwo loswerden wollte.

Erst sind wir nur bei Cheyennes Haus rumgelaufen. Da, wo die Mülltonnen stehen.

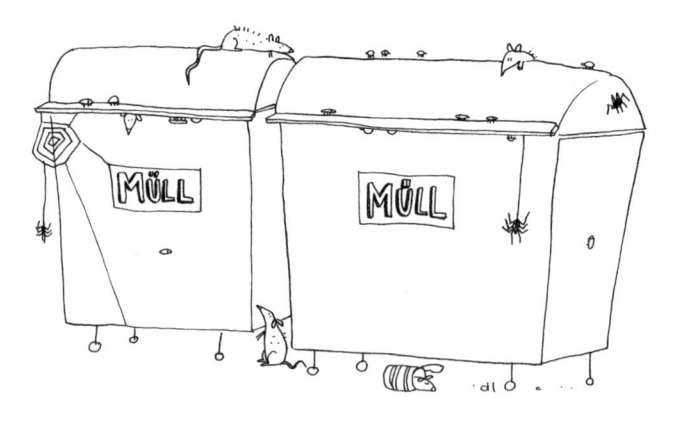

Cheyenne hat nämlich gesagt, da sind manchmal Ratten. Ich hab aber bloß **EKLIGE** Spinnen und Käfer gesehen und sowieso finde ich Ratten nicht so lustig.

Überhaupt finde ich nicht alle Tiere toll, nur die meisten.

Aber manche, die will ich **nie im Leben als Haustier** haben. Nämlich:

1. Spinnen   <---- nicht lustig
2. Ratten
3. diese **platten Dinger**, die immer unter den Blumentöpfen im Garten rumlungern
4. Frösche mit Warzen →
5. Kalle, die Qualle (der spielt bei Horst, die Wurst, mit)
6. alles, was einem **die Beine hochkrabbelt**, wenn man irgendwo in den Büschen ist
7. alles, was **sticht** oder **giftig** ist oder ohne Grund **beißt**
8. Tiere, die so tun, als wären sie schon tot (so wie **Heesters**)
9. Nacktmulle (die hab ich mal im Fernsehen gesehen. **Pfui Spinne!**)

Danach sind wir in die Neubausiedlung gelaufen, wo wir eine **Katze** getroffen haben. Cheyenne wollte, dass wir hinterherlaufen, weil sie bestimmt bald was **Lustiges** macht.

Die Katze ist aber nur so langweilig rumspaziert. Bei einem Haus war eine offene Garage ohne Auto, da ist sie reingegangen. Und dann ist sie durch eine Katzenklappe ins Haus gekrochen.

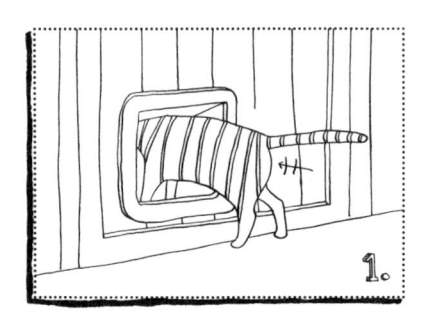

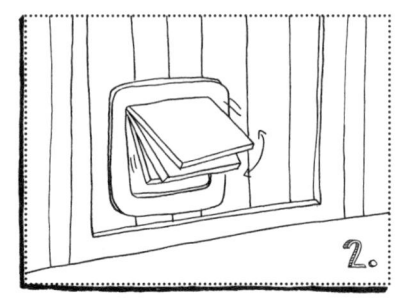

Das war ja jetzt doof.

Wir standen da und wussten erst mal nicht, was wir machen sollten. „Wo wohnt die Katze?", hat Cheyenne mich gefragt.

Hä? Was sollte das denn jetzt?
Aber da hat sie schon losgekichert.
„Im Miezhaus!" Ha! Ha! Ha! Ha! Ha!

Ich musste lachen, aber dann hat Cheyenne gesagt, ich soll hinterherkriechen, in die **Katzenklappe**. Da hab ich nicht mehr gelacht. „Wieso denn ich?", hab ich gefragt.

"Ist doch klar, Mann", hat Cheyenne gesagt. "Du bist viel kleiner und dünner als ich, weil du gerade erst zehn geworden bist. Ich pass doch gar nicht mehr da durch."

Da hatte sie natürlich recht. Also bin ich gekrochen. Aber ich hab auch nicht mehr durch die Klappe gepasst. Deshalb bin ich **stecken geblieben**. Und zwar ungefähr da, wo mein Bauch ist.

Erst hatte ich **Angst**, dass die Leute zurückkommen, die hier wohnen, und mich sehen. Weil die das bestimmt nicht so gut finden, wenn ich in ihrer Katzenklappe feststecke.

Guten Tag!

Aber ziemlich schnell hab ich total **Angst** bekommen, dass ich gar nicht mehr rauskomme.

Und da hab ich **geschrien**. Zum Glück war Cheyenne da und hat mich an den Beinen rausgezogen. Aber erst, nachdem ich ganz schön lange geschrien hab. Ich hab auch noch ein bisschen weitergeschrien, als Cheyenne an mir gezogen hat, weil es voll **wehgetan** hat.

Die Klappe war plötzlich so klein, dass es überall geknirscht hat, an meinem Bauch und meinen Rippen und meinen Armen.

Deswegen fand ich es auch gar nicht komisch, als ich endlich draußen war und Cheyenne die ganze Zeit nur gelacht hat.

Aber da hat sie mir ihr Handy gezeigt. Sie hat mich nämlich gefilmt, wie ich in der Klappe festsaß und geschrien und gestrampelt hab.

Und dann hat sie gesagt, das kann man vielleicht bei *Die dümmsten Haustiere der Welt* einschicken, weil das **so lustig** ist.

Da musste ich doch wieder loslachen, obwohl sich meine Rippen immer noch ein **bisschen gebrochen** angefühlt haben.

Als wir fertig waren mit Lachen, sind wir weitergegangen, bis wir aus der Neubausiedlung raus waren. Die ganze Zeit haben wir uns erzählt, was wir von den fünfzig Euro kaufen wollen.

Cheyenne hat gesagt,
sie will sich einen
Roboter-Dinosaurier
mit Fernbedienung kaufen.

Oder ein Waveboard.

Auf dem Weg sind wir an einer Fleischerei vorbeigekommen. Cheyenne hatte Hunger und wollte sich zwei Würstchen kaufen.
Sie hat gefragt, ob ich auch will, aber ich wollte nicht. Trotzdem bin ich mit reingegangen.

Und dann hab ich gemerkt, dass das eine günstige Gelegenheit ist! Ich hab die Blockflöte aus dem Rucksack geholt und mich ganz nah an das Fenster gestellt, wo das ganze Fleisch dekoriert war.

Und als die Verkäuferin nicht guckte, hab ich die Flöte schnell zwischen ein paar Hausmacher Blutwürste gelegt.

Dann hat Cheyenne ihre Würstchen bezahlt und wir sind wieder auf die Straße gegangen. Cheyenne wollte die Würstchen sofort aufessen, aber als sie die Tüte geöffnet hat, war da nur **ein** Würstchen drin.

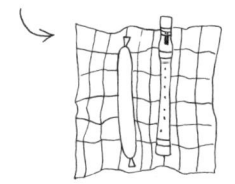

Und eine Blockflöte.

DONNERSTAG, DER 1. SEPTEMBER

Heute wollten wir aber wirklich unser lustiges Tiervideo filmen!

Also haben wir wieder überlegt, welche Tiere wir dafür nehmen. Ich dachte sofort an **Polly,** → aber dann fand ich die Idee doch nicht so gut.

Frau Segebrechts Papagei --→ wär auch klasse, aber den krieg ich bestimmt erst recht nicht.
Da hat Cheyenne gesagt, dann klingelt sie eben und fragt.

Das fand ich total mutig, -----→
weil Cheyenne Frau Segebrecht
ja gar <u>nicht</u> kennt.

Ich hab mich hinter einer Mülltonne versteckt, damit Frau Segebrecht mich nicht sieht, wenn sie aus der Tür guckt. Aber sie hat mich trotzdem gesehen, weil sie oben aus einem Fenster geguckt hat. Und natürlich hat sie Polly nicht rausgerückt. Stattdessen hat sie mit Cheyenne RUMGESCHIMPFT.

Im Hintergrund hat Hannibal gekreischt, ihr Papagei. Er hat so gekreischt, wie wenn jemand KREISCH! abgemurkst wird. So 'n armer Nymphensittich kann einem schon leidtun. Das muss echt **wehtun** mit den Nymphen, so wie der immer schreit.

„Mann, was für ne **blöde Kuh**", hat Cheyenne gesagt, als sie wieder bei mir war. Und auch noch ganz andere Wörter, die ich teilweise noch gar nicht kannte.

Pöh, dann kommt Polly eben nicht ins Fernsehen und wird berühmt! Im Park laufen ja schließlich auch immer Hunde rum, die man filmen kann.

Wir haben auch gleich zwei gesehen, als wir da waren. Und zwar waren das **Möpse**. Die haben total niedlich ausgesehen. Und **lustig**. Genau richtig für unseren Tierfilm!

„Ey, das ist ja *DER*", hat Cheyenne mir zugeflüstert. „Den finde ich voll süß!" Da hab ich sie gefragt, welchen sie meint. Einer war nämlich **schwarz** und der andere weiß.

Aber Cheyenne hat gar nicht von den Hunden gesprochen. Sondern von dem Jungen, der mit den Möpsen spazieren war. Und zwar war das **Casimir**, der Bruder von Berenike.

Berenike, Bären-Niete

Schwester von

Cheyenne hat ihm zugewinkt, aber er hat sie gar nicht gesehen, weil er sich gerade um die Möpse kümmern musste.

Die sind nämlich weggelaufen. „Pompey! Pugsley! Bei Fuß!", hat er gerufen, aber Pompey und Pugsley haben nicht gehört. Sie kamen direkt auf uns zugeschossen. Und dann sind sie beide an Cheyenne hochgesprungen und haben sich gedreht und so gefiept dabei. Als ob sie sich ganz doll freuen.

grunzgrunzgrunz
fiepfiep

Ein bisschen **neidisch** war ich schon, dass sie an Cheyenne hochgesprungen sind und nicht an mir. Cheyenne hat sie gestreichelt und sie wurden immer aufgeregter und haben so witzig geschnüffelt. Sie waren echt süß!

Casimir kam mit der Leine über den Rasen gelaufen, aber noch jemand kam, und zwar so ein (struppiger Hund) mit kurzen Beinen. Er sprang auch an Cheyenne hoch und hat ein bisschen nach ihrem Kleid geschnappt.
Da ist sie ein paar Schritte rückwärts gehüpft.

Als dann auch noch so ein Pudel mit Pudelfrisur durch ein Blumenbeet gefetzt kam wie eine Rakete, war ich kein Stück mehr neidisch.

Und Cheyenne hat sich umgedreht und ist losgelaufen.

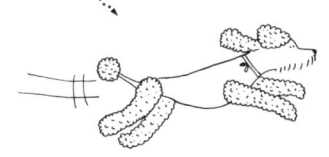

Casimir war inzwischen bei mir angekommen und sah nicht halb so süß aus wie seine Möpse. **Echt.** Er hatte ziemlich lange Haare und hat ein total stinkiges Gesicht gemacht.

lange Haare

Pompey! Bei Fuß!

stinkiges Gesicht

Dann ist er losgelaufen und ich auch. Wir sind hinter Cheyenne und den Hunden hergeflitzt. Dabei hat uns ein Riesenschnauzer überholt, der auch zu Cheyenne wollte. Er hat gebellt und sah sehr fröhlich aus, der Riesenschnauzer.

wöffwööff

Cheyenne war schon am Teich angekommen und da konnte sie nicht weiter. Die Hunde sind an ihr hochgesprungen und haben gefiept und gejault und gebellt und sie abgeschlabbert.

Als dann auch noch ein Schäferhund zwischen den Büschen aufgetaucht ist, ist Cheyenne in den Teich gehüpft. Die Hunde haben sich sehr gefreut und sind hinterhergehechtet.

„Hilfe! Ich kann nicht schwimmen!", hat Cheyenne gerufen und ist untergegluckert.

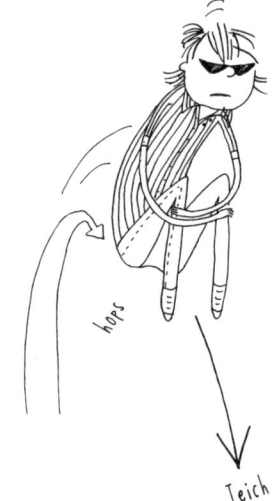

HiLFE!

Da musste Casimir sie retten. Er hat ziemlich GENERVT geguckt, als er mit seinem schicken Hemd in den Teich gesprungen ist.

hops

Teich

Und noch viel genervter, als er gemerkt hat, dass das Wasser gar nicht tief war und Cheyenne in Wirklichkeit noch stehen konnte.

Mein Held!

Teich ist nicht tief

Er hat sie trotzdem rausgezogen.

Cheyenne fand das ziemlich cool. Sie hat ihm gesagt, dass er ihr das Leben gerettet hat und dass sie dafür mit ihm ins Kino geht. Aber er hat bloß „Nee, danke!" geknurrt.

Und dann haben sie nur so dagestanden und aufs Wasser geguckt, wo die ganzen Hunde gebadet haben.

Ab und zu hat Casimir nach Pompey und Pugsley gepfiffen und gerufen. Dazwischen hat er leise vor sich hin getropft.

Pompey! Pugsley!

Aber plötzlich hat Cheyenne **VOLL DEN SCHRECK** gekriegt und in die große Tasche von ihrem Kleid gefasst.

SCHOCK!

gruschll

Mein Handy!

Zum Glück war das Handy aber gar nicht in der Tasche. Nur eine nasse Papiertüte vom Burger Paradise. Da klebte noch ein halber Doppel-Woppler drinnen.

bäh

patsch!

"Ach, jetzt kapier ich, warum die Hunde alle hinter mir her waren", hat Cheyenne gesagt und gestrahlt.

"Weil der hier so gut gerochen hat." Und dann hat sie in den Doppel-Woppler gebissen. Obwohl der ziemlich matschig ausgesehen hat.

knietsch

Wir haben an dem Tag nicht mehr gefilmt. Und zwar hatte Cheyenne ihr Handy sowieso zu Hause vergessen.

Typisch Cheyenne: Handy sitzt neben Barbie in Barbies Traumauto

Überhaupt wollten wir keine lustigen Tiere mehr filmen. Das hat nämlich doch nicht so viel Spaß gemacht, wie wir vorher gedacht hatten. Stattdessen hatte ich die Idee, dass wir vielleicht was **Witziges** mit meiner **indischen Blockflöte** → machen können.

Und dann hab ich Cheyenne erzählt, dass meine Flöte nicht normal ist. Dass die schuld ist, wenn immer **komische** Sachen passieren.

„Ich kann auch was Komisches", hat Cheyenne da gesagt. „Mit den Ohren wackeln. Guck mal!"

Ich hab geguckt und sie hat ganz viele **Grimassen** gezogen.
Aber ihre Ohren haben **nicht** gewackelt dabei.

FREITAG, DER 2. SEPTEMBER

So, jetzt, wo wir keine lustigen Tierfilme mehr machen, will ich eigentlich auch kein eigenes Haustier mehr haben. Irgendwie hab ich die Nase voll von Tieren.
Ich will lieber ein **Fotohandy** haben, so eins wie Cheyenne.

Vorsorglich hab ich das schon mal Papa erzählt. In drei Monaten ist ja schließlich Weihnachten.

Aber mit Papa kann man über so was ja nicht reden! Er musste mir sofort erklären, wie er und sein Bruder Holger früher telefoniert haben, als sie Kinder waren. Sie haben sich nämlich aus **Joghurtbechern Telefone** gebastelt, mit einer Schnur dazwischen.

Und dann haben sie auf einer Wiese gestanden und Holger hat „Hallo Rainer" reingerufen und Papa hat „Hallo Holger" zurückgerufen.

So Was Dämliches!

Aber Jakob und Simon waren natürlich total begeistert und haben auch sofort ein Joghurtbechertelefon gebastelt.

Bei Jakob war noch ein bisschen **Himbeerjoghurt** drinnen. Deshalb konnte er nicht so gut hören durch seinen Becher. „Du blöder Affenfurz!", hat er reingeschrien und ein bisschen Joghurt ist aus seinem Ohr getropft.

> Du bescheuerter Ober-Dumm-ein-neues-Gehirn-Braucher!

Alle Nachbarn konnten das Telefongespräch hören. Auch ohne Joghurtbechertelefon.

Abends dann, als die Jungs schon geschlafen haben, hat Barni erst mal ein bisschen mit Simon telefoniert. Barni hat so schön lange Arme, da konnte man gut einen Joghurtbecher drunterklemmen. Und die Schnur war so lang, dass ich gegenüber im Badezimmer sitzen konnte mit dem anderen Becher.

> Dein letztes Stündlein hat geschlagen, denn ich bin der Affe des Todes! Höhöhö!

Ich mit dem einen Joghurtbecher

Barni mit dem anderen

Das hat echt super geklappt, Simon ist nämlich sofort aufgewacht und hat gebrüllt wie am Spieß. **WAAAAAA**

Aber obwohl ich sofort in meinem Zimmer und im Bett war, hab ich natürlich mal wieder den ganzen Ärger gekriegt. UNFAIR!

Dabei war das doch nicht meine Idee mit diesem **blöDen** Joghurtbechertelefon!

SONNTAG, DER 4. SEPTEMBER

tuschel

Mama telefoniert mit heimlichem Gesicht

Heute waren irgendwelche Heimlichkeiten im Gange. Morgens hat Mama schon mit wem telefoniert und dann hat sie sich lange mit Papa in der Küche unterhalten und dann hat sie wieder telefoniert.

Und als ich gefragt hab, was los ist, da hat sie nur so ein heimliches Gesicht gemacht. So eins, als ob es bald eine Überraschung gibt.

Da bin ich ganz schön kribbelig geworden. Ob das vielleicht was mit einem **Fotohandy** zu tun hatte?

Später wollte ich zu Cheyenne gehen, aber Papa hat gesagt, ich soll dableiben, weil wir auf etwas warten. Und zwar etwas, das für mich **besonders toll** wird. Da war ich — na klar — noch viel aufgeregter.

Das war ja schlimmer als Weihnachten!

Ich wusste gar nicht, was ich machen sollte, und da hab ich geguckt, was die Jungs so machen. Jakob und Simon haben mit Barni und Füschi im Garten **AFFEN IM WELTALL** gespielt. Füschi, die platte Flunder, war *swisch* **RAUMFISCH ENTERPRISE**.

Weil ich gerade nichts Besseres zu tun hatte, hab ich das galaktische Superschaf Helga geholt. Und dann haben sie alle zusammen die Menschheit gerettet.
Und den Rest des Universums sowieso.

RAUMFISCH ENTERPRISE
affen im weltall
swisch
Käpt'n wir werden angegriffen.
Auf den Schirm!
Lt. Simon
Lt. Jakob
Käpt'n Barni
Superschaf Helga
Prinzessin Lotta
Der Weltraum – unendliche Weiten. Dies sind die Abenteuer von Raumfisch Enterprise, der mit seiner
fünf Mann starken Besatzung 400 Jahre unterwegs ist, um neue Welten zu erforschen, neues Leben und neue Zivilisationen.
DER EISKALTE VAKUUMIERER
DER GRAUSAME SCHOKOSCHMELZER
DA KANN NUR EINER DAHINTERSTECKEN …
… LORD HELMCHEN
Wir müssen ihn vernichten, sonst sind die Menschheit und der Rest des Universums in Gefahr!
Alle Laser Feuerbereitschaft! Aktiviert auf Zielautomatik! FEUER!
Aye, Käpt'n!
KAWUM
WUSCH
Ich geh raus und gebe ihnen den Rest!
KRAX
WUMMS
KRÄSCH
ZACK!
GERETTET
HURRA!
JIPPIE!
JUHU!
patsch!
Ist Lord Helmchen wirklich endgültig geschlagen? Oder heckt er schon neue Pläne aus … die Reise des Raumfisch Enterprise geht weiter …

Danach hab ich wieder gewartet. PUH, hat das gedauert! Ich war schon völlig mit den Nerven fertig, als es endlich an der Tür geklingelt hat. BIMMEL! ⇨ Da bin ich natürlich sofort aufgesprungen und hingelaufen. Auf jeden Fall wollte ich das, aber mir kam was dazwischen.

Und zwar bin ich über Heesters gestolpert, der mitten im Wohnzimmer lag. (Zu Heesters schreibe ich später noch was. Jetzt hab ich keine Zeit!!!) Deswegen war Mama als Erste an der Tür.

stolper

Im nächsten Moment hat jemand geschrien. Und zwar so, wie wenn er abgemurkst wird. KREISCH! Und dann kam mir Mama schon entgegen. Mit einem Riesenkäfig in den Armen.

Ich dachte, ich guck nicht richtig. Es war nämlich **Hannibal**, der Papagei → von Frau Segebrecht. Der irgendwas mit den Nymphen hat. KREISCH!

Jetzt kreischte er schon wieder so wie zwei Züge, die zusammenstoßen. Das Tier ist wirklich sehr krank, glaube ich.

Hinter Mama ging eine Frau, die ich nicht kannte. Sie erzählte Mama gerade, dass ihre Mutter mindestens drei Wochen im Krankenhaus bleiben muss.

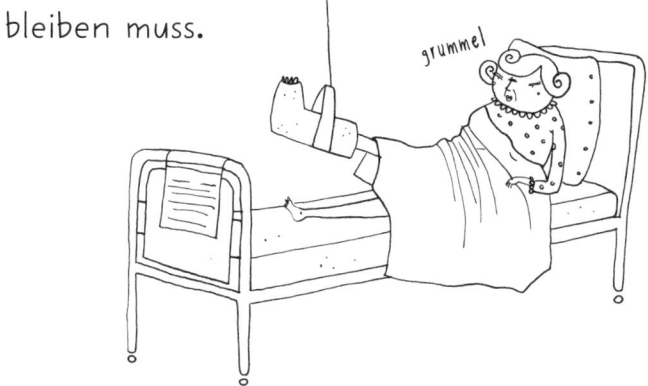

„Gesplitterter Knöchel, Außenbandabriss ... tja, so schnell wird Mutti wohl nicht wieder Tennis spielen können", hat sie gemeint.

schluck!

Und dann hat sie mich angestrahlt und mir gesagt, wie froh sie ist, dass ich mich so lange um Hannibal kümmere.

Und Mama hat mich angestrahlt und mir gesagt, dass ich jetzt zeigen kann, ob ich Verantwortung für ein Tier übernehmen kann.

KREISCH!

Und Papa hat nicht gestrahlt und mir gesagt, wenn das Viech immer so einen Lärm macht, muss es aber die ganze Zeit in meinem Zimmer bleiben.

KREISCH!

Ich war ganz steif vor Schreck und hab nur Hannibal angeguckt.

Schock!

Der hat ganz nett zurückgeguckt und fast ein bisschen gelächelt mit seinen roten Bäckchen. Da hab ich einen Finger in den Käfig gesteckt, weil ich dachte, am besten gewöhnt er sich gleich an mich.

rote Bäckchen

Hannibal hat voll **reingebissen**. In meinem Finger war ein richtiges Loch. Dann hat er wieder gekreischt, wie wenn einer abgemurkst wird.
KREISCH!
Ich glaub, ich geh morgen gleich mit ihm zum Tierarzt. Vielleicht kann der ihm die Nymphen rausoperieren.

KREISCH!

Berenike von Bödecker

geht in meine Klasse → ist ziemlich reich, glaub ich

↰ Bruder von

Casimir von Bödecker

der coolste Junge auf dem Schulhof (findet Cheyenne)

Tiere

HANNIBAL

Vogel von →

Polly und Frau Segebrecht

unsere Nachbarin mit Hund (süß!)

meine Blödbrüder ↲

Jakob und Simon Petermann

Zwillinge nämlich

guckt immer gerne streng über ihre Brille

unsere Klassenlehrerin ↰

Frau Kackert

meine beste Freundin → Cheyenne Wawrceck

das bin ich ↙ Lotta Petermann

← Mitglied unserer Bande
Paul Kohlhase

meine Mama ↘
Sabine Petermann
mag Ajudingsbums-Gekoche

Oma und Opa

Heesters/Schildkröte

(Über Heesters schreib ich später noch was.)

Rainer Petermann
mein Papa ↗ Lehrer

Alice Pantermüller
Daniela Kohl

Mein Lotta-Leben
Hier steckt der Wurm drin!

Weitere Bücher von Alice Pantermüller im Arena Verlag:

Mein Lotta-Leben. Alles voller Kaninchen (1)
Mein Lotta-Leben. Wie belämmert ist das denn? (2)
Mein Lotta-Leben. Hier steckt der Wurm drin! (3)
Mein Lotta-Leben. Daher weht der Hase! (4)
Mein Lotta-Leben. Ich glaub, meine Kröte pfeift! (5)
Mein Lotta-Leben. Den Letzten knutschen die Elche! (6)
Mein Lotta-Leben. Und täglich grüßt der Camembär (7)
Mein Lotta-Leben. Kein Drama ohne Lama (8)
Mein Lotta-Leben. Das reinste Katzentheater (9)
Mein Lotta-Leben. Der Schuh des Känguru (10)
Mein Lotta-Leben. Volle Kanne Koala (11)
Mein Lotta-Leben. Eine Natter macht die Flatter (12)
Mein Lotta-Leben. Wenn die Frösche zweimal quaken (13)
Mein Lotta-Leben. Da lachen ja die Hunde! (14)
Mein Lotta-Leben. Wer den Wal hat (15)
Mein Lotta-Leben. Das letzte Eichhorn (16)

Mein Lotta-Leben. Alles Bingo mit Flamingo! (Buch zum Film)

Linni von Links. Sammelband. Band 1 und 2
Linni von Links. Alle Pflaumen fliegen hoch (3)
Linni von Links. Die Heldin der Bananentorte (4)

Poldi und Partner. Immer dem Nager nach (1)
Poldi und Partner. Ein Pinguin geht baden (2)
Poldi und Partner. Alpaka ahoi! (3)

Bendix Brodersen. Echte Helden haben immer einen Plan B

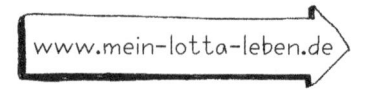

www.mein-lotta-leben.de

Alice Pantermüller
wollte bereits während der Grundschulzeit „Buchschreiberin" oder Lehrerin werden. Nach einem Lehramtsstudium, einem Aufenthalt als Deutsche Fremdsprachenassistentin in Schottland und einer Ausbildung zur Buchhändlerin lebt sie heute mit ihrer Familie in der Lüneburger Heide. Bekannt wurde sie durch ihre Kinderbücher rund um „Bendix Brodersen" und die Erfolgsreihe „Mein Lotta-Leben".

Daniela Kohl
verdiente sich schon als Kind ihr Pausenbrot mit kleinen Kritzeleien, die sie an ihre Klassenkameraden oder an Tanten und Opas verkaufte. Sie studierte an der FH München Kommunikationsdesign und arbeitet seit 2001 fröhlich als freie Illustratorin und Grafikerin. Mit Mann, Hund und Schildkröte lebt sie über den Dächern von München.

Alice Pantermüller

MEIN LOTTA-LEBEN
Hier steckt der Wurm drin!

Illustriert von Daniela Kohl

Arena

Für Rosemarie und German
Daniela

5. Auflage der Sonderausgabe 2020
© 2013 Arena Verlag GmbH,
Rottendorfer Str. 16, 97074 Würzburg
Alle Rechte vorbehalten
Einband und Illustrationen: Daniela Kohl
Gesamtherstellung: Westermann Druck Zwickau GmbH

www.arena-verlag.de
Mitreden unter forum.arena-verlag.de

MONTAG, DER 19. MÄRZ

wummer

OH MANN. Jakob und Simon haben heute schon um **Viertel vor sechs** in ihrem Zimmer rumgewummert.

Ich wollte gerade ziemlich **böse** werden, aber dann ist mir eingefallen, dass sie ja heute Geburtstag haben!

Und da bin ich schnell aus dem Bett gesprungen, denn Geburtstage sind ja was ganz Besonderes. Sogar Geburtstage von **Blödbrüdern!**

Geburtstag — Simon — Jakob — Blödbrüder

Deshalb hab ich ihnen dann auch beim **Wummern** geholfen.

Glückwunsch!

Als Mama und Papa den Jungs gratuliert haben, sahen sie erst ein bisschen **schlecht gelaunt** aus.

Aber dann hat Mama im Wohnzimmer die Kerzen auf der Torte angemacht und wir durften reinkommen.

Mitten im Wohnzimmer stand ein Schlagzeug! **Voll cool!** Das war für Simon.
Und dazu gab es auch noch Trommelstöcke.

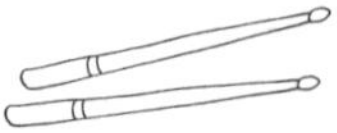

**DENGDENGDENG
DENGDENGDENG
DENGSCHEPPER**

Die hat er sofort ausprobiert. ⟶
Und da ging's gleich wieder los mit dem **Gewummere**.

BUMM!

Dann hat Jakob auch noch eine Posaune ausgepackt und reingeblasen.

TRÖÖT!

Da hab ich ein bisschen **Kopfschmerzen** bekommen.

DÖÖD!
FIIIIIIIEEEP
BÄNG
BINGBING
WUMMS!
BUMMBOMM!
TÄTÄÄRÄTÄÄÄÄ

Mama hat dann noch irgendwas geschrien. Ich glaub, sie wollte erzählen, dass die Instrumente Geschenke von Oma und Opa sind. Aber so ganz konnte ich das nicht verstehen bei dem Lärm.

Also, ich hätte ja nicht gedacht, dass es noch schlimmere Geräusche geben kann als die von meiner Blockflöte.
Aber jetzt weiß ich's ganz genau:
Es gibt noch viiiel SCHLIMMERE. ECHT!
Viel LAUTERE vor allen Dingen!

RAZONG! DISSS!
QUiiiETSCHQUÄÄCK

Deshalb bin ich lieber in die Küche gegangen, wo Papa schon am Tisch saß und einen Kaffee getrunken hat. Ich hab mir Orangensaft eingeschenkt und dann haben wir beide bloß dagesessen und nichts gesagt.
Wir hätten ja sowieso kein Wort verstanden.

FUMP! **DÄDÄÄH!**
BUMMBUMMBUMM

Später kam dann auch Mama mit den Jungs rein und wir wollten Geburtstagstorte essen. Mama hatte eine **Pfannkuchentorte** gebacken. 😃 Wir haben gejubelt und mit den Gabeln rumgeklappert, nur Papa nicht.

JAAAAAAAA!
DENG DENG DENG

Der hat immer noch **mürrisch** geguckt, und zwar, weil er lieber Apfelkuchen mag.

Die Jungs mussten erst mal die Kerzen auspusten, jeder neun. Leider hat Jakob aus Versehen elf Kerzen auf einmal ausgepustet, sodass für Simon nur noch sieben übrig geblieben sind.

Da hat Simon Jakob mit seinen Trommelstöcken auf den Kopf gehauen und Jakob hat geschrien und Simon an den Haaren gezogen.

duffduff duffduff duffduff

WAAAAAAAA!

Aber die Pfannkuchentorte war total → **LECKER!** **Hmmm!**

Bloß Papa hat ein bisschen rumgemeckert, nur weil da ein paar Wachsflecken obendrauf waren. Dabei konnte man die ganz leicht abkratzen.

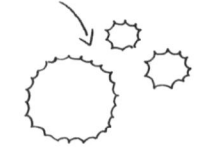

Wachsflecken

Aber da war Papa mal wieder bockig. Er hat sich lieber ein Käsebrot geschmiert. Ich glaub, er hatte einfach einen schlechten Tag.

Nach dem Frühstück haben die Jungs sofort wieder Posaune und Schlagzeug gespielt. **KAWUMM! PUUP! MÖÖÖÖP! WOMMSDENGEL!**

Da ist Papa ziemlich **hektisch** geworden und wollte schon mal losfahren zur Schule. Er ist ja Lehrer.

ZING ZONG! ZACK!

Will mit!

Ich hab schnell meinen Schulrucksack geholt und hab gefragt, ob er mich mitnimmt. Obwohl, eigentlich hab ich ihn mehr **angeschrien** als gefragt.

Auf dem Weg zu meiner Schule haben wir immer noch nicht geredet. Weil das nämlich total schön war, so ruhig.

Ruhe

seufz!

Auch vor der Günter-Graus-Gesamtschule war es noch ganz ruhig. Und zwar, weil es Viertel nach sieben war und die Schule geht erst um acht los. Da hab ich mich auf eine Bank gesetzt und gewartet. zzzzzzz

Nachmittags sind Oma und Opa zu Besuch gekommen.

"Aha! Da ist ja Jakob, das Geburtstagskind!"

Lauter, Liebes! Opa hört doch ein bisschen schwer!

"Ich bin Simon."

Als ob Simon taub wäre.
So ist das immer mit Oma und Opa. Aber ich hab mich total gefreut, dass sie da waren. Vor allen Dingen, weil sie mir was mitgebracht haben, nämlich eine Tafel Schokolade. Und das, obwohl doch meine Brüder Geburtstag hatten.

Dann wollten wir Kuchen essen, aber erst mal sagte Oma, dass die Jungs und ich etwas vorspielen sollen.

Lasst doch mal hören, die schönen neuen Instrumente von Oma und Opa.

Also hab ich meine indische Blockflöte geholt, auch wenn die nicht mehr so neu ist und auch gar nicht von Oma und Opa.

Ein bisschen **Angst** hatte ich schon, vor dem Vorspielen, meine ich. Weil doch immer was **Komisches** passiert, wenn ich in die Flöte puste.

Jakob wollte, dass wir **Fluch der Karibik** vorspielen. Da hat Simon ihn wieder mit seinen Trommelstöcken gehauen.

Er wollte nämlich lieber die **star-wars**-Musik trommeln.

Dabei ist das völlig egal, was wir spielen wollen, weil wir doch sowieso keine richtigen Lieder aus unseren Instrumenten rauskriegen.

Darum hab ich schon mal angefangen, in die Flöte zu blasen. Ich hab gedacht, wenn die Jungs erst mal spielen, hört man mich sowieso nicht mehr. Und so war das auch.

Simon hat so doll auf die Trommeln gehauen, dass ein Stock abgebrochen ist. Und Jakobs Posaune hat sich angehört, wie wenn ein Elefant stirbt.

TRÖÖPÖPÜÜÜÖCHZ
BINGBONG
WAMM! KRAX

Als wir fertig waren, hatte ich so ein komisches Fiepen in den Ohren.

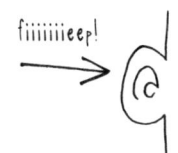

Und alle Fotos von den Jungs und mir waren von der Wand und hinters Sofa gefallen.

Und in der Scheibe von der Terrassentür war ein Sprung.

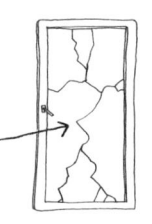

Und Oma hat ein Taschentuch aus ihrer Handtasche geholt und sich die Tränen abgewischt.

> **Sie ist ganz gerührt**

hat Mama mir zugewispert. Aber das glaub ich nicht. Ich glaub eher, dass sie geweint hat, weil ihr die Ohren wehgetan haben. 😐

Da hat Opa es besser. Der kann ja nicht mehr so gut hören.

> **Wann gibt's denn Torte?**

hat er gefragt und war kein bisschen gerührt.

Mama hatte einen **Papageienkuchen** gebacken, mit Smarties obendrauf.

Er war blau und grün und rosa und Papa hat schon wieder so geguckt, als ob er sich ein Käsebrot schmieren will.

Opa übrigens auch.

Gibt's keine anständige Torte?

hat er gemault und dann mit seiner Kuchengabel nach den Smarties gepickt.

Da war Mama ein bisschen **beleidigt**. Sie hat gesagt, dass das ein sehr schöner Kuchen für einen Kindergeburtstag ist und dass sie ihn im Brotbackautomaten gemacht hat.

Das hat man aber auch geschmeckt, leider. Da war nämlich noch ein bisschen Kümmel drinnen, im Papageienkuchen. Vom letzten Brot. **Bäh!**

Allerdings hat Mama schon viel schlimmere Geburtstagskuchen gebacken. Echt.
Am **GRUSELIGSTEN** waren:

1. der **Bio-Kuchen** „Hänsel und Gretel" mit Sägespänen und Pfeffer

2. die **Schokotörtchen** mit paniertem Kokos-Bierkäse

3. die **Salattorte** mit Eier-Lavendel-Curry und Gurken

4. die **marokkanische Torte** mit Dattelpaste, Minze und Salzzitronen

5. die **Melonen-Malzbier-Mandeltorte**

6. die **Schwarzwälder Kirschtorte** mit Mini-Tomaten (weil Mama vergessen hatte, Kirschen zu kaufen)

Abends, als Oma und Opa wieder weg waren und die Zwillinge zum Glück im Bett, hab ich mir meine Blockflöte noch mal angeguckt. Und ich hab mir vorgenommen, endlich mal in diesen indischen Laden zu gehen, wo Mama sie gekauft hat. Vielleicht können die mir sagen, was mit der Flöte los ist. Warum immer **komische** Sachen passieren, wenn ich auf ihr spiele. **Das muss ich jetzt wirklich mal wissen, das ist so was von dringend nötig!!!**

Obwohl ich glaub, das mit den Bildern und der Terrassentür heute, das waren die Jungs.

MITTWOCH, DER 21. MÄRZ

Nur noch **drei Tage** Schule bis zu den ➩ **Osterferien!**

Auf dem Schulhof haben wir uns heute darüber unterhalten, was wir in den Ferien machen.
Die meisten aus der 5b bleiben zu Hause.
Meine **allerbeste Freundin** Cheyenne auch.

> **Voll cool!** Zwei Wochen nur rumgammeln und Fernsehen gucken. Und Ostereier essen, natürlich!

Da hab ich sie fast ein bisschen beneidet. Mama und Papa wollen nämlich mit uns auf einen **BIO-BAUERNHOF** in **BAYERN** fahren. ☹
Und dabei haben Jakob und Simon und ich doch beschlossen, dass wir auf eine Insel im Mittelmeer fliegen wollen, wo wir jeden Tag an den Strand gehen. Und wir sind ja nun wirklich in der **Überzahl**, oder?

Trotzdem haben Mama und Papa einfach bestimmt, dass wir nach **BAYERN** fahren.
Unfair! ☹ ☹ ☹

Natürlich macht **Berenike von Bödecker** mal wieder die tollsten Ferien von allen. Sie hat ja auch die reichsten Eltern und die hochnäsigste Nase und ein eigenes Pferd.

„Wir haben ein Chalet in der Schweiz gemietet", hat sie gesagt und ihre Haare dabei so dämlich geschüttelt. So wie diese Models im Fernsehen.

Dort fahren wir Snowboard auf dem Piz Perdü.

Pizza – WAS?
HA! HA! HA!

Und dann hat mir Cheyenne den Ellbogen in die Rippen gerammt und wir sind lieber schnell weggegangen, weil wir so lachen mussten. 😊 😊
Wir sind zu Paul rübergehüpft und haben ihn gefragt, ob er in den Ferien verreist.

Ich fahr zu meiner Oma an die Ostsee. Die hat ein großes Trampolin im Garten. Auf dem springt sie immer, um fit zu bleiben.

Da mussten wir noch mehr lachen, Cheyenne und ich. Obwohl wir wirklich <u>versucht</u> haben, ernst zu bleiben. Also, ich auf jeden Fall. Schließlich sind wir ja eine Bande, Cheyenne, Paul und ich. DIE WILDEN KANINCHEN. Und da muss man aufpassen, worüber man lacht und so.

Besonders bei Paul, weil der so schnell **beleidigt** ist. Und das ist gar nicht gut, wenn Paul beleidigt ist, weil wir dann vielleicht wieder <u>nicht</u> in sein Baumhaus dürfen. Paul hat nämlich ein **total cooles Baumhaus** im Garten.

Aber jedes Mal, wenn ich Cheyenne angeguckt und an Pauls Oma auf dem Trampolin gedacht hab, musste ich wieder lachen.

chchchihihiHIHIHAHAHA

Da hat Paul irgendwas von „**blöde Hühner**" gesagt und ist weggegangen.
Ich glaub, heute Nachmittag treffen sich DIE WILDEN KANINCHEN <u>nicht</u> in seinem Baumhaus.

Aber das ist auch nicht so schlimm, denn für heute Nachmittag hab ich ja sowieso schon einen anderen Plan: Ich geh zu dem kleinen indischen Laden, wo Mama meine Blockflöte gekauft hat, und frag mal nach, was mit der los ist. Ob es eine Zauberblockflöte ist oder so.

Ich hatte Glück, weil Mama sowieso in den Laden wollte. Um

Dabur Pudin Hara Lemon Fizz
Schnelle Hilfe bei Sodbrennen und Blähungen

zu kaufen. Und

Sat-Isabgol-Flohsamenschalen
Gegen Verstopfung und Durchfall.

Für den Urlaub. In Bayern muss man schließlich darauf gefasst sein, dass es den ganzen Tag nur Weißwurst und Schweinshaxe zu essen gibt.

Da hab ich echt einen Schreck gekriegt!

Aber wir fahren doch auf einen **BIO-BAUERNHOF**, hast du gesagt!

Mama hat aber gemeint, dass es bestimmt auch **BIO**-Weißwurst und **BIO**-Schweinshaxe gibt.

Also echt, da hatte ich schon gar keine Lust mehr auf die Ferien. Da ist mir sogar dieses Ajudingsbums-Gekoche von Mama lieber!

PUH! Als ich dann mit Mama in diesem indischen Laden war, da wollte ich am liebsten gleich wieder nach Hause.

Von innen hat der nämlich noch *komischer* gerochen als Mamas Bananen-Ingwer-Suppe oder ihr Fisch-Curry mit Essig.

Es war ein bisschen dunkel und überall hat was vor sich hin geraucht. Mir ist irgendwie ganz dingelig 🌀 👁 geworden. Kann sein, dass das auch an der **jauligen** Musik lag. Zuerst dachte ich, da wär vielleicht jemand einem Hund auf den Schwanz getreten. Aber dann hab ich so einen verstaubten CD-Player hinter der Theke gesehen. Da kamen wohl die Töne ♩♩♩ raus.

Mama hat sich gleich auf so einen kleinen Topf im Schaufenster gestürzt. Vor dem stand ein Schild:

Stark reduziert!

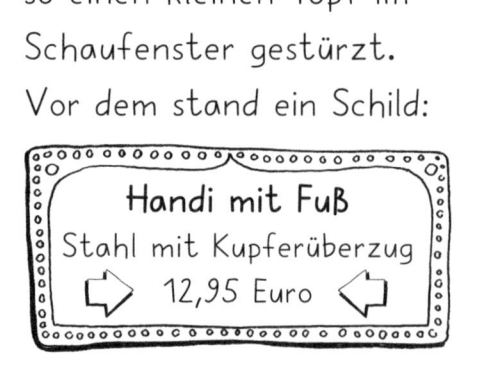

Handi mit Fuß
Stahl mit Kupferüberzug
12,95 Euro

> Stark reduziert. Den nehme ich mit.

Ich hab sie gefragt, wofür der gut ist.

> Ist das ein Kochtopf?

Mama wusste es auch nicht.

britzel

> Aber wer bei dem Preis nicht zuschnappt, muss verrückt sein.

Da hab ich lieber den Verkäufer gesucht.

Er stand in einer Ecke hinter einem Regal mit DVDs und hatte einen Turban auf dem Kopf mit langen, dünnen Haaren drunter.

Turban ←

← dünne Haare

> **Wie kann ich helfen, Memsahib?**

säuselige Stimme

hat er so säuselig gefragt und sich dabei ein bisschen verbeugt. Ich glaub trotzdem nicht, dass er ein richtiger Inder war, sondern bloß ein verkleideter.

oranges Bettlaken →

Und da hab ich ihm die Flöte gezeigt und gesagt, dass immer **komische** Sachen passieren, wenn ich reinpuste.

„*Ah*", hat er gesagt und mit dem orangenen Bettlaken geraschelt, das er anhatte.

> **Ein besonders schönes Stück. Bambus-Wurzelholz.**

Und dann hat er mir was erzählt!
Dabei hat er sich immer umgeguckt und total geheimnisvoll geflüstert.

Und zwar hat er gesagt, dass man mit der Flöte Schlangen **beschwören** kann. Kobras nämlich.

flüster

Aber man muss die richtigen Töne spielen. Denn sonst können unvorhersehbare Ereignisse eintreten.

Da war ich auf einmal ganz schön **aufgeregt**, weil ich das ja auch schon gemerkt hatte!

Dann hat mir der Verkäufer eine CD gegeben. Vorne drauf stand Schlangenbeschwörermusik.

Und dann war da noch so ein Bild mit einem indischen Fakir und einer Schlange, die getanzt hat mit dem Kopf nach oben.

Schlangenbeschwörermusik

Der Verkäufer hat gesagt, wenn ich mir die immer anhöre und fleißig übe, dann kann ich auch bald Kobras beschwören. Wie der Fakir auf dem Bild. Und die CD kostet nur zehn Euro.

Ich wollte sie so gerne kaufen, aber ich hatte kein Geld mit. Da hab ich Mama gefragt, aber die hatte schon einen Korb voll mit

Punjabi Tinda in Salzwasser Babykürbisse aus Indien

und

Dabur Vatika Kokosnuss-Haaröl.

Und sie hat gesagt, ihr Geld reicht nicht, um auch noch eine CD zu kaufen.

Also, da bin ich aber so was von **stinkig** geworden! Für ihr **komisches Zeugs** hat sie immer genug Geld, aber wenn ich mal eine CD mit **Schlangenbeschwörermusik** haben will, dann ist keins da!

Ich hatte aber Glück! Der Verkäufer hat nämlich gesagt, dann schenkt er mir die CD eben, weil Mama seine **beste** Kundin ist. Da hab ich mich total gefreut!!! Endlich ist es mal für was gut, dass Mama so viel Kram kauft! ☺

Ich wollte sofort nach Hause und üben, wie man Schlangen beschwört, aber Mama hat mir erst noch eine Tasche gegeben und gesagt, ich soll ihr beim Tragen helfen.

Boah, war die schwer! Ich hab reingeguckt und da waren drei Kilo

Haldiram's Gulab Jamun Traditionelle indische Milchbällchen

drinnen.

Und der Handi mit Fuß. **Oh mann, mama.**

Als wir nach Hause kamen, haben sich die Jungs gerade gelangweilt.

Papa hatte ihnen nämlich verboten, Schlagzeug und Posaune zu spielen.

Dafür saß er ganz zufrieden am Tisch und hat Diktate nachgeguckt.

Ich bin gleich in die Küche gegangen, zu unserem CD-Spieler, und hab meine **Schlangenbeschwörermusik** eingelegt.

Die hat sich total **indisch** und ein bisschen nach Kobra angehört und ich hab sofort versucht, auch so zu spielen auf meiner Flöte.

total schlängelige Indienmusik

Aber da hat Mama gesagt, ich soll den CD-Spieler mit in mein Zimmer nehmen und dort Schlangen **beschwören.**

Und wenn ich schon dabei bin, kann ich auch gleich die Stücke aus *„Meine schöne Blockflötenschule, Band eins"* spielen, die ich üben soll.

Das ist ja mal wieder typisch Mama!
Da hatte ich wirklich gerade **überhaupt KEINE Lust** drauf. →

Aber den CD-Spieler wollte ich trotzdem mitnehmen. Weil nämlich jetzt auch noch Papa in die Küche gekommen ist.

Was um Himmels willen ist **das?**

fuchtel

Dabei hat er gar nicht meine Musik gemeint.
Sondern den Handi mit Fuß.

Und die Babykürbisse
in Salzwasser.

In meinem Zimmer hatte ich dann wenigstens
Ruhe. Ich hab dann noch ganz lange Blockflöte
geübt. Komischerweise ist überhaupt nichts passiert.
Aber bald kann ich Schlangen **beschwören!**

DONNERSTAG, DER 22. MÄRZ

Heute Nacht hatte ich einen total **GRUSELIGEN ALBTRAUM.** Ich hab auf meiner Flöte gespielt und plötzlich kamen ganz viele Kobras aus dem Handi mit Fuß gekrochen und haben mich angezischt.

Sie hatten Sodbrennen und Blähungen und wollten sich einfach nicht von mir **beschwören** lassen!

FREITAG, DER 23. MÄRZ

Heute nach der Schule haben die **Osterferien!** angefangen. **Juchhu!!!**

Ich habe Cheyenne und Paul in der großen Pause gesagt, dass wir uns unbedingt noch einmal im Baumhaus treffen müssen, weil ich eine **tolle Überraschung** für sie hab.

Gestern hab ich nämlich so viel **Schlangenbeschwörung** geübt, dass ich das jetzt kann, glaub ich jedenfalls.

Und das wollte ich den beiden unbedingt vor den Ferien noch zeigen. Schließlich ist das ja bestimmt auch ganz schön **wertvoll** für so eine Bande, wenn jemand dabei ist, der Schlangen **beschwören** kann.

Um drei haben wir uns bei Paul getroffen und ich hab ihn gefragt, ob er vielleicht zufällig eine Kobra hat. Oder eine andere Schlange, eine Schlingelnatter oder wie die heißt. Die geht bestimmt auch.

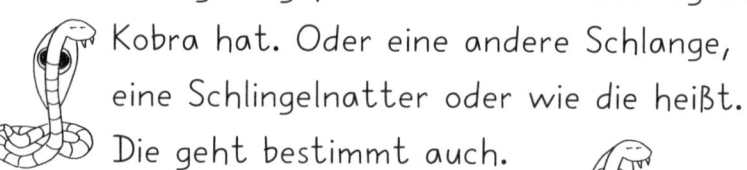

Aber Paul hatte keine Schlange.

> Mann, ey, wieso hast du denn nicht vorher bei uns angerufen? Unser Kaninchen hat Würmer. Da hätte ich doch voll leicht ein paar mitbringen können!

Das war ja jetzt doof. Aber die Idee mit dem Wurm fand ich total gut.

Und zwar, weil Würmer ja fast aussehen wie kleine Schlangen. Und sie kommen auch öfters mal vor. Bestimmt sogar in Pauls Garten.

Wurm

kleine Schlange

Also hab ich so lange gesucht, bis ich einen Regenwurm gefunden hatte.

stöhn

Cheyenne hat mir dabei geholfen, aber Paul hat nur so geguckt, als ob wir nicht ganz richtig im Kopf wären.

Dann sind wir hochgeklettert in Pauls Baumhaus.

Ich hab den Wurm auf eine Holzkiste gesetzt und die Flöte rausgeholt. Dann hab ich angefangen zu spielen, **Schlangenbeschwörermusik** natürlich.

Aber der Regenwurm hat sich **gar nicht** so hin- und herbewegt, wie er sollte. So mit dem Kopf nach oben, wie auf dem Bild von der CD.

Er hat bloß ein bisschen rumgeschlängelt und dann ist er von der Kiste gefallen.

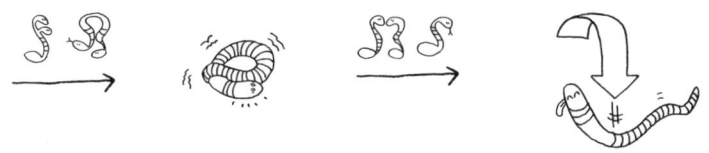

"Was war das denn jetzt?"

Und Cheyenne hat behauptet, der Regenwurm wäre gestorben, weil ich so **GRUSELIG** Flöte gespielt hab.

Ich wollte gerade **stinkig** werden und den beiden **Doofis** erst mal was über **Schlangenbeschwörung** erzählen, als wir einen **SCHREI** gehört haben. Und zwar aus Pauls Garten.

Natürlich haben wir sofort aus dem Baumhaus geguckt und da stand Pauls Mutter.

Die hat ihr Gesicht so mit den Händen festgehalten und auf den Rasen geguckt, immer von links nach rechts und wieder zurück.

Pauls Mutter

Wahrscheinlich, weil da nicht mehr so viel Rasen übrig war. Stattdessen war unter dem Baumhaus plötzlich alles voll mit Maulwurfshaufen. Es hat ein bisschen ausgesehen wie ein Kartoffelacker.

Da hab ich gedacht, dass ich vielleicht doch noch ein bisschen mehr üben muss. So ein Fakir, der muss ja bestimmt auch ein paar Wochen üben, bis er Schlangen **beschwören** kann.

← muss noch üben

Paul hat **gemotzt**, dass ich schuld an den Maulwurfshügeln bin.

Ich und meine **blöde Flöte**.

Aber da hab ich ihm schnell versprochen, dass ich ihm eine Postkarte aus dem Urlaub schicke. Damit er nicht mehr böse ist.
Und Cheyenne kriegt natürlich auch eine.

so eine schicke ich an Paul

und so eine an Cheyenne

Abends haben Jakob, Simon und ich unsere Rucksäcke gepackt. Weil wir ja am nächsten Tag losfahren wollten, nach **BAYERN**.

Allerdings passt in so einen Rucksack ja echt
nicht viel rein. Gerade mal:
- ◐ Eine Blockflöte
- ○ Eine CD mit **Schlangenbeschwörermusik**
- ○ Helga, das Kampfschaf
  (mein Lieblings-Kuscheltier)
- ○ <u>Mehr nicht.</u>

Deshalb musste ich noch ein paar Plastiktüten
aus der Küche holen, für all die anderen Sachen.
Da waren aber gar nicht mehr so viele Tüten,
weil die Jungs sich auch schon welche geholt
hatten.

brauche mehr
Tüten →

Und dann hab ich gemerkt, dass ich jetzt doch
total gespannt war auf den **BIO-BAUERNHOF**!
Hoffentlich gibt es da ganz viele Tiere!

SAMSTAG, DER 24. MÄRZ

Wir sind schon ganz früh aufgestanden und haben alles nach draußen getragen, was wir mit in den Urlaub nehmen wollen. Damit Papa es ins Auto packen kann.

Aber Papa hatte wohl schlechte Laune.

Er hat **rumgeschimpft**, dass unser ganzes Zeug gar nicht in den Kofferraum passt und dass wir jeder nur <u>einen</u> Rucksack mitnehmen dürfen mit unseren Sachen.

Und KEINE Plastiktüten.

Und Simon soll SOFORT sein Schlagzeug wieder zurück ins Haus bringen.

Und Jakob die Posaune.

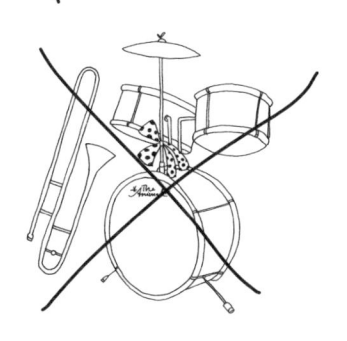

Da haben die Jungs natürlich losgeheult und nach Mama **geschrien**.

Aber Mama hatte gerade selbst Probleme mit Papa.

Sie musste nämlich auch ihre ganzen Sachen wieder umpacken.

Und sie konnte sich nicht entscheiden, ob sie ihre Körperfettwaage oder die Rolle mit den Duft-Müllbeuteln zu Hause lassen sollte.

Als wir schließlich loskamen,
war es schon nach halb neun.

Natürlich haben Jakob und Simon sofort wieder angefangen, sich zu **streiten** und zu **kloppen.** Ich hab zuerst ein ferngesteuertes Boot gegen den Kopf gekriegt und dann die Antenne von der Fernsteuerung in die Nase.

Da hab ich zurückgehauen und die Jungs haben geschrien und Papa hat auch geschrien, weil er die Verkehrsnachrichten im Radio nicht verstehen konnte. Mann, war das ein **KRACH**.

Zum Glück hatte ich **voll die gute Idee!**

Und zwar hab ich Mama  meine **Schlangenbeschwörer**-CD nach vorne gegeben, damit sie die in den CD-Spieler legt.

Damit Jakob und Simon **beschwört** werden und sich nicht mehr streiten.

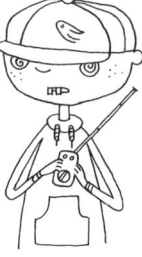

Leider hat das **nicht so** gut geklappt. 
Die Jungs waren nämlich genau so **zappelig** wie vorher. Sie haben gespielt, dass sie Schlangen sind und wollten mich immer beißen.
Und zwischendurch haben sie so **jaulige** Töne gemacht, die sich ein bisschen angehört haben wie die **Schlangenbeschwörermusik**.

Dann hat plötzlich auch noch der Motor gedampft und   Papa musste an die Seite von der Autobahn fahren und den Pannenservice anrufen.

Als die kamen, haben Jakob und Simon erst mal das gelbe Abschleppauto bewundert.

Die fanden das total toll und haben gefragt, ob es das auch in ferngesteuert gibt.

Irgendwann war der Wagen wieder heil und wir konnten weiterfahren. Aber wegen der Panne war es schon ganz schön spät, als wir endlich die ersten Berge gesehen haben. Also, richtige Berge, mein ich, mit Schnee obendrauf.

Als wir beim **BIO-BAUERNHOF HOCHHOLZER** ankamen, war Papa auch endlich wieder gut gelaunt. Er hat erzählt, wie gut die Luft hier ist und auf wie viele Berge er steigen will.

Mama war voll begeistert von den ganzen **BIO**-Tieren, die hier rumlaufen. Ich auch, übrigens! 😄

Auf dem Hof gab es nämlich total **viele Tiere** und andere **tolle Sachen**:

- ☆ **Ziegen** und **Hühner**, die ja eher langweilig sind.

- ☆ **Katzen** mit **Kätzchen** und **Schafe** mit ganz kleinen **Lämmern**, die so süß rumgesprungen sind.

- ☆ Ein großes **Pferd**, auf dem man ja vielleicht auch mal reiten kann.

- ☆ Einen tollen **Kletterbaum**.

- ☆ Zwei **Kinder**, die aussehen als könnten sie nett sein.

- ☆ Billy den **Biber**.

Billy stand bei uns im Treppenhaus vor der Ferienwohnung und Mama hat behauptet, er sei ein Murmeltier. Auf jeden Fall war er ausgestopft.

Ich hab ihm Mamas Sonnenbrille aufgesetzt und Jakob und Simon damit **erschreckt**. Sie haben auch ganz schön **geschrien**.

Wahrscheinlich, weil Billy so lange Vorderzähne hat.

Vielleicht auch, weil er ein bisschen so ausgesehen hat wie Mama, mit der Sonnenbrille.

knurps

Das einzige Doofe war nur, dass die Ferienwohnung ein bisschen klein war. Deshalb musste ich mir ein Zimmer zusammen mit den Jungs teilen. **AUWEIA!**

Trotzdem war aber alles total gemütlich, mit Holz überall und einem Balkon und einem kleinen Jesus in der Ecke über dem Esstisch.

Holz

mein Zimmer

unser Balkon (Holz)

Ich wollte erst mal die Sachen aus meinem Rucksack in die Kommode neben meinem Bett packen, aber ich bin kaum noch in unser Zimmer gekommen, weil Jakob und Simon schon ihr Zeugs ausgepackt und auf dem Boden verteilt hatten.

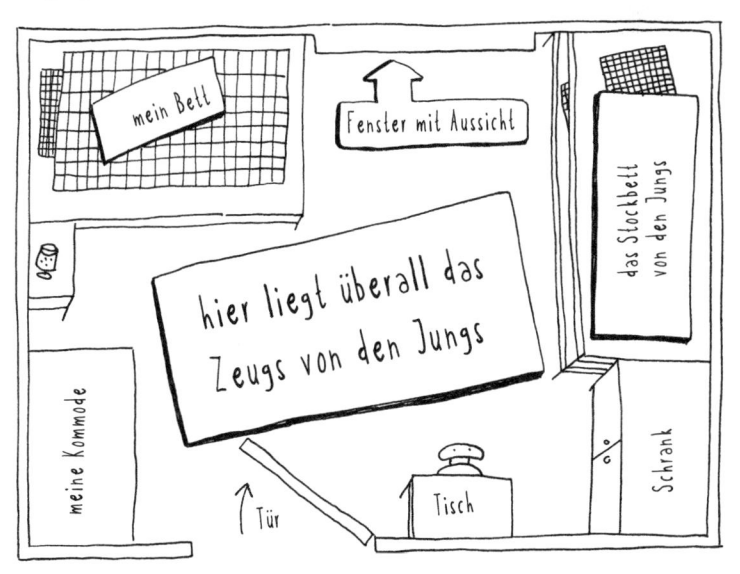

mein Bett

Fenster mit Aussicht

das Stockbett von den Jungs

hier liegt überall das Zeugs von den Jungs

meine Kommode

Tür

Tisch

Schrank

Auf meinem Bett lag auch schon was, und zwar ein paar Kampfdroiden.

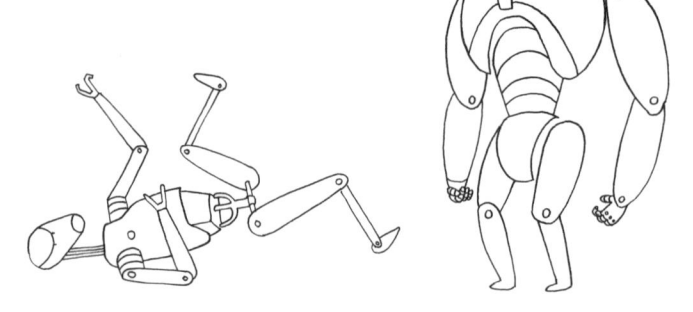

Und es wurde sogar noch **schlimmer**. ☹

Als ich abends schlafen gehen wollte und die Bettdecke zurückgeschlagen hab, da lag Billy und hat mich so **glitzerig** angeguckt mit seinen langen Zähnen und Mamas Sonnenbrille.

BOAH, HAB ICH EINEN SCHRECK GEKRIEGT!

MONTAG, DER 26. MÄRZ

(mäh!)

Heute Morgen bin ich davon aufgewacht, dass ganz viele Schafe gemäht haben.

(mäh!)

Erst wusste ich gar nicht, wo ich war, aber dann ist es mir wieder eingefallen:

in **BAYERN**, auf dem **BIO-BAUERNHOF HOCHHOLZER!**

Da bin ich sofort aus dem Bett gesprungen.

Ich finde das total schön, von Schafen geweckt zu werden. Das möchte ich am liebsten jeden Tag!

(mäh!)

Was ich <u>nicht</u> jeden Tag möchte, ist Ziegenmilch zum Frühstück. Auch nicht mit ganz viel Kakaopulver drinnen.

bäh!

Und Ziegenkäse, der schmeckt mir auch nicht so. Auch wenn er **BIO** ist und ganz was Tolles. Das sagt Mama auf jeden Fall.

Nach dem Frühstück sind meine Brüder und ich rausgelaufen, um uns erst mal den Hof anzugucken. Frau Hochholzer, die **BIO**-Bauersfrau, hat uns die Schafe gezeigt.

Wir sind mit ihr auf die Weide gegangen und haben gesehen, wie die Lämmchen getrunken haben. Das war so süß!

(mäh!)

Dann haben die Jungs die **BIO**-Ziege mit den krummen Hörnern entdeckt, die vor der Schafweide an einem Seil festgemacht war.

Und die **BIO**-Ziege hat die Jungs entdeckt.

Sie hat auf einmal aufgehört zu fressen und Jakob und Simon angestarrt.

Und dann hat sie den Kopf gesenkt und ist losgerannt, um die Jungs mit ihren Hörnern umzuschubsen.

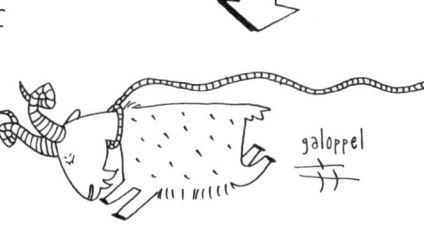

galoppel

KREISCH!

Die beiden haben einen **Mordsschreck** gekriegt und gebrüllt.

Aber das Seil war zu kurz.

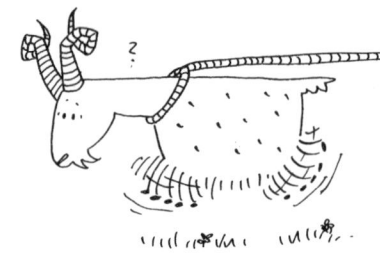

Und da ist die Ziege in der Luft hängen geblieben und dann auf den Boden ↙ gefallen.

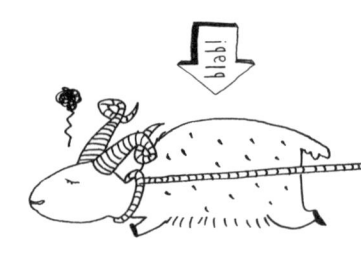

Jakob und Simon mussten voll lachen. Dann haben sie die Ziege geärgert, damit sie das noch mal macht.

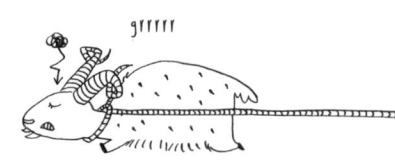

HAHAHA

Ich bin lieber zu den Katzen gegangen und hab mir die kleinen Kätzchen angeguckt. Die lagen im Schuppen in einem Korb. Die ganze Zeit sind sie durcheinandergewuselt und sahen noch süßer aus als die Lämmer.

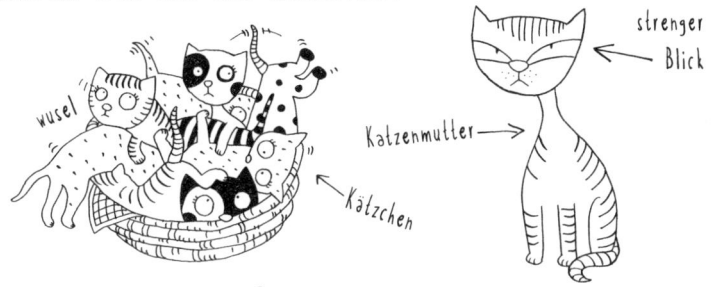

wusel

Kätzchen

Katzenmutter →

strenger Blick

Am liebsten hätte ich eins auf den Arm genommen. Aber ich hab mich nicht getraut. Neben ihnen saß nämlich die Katzenmutter und hat so streng geguckt.

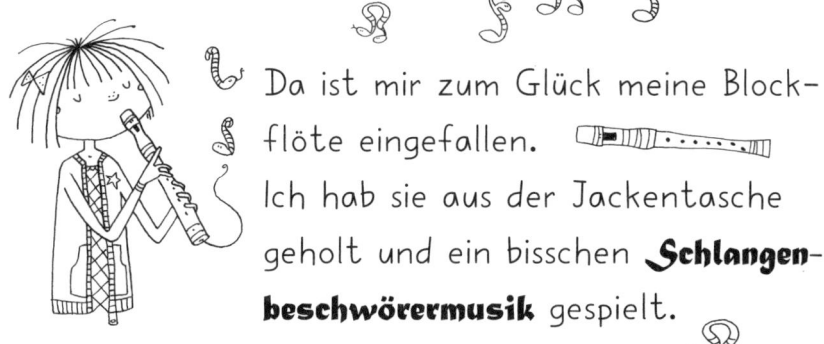

Da ist mir zum Glück meine Blockflöte eingefallen.
Ich hab sie aus der Jackentasche geholt und ein bisschen **Schlangenbeschwörermusik** gespielt.

Da haben die Kätzchen aufgehört zu wuseln und haben mich angeschaut.

Gleich fangen sie an zu tanzen, hab ich gedacht und noch ein bisschen **indischer** gespielt. Aber stattdessen sind sie doch wieder nur rumgewuselt.

Dann hatte ich keine Zeit mehr, die Katzen zu beschwören. Ich hab nämlich plötzlich die Jungs **kreischen** gehört und bin rausgelaufen.

Da hab ich gesehen, dass die Ziege sich losgerissen hatte und die beiden mit ihren Hörnern durch den Garten gejagt hat.

Jakob und Simon konnten sich gerade noch auf den Kletterbaum retten.

Ich hab dann noch etwas anderes gesehen, und zwar Mama. Die hatte sich als **BIO**-Bäuerin verkleidet, mit Latzhose und geflochtenen Zöpfen. Und solchen Öko-Latschen an den Füßen.

Gerade hat sie mit Frau Hochholzer die Hühner gefüttert.

Da hab ich mich schnell ins Haus geschlichen, weil ich das TOTAL PEINLICH fand, **echt!**

Papa war in unserer Ferienwohnung und hat aus dem Fenster geguckt, runter zu den Hühnern. Er fand das nämlich auch peinlich. Deshalb wollte er auch nicht rausgehen, sondern lieber mit uns in den nächsten Ort fahren, damit wir alle Wanderstiefel kriegen.

Das haben wir dann nachmittags gemacht. Mama sah **zum Glück** inzwischen wieder normal aus.

keine Zöpfe →

Wir sind in ein Sportgeschäft gefahren. Dort haben wir jeder mindestens fünf Paar Schuhe anprobiert, weil es nämlich wichtig ist, dass sie **gut passen**, hat Papa gesagt.

Der ganze Boden im Sportgeschäft war voll mit unseren Schuhen. Ich hab ein Paar bekommen, die waren grün und braun.

Bloß auf der Rückfahrt hab ich einen **SCHRECK** gekriegt.

Als nämlich Papa erzählt hat, dass er mit uns auf den **Hochkofl** steigen will. Und zwar schon morgen.

Ich glaub nämlich, dass der **Hochkofl** ein sehr hoher Berg ist. 😐 Sonst hätte Papa sich bestimmt nicht so begeistert angehört. Und Seile 🪢 und einen Eispickel ⛏ und ein Erste-Hilfe-Set [Erste Hilfe] hätte er sonst bestimmt auch nicht gekauft.

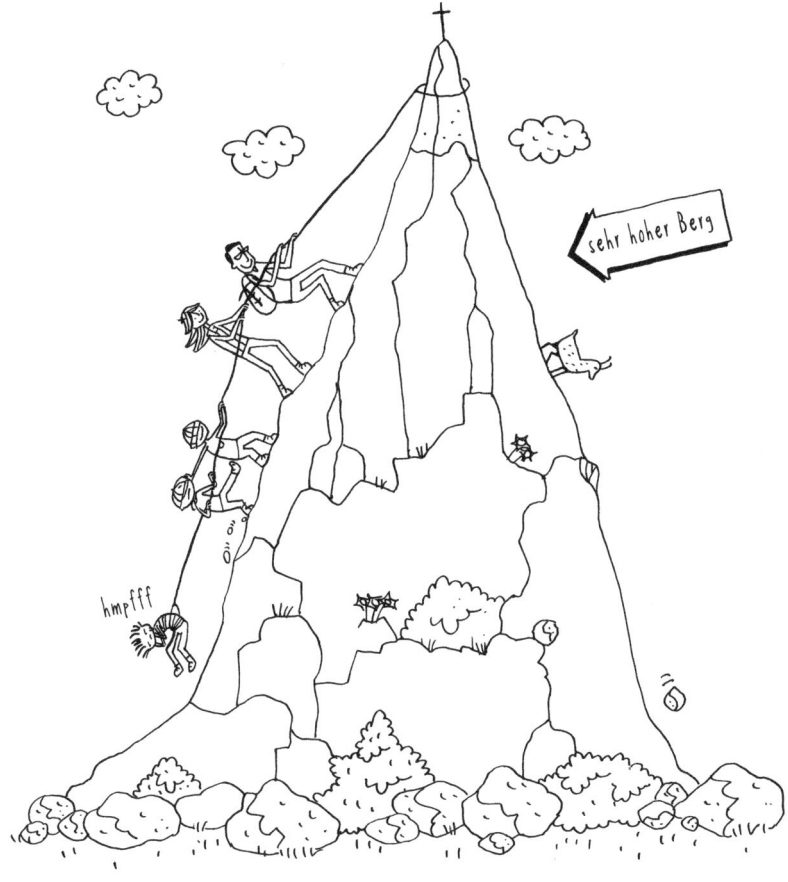

Vielleicht regnet es ja morgen und wir können ins Schwimmbad fahren. 😀

Als wir wieder auf dem Hof waren, haben wir die **BIO**-Kinder von den Hochholzers getroffen.

Der Junge heißt Maxl und ist ein bisschen älter als ich. Er hat auf einer Bank vor dem Gartenhäuschen gesessen und was geschnitzt.

glotz   glotz

Jakob und Simon sind stehen geblieben und haben zugeguckt. Ich glaub, sie waren **total** beeindruckt. Bestimmt betteln sie nachher den ganzen Abend nach Schnitzmessern.

Ich war auch beeindruckt. Aber von Maxls Schwester Leni. Die ist noch ziemlich klein. Höchstens sechs. Aber sie hat ganz allein die **BIO**-Ziege mit den krummen Hörnern über den Hof geführt!

supercool!

Zuerst wollte ich sie fragen, ob ich ihr helfen soll. Aber ich hab mich nicht getraut.

Als die Ziege dann im Stall war, haben wir zusammen das große Pferd gestriegelt.

Das hat voll Spaß gemacht!

Vor allem, weil es auch LOTTA heißt, das Pferd!

kann hier beißen

kann hier treten

Bloß die Hufe, die musste Leni auskratzen. Weil ich ein bisschen **ANGST** hatte, dass Lotta mich tritt.

Den Rest des Abends haben die Jungs dann nach Schnitzmessern gebettelt.

DIENSTAG, DER 27. MÄRZ

Ich hatte ja gehofft, dass Papa das bis heute vergessen hat mit dem **Hochkofl**.

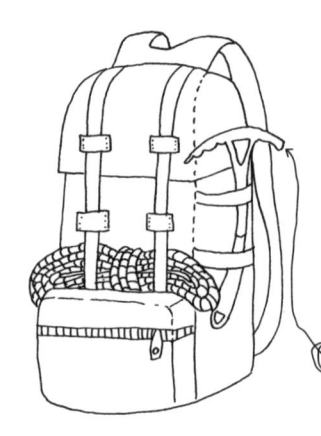

Aber als ich aufgestanden bin, hat er gerade ein Fernglas in den großen Wanderrucksack gepackt. An der Seite war schon der (Eispickel) festgemacht.

Da ist mir ein bisschen **SCHLECHT** geworden.

Die Jungs sahen auch nicht so nach Wandern aus. Sie wollten lieber hierbleiben und mit Maxl schnitzen.

Aber Papa hat gesagt, das kommt gar nicht infrage.

NEIN!

bockig

Schließlich hätten wir ja alle die teuren Wanderstiefel gekriegt. Und wie gut uns die klare Bergluft tun würde.

Mama hat gar nichts gesagt. Aber dafür hat sie lauter gesundes **BIO**-Essen in den Rucksack gepackt. Äpfel und Ziegenkäsebrote und Müsliriegel ohne Schokolade.

Die Fahrt zum **Hochkofl** war schon mal gar nicht schön. Die Straße hat so viele Kurven gemacht, als wir einen Berg raufgefahren sind. Papa hat gesagt, dass das Serpentinen sind.

Aber das war mir egal, wie die heißen, weil mir **TOTAL SCHLECHT** geworden ist.

frische Luft

Deshalb mussten wir in einer Kurve eine Pause machen, damit ich frische Luft schnappen konnte.

Als wir weitergefahren sind, ist Jakob **SCHLECHT** geworden und wir mussten noch eine Pause machen.

Dann ist auch noch Simon **SCHLECHT** geworden und da war Papa so langsam ganz schön **stinkig** und hat immer auf die Uhr geguckt.

Dabei können wir ja wohl nichts für diese **komischen** Serpentinen! Und überhaupt war das nicht unsere Idee mit dem **Hochkofl**!

Als wir auf dem Parkplatz beim **Hochkofl** waren, hatte Simon Durst und Jakob musste aufs Klo. Papa hat die Augen verdreht und gestöhnt.

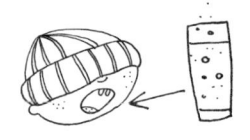

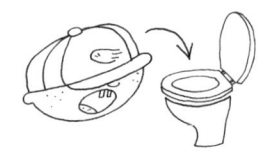

stöhn

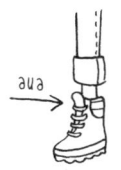

Als ich dann noch gesagt hab, dass mein linker Schuh so ein bisschen am Knöchel drückt, hat Papa sich den Rucksack gegriffen und ist losgestapft.

aua

Da mussten wir ja hinterher.

stapf! stapf!

Am Anfang war die Wanderung ganz schön **langweilig**. Weil wir nämlich nur zwischen Bäumen rumgelaufen sind. Und dann war der Weg auch noch besonders **lang**, weil er nämlich nicht gerade ⇑ den Berg hochging. Sondern schon wieder in Serpentinen.

ZIEL

wir sind erst hier

START

Simon hat sich auf einen Stein gesetzt und gesagt, dass er nicht weitergeht, weil er müde ist. Und dann hat er geschrien, weil wir ihn alle überholt haben.

Danach hatte Jakob Durst und Hunger, aber auf Schokolade und nicht auf einen ekligen Müsliriegel mit Früchten.

Und mir hat jetzt der rechte Fuß wehgetan und nicht mehr der linke.

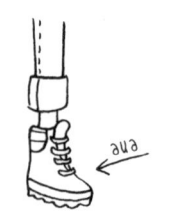

Da hat Mama gesagt, dass uns die frische Bergluft guttut und gesund für uns ist.

Dabei hat sie so geblinzelt, weil die Sonne zwischen den Bäumen durchschien.

Und dann hat sie in ihrer Tasche gekramt und sich gewundert, wo ihre Sonnenbrille  ist.

Aber die hatte ja noch Billy auf, der Biber.

Papa hat tief eingeatmet und gesagt, wir sollen uns doch bloß mal umschauen, wie schön es hier ist. Und wie gut die Luft ist.

Aber so viel konnten wir gar nicht sehen, wegen der Bäume. Und die Luft hat auch nicht anders gerochen als bei uns zu Hause.

Aber irgendwann sind wir dann aus den Bäumen rausgekommen und (da) konnten wir wirklich weit gucken. **Boah, waren wir weit oben!**

Leider konnte man von hier aber auch sehen, dass die Berghütte noch viel weiter oben war als wir. Und der Weg war jetzt echt steil. Da hab ich gesagt, dass ich nicht mehr kann, und Simon musste aufs Klo und Jakob haben die Füße wehgetan.

Deshalb hat Mama erst mal ganz viele Fotos von uns gemacht, damit wir uns wieder ein bisschen erholen können. ☺

Und wir haben beim Erholen ganz viele **Faxen** gemacht, damit die Bilder auch schön werden.

Danach sind wir weitergewandert. Zum Glück lag auf dem Weg immer mehr $*^*$ $*$ Schnee. Weil wir so hoch in den Bergen sind, hat Papa erklärt. Dann hat er die Jungs mit Schneebällen beworfen und da haben sie **gekreischt** und sind weggerannt.

KREISCH!

Mama und Papa sahen sehr vergnügt aus. Mama hat wieder jede Menge Fotos gemacht und Papa hat in der Sonne gestanden und gegrinst.

Die Berghütte war ganz furchtbar weit oben.

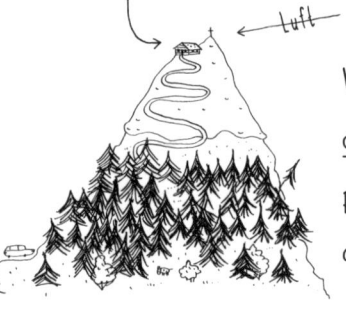

← Luft

Während wir immer höher gestiegen sind, hab ich plötzlich **Angst** bekommen, dass ich vielleicht ersticke.

Auf so hohen Bergen wie dem Mount Everest gibt es ja schließlich fast keine Luft mehr. Der Schnee wurde auch immer mehr.

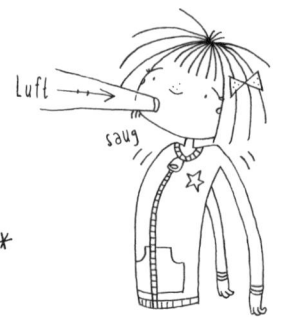

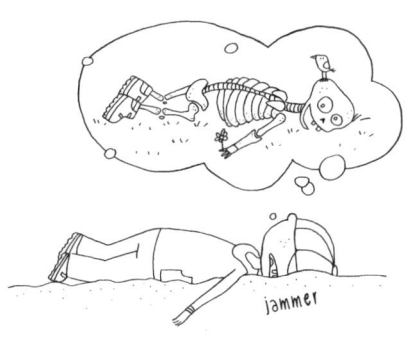

Jakob ist in den Schnee gefallen und hat gesagt, jetzt **erfriert** er und erst im Sommer wird man seine Leiche finden.

Und Simon ist auf seinen Knien vorwärtsgekrochen und dann hat er **geheult**, weil seine Hände kalt waren und die Knie auch.

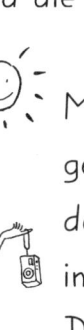

Mama und Papa haben aber so getan, als würden sie nichts davon mitkriegen. Sie fanden immer noch alles **total schön**. Die gute Luft und den tollen Ausblick und so.

Mama hat ganz viele Berge fotografiert und Papa hat gesagt, wer als Erster an der Hütte ist, bekommt eine **Überraschung**.

Da sind wir losgerannt, die Jungs und ich. Fast hätte Simon mich noch überholt, aber dann ist er über einen Zaun gestolpert, den er im Schnee nicht gesehen hat.

←—Jakob   Simon
plopp
Zaun→
Schnee

ERSTE

In der Berghütte war es total warm und gemütlich. Papa hat Leberkäse bestellt und Mama Frittatensuppe.

Frittaten?   iiiiiih

Da hat es mich ein bisschen **gegraust**, weil ich gedacht hab, dass Frittaten vielleicht **geröstete Käfer** sind, und ich hab lieber Kuchen und Kakao bestellt. Die Jungs auch, übrigens.

Als die Frittatensuppe kam, waren da so klein geschnittene Pfannkuchen drinnen. **Lecker!** Das hätte Mama ja auch gleich sagen können!

Dann durfte ich mir ja noch eine **Überraschung** aussuchen, weil ich als Erste da gewesen bin. Leider gab es in der Hütte nur Postkarten mit Wolpertingern drauf zu kaufen. Und Wolpertinger sind Tiere, die aus anderen Tieren zusammengesetzt worden sind. Das fand ich ziemlich **doof**, so als **Überraschung**. 😐

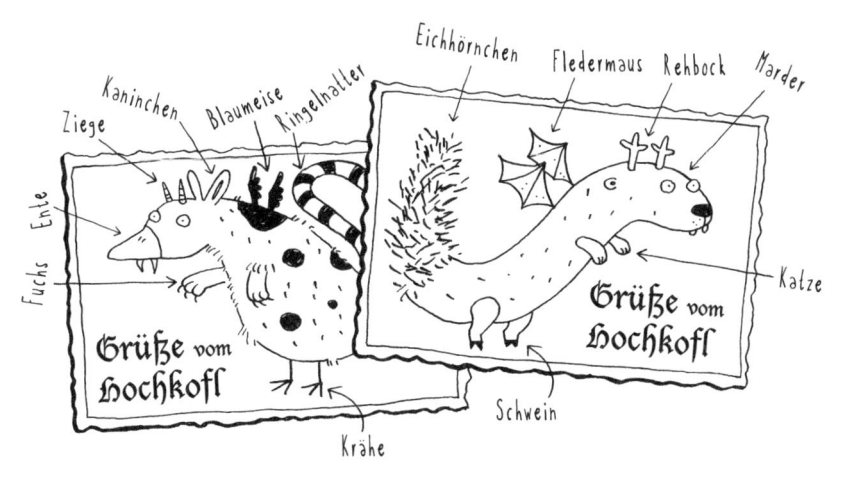

Obwohl, ich konnte die Jungs mit dem Bild voll gut erschrecken. 🙂
Die wollten nämlich anschließend nicht mehr rausgehen, weil sie **Angst** hatten, dass wirklich Wolpertinger in den Bergen rumlaufen.

Aber nach dem Essen sind wir doch rausgegangen, um zu spielen.

Mama und Papa sind am Tisch sitzen geblieben und haben nichts mehr gesagt. Sie haben sich auch nicht mehr bewegt. Sie sahen auf einmal beide sehr müde aus und gar nicht so, als würden sie die tolle Aussicht genießen.

Draußen war noch so ein kleiner, steiler Berg mit einem Kreuz obendrauf.
Da haben Jakob, Simon und ich **Erstbesteigung des Mount Everest** gespielt.

Yeti →

Dann sind wir auf dem
Po wieder runtergerutscht.

Wolpertinger

jippiiiieee!

Simon

Jakob

Und dann haben wir
**Zweitbesteigung des
Mount Everest** gespielt.

Wir haben den Mount Everest ganz schön oft bestiegen, bis Mama und Papa aus der Berghütte kamen und gesagt haben, dass wir wieder runtermüssen. Da hab ich gemerkt, dass ich ganz schön müde war vom ganzen Bergsteigen. Und Jakob und Simon mussten schnell noch mal aufs Klo.

Aber Papa und Mama haben wieder so getan, als würden sie uns gar nicht hören.

Auf dem Rückweg haben sie dann **gar nichts mehr** von der guten Luft und der schönen Aussicht erzählt. Mama ist so schlurfig gelaufen, obwohl sie immer sagt, dass die Schuhe davon kaputtgehen.
Papa ist noch **komischer** gelaufen und ab und zu hat er gestöhnt.

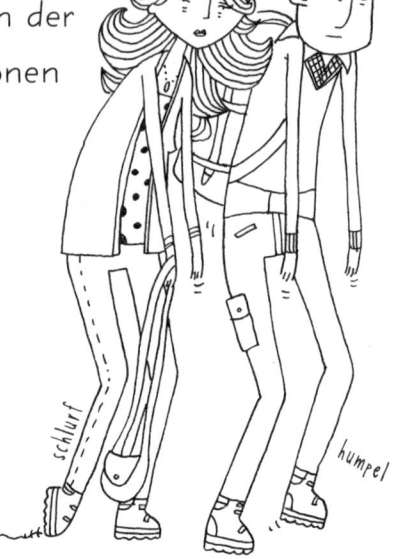

Die Jungs und ich haben zwischendurch immer mal wieder gesagt, dass wir müde sind und unsere Füße wehtun und dass wir Durst haben.

Aber irgendwie hat keiner reagiert und da haben wir das dann eben gelassen.

Als wir wieder beim Auto angekommen sind, war es schon ein bisschen dunkel. Papa hat furchtbar **gestöhnt** und sich sofort seine Wanderstiefel ausgezogen und auch die Socken.

Oh-oh, da waren ganz schön viele (Blasen!) Dann hat er die Socken wieder angezogen und ist ohne Schuhe zurück zum **BIO-BAUERNHOF** gefahren.

Heute sind Mama und Papa vor den Jungs und mir ins Bett gegangen.

FREITAG, DER 30. MÄRZ

Bäh! Also, so langsam hängt mir das **BIO**-Frühstück mit **Ziegenmilch** und **Ziegenkäse** echt zum Hals raus! Ich hab gefragt, ob wir nicht **Schokobällchen** im Supermarkt kaufen können, und die Jungs haben gejubelt.

juchhu!

Aber Mama hat nur so grimmelig geguckt und **Nein** gesagt. Dazu sind wir doch extra auf einen **BIO-BAUERNHOF** gefahren, hat sie gesagt. Wegen des gesunden Essens und der guten Luft und so.

> Und heute zeigt uns Herr Hochholzer, wie man den leckeren biologisch-dynamischen Ziegenkäse herstellt.

Dabei hat sie gestrahlt, als ob sie sich gerade selbst eine Ziege gekauft hätte. Damit sie zu Hause auch Ziegenkäse machen kann.

Da hat Papa leise gestöhnt.
Seit der Wanderung auf den Hochkofl sieht er irgendwie nicht mehr so *dynamisch* aus wie vorher. Ich glaub, er hat immer noch Muskelkater und Blasen an den Füßen.

> Ich wollte heute eigentlich mit euch ins Museum gehen. Damit die Kinder mal ein bisschen bayerisches Brauchtum kennenlernen.

grunz

Muskelkater

Blasen

COOL!

Dabei finden sie bayerisches Brauchtum bestimmt genauso **langweilig** wie ich.

Aber alles ist besser als biologisch-dynamische Ziegenkäseherstellung. Nur Mama hat ein bisschen geschmollt.

Nach dem Frühstück sind wir in den nächsten Ort gefahren, Papa, Jakob, Simon und ich. Ich glaub, Papa war genauso froh wie wir, dass er keinen Käse herstellen musste.

Leider war der Ort ziemlich klein und es gab nur ein einziges Museum. Und zwar ein Brauereimuseum.

„Ah, ein ganzes Museum über die **Kunst des Bierbrauens!**", hat Papa gerufen und schon wieder ein bisschen *dynamischer* ausgesehen.

Aber ich musste ein bisschen gähnen. Ich weiß nämlich nicht, was ich **langweiliger** finde: wie man Ziegenkäse herstellt oder wie man Bier braut.

Im Museum gab es Bierkrüge zu gucken. Und zwar viertausend verschiedene. Auf drei Etagen.

Papa fand die total gut, aber die Jungs und ich sind immer bloß mit dem Fahrstuhl hoch- und runtergefahren. Und dann haben wir ausprobiert, was schneller geht, Fahrstuhl oder Treppe. Treppe hat meistens gewonnen.

schneller

Zum Schluss waren wir im Museumsladen, wo es hauptsächlich Bierkrüge zu kaufen gab. Papa hat sich gleich **zwei** ausgesucht und seine Augen haben geleuchtet.

blink!

Er hat ausgesehen wie Jakob und Simon, als sie den ferngesteuerten Roboter zu Weihnachten gekriegt haben.

Ich wollte Postkarten haben und zwar für Cheyenne, Paul und Oma und Opa. Aber auch hier gab es nur komische Karten. Überall waren nämlich Bierkrüge drauf. Ich hab trotzdem drei gekauft.

Dann sind wir wieder zurückgefahren. Auf dem Hof war das Wetter total schön und Maxl hat auf seiner Bank gesessen und geschnitzt. Und er hat gesagt, wir sollen herkommen, dann zeigt er uns, wie das geht.

> Kummt's amoi do hea, nocha zoag i eich, wia's gähd.

JAAAAAAA!

Die Jungs sind sofort hingelaufen, aber ich wollte lieber meine Flöte holen und noch ein bisschen **Schlangenbeschwörung** üben.

Damit ich es kann, wenn sich **DIE WILDEN KANINCHEN** nach den Osterferien wieder in Pauls Baumhaus treffen.

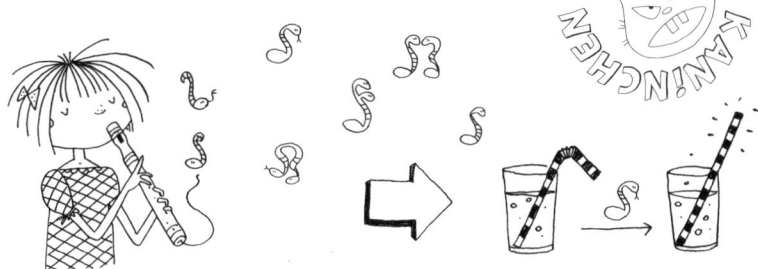

Als ich nach oben in die Ferienwohnung kam, war nur Papa da.  Mama hat nämlich immer noch Ziegenkäse hergestellt.

Papa war gerade dabei, seine neuen Bierkrüge auszupacken, ganz vorsichtig. Dabei hat er immer noch so glücklich gegrinst.

Ich hab mir meine Flöte geschnappt und bin wieder runtergerannt. Dann hab ich mich umgeguckt, und zwar nach einer Schlange.  Oder einem  Wurm. Leider hab ich nichts **SCHLÄNGELIGES** gefunden.

Aber dafür war die **BIO**-Ziege da. Sie hat mich **böse** angeguckt und mit den Hufen gescharrt. Aber zum Glück war sie wieder am Zaun festgebunden.

scharrscharr

Da hab ich mir gedacht, dass es nicht schaden kann, wenn ich sie beschwöre. Weil sie dann vielleicht mal etwas zutraulicher wird.

Ich hab mich vor sie hingehockt, aber lieber ein bisschen weiter weg, damit sie mich nicht mit ihren Hörnern stoßen kann. Und dann hab ich **Schlangenbeschwörermusik** gespielt.

Es hat sich auf jeden Fall schon fast genauso angehört wie auf meiner CD.

Die Ziege ist auch total steif stehen geblieben und hat nur geguckt.

Genau wie die ganzen Schafe hinterm Zaun.
Die haben aufgehört zu mähen und sich zu mir umgedreht, alle auf einmal.
Sogar die ganz kleinen Lämmer.

SO HAT SICH NOCH NIE JEMAND FÜR MEINE MUSIK INTERESSIERT!
Cool! Ich hab schon gedacht, wenn die gleich alle anfangen, so hin und her zu tanzen, dann **schrei ich vor Glück!**

Aber dann sind die Schafe plötzlich alle hochgesprungen und weggerannt. Dabei haben sie gemäht wie verrückt.

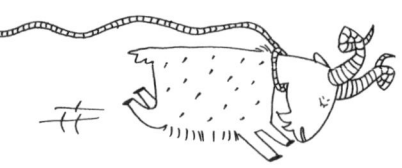

Und die Ziege hat ihren Kopf gesenkt und ist auch losgerannt.

Genau auf mich zu!

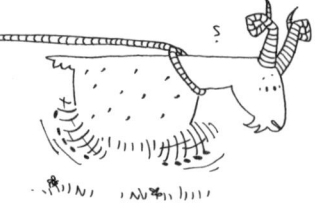

Ich dachte, **jetzt sterbe ich**, aber zum Glück war das Seil immer noch zu kurz.

Ich bin trotzdem lieber weggelaufen, und zwar, weil der Zaun schon so geknirscht hat, als ob er nicht mehr lange hält.

knirsch

So schnell ich konnte, bin ich auf den Kletterbaum gekrabbelt. Und da hat die Ziege sich auch schon **losgerissen**.

Wahrscheinlich wollte sie mich **umschubsen**.

Aber weil ich ja nicht mehr da war, ist sie auf die Jungs losgegangen, die immer noch auf der Bank vor dem Gartenhäuschen gesessen und geschnitzt haben.

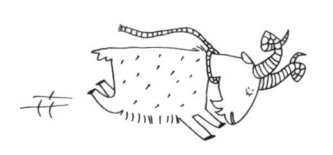

ACHTUNG!

Da sind die Jungs aufgesprungen und gerannt. Sogar Maxl ist gerannt, obwohl er die Ziege ja persönlich kennt.

Blitzschnell waren sie alle beim Kletterbaum und sind hochgeklettert.

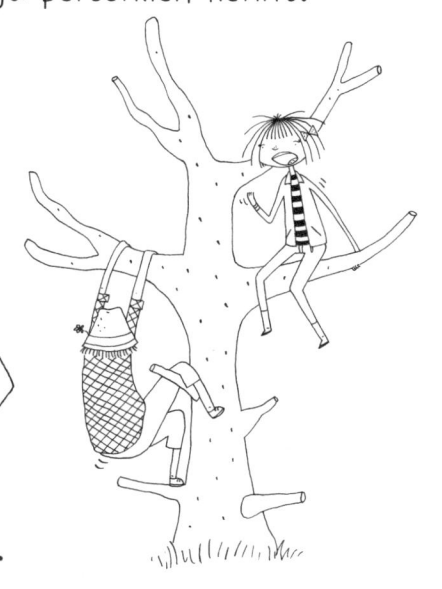

DONG!

Maxl und ich haben gerade noch Jakob an den Armen hochgezogen, bevor die Ziege mit dem Kopf gegen den Baumstamm gedonnert ist.

Danach hat sie erst mal ein bisschen **DINGELIG** ausgesehen, →
aber nur kurz. Dann hat sie zu uns hochgeguckt.
Und zwar voll **FIES**. →

Da haben wir uns nicht mehr vom Baum runtergetraut. Keiner hat was gesagt, ziemlich lange.

Wahrscheinlich hätten wir noch den ganzen Nachmittag da oben gesessen, aber dann ist Leni vorbeigekommen. Und sie hat die Ziege an den krummen Hörnern gepackt und weggeführt. Die Ziege war ganz brav und hat nicht einmal gemeckert.

Boah, ist die mutig, die Leni!

SAMSTAG, DER 31. MÄRZ

Heute Morgen war das Frühstück noch schlimmer als sonst, weil nicht nur der Käse und die Milch nach Ziege gestunken haben, sondern auch Mama.

Papa hat sie gefragt, ob sie heute wieder Ziegenkäse herstellen will, aber Mama hat bloß vor sich hin gemurmelt. Viel konnte man nicht verstehen. Nur so was wie „Hmmm" und „Eher nicht" und „Einen Tag Pause".

Nach dem Frühstück ist sie dann duschen gegangen, obwohl sie **vor** dem Frühstück auch schon mal geduscht hatte.

Und Papa hat seine beiden neuen Bierkrüge rausgeholt und sie mit dem Tuch abgerieben, mit dem er sonst nur seine Brille putzt.

> Schau nur, Lotta, was für ein wunderbares Stück! Das Replikat des berühmten Kaiser-Franz-Josef-Bierkruges aus dem Jahr 1868! Mit einer Jagdszene in herrlichstem Blau! Und Zinndeckel! Und der andere Humpen ist eine originalgetreue Abbildung von …

Als er nach dem anderen Krug gegriffen hat, hab ich mir schnell einen Apfel aus der Obstschale genommen und bin nach draußen gelaufen.

Puh! Fast hätte ich die **BIO**-Ziege umgerannt. Die war nämlich schon wieder am Zaun festgebunden.

knurps

Deshalb bin ich lieber gleich in den Baum geklettert und hab in Ruhe meinen Apfel gegessen.

Eigentlich mag ich Äpfel gar nicht so besonders gern, aber ich hatte ziemlich **Hunger**, weil ich zum Frühstück total wenig gegessen hab.
Und der Apfel hat jedenfalls **nicht** nach Ziegenkäse gerochen.

Loch

Aber als ich gerade so richtig saftig abbeißen wollte, da hab ich plötzlich gesehen, dass da ein **WURM** im Apfel war!

Und der hat sich sogar noch bewegt!!! **BÄH!!!**

Ich hab den Apfel ins Gras geschmissen und mich **GESCHÜTTELT!** So was **EKLIGES!**

Aber dann fiel mir wieder ein, dass man so einen Wurm ja gut zum **Beschwören** brauchen kann. Viel besser als Ziegen und Katzen, weil die sich gar nicht richtig schlängeln.

auch nicht besser

Und bestimmt konnte ich das jetzt, Würmer und Kobras **beschwören.** Seit dem Wurm in Pauls Baumhaus hatte ich ja echt viel geübt.

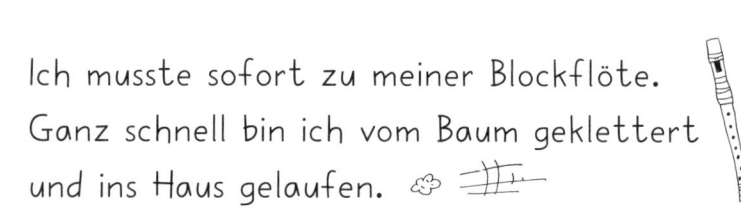

Ich musste sofort zu meiner Blockflöte. Ganz schnell bin ich vom Baum geklettert und ins Haus gelaufen.

Papa war noch immer im Wohnzimmer und hat was über seine Bierkrüge erzählt. Ich glaub, der hatte noch gar nicht gemerkt, dass ihm keiner mehr zuhört.

Meine Flöte lag im Schrank zwischen den Socken.

Ich hab sie mir geschnappt und bin wieder runtergelaufen, zurück zum Baum.
Zum Glück war der Wurm noch da.

Ganz vorsichtig hab ich den Apfel am Stiel angefasst und bin mit ihm und der Blockflöte in der Jackentasche wieder auf den Baum geklettert.

Also, ein **bisschen eklig** fand ich das ja schon, den Wurm aus dem Apfel zu ziehen. Irgendwie ist er immer **länger** geworden. Aber dann ist er doch rausgefluppt.

Er hat sich so gekringelt, dass ich schon Angst hatte, er wollte mir die Finger hochkriechen.

Da hab ich ihn schnell auf einen Ast gesetzt und die Flöte rausgeholt.

Ich hab die Augen zugemacht und mich konzentriert. Und dann hab ich ganz vorsichtig in die Flöte gepustet. Es hat sich **voll indisch** angehört, echt! Der Wurm fand das auch.

Auf jeden Fall hat er aufgehört, sich zu kringeln, und mich interessiert angeguckt. Glaub ich jedenfalls. Bei Würmern sieht man das ja nicht so.

Und dann ... und dann ... hey! Dann hat er ... er hat echt ... ER HAT ANGEFANGEN ZU TANZEN!
BOAH, ICH HAB IHN ECHT BESCHWÖRT! MEIN WURM HAT NACH MEINER FLÖTE GETANZT!!!

Er hat sich immer so hin und
her bewegt, wie eine Kobra!

Ich war so aufgeregt, dass ich fast nicht
weiterspielen konnte, aber ich hab's trotzdem
gemacht, weil das 𝓢𝓸𝓸𝓸𝓸 𝓬𝓸𝓸𝓵 war!

Mein Wurm hat 𝓖𝓔𝓣𝓐𝓝𝓩𝓣
und 𝓖𝓔𝓣𝓐𝓝𝓩𝓣, bis ich echt
keine Puste mehr hatte
und aufhören musste.

puuuuuhhh

Und da hat mein Wurm auch aufgehört
und hat sich wieder eingekringelt.

JAAAAA! hab ich
geschrien. Das musste ich
sofort jemandem zeigen!
Am besten allen.

Jakob, Simon und Maxl saßen zum Glück schon wieder vor dem Gartenhäuschen und haben geschnitzt.

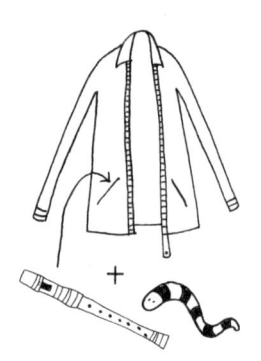

Da hab ich meine Flöte zurück in die Jackentasche gesteckt und den Wurm auch, aber ganz vorsichtig, und dann bin ich runtergeklettert.

Die Jungs waren gerade dabei, Ziegen zu schnitzen. Bestimmt wollten sie eine ganze Herde schnitzen, weil da schon ein paar Ziegen rumstanden auf dem kleinen Gartentisch: welche mit krummen Hörnern, mit gekringelten Hörnern und mit geraden Hörnern.

Ich hab die Ziegen ein bisschen zur Seite geschoben und da ist ein kleines Zicklein ins Gras gefallen.

Sofort haben die Jungs **rumgemeckert**, als ob was Schlimmes passiert wär. Dabei hab ich doch das Zicklein sofort wieder aufgehoben.
Und dann wollten sie auch gar nicht zugucken, wie ich Schlangen **beschwöre**.

> Ge schleich di mit deina Fletn. De härt si jo schlimma o, wira Schof, des wos vonam Autdo übafahn werd.*

Jakob und Simon haben natürlich voll losgelacht, die **Blödbrüder!**

HAHAHAHA

Und dann hat Maxl noch gesagt, dass ich bloß nicht noch mal die Ziegen anflöten soll, sonst wird die Milch sauer.

> Die ist doch sowieso schon sauer und schmeckt voll nach Ziegenpisse!

hab ich gesagt und bin reingegangen.

*Geh bloß weg mit deiner Flöte. Die hört sich ja schlimmer an als ein Schaf, das vom Auto überfahren wird!

Pöh! Dann eben nicht! Schließlich kann ich auch Mama und Papa zeigen, wie toll ich Schlangen **beschwören** kann!

Allerdings hat Mama immer noch geduscht.

hmmhmhmmm

Und Papa hat gar nicht richtig zugehört, als ich ihm von dem Wurm erzählt hab. Er hat nur den Kaiser-Franz-Josef-Krug poliert und so vor sich hin gesummt.

Also hab ich den Wurm auf den Esstisch gesetzt und einfach mal angefangen zu **beschwören**.

"Raus!" Aber Papa hat mich sofort rausgeschickt und gesagt, mein **Gejaule** soll ich in meinem Zimmer üben.

"Pfui!"

Danach hat er rumgeschrien, weil ein Wurm auf dem Tisch war. Also, in dieser Familie ist ja wohl **jeder** bescheuert, oder?

Papa wollte gerade ein Stück Papier von der Küchenrolle holen, um den Wurm wegzumachen.

Aber da hab ich Würmchen schnell gerettet und in mein Zimmer gebracht.

Auf meinem Nachttisch hat sich der Wurm wieder so niedlich gekringelt.

Ich hab mich aufs Bett gesetzt und ihn beobachtet. Allerdings musste ich zuerst Billy den Biber zur Seite schieben, weil der schon wieder unter meiner Decke lag, mit seinen Zähnen und Mamas Sonnenbrille.

Dann hab ich mich wieder konzentriert und meine **Schlangenbeschwörermusik** gespielt. Zuerst ganz leise und dann immer **beschwörerischer**. Dabei hab ich selbst auch so hin und her getanzt. Und Würmchen hat wieder mitgemacht!

Wir haben zusammen getanzt, bis es mir zu anstrengend wurde, und dann bin ich in die Küche gegangen und hab eine Plastikdose geholt mit Deckel. Da hab ich Würmchen reingesetzt.

Natürlich sollte er nicht alleine da drinnen bleiben. Ich hab ihm noch ein bisschen Gras und Blätter geholt. Und den Apfel, der noch unter dem Kletterbaum lag. Das alles hab ich Würmchen in die Dose gelegt, damit er's schön hat in seinem neuen Würmerzuhause.

Den Deckel hab ich zwar zugemacht, aber vorher hab ich ganz viele Löcher reingebohrt, damit Würmchen nicht ersticken muss.

Dann wusste ich nicht mehr, was ich drinnen machen sollte, und bin rausgegangen. Das Wetter war total schön und warm und die Jungs haben immer noch auf der Bank gesessen und Ziegen geschnitzt. Da hab ich mich dazugesetzt und wollte ein Lämmchen schnitzen.
Maxl hat nämlich voll viele Schnitzmesser.

Ich hab geschnitzt und geschnitzt, aber zum Schluss hat mein Lamm genauso ausgesehen wie die Ziegen der Jungs. Da hab ich's einfach zu den anderen auf den kleinen Tisch gestellt.

Als wir reingehen wollten, hat Maxl plötzlich so fachmännisch in den Himmel geguckt. Und er hat gesagt, dass es heute Nacht Schnee gibt. Und zwar bis hier unten im Tal.

> Heit Nocht gibt's no an saubn Schnä. Bis do heruntn im Toi.

Schnee, so ein Quatsch!

tok tok

Wir haben doch schon fast Ostern! Maxl wollte bestimmt nur ein bisschen angeben. Weil er hier wohnt und sich auskennt und so. Aber Schnee, da lachen doch die Hühner!

gagagacker

potpokpoooooook

SONNTAG, DER 1. APRIL

Heute bin ich mal wieder vom **Geschrei** der Jungs wach geworden. Sie standen am Fenster und haben laut gejubelt.
Und zwar, weil draußen alles voller Schnee war.

HURRA!

Wir sind schon vor dem Frühstück rausgegangen und haben Schneemänner gebaut. Obwohl, die Jungs haben eher **SCHNEEMONSTER** gebaut.

Und ich ein Schneelamm.

Während wir noch am Bauen waren, sind Maxl und Leni gekommen und haben erzählt, dass sie heute Ski fahren gehen. Und dann haben sie gefragt, ob wir mitkommen wollen. 😃 🙂 😊

📢 SKI FAHREN! Wie cool ist das denn? Ich hab gleich an Berenike gedacht mit ihrem Chalet auf dem Piz Perdü und wie ich ihr **nach den Osterferien** erzählen kann, dass ICH SKI FAHREN war!

Boah!

Wir sind sofort hochgelaufen zu Mama und Papa, was aber ein Fehler war. Da mussten wir nämlich erst mal ein **BIO**-Brötchen mit Ziegenkäse essen. **Bäh!** → 🥐 +

Natürlich haben wir uns ganz doll beeilt und waren voll schnell wieder unten. Der Vater von Maxl und Leni, Herr Hochholzer, hat uns Skier gegeben und Skistiefel zum Anprobieren. Er hat ganz viele, weil er die nämlich sonst an Wintergäste verleiht. Wir haben auch noch Mützen und Schals und Handschuhe und Skihosen von Maxl und Leni bekommen.

← von Maxl (ich ziehe doch die andere an ...)

← von Leni

zu groß

zu klein →

Und dann sind wir mit den Skistiefeln losgegangen. Boah, hat sich das **komisch** angefühlt! So, wie wenn man zwei Gipsfüße hat.

Zum Glück mussten wir nicht weit gehen. Gleich hinter dem Hof ist so ein Berg mit einem Babylift.

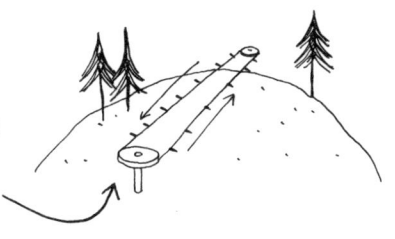

Wir haben uns unsere Skier angezogen, was eine ganz schlechte Idee war. Ich bin auf jeden Fall überhaupt **nicht mehr** vorwärtsgekommen und auch sonst nirgendwohin. ☹

Ich bin nur auf der Stelle gerutscht und ab und zu bin ich hingefallen.

Maxl hat gesagt, dass sie normal nicht hier auf dem Idiotenhügel Ski laufen, sondern nur heute, weil wir mit dabei sind.

> Normalaweis foan mia do ned aufm Deppnhügl, nua heit weils ia dobbai seids.

Das fand ich voll **blöd** von ihm. Und ich hab mir geschworen, dass ich's ihm zeig, dem **blöden Angeber!**

Erst mal bin ich auf dem Po bis zum Lift gerutscht. Das ging viel schneller als auf den Skiern.

Bei so einem Babylift kommt ab und zu ein Bügel vorbei, den muss man greifen. Und dann wird man hochgezogen. **Babyleicht eben!**
Ich wollte Leni helfen, weil sie ja noch so klein ist. Aber bevor ich bei ihr war, war sie schon fast oben.

hui

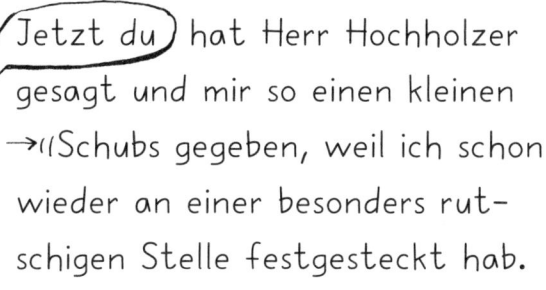

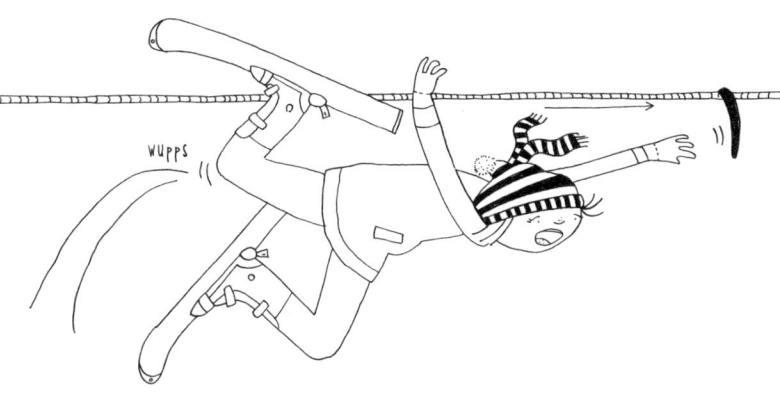

"Jetzt du" hat Herr Hochholzer gesagt und mir so einen kleinen →«Schubs gegeben, weil ich schon wieder an einer besonders rutschigen Stelle festgesteckt hab.

wupps

Und als ich dann am Seil stand und nach einem Bügel gegriffen hab, haben meine Skier irgendwie so einen Hopser gemacht und dann hab ich schon wieder im Schnee gelegen.

Hinter mir in der Reihe stand Maxl, der war schon von der ersten Abfahrt zurück.
Er hat mir hochgeholfen und dann hat er mir einen Bügel in die Hand gedrückt und mich —b/angeschubst.

Und da bin ich losgefahren! **Hey!**

Ich bin wirklich losgefahren! **Auf Skiern!** Nach **oben!**

Bloß nach ein paar Metern, da ist plötzlich ein Ski nach **links** gefahren und der andere nach **rechts.** Von ganz alleine.

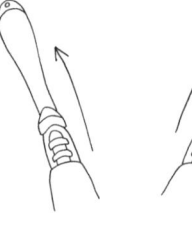

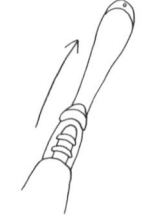

Als ich diesmal hingefallen bin, hatte ich ganz viel Schnee im Schal.

Aber trotzdem bin ich wieder aufgestanden und hab nach einem Bügel gegriffen, der gerade vorbeikam.

Aber dann sind meine blöden Skier **übereinandergefahren** und ich hab mir fast beide Beine gebrochen!

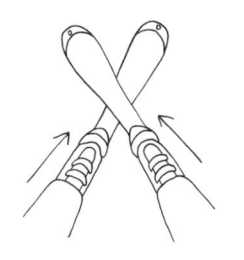

Echt! Das war total gefährlich. Und so ein Lift soll für Babys sein. **Von wegen!** Außerdem waren meine Skier viel zu lang, **die blöDen Dinger!**

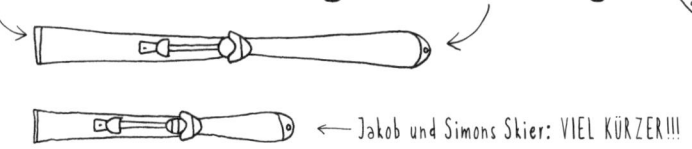

← Jakob und Simons Skier: VIEL KÜRZER!!!

Sogar Jakob und Simon sind in der Zwischenzeit schon den Berg runtergefahren. Dabei sind die auch noch nie Ski gelaufen! Aber die haben auch viel kürzere Skier bekommen als ich, die nicht immer übereinanderfahren! **Voll gemein!**

Als ich gerade dabei war, so richtig **stinkig** zu werden, kam Maxl von hinten den Berg hoch und hat seinen Bügel losgelassen.

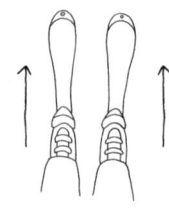

Er hat mir gesagt, ich soll meine Skier ganz gerade hinstellen. So mit den Spitzen nach ↑ oben.

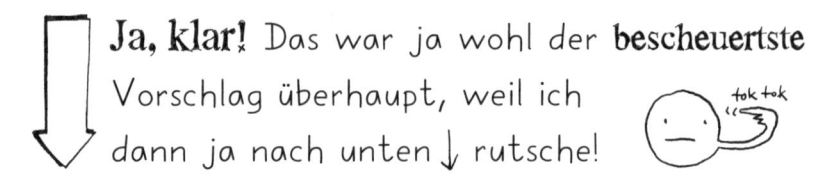

Ja, klar! Das war ja wohl der **bescheuertste** Vorschlag überhaupt, weil ich dann ja nach unten ↓ rutsche!

Aber es hat trotzdem geklappt. Ich hatte meine Skier nämlich zwischen Maxls

und er hat mich so mit seinem Bauch den Berg hochgeschoben.

Und immer, wenn ich wieder fast umgekippt bin, hat er mich festgehalten. Das war ja jetzt echt mal **nett** von Maxl. 🙂
Aber auch ein bisschen *peinlich*. 😁
Na ja, auf jeden Fall war ich endlich oben! 😄
Dann hab ich runtergeguckt.
Und voll den **SCHRECK** gekriegt!

Schafe und Lämmer (süß)

BLICK VON OBEN

hier wohnen wir

Das war nämlich gar kein Idiotenhügel, sondern ein **TOTAL** steiler Berg!

Mist! Am liebsten hätte ich meine Skier abgeschnallt und wär zu Fuß wieder runtergegangen. Aber dann hab ich an Berenike gedacht.

pffff!

Doppelmist! Und an Cheyenne und Paul und was ich denen erzählen soll. Und an Maxl und Leni und Jakob und Simon. **HAHAHA!**

Und dann hab ich die Augen zugemacht und bis drei gezählt. Und dann noch mal bis dreißig.

Ois isy!

Da ist Maxl gekommen und hat mir gezeigt, wie Schneepflug geht. Damit komm ich ganz leicht den Berg runter, hat er gesagt.

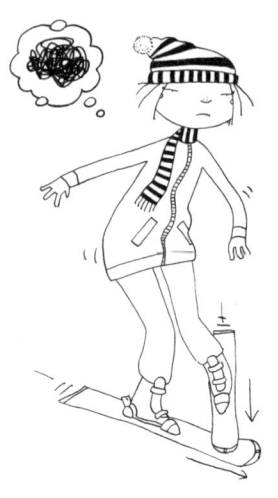

Aber ich glaub, er wollte mich nur veräppeln.
Weil: Bei Schneepflug fahren die Skier **erst recht** übereinander.

Zuerst haben sich meine Beine verknotet und ich bin auf den Bauch ⤓ gefallen und ein ganz schönes Stück →⟋⟋ gerutscht.

Als ich wieder aufstehen konnte, hatte ich schon fast die halbe Abfahrt geschafft. Da war ich ganz schön erleichtert und auch ein bisschen **STOLZ!**

Maxl hat gesagt, ich soll hinter ihm herfahren und genau das Gleiche machen wie er. Bloß ging das nicht. Und zwar, weil meine Skier ganz andere Sachen gemacht haben als seine.

(Supaisy!)

Bestimmt, weil ich die **dööfsten** Skier von allen hatte. **Menno!**

Ich war echt froh, als ich endlich unten war. Und zwar, weil
- ich noch **gelebt** hab und auch
- **kein** Bein gebrochen hatte.

Dann hab ich die Skier abgeschnallt und bin nach Hause gegangen.

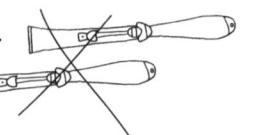

Zuerst hab ich mir trockene Sachen angezogen und dann hab ich meine Postkarten geholt, die aus dem Brauereimuseum.

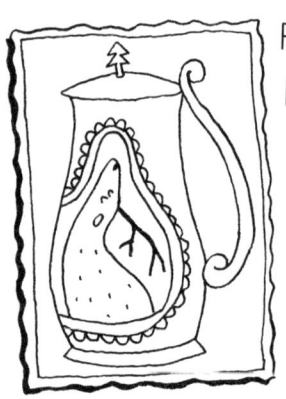

Für Cheyenne hab ich die mit dem **Erzherzog-Franz-Ferdinand-Humpen von 1892** ausgesucht. Vorne war ein röhrender Hirsch drauf. Ich fand das sehr passend, weil Cheyenne doch voll gerne Tiere mag.

Ich hab ihr geschrieben, dass ich Ski laufen war und wie **cool** das ist und dass wir hoffentlich morgen wieder gehen.

Dann hab ich an Paul geschrieben. Er hat die Karte mit dem **Mayerbräu-Maßkrug aus Bad Schusselhofen mit Zinndeckel** gekriegt. Paul hab ich so was Ähnliches geschrieben wie Cheyenne. Bloß noch dazu, wie steil und **gefährlich** die Abfahrt war.

Die letzte Postkarte war für Oma und Opa, die mit dem **Obertuttinger Jubiläumsseidel von 1902**. Ich hab extra **groß** geschrieben, weil Opa ja nicht mehr so gut hören kann und Oma ihm ja alles vorlesen muss. Deshalb hat auch nicht so viel draufgepasst auf die Karte.

Danach war ich plötzlich ganz müde und hab eine Pause gebraucht.

Da war es prima, dass Mama und Papa auch da waren. Wir haben dann nämlich zusammen **"Mensch ärgere dich nicht"** gespielt.

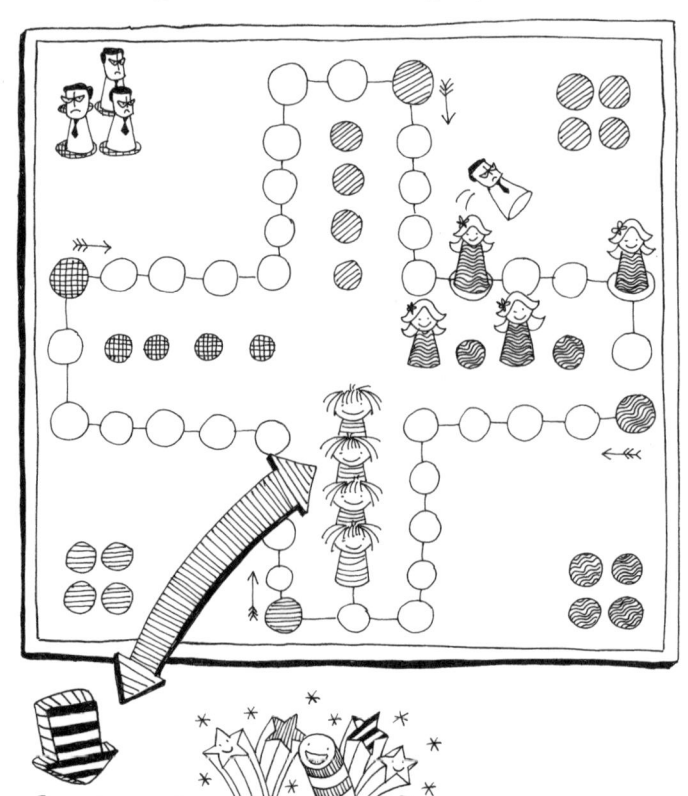

Und ich hab gewonnen! Das war ein guter Tag heute! Erst hab ich Ski laufen gelernt und dann auch noch beim Spielen gewonnen!

DIENSTAG, DER 3. APRIL

So langsam schmilzt der Schnee wieder, aber Jakob und Simon sind trotzdem noch einmal mit Maxl und Leni zum Ski laufen gegangen.

Aber ich wollte die Zeit lieber nutzen, um wieder mit Würmchen zu üben. Leider hat es heute nicht so geklappt. Würmchen hat kein bisschen getanzt. Er hat sich nicht mal gekringelt.

Ich glaub, er hat geschlafen.

DONNERSTAG, DER 5. APRIL

Seit vorgestern hat Würmchen sich nicht mehr bewegt.

Weil er auch ganz trocken und knusprig geworden ist, hab ich ihn aus der Plastikdose genommen und unter dem Kletterbaum beerdigt. Zwischen den Krokussen. Das ging, weil der Schnee inzwischen fast ganz weggeschmolzen ist.

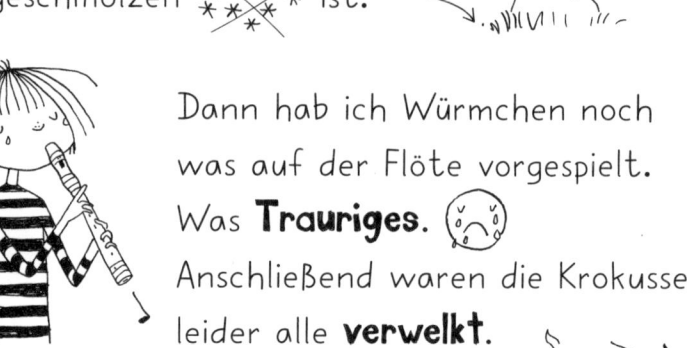

Dann hab ich Würmchen noch was auf der Flöte vorgespielt. Was **Trauriges**.
Anschließend waren die Krokusse leider alle **verwelkt**.

FREITAG, DER 6. APRIL

Heute war Mama **total sauer**, weil sie gemerkt hat, dass ich Löcher in den Deckel von ihrer Plastikdose gemacht hab.

Sie wollte da nämlich irgendwelche **BIO**-Ziegenkäse-Kulturen reintun, damit sie zu Hause auch Käse züchten kann.

ups ...

WAMM!

Sie war so **böse**, dass sie rausgelaufen ist und die Tür hinter sich zugeknallt hat.

Als Mama weg war, hat Papa mir versprochen, dass wir ins Schwimmbad gehen, wenn wir aus dem Urlaub zurück sind.

SONNTAG, DER 8. APRIL
ENDLICH OSTERN!

Ich war beim Frühstück ganz schön **aufgeregt**, weil wir danach Ostereier im Garten suchen wollten. Zum Glück ist der Schnee jetzt ganz weggeschmolzen.

Nur oben auf den Bergen liegt noch welcher.

Zur Feier des Tages gab es zum Frühstück bunte Eier und Brot, das fast wie Kuchen geschmeckt hat.
Bloß leider waren da Rosinen drinnen, die mag ich ja nicht so im Brot.
Und auch nicht im Kuchen.

Ich hab sie alle rausgepult und da hat Papa mal wieder **rumgemeckert**.

Dabei hab ich gestern genau gesehen, wie er selbst ein Stück Ziegenkäse in die Blumenvase auf dem Tisch gesteckt hat! Und zwar, als er geglaubt hat, keiner guckt!

Aber ich hab ihn trotzdem gesehen.

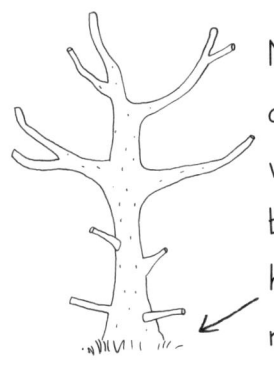

Und Ziegenkäse in Blumenvasen ist ja wohl noch viel **ekliger!**

Nach dem Frühstück sind wir dann alle rausgegangen. Es war wieder schön und beinah ein bisschen warm. Und ich hab gleich hinter dem Kletterbaum ein Nest mit Schoko-Eiern gefunden!

Aber ich hatte gar keine Zeit, mich richtig zu freuen, denn plötzlich haben die Jungs **geschrien**, weil die **BIO**-Ziege mit den krummen Hörnern wieder da war.

Und die hat auch ein Nest gefunden. Das hatte Mama nämlich am Zaun versteckt, wo sie festgebunden war, die Ziege.

Jakobs Nest war das. Die Ziege hat daran geknabbert und Jakob hat geheult. Dabei hat sie doch nur das grüne Papiergras weggefressen.

In dem Nest lag ein Schnitzmesser. Simon hat auch eins gekriegt.

Ich hab in einem Vogelhäuschen ein Nest gefunden mit einem kleinen Päckchen, auf dem „Lotta" stand.
Es hatte die Form von einer CD.

Und als ich es ausgepackt hab, war auch eine CD drinnen. *Zauber der Blockflötenmusik*, stand auf der Hülle.

"Weil du doch so gern Flötenmusik hörst."

"Dann kannst du auch mal ein wenig klassische Flötenmusik hören und musst nicht immer dieses indische Gejaule ertragen."

Dabei hat er das Gesicht verzogen.
So, als würde ihm was **wehtun**.

schluck!

Und ich hab geschluckt.
Ich wusste gar nicht, was
ich sagen sollte. Weil mich
Flötenmusik doch eigentlich
gar nicht so interessiert.
Eigentlich bloß, wenn ich
damit Kobras beschwören kann.

Na ja, wenigstens hab ich viel mehr Schoko-Eier gefunden als Simon und Jakob und auch drei Hasen, die mit Smarties gefüllt waren. Aber Mama hat mir zugeflüstert, ich soll zwei davon schnell wieder verstecken, weil die für die Jungs sind.

> Hier habe ich die zwölf Schokoeier und zwei Schokohasen versteckt.

Als wir alle Eier gefunden hatten, wollten Jakob und Simon sofort Ziegen schnitzen.

Aber Papa hat ihnen erst mal gezeigt, wie man das richtig macht, ohne sich zu verletzen.

> Immer vom Körper weg, immer vom Körper weg.

Und dann ist das Messer abgerutscht und Papa hat sich in die Hand geschnitten.

Da hat er **geschimpft**, und zwar über das Messer, weil das viel zu scharf wäre und wie man so was verkaufen könnte.

Und Mama ist mit ihm in die Wohnung gegangen, um ein Pflaster auf die Wunde zu kleben.

Als Mama runtergekommen ist, hatte sie schon wieder geflochtene Zöpfe. ⟶
Außerdem hatte sie ihren Fotoapparat mit.

Erst hat sie die Jungs mit ihren ganzen Holzziegen fotografiert und dann ist Frau Hochholzer gekommen und hat uns auf die Schafweide gelassen. Sie hat ein Lämmchen eingefangen und es mir in den Arm gelegt. Das war noch ganz klein und hat total süß gemäht und Mama hat ganz viele Fotos gemacht von mir und dem Lämmchen.

132

Später kam auch Papa wieder raus und wollte mit uns einen Osterspaziergang machen.

"Na guuut, wenn's sein muss."

Und ich hab meine Blockflöte mitgenommen, falls mir zu langweilig wird.

Also, ich hab ja wirklich geglaubt, dass wir bloß ein bisschen im Tal rumspazieren und dann wieder zurück.

Aber dann waren da braune Kühe auf so einer schrägen Wiese, die wir uns näher angeguckt haben, und dann war da ein kleiner Bach mit einer Brücke drüber.

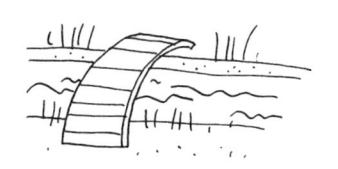

Und so sind wir immer höher und höher auf einen Berg gestiegen.

Mir war ein bisschen kalt, weil ich nur eine Strickjacke anhatte.

schlotter

Wenn ich wenigstens meinen elektrischen Taschenwärmer dabeihätte.

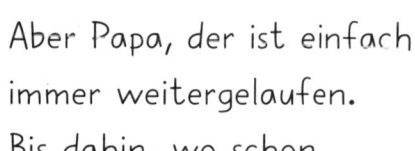

zitter

Und Mama hat ein ganz **stinkiges** Gesicht gemacht. Sie hatte nämlich nicht mal richtige Schuhe an, sondern nur ihre Öko-Latschen.

Ich glaub, so langsam wird sie wieder normal.

Aber Papa, der ist einfach immer weitergelaufen. Bis dahin, wo schon wieder Schnee lag.

Da haben die Jungs angefangen, sich mit Schneebällen zu bewerfen. Allerdings haben sie sich immer schnell weggeduckt und deshalb haben die Schneebälle dann meistens Papa getroffen.

Der ist **STINKESAUER** geworden und hat geschimpft, dass er nie wieder mit seiner Familie in die Berge fährt.

Weil die Stimmung so **schlecht** war, hab ich mich lieber ein Stück weiter weg auf eine Bank gesetzt.
Und zwar neben eine grüne Raupe.

Die ist so raupig über die Bank gekrochen.

Ha! Endlich mal wieder jemand zum **Beschwören!**

Also hab ich die Flöte aus meiner Strickjackentasche geholt. Dann hab ich mich direkt vor die Raupe gehockt. Ich hab mich wieder konzentriert. Und in die Flöte gepustet. Ganz vorsichtig. Und ganz **indisch**.

GRUMMEL

Die Raupe hat aufgehört zu kriechen. Ich dachte, die tanzt bestimmt gleich los. Aber sie hat nicht getanzt. Stattdessen hat es so **komisch gegrummelt**. Und das war nicht die Raupe.

Ich hab mich umgedreht und nach oben geguckt und da ist plötzlich ganz viel Schnee vom Berg runtergekommen.

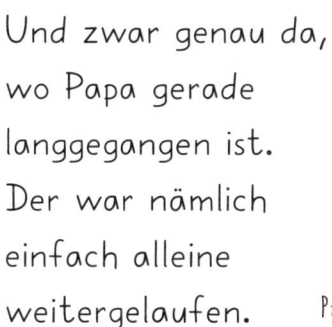

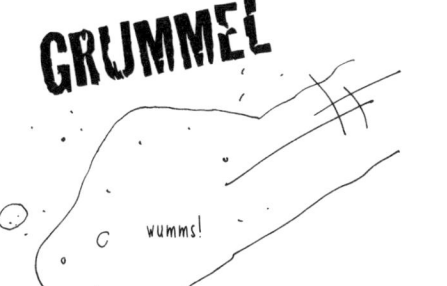

Und zwar genau da, wo Papa gerade langgegangen ist. Der war nämlich einfach alleine weitergelaufen.

GRUMMEL

← Papa

GRUMMEL

wumms!

← Papa

Der Schnee hat Papa umgerissen und dann ist er weitergerauscht.

EINE LAWINE!

hat Mama geschrien und an ihren Zöpfen gezogen und so geguckt, als hätte sie für den Moment sogar ihre kalten Füße vergessen.

kalte Füße

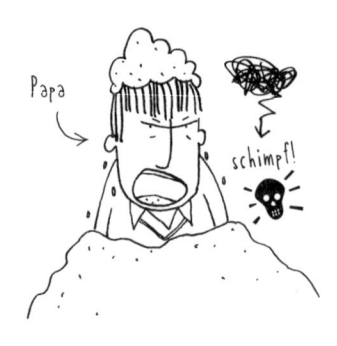

Dann hat Papa auch wieder geguckt, und zwar oben aus dem Schnee raus. Er hat gebrüllt und geschimpft und ziemlich **NASS** ausgesehen.

Und seine Brille war auch weg.

Da haben wir alle die Brille gesucht, außer Mama, die mit ihren Öko-Latschen nicht in den Schnee wollte. Sie hat lieber ein paar Fotos von uns gemacht.

Jakob und Simon haben mit ihren Schnitzmessern im Schnee rumgestochert und ich mit der Flöte.

> Was kriegt der, der die Brille findet?

hab ich gefragt, als ich die Brille gefunden hatte.

> Keinen Ärger ...

hat Papa so grollig gesagt, dass ich ihm die Brille lieber gegeben hab, ohne zu fragen, ob er schon mal was von Finderlohn gehört hat.

Papa hat sie trocken gewischt und irgendwas gemurmelt, was vielleicht ein bisschen so wie Danke geklungen hat. Aber so genau konnte man das nicht verstehen.

Und dann sind wir wieder zurückgegangen.

MONTAG, DER 9. APRIL

Es ist immer noch O**stern**! Und unser **letzter Tag** auf dem **BIO-BAUERNHOF** in **BAYERN**. **VOLL SCHADE!**

Heute wollten wir uns noch einmal so richtig ausruhen und erholen und nicht auf Berge klettern.

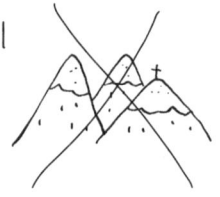

Jakob und Simon können sich am besten erholen, wenn sie Ziegen schnitzen, glaub ich. Maxl wollte ihnen zeigen, wie man Dinosaurier, Pistolen und Flugzeuge schnitzt, aber meine Brüder schnitzen immer nur Ziegen, Ziegen und Ziegen.

Oben in unserer Wohnung stehen bestimmt schon hundert Stück.

Ich selbst hab mich zuerst auf dem Kletterbaum erholt. Da hatte ich Zeit, um zu überlegen, was ich alles noch nicht gemacht hab und was ich unbedingt noch machen muss, bevor der Urlaub rum ist.

Während ich noch so überlegt hab, hab ich den **BIO**-Bauern gesehen, Herrn Hochholzer.
Er hat gerade versucht, Lotta einzufangen.
Das große Pferd, meine ich.
Aber Lotta ist auf der Wiese ᵣᵤₘgesprungen und wollte sich nicht einfangen lassen. Ich glaub, die hatte Frühlingsgefühle oder so.

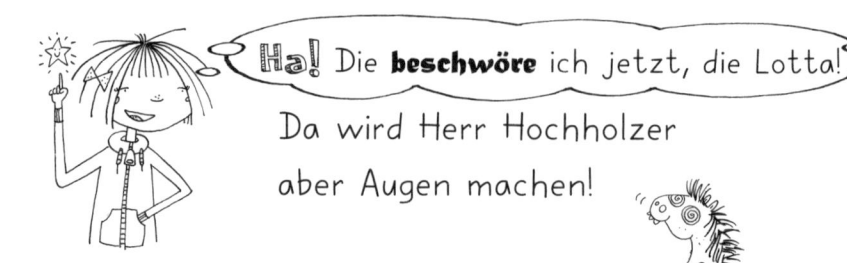

witsch

Ha! Die **beschwöre** ich jetzt, die Lotta!
Da wird Herr Hochholzer aber Augen machen!

Und wenn ich Pferde **beschwören** kann, dann kann ich bestimmt auch alle möglichen anderen großen Tiere **beschwören**, zum Beispiel Hunde, Ziegen und Blauwale.

Schnell bin ich vom Baum geklettert und hab meine Flöte geholt. Damit hab ich mich an den Zaun gestellt, hinter dem Lotta rumgesprungen ist. Und Herr Hochholzer auch.

hops   sproink

Ich hab die Augen zugemacht. Dann hab ich tief Luft geholt und gaaanz leise in die Flöte gepustet. Und dann ein bisschen **lauter**. Und ich hab die beste **Schlangenbeschwörermusik** der Welt gespielt!

Lotta ist stehen geblieben und hat gelauscht. Sie hat geguckt, als ob sie schon ein bisschen **beschwört** wär.

Und Herr Hochholzer, der hat sich immer näher an Lotta rangeschlichen.

schleich

Aber da ist sie plötzlich hochgesprungen, so mit allen vier Hufen auf einmal. Als hätte sie einen Stromschlag bekommen.

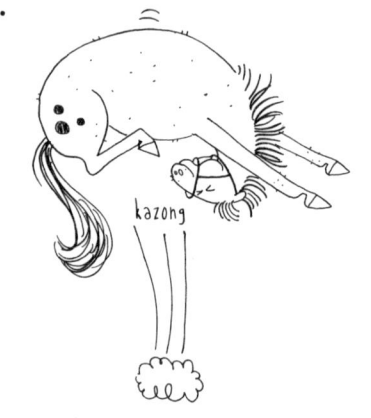

schnalz *kazong*

Und dann ist sie weggeflitzt und hat so gebuckelt dabei.

Sacklzementnoamoi!

Da hat Herr Hochholzer sich zu mir umgedreht und mich gefragt, ob ich vielleicht drinnen in der Wohnung Flöte üben könnte, bitte.

Päh! Der wollte wohl sein Pferd nicht einfangen!

Als ich gerade mit meiner Flöte reingehen wollte, hab ich die kleine Leni gesehen.

Sie ist über den Zaun auf die Pferdeweide geklettert und einfach zu Lotta rübergegangen.

Und dann hat sie sie am Halfter angefasst und von der Weide geführt.

Leni hat Lotta am Stall festgebunden, da, wo so ein Ring  in der Wand war.
Dann hat sie mich gefragt, ob ich ihr wieder beim **Striegeln helfen** will.
Klar wollte ich!
Ich hab vorne am Kopf gestriegelt und Leni hinten am Po. Und an den Hufen.

vorher

nachher

blink!

Als wir fertig waren, hat Leni mich gefragt, ob ich auf Lotta **reiten** wollte.
KLAR WOLLTE ICH!!!

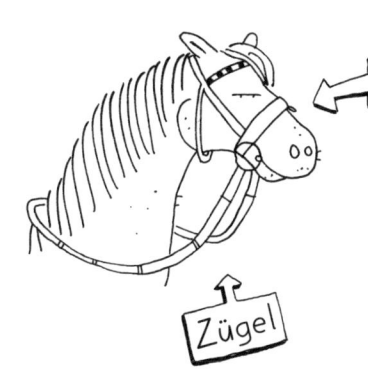

Leni hat Lotta eine Trense um den Kopf geschnallt und sie dann in die Reitbahn geführt, wo der Boden zum Glück voller Sand ist.

Zügel

Das ist besser. Falls reiten so ähnlich wie Ski fahren ist, meine ich.

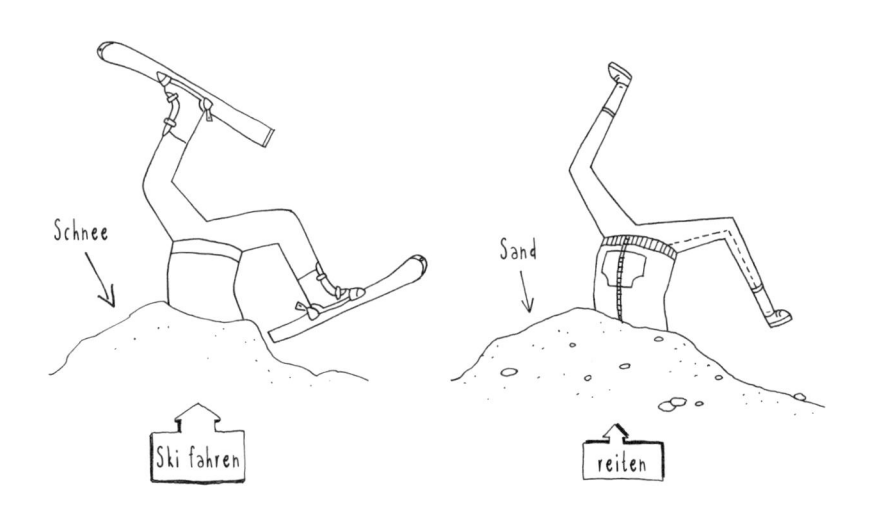

Schnee

Sand

Ski fahren

reiten

Dann sind wir beide auf den Zaun geklettert, Leni und ich.
Und zwar, weil Lotta so hoch ist. Sonst wären wir gar nicht auf ihren Rücken gekommen.

Leni hat vorne gesessen und ich hinter ihr.

Und dann sind wir geritten! **Voll cool!**

Ich musste die ganze Zeit an Berenike denken und wie ich ihr nach den Osterferien erzähle, dass ich nicht nur Ski laufen gelernt hab, sondern auch reiten.

Und reiten ist voll leicht, echt!
Viel leichter als Ski laufen.

Bloß als Lotta dann mit einem Mal losgetrabt ist, da wär ich doch fast noch runtergerutscht. Aber nur fast.

Ich hab mich nämlich schnell an Leni festgehalten.

DIENSTAG, DER 10. APRIL

Papa hatte heute wieder **total schlechte Laune**.
Und zwar, weil er den Wagen bepacken musste.
Wir hatten nämlich plötzlich <u>noch viel mehr
Sachen</u> als auf der Hinfahrt:

- Fünf Paar **Wanderstiefel**
  Seile, einen **Eispickel**
  und ein **Erste-Hilfe-Set**.
- Zwei berühmte **Bierkrüge**.
- Mindestens zwanzig **Holzziegen**.
- Ein paar Laibe **Ziegenkäse**.
- Den **Gestank** vom Ziegenkäse.
- Zwei **Schnitzmesser** und
  eine **CD** mit Flötenmusik
  (die Schoko-Eier und -Hasen haben
  wir schon alle aufgegessen).
- Und noch so ein paar Sachen, die Mama
  heimlich gekauft und uns nichts davon
  verraten hat, wie z. B. ein paar Packungen
  Bepperl's Bayerische BIO-Knödel.

Als das Auto endlich voll war, sind alle Hochholzers rausgekommen, um uns **Tschüss** zu sagen. Das heißt, eigentlich haben sie **PFIATS EICH** oder so gesagt. Weil sie ja aus **BAYERN** sind!

Pfiats eich!

Hobe d'Ere

Servus!

Maxl hat Jakob und Simon jedem ein Stück Holz geschenkt, für die Rückfahrt.
Damit sie sich nicht langweilen müssen.

Papa hat ziemlich entsetzt geguckt. Weil er nämlich keine Holzschnitze im Auto mag. Er mag ja schon kein Bonbonpapier.

Leni hat mir Fotos geschenkt, die ihr Vater von mir gemacht hat, und zwar heimlich. Ein paar Fotos waren vom Skilaufen, die waren leider nicht so gut gelungen.

Aber ein paar waren auch von gestern, vom Reiten. Die waren toll! 😃
Berenike wird Augen 😳 machen!
Und Cheyenne und Paul und alle anderen auch.

Ich hab mich total gefreut!

Und dann sind wir losgefahren.

Tschüss, Bayern!

winkewinke

Auf dem Rückweg haben sich die Jungs gar nicht gestritten, weil sie ja mit Schnitzen beschäftigt waren.

Papa hat leise vor sich hin gemeckert, aber verboten hat er es nicht.

Wahrscheinlich war er auch froh, dass sich Jakob und Simon nicht gestritten haben.

Dann hat Papa aber doch noch **gemeckert**.

Und zwar, weil Mama die ganze Zeit in ihrer Handtasche rumgewühlt hat.

> Aber meine Sonnenbrille ist weg. Ich versteh das gar nicht.

Also, ich hab's ja schon verstanden und Jakob und Simon höchstwahrscheinlich auch. Wir haben aber lieber nichts gesagt.

Ein bisschen langweilig war das schon, dass es so ruhig war. Deshalb hab ich den Jungs ab und zu gesagt, dass ihre Ziegen aussehen wie Quallen. Oder wie Außerirdische.

außerirdische Ziege

Quallenziege

gar keine Ziege

Aber das hat sie gar nicht gestört!

Jakob hat bloß gesagt, dass ich ja keine Ahnung von Ziegen und vom Schnitzen hab, und Simon hat gesagt, ich soll erst mal richtig Flöte spielen lernen, weil sich das bei mir nämlich so anhört, wie eine Ziege macht, wenn sie mit den Hörnern gegen einen Baum knallt.

tschiiiiieeeep

wumms

Diese Blödbrüder!

Die haben ja echt noch gar nichts kapiert über <u>**Schlangenbeschwörung**</u>! Und mit ihren Schnitzmessern sollen die gefälligst auch aufpassen!

schubs

Jakob →

aua!

Jakob hat mir fast ein Stück Finger abgeschnitzt, nur weil ich ihn ein bisschen geschubst hab!

Je länger wir unterwegs waren, desto mehr hab ich mich gefreut. Und zwar auf zu Hause. Auf Cheyenne und Paul und **DIE WILDEN KANINCHEN**.

Helga

Und komischerweise sogar ein ganz klitzekleines bisschen auf die Schule. Auf Berenikes Gesicht nämlich, wenn ich ihr erzähle, dass ich Ski fahren, reiten und schnitzen gelernt hab.

15:32 Als wir zu Hause angekommen sind, war es schon Nachmittag.

Holzziegen
Holzziegen
Holzziegen

Erst mal mussten wir Papa und Mama helfen, den Wagen auszuräumen, und dann haben sich die Jungs auf ihr Schlagzeug und die Posaune gestürzt.

Ich glaub, die wollten zwei Wochen Musiküben auf einmal nachholen. 😐 **BOAM RENGSCHEPPERZONK RIMMS BIMMS BIMMS WOMMS! DINGDINGDING**

Ich hab mir das Telefon geholt und mich in mein Zimmer verzogen. **MÖÖÖÖP! TÄTÄÄRÄTÄTÄ DÖÖÖD TUUUUT QUIETSCHDÖDELDU!**

WAMM!

Die Tür hab ich zugemacht, damit der **Lärm** vom Schlagzeug und von der Posaune nicht so laut ist, und dann hab ich Cheyenne angerufen.

KREISCH!

sproink

Hallo?

Und zwar, um ihr zu sagen, dass ich jetzt Ski laufen kann. Und reiten. Und schnitzen. Und Schlangen **beschwören**!

Das war echt ein **toller** Urlaub auf dem **BIO-BAUERNHOF** in **BAYERN**!

Alice Pantermüller / Daniela Kohl
~~Mein~~ Dein Lotta-Leben

Kritzelbuch
Für Zeichenkünstler, Buntmaler und Bastelfreunde

Streng geheimes Tagebuch

Juchhu! Kritzelst du auch so gerne wie ich? Früher hab ich mal gedacht, das wär genauso schwer wie Blockflötespielen oder Rosenkohlessen. Aber das stimmt gar nicht. Seit ich mein erstes Tagebuch bekommen hab, kann ich gar nicht mehr aufhören zu kritzeln. Das sieht manchmal ganz schön künstlerisch aus. Wie auch du zum Kritzelprofi wirst, zeig ich dir in diesem Buch.

Psst! Hier kommt ein Geheimnis: Lotta war ja echt ein bisschen skeptisch als Oma Ingrid ihr zur Einschulung ein Tagebuch geschenkt hat. Doch seitdem in ihrem Leben immer so aufregende Dinge passieren, ist sie total froh, dass sie darin alles aufschreiben und aufzeichnen kann, was sie so erlebt. Weil manche Sachen ja echt zu komisch sind und vor allem viel zu geheim, um sie zu erzählen.

Arena

136 Seiten • Gebunden
ISBN 978-3-401-60309-4
www.mein-lotta-leben.de

96 Seiten • Gebunden
ISBN 978-3-401-60227-1
www.arena-verlag.de

Berenike von Bödecker
geht in meine Klasse
→ ist total hochnäsig

gehört den Hochholzers →
Lotta/Pferd

GEFÄHRLICH
BIO-Ziege

Leni und Maxl Hochholzer

Kinder von →

meine BlödbrüDer
Jakob und Simon Petermann
Zwillinge nämlich

Die Hochholzers

meine beste Freundin

Cheyenne Wawrceck

das bin ich
Lotta Petermann

kleine Schwester von
Chanell Wawrceck

meine Mama
Sabine Petermann
mag Ajudingsbums-Gekoche

Mitglied unserer Bande
Paul Kohlhase

Heesters/Schildkröte

(Über Heesters schreib ich später noch was.)

Rainer Petermann
mein Papa Lehrer

Alice Pantermüller
Daniela Kohl

Mein Lotta-Leben
Daher weht der Hase!

Weitere Bücher von Alice Pantermüller im Arena Verlag:

Mein Lotta-Leben. Alles voller Kaninchen (1)
Mein Lotta-Leben. Wie belämmert ist das denn? (2)
Mein Lotta-Leben. Hier steckt der Wurm drin! (3)
Mein Lotta-Leben. Daher weht der Hase! (4)
Mein Lotta-Leben. Ich glaub, meine Kröte pfeift! (5)
Mein Lotta-Leben. Den Letzten knutschen die Elche! (6)
Mein Lotta-Leben. Und täglich grüßt der Camembär (7)
Mein Lotta-Leben. Kein Drama ohne Lama (8)
Mein Lotta-Leben. Das reinste Katzentheater (9)
Mein Lotta-Leben. Der Schuh des Känguru (10)
Mein Lotta-Leben. Volle Kanne Koala (11)
Mein Lotta-Leben. Eine Natter macht die Flatter (12)
Mein Lotta-Leben. Wenn die Frösche zweimal quaken (13)
Mein Lotta-Leben. Da lachen ja die Hunde! (14)
Mein Lotta-Leben. Wer den Wal hat (15)
Mein Lotta-Leben. Das letzte Eichhorn (16)

Mein Lotta-Leben. Alles Bingo mit Flamingo! (Buch zum Film)

Linni von Links. Sammelband. Band 1 und 2
Linni von Links. Alle Pflaumen fliegen hoch (3)
Linni von Links. Die Heldin der Bananentorte (4)

Poldi und Partner. Immer dem Nager nach (1)
Poldi und Partner. Ein Pinguin geht baden (2)
Poldi und Partner. Alpaka ahoi! (3)

Bendix Brodersen. Echte Helden haben immer einen Plan B

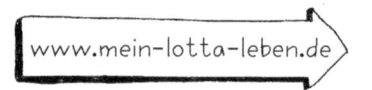

www.mein-lotta-leben.de

Alice Pantermüller
wollte bereits während der Grundschulzeit „Buchschreiberin" oder Lehrerin werden. Nach einem Lehramtsstudium, einem Aufenthalt als Deutsche Fremdsprachenassistentin in Schottland und einer Ausbildung zur Buchhändlerin lebt sie heute mit ihrer Familie in der Lüneburger Heide. Bekannt wurde sie durch ihre Kinderbücher rund um „Bendix Brodersen" und die Erfolgsreihe „Mein Lotta-Leben".

Daniela Kohl
verdiente sich schon als Kind ihr Pausenbrot mit kleinen Kritzeleien, die sie an ihre Klassenkameraden oder an Tanten und Opas verkaufte. Sie studierte an der FH München Kommunikationsdesign und arbeitet seit 2001 fröhlich als freie Illustratorin und Grafikerin. Mit Mann, Hund und Schildkröte lebt sie über den Dächern von München.

Alice Pantermüller

MEIN LOTTA-LEBEN
Daher weht der Hase!

Illustriert von Daniela Kohl

Arena

Für alle Leseratten (ganz besonders Tina).
Danke. Daniela

5. Auflage der Sonderausgabe 2020
© 2013 Arena Verlag GmbH,
Rottendorfer Str. 16, 97074 Würzburg
Alle Rechte vorbehalten
Einband und Illustrationen: Daniela Kohl
Gesamtherstellung: Westermann Druck Zwickau GmbH

www.arena-verlag.de
Mitreden unter forum.arena-verlag.de

MONTAG, DER 30. APRIL

Heute musste ich nicht in die Schule. Ich hab nämlich

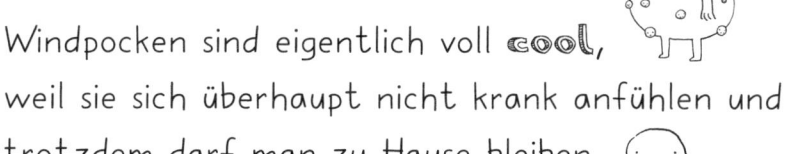

WINDPOCKEN!

Windpocken sind eigentlich voll cool, weil sie sich überhaupt nicht krank anfühlen und trotzdem darf man zu Hause bleiben.

kratzkratzkratz

Bloß dass die so **jucken**, das ist total **EKLIG**.

Und man darf nicht kratzen, sonst gibt es Narben, sagt Mama immer.

hässlich

Außerdem bin ich schon seit letztem Dienstag krank und jetzt weiß ich so langsam nicht mehr, was ich machen soll.

Ich hab schon ein Buch gelesen und Fernsehen geguckt hab ich auch.

Außerdem hab ich:

☺ Noch ein **Buch** gelesen.

☹ Versucht, eine **Fliege** mit meiner indischen Blockflöte zu **beschwören**. Aber Fliegen sind dumme Tiere, die sich nicht so gut **beschwören** lassen.

☹ Aus dem **Fenster** geguckt.

☺ Das Fenster aufgemacht und **Polly**, den Hund von Frau Segebrecht, anmiaut.

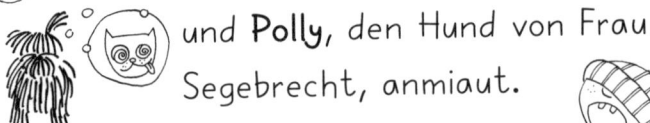

☺ **Knoten** in die Schlafanzüge von meinen Brüdern gemacht.

☺ Und ein **Bild** gemalt, wo ich drauf war mit Windpocken.

Aber meine beiden **Blödbrüder** haben nur so **doof** gelacht, als sie das gesehen haben, das Bild.

Jakob hat gesagt, meine Pickel gehen bis zu den Füßen, und Simon hat gesagt, das sind keine Pickel, sondern Pestbeulen und die sind voll ansteckend.

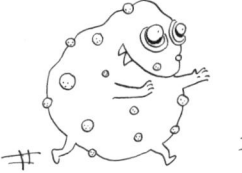

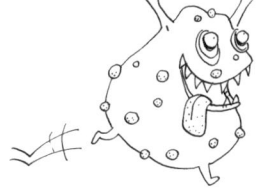

Die haben ja so was von keine Ahnung, die beiden!

Und als ich heute so im Wohnzimmer saß und in einem Buch mit Weihnachtsliedern geblättert hab, da fiel mir plötzlich ein, warum mir so **stinklangweilig** war:
Ich hab nämlich überhaupt keine **Hobbys!** Und deswegen kann ich gar nichts machen, wenn ich krank bin.

Da bin ich schnell aufgesprungen und zu Mama gelaufen.
Das heißt, ich wollte zu Mama laufen, aber auf dem Weg bin ich über Heesters gestolpert, unsere Schildkröte.

Heesters

aua!

(Über Heesters schreib ich später noch was. Jetzt hab ich gerade keine Zeit!)

Mama war in der Küche und hat mit ihrem neuen **POWER-JUICER-ENTSAFTER** was entsaftet. Und zwar Reis.

> Reismilch. Gesund und lecker. Davon werden deine Windpocken im Nu verschwinden!

Also, da war ich mir ja nicht so sicher.

gleicher Geruch

Die Reismilch hat nämlich etwas **KOMISCH** gerochen. Ein bisschen wie mein Turnbeutel von innen.

Bestimmt kriegt man davon noch viel mehr Pocken.

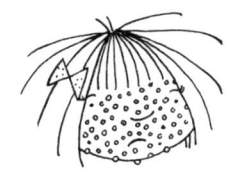

Da hab ich lieber schnell das Thema gewechselt. Ich hab Mama erzählt, dass ich dringend ein **Hobby** brauch, damit mir nicht mehr so *langweilig* ist.

Und als ich ihr das gerade sagte, ist mir die eingebildete Berenike von Bödecker aus meiner Klasse eingefallen. Die mit ihrer hochnäsigen Nase und ihren reichen Eltern. Weil die nämlich ganz viele **Hobbys** hat.

Wenn die mal krank ist, kann sie reiten und Geige spielen und snowboarden und keitsörfen.

Aber natürlich war das ein Fehler, Mama davon zu erzählen! Sie hat sofort gesagt, ich hab ja immerhin auch ein **Hobby**.

Blockflötespielen nämlich. 
Und jetzt hätte ich ganz viel Zeit zum Üben, weil ich doch krank bin.

> Und ich hab eine schöne Überraschung für dich, Schatz! Gerade habe ich eine neue Flötenlehrerin für dich gefunden!
> Frau Friemel.
> Sie klingt sehr nett am Telefon.

Da bin ich lieber wieder zurück ins Wohnzimmer gegangen.
Oh Mann.
Auf so eine Überraschung kann ich echt verzichten!  
Schließlich bin ich die **schlechteste** Blockflötespielerin der Welt.

Wenn ich auf meiner indischen Blockflöte spiele, passieren immer nur komische Sachen.
Bloß Schlangen, die kann ich damit **beschwören**!
Oder eher Würmer.
Aber die sind ja auch so ein bisschen **SCHLÄNGELIG**, so wie Kobras.

Nachmittags kam Cheyenne zu Besuch. Cheyenne hatte im Kindergarten schon Windpocken und deshalb kann sie sich nicht mehr anstecken.

Zum Glück! CHEYENNE ist nämlich **meine aller-allerbeste Freundin**, und wenn sie da ist, muss ich mich nicht mehr zu Tode **langweilen** vor lauter Nichtstun.

öde öde öde öde
öde öde öde öde
öde öde öde öde
öde öde öde öde
öde öde öde öde

> öde öde öde öde
> öde öde öde öde
> öde öde öde öde
> öde öde öde öde
> öde öde öde öde

Als ich Cheyenne erzählt hab, dass Windpocken total **öde** sind, wenn man gar kein richtiges **Hobby** hat, da hat sie so die Hände in die Seiten gestemmt.

> Ey Mann, das stimmt voll. Ich hab auch kein **Hobby**.

Und dann haben wir erst mal ein bisschen überlegt, wofür man sich denn so interessieren könnte. Natürlich musste es was total **TOLLES** sein. Irgendwas, was noch viel cooler war als die ganzen *Angeberhobbys* von Berenike!

Und da hatte ich voll die **gute Idee!** Nämlich, dass wir mal bei Papa im Computer nachgucken, was es überhaupt für **Hobbys** gibt.

Das passte gerade gut, weil Mama einkaufen war und Papa hatte irgendeine Konferenz oder so.

Also sind wir in Papas Arbeitszimmer gegangen und ich hab den Computer angemacht.

In der Zwischenzeit hat Cheyenne eine **Eins** unter ein total schlechtes Diktat geschrieben, das sie auf Papas Schreibtisch gefunden hat.
Papa ist nämlich Lehrer.

Dann haben wir **coole Hobbys** bei Google eingegeben. Da kamen total viele Vorschläge und wir haben erst mal ewig geguckt und die tollsten Sachen aufgeschrieben. Danach hatten wir eine

> ziemlich coole Hobby-Liste:

- Fallschirmspringen
- Einradfahren
- Höhlenerforschen
- Kristallezüchten
- Tauchen mit Haien
- Wildwasser-Rafting
- Drachenfliegen
- Dinosaurierskelette-Ausgraben

Cheyennes Augen haben richtig geglitzert.

Ich will mit Haien tauchen.

Oder Kristalle züchten.

glitzer

Da hab ich sie gefragt, wie sie das machen will, und dann haben wir erst mal lange auf unsere Liste geguckt und nichts gesagt.
Weil hier nämlich gar kein Meer in der Nähe ist und auch keine Höhle und kein Wildwasser.
Außerdem haben wir auch kein Einrad.
Und keinen Fallschirm.

Und Drachen haben wir
bloß so welche aus
Plastik mit einer Schnur.
Bei mir ist das Bild von einem Vogel drauf und in
der Ecke steht Mississippi-Weihe.

öde

Ich weiß, was wir machen können:
Kirschkernweitspucken.

Also sind wir in die Küche gegangen und haben
nach Kirschen gesucht.
Aber nicht mal die waren da.

Zum Glück lag in einer Schublade eine Tüte mit

Haldirams Chana Dal
würzig geröstete halbe Kichererbsen.

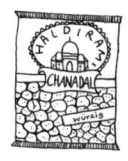

Die hat Mama in diesem **indischen** Laden gekauft, wo auch meine Flöte her ist.

Und dann sind wir in den Garten gegangen und haben Kichererbsenweitspucken gemacht.

Ich hab **gewonnen**, übrigens.

Vielleicht war das aber auch, weil Cheyenne die meisten Kichererbsen einfach aufgegessen hat, anstatt sie auszuspucken.

DIENSTAG, DER 1. MAI

Jetzt haben Jakob und Simon auch Windpocken. Den ganzen Tag lang haben sie **rumgejammert**, weil nämlich heute Feiertag ist und sowieso schulfrei. Auch ohne Windpocken. 😊

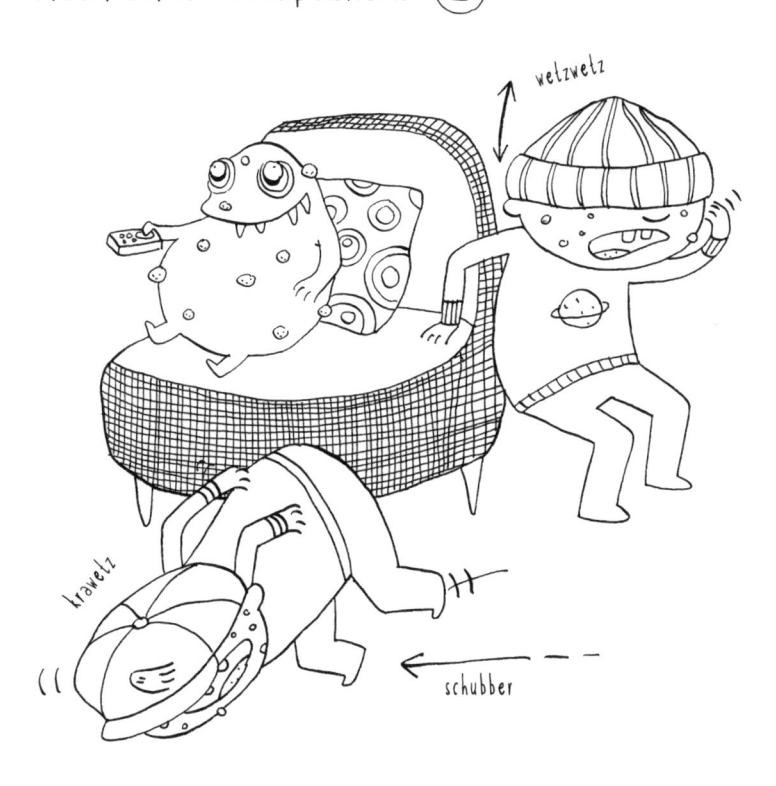

Ha! Selber schuld, ihr **Blödbrüder!**

MITTWOCH, DER 2. MAI

Endlich sind alle meine bescheuerten Windpocken verkrustet und ich darf wieder zur Schule.

In der Pause haben wir uns auf dem Schulhof mit Paul getroffen.

Wir sind nämlich eine Bande, Cheyenne, Paul und ich. **DIE WILDEN KANINCHEN**.

← Brille

Paul hat ein richtiges Baumhaus, das ist unser Hauptquartier. Außerdem ist Paul total klug, das sieht man schon an seiner Brille.

Deswegen wollten wir ihn auch fragen, ob er eine Idee hat für ein ECHT **COOLES** Hobby.

Paul hatte gleich ganz viele Ideen. Und zwar, dass wir ja Schach spielen können, mit ihm zusammen. Jeden Mittwoch im Gemeindezentrum.
Oder wir könnten:

- was **sammeln**. Briefmarken zum Beispiel oder kleine Lego-Star-Wars-Figuren.

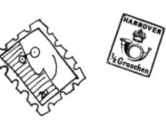

- lernen, wie man Spuren liest und Fingerabdrücke nimmt und so andere **Geheimagenten-Sachen**.

- **Sport** treiben. Zum Beispiel Tischtennis oder Karate.

- **Modellbau.** Da kann man irgendwelche Eiffeltürme oder Raumschiffe zusammenbauen.

- einen **Computerkurs** machen.

> Ey, das ist ja **voll langweilig**! Da häkel ich ja lieber noch **Topflappen**!

Das war aber nicht schlau von Cheyenne, weil Paul doch immer so schnell **beleidigt** ist. Und ich musste auch noch kichern, als sie das gesagt hat. Da hat sich Paul umgedreht und ist weggegangen. So **stapfig** irgendwie.

Aber seine Ideen waren sowieso nicht besonders gut, fand ich.

Als wir ihm so hinterhergeguckt haben, hat Cheyenne Casimir entdeckt. Casimir ist der große Bruder von Berenike.
Er geht schon in die Neunte und ist der coolste Junge von der ganzen Günter-Graus-Gesamtschule.
Findet Cheyenne jedenfalls.

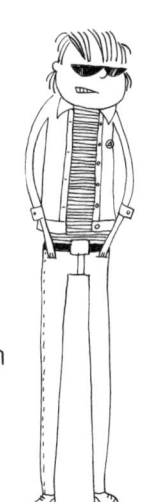

Casimir stand mit ein paar anderen Jungs zusammen und hat ausgesehen, als würde er gerade irgendwas Interessantes machen. Also ist Cheyenne zu ihm rübergegangen. Und ich auch.

Die Jungs haben aber bloß auf ihren Handys gespielt.

Aber Cheyenne hat trotzdem gefragt, ob sie auch mal darf, und da hat Casimir ihr sein Handy gegeben und hat ihr sogar noch gezeigt, wie das geht.

Das war ja eigentlich voll nett von ihm!

gähn!

Aber ich fand das trotzdem ein bisschen **langweilig**. Weil ich ja bloß zugeguckt hab, wie Cheyennes Handy-Monster aus Schleimkügelchen Brücken gebaut haben.

Also, ich glaub, das ist schon mal kein **Hobby** für mich! Handy-Spiele und so.

Aber Cheyenne, die war total begeistert.
Auch noch, als wir wieder weitergegangen sind.
Ständig hat sie erzählt, wie süß und cool
Casimir ist. Hoffentlich wird das nicht ihr neues
Hobby. Casimir, meine ich. Weil, das können wir
ja nicht zusammen machen!

Dann hat es geklingelt und wir mussten reingehen, weil wir jetzt Geschichte bei Frau Kackert hatten.

Das war schon schlimm genug, aber dann standen auch noch die ganzen **LÄMMER-GIRLS** vor der Klasse und haben so dämlich rumgegackert.

Berenike hat am lautesten gegackert.

Und zwar weil ihre Mutter sie zu einem Schnupperkurs Eiskunstlauf angemeldet hat. Am Wochenende in der Eishalle. Dabei hat sie so **affig** ihr Bein ausgestreckt, als ob sie Ballett machen würde.

Natürlich haben die anderen **LÄMMER-GIRLS** sie sofort noch mehr umringt und Emma hat gerufen, dass sie auch schon angemeldet ist. Und Hannah auch und Liv-Grete auch.

> Das ist ja voll der Zufall! Meine Mutter hat mich nämlich auch angemeldet zum Schnuppern!

Und dann hat sie die Nase so komisch verzogen und geschnüffelt und wir sind lieber schnell ein Stück weitergegangen, weil wir so lachen mussten.

Aber die Idee war echt gut!

Das mit dem Eiskunstlaufen, meine ich. Es ist nämlich **total cool**, wenn man im Winter zum Schlittschuhlaufen auf einen zugefrorenen Teich geht

⟶ und plötzlich macht man so einen doppelten Rittburger, oder wie das heißt. Also diese Übung, wenn man so hochspringt ↑ und sich dreht, mein ich. Deshalb haben Cheyenne und ich beschlossen, dass wir wirklich beim Schnupperkurs mitmachen. Und dass das unser neues **Hobby** wird:

EISKUNSTLAUF!

Als ich mittags nach Hause gekommen bin, wollte ich Mama unbedingt sofort von dem Schnupperkurs erzählen. Aber die hat gar nicht richtig hingehört.

Sie hat bloß so ein strahliges Gesicht gemacht und gesagt, dass ich schon morgen meine erste Flötenstunde bei Frau Friemel hab.

Also, da ist mir ein bisschen **KODDERIG** im Bauch geworden! Ich hab schnell gesagt, dass ich dann aber auch zum *Eiskunstlaufen* will. Weil Sport nämlich wichtig ist für Kinder. So als Ausgleich zum Flötespielen.

Eiskunstlauf hat Mama gesagt und mich so komisch angeguckt.

Und dann hat sie gemeint, dass ich ja auch zum Schwimmkurs gehen könnte.

Oder zum Turnen. →

Aber ich hab den Kopf geschüttelt und gesagt, dass ich am allerliebsten und auf jeden Fall zum *Eiskunstlauf* will.
Und wisst ihr, was da passiert ist?
Mama hat es erlaubt!
Juchhu!!!

DONNERSTAG, DER 3. MAI

Heute war mir schon in der Schule **SCHLECHT**, weil ich nachmittags zur Flötenstunde musste.

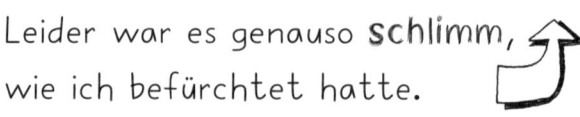

Leider war es genauso **schlimm**, wie ich befürchtet hatte.

Frau Friemel ist nämlich so eine ältere Dame mit Löckchen.

Und solche älteren Damen mögen es meistens nicht, wenn man nicht so gut Flöte spielen kann.

Sie hat mir Noten gegeben und gesagt, das wär nur eine kleine Übung. Und ich sollte das vorspielen. **Dabei sehen für mich doch alle Noten gleich aus!** So, als ob ein Goldhamster mit dreckigen Füßen übers Papier gelaufen ist.

Da hab ich mir gedacht, dass ich lieber ein bisschen **Schlangenbeschwörermusik** spiele. Weil das nämlich das Einzige ist, was ich gut kann mit der Flöte. Und weil Frau Friemel dann **beschwört** ist und nicht schimpft.

Also hab ich ganz vorsichtig in die Flöte gepustet und die Finger bewegt. Es hat sich auch richtig **indisch** und **beschwörerisch** angehört.

Aber dann ist schon wieder was passiert.

Irgendwie hab ich nämlich nicht Frau Friemel **beschwört**, sondern Frau Friemels Dackel. Der lag auf dem Sofa und hat ein bisschen so ausgesehen wie eine Wurst.

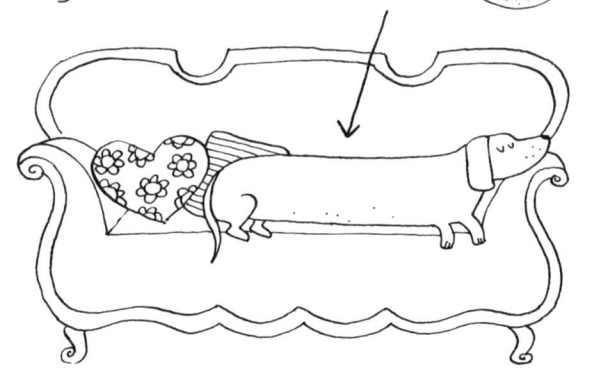

Oder wie ein Wurm.

Und weil Würmer so ähnlich sind wie Schlangen, kann man sie ja auch besonders gut **beschwören**.

Auf jeden Fall hat Frau
Friemels Dackel angefangen,
sich so zu krümmen.
Und dann ... **HEY!**

Dann hat er sich hingesetzt,
mit den Pfoten hoch, und hat ... er hat richtig
GETANZT!

aiaiaiaiaruuhuu

Mit den Vorderbeinen hat er immer seine Ohren
angestupst. Und dabei hat er so winselig **gejault**.
Das klang total wie echte **indische Musik!**

Boah, ich war richtig stolz auf mich!

Aber Frau Friemel hatte wohl **schlechte** Laune.

Sie hat nur **rumgeschimpft**, dass ich sofort aufhören soll, weil das Tierquälerei ist. Und dann hat sie gesagt, dass ich nach Hause gehen und niemals wiederkommen soll.

Also, das fand ich ganz schön **frech** von Frau Friemel! Die hat ja wohl echt keine Ahnung von **Schlangenbeschwörung!**

Aber als ich dann draußen war, war ich eigentlich doch ziemlich froh. Nämlich, weil ich **nie wieder** zu ihr muss zur Flötenstunde.

SAMSTAG, DER 5. MAI

So, heute geht's zum Eiskunstlaufen!
Und Cheyenne kommt auch mit!
Das wird ja so **cool!**

Mama hat uns hingefahren.
Auf dem Weg hab ich voll
geschwitzt, weil ich eine
Mütze und Handschuhe und
einen Schal anhatte.
Dabei waren draußen
zweiundzwanzig Grad.

Aber Mama hat gesagt, dass es in der Eishalle
ganz kalt ist.

Cheyenne hatte trotzdem
<u>keine</u> warmen Sachen mit.
Sie hatte sogar ein kurzes
Kleid an, mit Rüschen.
Weil sie aussehen wollte
wie eine Eisprinzessin.

Auf der ganzen Fahrt hat sie erzählt, dass sie bestimmt besser Schlittschuh laufen kann als Berenike. Und zwar weil Berenike so eine hochnäsige Nase hat, dass sie gar nicht aufs Eis gucken kann, und deshalb immer über die Kufen stolpert.

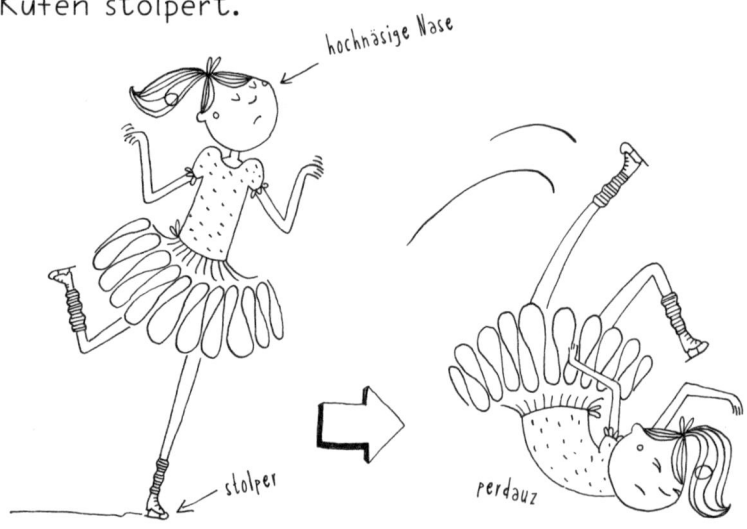

hochnäsige Nase

stolper *perdauz*

Als wir dann in der Eishalle waren, war ich ziemlich froh, dass ich Wintersachen anhatte.
Es war nämlich echt saukalt.

Weil wir keine Schlittschuhe hatten, durften wir welche leihen. Die Frau an der Kasse hat Cheyenne ziemlich komisch angeguckt und gesagt, dass sie sich eine Jacke anziehen soll.

Aber Cheyenne hatte ja keine ~~Mütze~~ mit. Und auch keine ~~🧤~~ Handschuhe. Als sie die Schlittschuhe angezogen hat, waren ihre Finger schon voll blau.

bibber

Dann sind Berenike und die **LÄMMER-GIRLS** reingekommen. Alle mit Jacken an. Die von Berenike war natürlich rosa und mit ganz viel Glitzer. Und auf dem Kopf hatte sie eine **PUSCHELIGE** weiße Mütze, die sah aus wie eine tote Perserkatze.

> Du liebe Güte! Das dumme Kaninchen hat wohl Eiskunstlaufen mit Eierlaufen verwechselt.

miau? →

glitzer

Und ihre bescheuerten **LÄMMER-GIRLS** haben sofort losgegackert wie die Hühner, war ja klar!

pokpokpok   gacker   pokpokpoook

Wart bloß ab, du blöde Kuh. Dir werd ich's zeigen!

schlotter

Meine Schlittschuhe haben ein bisschen gedrückt, und zwar an den Knöcheln.

Aber ich hatte keine Zeit mehr, sie umzutauschen, weil plötzlich die Eiskunstlauflehrerin da war.

Die hat uns erst mal begrüßt und dann hat sie uns gezählt. Wir waren elf Mädchen.

Danach hat sie gefragt, wer von uns schon mal Schlittschuh gelaufen ist, und da hab ich mich gemeldet. Weil ich ja früher schon ein paarmal gelaufen bin. Immer wenn ich im Winter bei meiner Cousine an der Ostsee zu Besuch war und die Ostsee mal zugefroren war.
So ungefähr einmal war das, glaub ich.

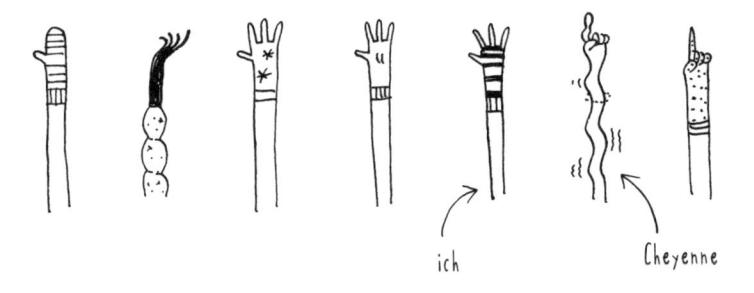

ich   Cheyenne

Die **LÄMMER-GIRLS** haben sich auch alle gemeldet und da hat Cheyenne sich auch gemeldet. Obwohl ich genau weiß, dass sie noch nie Schlittschuh gelaufen ist.

Dann sollten wir uns erst mal warm laufen. Die Eiskunstlauflehrerin ist losgefahren und wir sollten hinterherfahren.

Leider ist Cheyenne hingeknallt, und zwar voll auf die Knie. Und dabei waren wir noch nicht mal auf dem Eis, sondern noch neben dem Kassenhäuschen.

deng

hütschä

Da hat sie sich erst mal auf die Tribüne gesetzt, um sich auszuruhen. Bloß ab und zu hat sie geniest.

Ich bin dann alleine aufs Eis gegangen, zuerst aber nur an den Rand, wo man sich festhalten konnte. Weil nämlich meine Schlittschuhe immer so weggeglitscht sind.

schubber

Zum Glück waren vorne so
Zacken dran, die konnte
man ins Eis hacken, damit
es nicht mehr so rutscht.   hack   hack

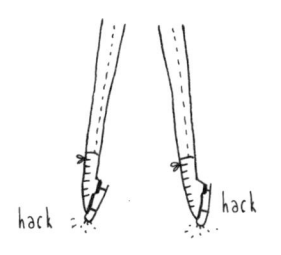

Aber da ist die Eiskunstlauflehrerin gekommen
und hat gesagt, ich soll aufhören, Löcher ins Eis
zu bohren. Und ich soll mal versuchen zu gleiten,
ohne mich an der Bande festzuhalten.

swisch

Dann hat sie mir gezeigt, wie das geht.
Es sah total einfach aus.
Aber die hatte ja auch vorher geübt!

Ich bin jedenfalls lieber erst mal so übers Eis gegangen wie ein Pinguin. Damit ich nicht hinfalle. Mir taten ja sowieso schon die Füße weh.

Dann bin ich doch hingefallen, und zwar auf den Po. Da hab ich die Füße nicht mehr so gemerkt.

Und als ich da auf dem Eis lag und zur Tribüne rübergeguckt hab, bin ich echt ein bisschen **stinkig** geworden.

Cheyenne hat nämlich nur da rumgesessen, mit ein paar Jungs zusammen. Die hatten alle Helme auf und Eishockey-Schläger dabei.

Einer von den Jungs war Casimir und er hatte Cheyenne seine Jacke geliehen.

ALSO ECHT — die saß da einfach so gemütlich auf der Tribüne rum, während andere Leute *Eiskunstlauf* machen müssen!

Das gehört sich ja wohl <u>wirklich nicht</u> für eine beste Freundin, oder?

Aber gerade als ich mich
an der Bande hochgezogen
hatte und ihr das sagen
wollte, ist Berenike an
mir vorbeigefahren.
Und zwar ⟨ rückwärts. ⟩

Da hab ich doch nichts zu Cheyenne gesagt.

Stattdessen hab
ich auch versucht,
⟨ rückwärts ⟩
zu fahren.

Leider bin ich wieder hingefallen, und
zwar wieder auf den Po. Dabei tat
der noch vom ersten Mal weh.

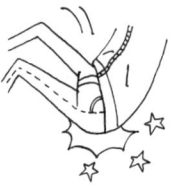

Sicherheitshalber bin ich danach lieber vom Eis runtergekrabbelt, so mit den Händen und Knien. Ich wollte nämlich nicht noch mal auf den Po fallen.

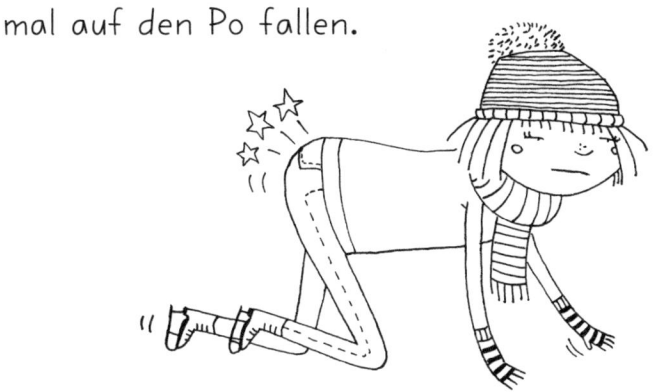

Ich hab meine normalen Schuhe wieder angezogen und bin rausgegangen, wo es warm war.

Eigentlich wollte ich mich auf eine Bank setzen, aber leider waren die Bänke alle ein bisschen hart am Po.

Also bin ich bloß über den Parkplatz gegangen und hab Autos gezählt.

Dabei hab ich überlegt, ob das vielleicht auch ein **Hobby** sein kann, Autoszählen. Aber irgendwie hat das nicht besonders viel Spaß gemacht.

Zum Glück kam Cheyenne dann auch raus und wir haben zusammen darauf gewartet, dass Mama uns wieder abholt. In der Zwischenzeit haben wir überlegt, dass es bestimmt noch viel coolere **Hobbys** gibt als Eiskunstlauf.

Welche, zu denen man keine Höhlen und Einräder und Ozeane braucht.

Uns ist bloß keins eingefallen.

DIENSTAG, DER 8. MAI

Als wir heute Morgen gefrühstückt haben, war Mama ziemlich **schlecht gelaunt**. Sie hatte nämlich gestern bei zwei neuen Flötenlehrerinnen angerufen, die beide sofort wieder aufgelegt haben, als Mama meinen Namen genannt hat.

Mama wollte, dass Papa sich auch darüber aufregt, aber Papa hat bloß in die Zeitung geguckt und „Hmm" gemacht.

Und da ist Mama **noch stinkiger** geworden.

In der Zwischenzeit hab ich mein Knuspermüsli gegessen und darüber nachgedacht, ob Tierpostkartensammeln nicht auch ein schönes **Hobby** ist.

Grüße vom Hochkofl

Grüße vom Hochkofl

Oder Geräteturnen vielleicht.

Und während ich noch so am Überlegen war, hab ich auf die Rückseite von Papas Zeitung geguckt. Und da stand es –

das beste und coolste **Hobby** überhaupt!

Tausendmal COOLER als Berenikes ganze Angeberhobbys zusammen!!!

Komparsen gesucht, stand da nämlich.

ZEITUNG   Dienstag, 8. Mai

KOMPARSEN GESUCHT

Der neue Jugendfilm mit dem Teeniestar **Till Tettenborn** ist unterbesetzt

Till Tettenborn, Schauspieler

„Wir brauchen noch Leute!"

Pandabär zu verschenken

Und dass für die Dreharbeiten zu einem Jugendfilm mit **Till Tettenborn** noch Leute gebraucht werden. Und alle Interessierten sollen sich am Wochenende in der großen Sporthalle am Fußballstadion melden.

BOAH! FILMSCHAUSPIELERIN!

Das ist ja wohl so was von genial!

Das wird mein neues **Hobby**!!!

Klick!

Ich als Piratin in **Fluch der Lotta**

Ich als Hexe in **Hexe Lotta**

Auch wenn ich nicht so genau weiß, wer Till Tettenborn ist. Aber er ist bestimmt ein berühmter Schauspieler!

Ich war **total aufgeregt**, hab aber trotzdem lieber nichts gesagt. Weil es nämlich bestimmt besser ist, wenn ich warte, bis Mama wieder gute Laune hat.

Und das kann wahrscheinlich noch ein bisschen dauern. Sie fand es nämlich nicht so toll, dass ich so schnell wieder mit *Eiskunstlauf* aufgehört hab.

Aber Cheyenne hab ich natürlich sofort davon erzählt, als ich in der Schule war, na klar! Weil sie so was ja noch toller findet als ich, **STARS** und **FILME** und **FERNSEHEN** und so.

Sie ist auch rumgehüpft wie ein Gummiball und hat sogar **gequietscht** dabei. Vor allen Dingen, weil sie Till Tettenborn so süß findet.

Vielleicht werd ich ja entdeckt! Und dann spiel ich die Hauptrolle! Zusammen mit Till! ♥ ♥ ♡

sproink

Aber da hab ich ihr gesagt, dass sie lieber ein bisschen unauffälliger sein soll, damit die **LÄMMER-GIRLS** nichts merken. Schließlich wollen wir ja ganz alleine reich und berühmt werden.

Höchstens Paul durfte das noch wissen. Der war aber wieder ein bisschen *langweilig* und wollte <u>nicht</u> mitmachen.

Außerdem hat er gesagt, dass man als Komparse sowieso nicht reich und berühmt wird.
MENNO, PAUL!
Aber wenigstens war er diesmal nicht beleidigt.

Nachmittags haben sich
DIE WILDEN KANINCHEN
dann in Pauls Baumhaus
getroffen.
Cheyenne und ich wollten
am liebsten nur über das
Wochenende und den Film
sprechen, aber dazu hatte
Paul keine Lust.

Er wollte uns nämlich was anderes zeigen.
Und zwar hatte er einen Zauberkasten
geschenkt bekommen und ein paar
Zaubertricks hatte er auch schon
eingeübt.

wedel

Erst hat er
weiße Handschuhe
angezogen und dann
hat er so mit seinem
Zauberstab rumgewedelt.

Und dann hat er plötzlich einen Euro hinter Cheyennes Ohr rausgezogen. COOL! ☺

Bloß Cheyenne hat geschimpft, als Paul ihr den Euro nicht wiedergeben wollte.

> Ey, das ist **meiner**! Schließlich ist das auch **mein** Ohr!

Aber Paul hat so getan, als würde er sie gar nicht hören.

> Das ist doch wirklich ein **tolles Hobby**. Zaubern. Das solltet ihr auch machen.

Dann hat er auch noch so was mit Tüchern gemacht, aber da konnte man sehen, dass er die vorher im Ärmel versteckt hatte.

Schummel! Das ist ja gar keine echte Zauberei!

Ha! Ha! Ha!

Und Cheyenne hat gelacht.

strenger Blick →

Schummel

Komischerweise war Paul trotzdem nicht beleidigt. Er hat nur so **streng** über seine Brille geguckt. Wie Frau Kackert.

Der große Paulini schummelt nicht hat er mit einer ein bisschen **GRUSELIGEN** Stimme gesagt.

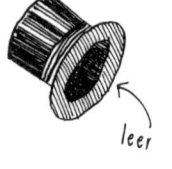

> Der große Paulini zeigt euch jetzt den berühmtesten Zaubertrick der Welt!

Ich war echt gespannt.

leer

Und dann hat Paulini einen Zylinder hochgehalten, sodass wir reingucken konnten. Da war nichts drin.

> Der ist ja bloß aus Pappe.

Aber Paul hat nicht geantwortet.
Er hat den Zylinder auf eine Holzkiste gestellt und so ein Tuch drübergelegt.

Und dann hat er wieder mit dem Zauberstab rumgewedelt. Es sah voll wichtig aus. Dabei hat er *Avada Kedavra* oder so ähnlich gemurmelt.

Dann hat er das Tuch weggezogen und was aus dem Zylinder rausgeholt.

Tadaa!

Und zwar Berenikes Mütze vom Eiskunstlaufen.

He, voll klasse! Die tote Perserkatze!

Da ist Paul total **stinkig** geworden und hat geschrien, dass das ein weißer Hase ist und ich eine blöde Kuh wär.

Cheyenne hat gesagt, sie erkennt ja wohl einen Hasen, wenn sie einen sieht, und zwar an den Ohren. Und die tote Perserkatze hatte keine Hasenohren, sondern nur so Stummel.

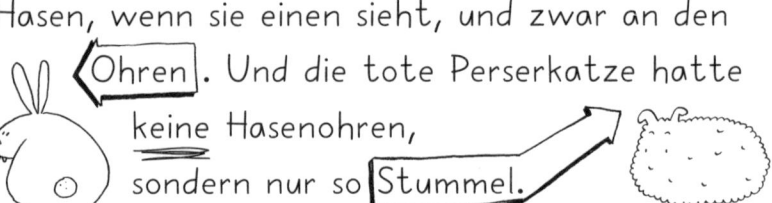

Vielleicht ist das ja auch ein Meerschweinchen hab ich gesagt und wollte mir das mal genauer angucken, aber da hat Paul das flauschige Ding weggezogen und in eine Plastiktüte gestopft.

Dabei hat er ein voll **BÖSES** Gesicht gemacht.

Chanell hat so Puschen, die aussehen wie Tiere.

Da hab ich gekichert, weil ich an Cheyennes kleine Schwester Chanell und ihre blöden Puschen denken musste.

Und da war Paul erst mal wieder **beleidigt**, obwohl ich ja gar nicht über ihn gelacht hab. Weiterzaubern wollte er auch nicht mehr.

Deshalb hab ich mir gedacht, dann kann ich ja auch mal was zaubern. In Pauls Zauberkasten war nämlich so ein Seil.
Und ein Seil, das sieht ja fast so aus wie eine Schlange.
Und ich hatte meine Blockflöte dabei, meine **indische**. Die hab ich jetzt immer dabei. Weil man ja viel üben muss, wenn man so richtig gut Schlangen **beschwören** will.

Also hab ich das Seil rausgeholt und auf die Holzkiste gelegt.

Das ist ein normales Seil. Aber gleich wird da eine Schlange draus. Eine Kobra. **HOKUS POKUS!**

Dann hab ich in die Flöte gepustet. Ganz vorsichtig.

Dabei hab ich ein bisschen hin und her getanzt. Und ich dachte, gleich tanzt das Seil auch, weil es sich nämlich so richtig nach

Schlangenbeschwörermusik

angehört hat, was ich gespielt hab. Ich hab die Augen zugemacht und in meinem Bauch hat es sich angefühlt, als ob ich ein echter **indischer Fakir** wäre.

Dann hat Cheyenne **BOOAAAH!** gerufen und ich hab die Augen wieder aufgemacht.

Und da hat das Seil **GETANZT!** **Ganz in echt!**

Auf jeden Fall hat es sich so ein bisschen bewegt, mit dem Kopf nach oben.

Paul hat gar nichts mehr gesagt. Wahrscheinlich, weil er total erstaunt war, dass ich besser zaubern kann als er. Und vielleicht auch ein bisschen beleidigt, weil er doch so viel geübt hat.

Cheyenne und Paul haben dann nur noch geguckt und geguckt und ich hab immer weitergespielt, obwohl mir ganz **kribbelig** zumute war.

Weil das Seil wirklich hin und her **GETANZT** ist wie eine beschwörte Kobra!

Aber dann hat es plötzlich **GEQUIEKT**.

Ein bisschen so wie ein kleines Schweinchen.

Und die Plastiktüte von Paul hat sich **von ganz alleine bewegt.**

Und dann ... dann ist sie **umgekippt!**

Und ein **Hase** ist rausgesprungen, ein echter! Ein weißer, mit richtigen **Hasenohren!**

Da hab ich aufgehört, Flöte zu spielen.
Ich hab den Hasen nur angestarrt und Cheyenne
und Paul haben nach Luft geschnappt.

Der Hase hat uns auch angeguckt.
Dabei hat er so **süß** gemümmelt.
Und dann ist er mit einem Mal
losgesprungen, einfach zur Tür raus.

Da haben wir alle voll den **Schreck** gekriegt,
weil es draußen ja ziemlich steil runtergeht.
Wir hatten echt **Angst**,
dass der arme Hase **abstürzt!**

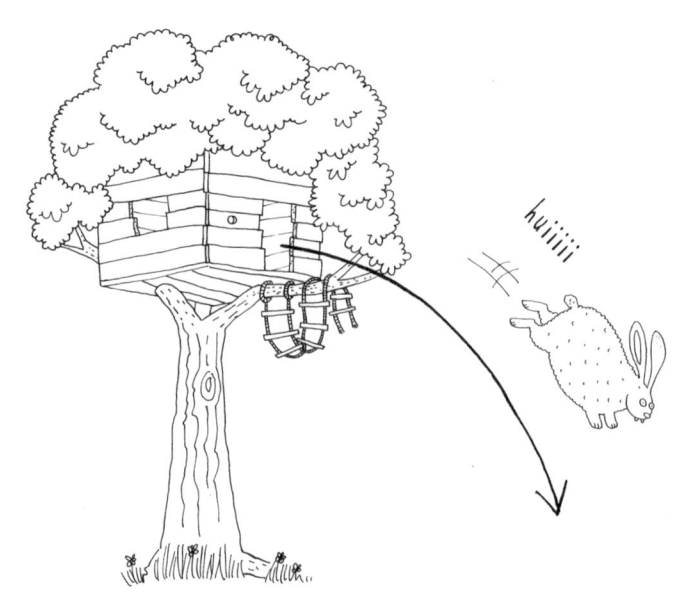

Aber als wir von oben in Pauls Garten geschaut haben, da haben wir bloß noch gesehen, wie der Hase weggehoppelt  ist.  Er hat noch einmal an einem Löwenzahn  geknabbert und dann ist er in einem Busch verschwunden.

Krass!

Cool ...

Und dann hat Paul sogar noch gesagt, dass das echt tolle Zauberei war.

Trotzdem haben wir danach nicht weitergezaubert. Und zwar weil das ja schon ein bisschen **GRUSELIG** war mit dem Puschen oder der Mütze oder was das war.

Dass daraus ein echter Hase geworden ist!

Wir sind wieder ins Baumhaus gegangen und wollten lieber noch eine **total coole Bandensache** machen.

DIE WILDEN KANINCHEN

"Vogelstimmen imitieren?"

"Nein!"

Uns ist bloß keine eingefallen.

SAMSTAG, DER 12. MAI

SO! HEUTE GEHT DIE SCHAUSPIELEREI LOS!

Ich konnte beim Frühstück gar nichts essen, weil ich voll **aufgeregt** war. Und dann haben meine **Blödbrüder** auch noch lauter doofe Sachen gesagt. Dass ich bestimmt eine Rolle als **ZOMBIE** krieg, dafür brauch ich mich nicht mal zu verkleiden, und so was.

Pfff! Die haben ja echt keine Ahnung vom Film! Die sind bloß neidisch, weil sie sowieso nicht mitspielen können mit ihren roten Flecken im Gesicht.

Nach dem Frühstück bin ich gleich zu Cheyenne gelaufen. Um neun sollten wir nämlich schon in der Sporthalle sein.

Cheyenne hatte sich voll schick gemacht. So mit lauter klimperigen Ketten und Armreifen und schwarz angemalten Wimpern. Bloß manchmal hatte sie nicht richtig getroffen mit der Wimperntusche. Deshalb waren da noch so ein paar schwarze Punkte extra in ihrem Gesicht.

„So muss man sich anziehen, wenn man vom Resischör entdeckt werden will", hat sie mir erklärt, als wir zur Sporthalle gelaufen sind.

Schließlich will ich ja die Hauptrolle spielen. Mit **Till Tettenborn** zusammen. Der ist ja SOOO süß!

Daran hatte ich gar nicht gedacht. Mich schick anzuziehen, meine ich. Aber ich kenn ja **Till Tettenborn** auch nicht so richtig. Und was ein Resischör ist, weiß ich auch nicht so genau.

Deshalb finde ich es auch gut, wenn ich zum Beispiel im Film nur die beste Freundin von Cheyenne spiele.

Als wir bei der Sporthalle ankamen, war es schon total voll. :(Mindestens hundert oder zweihundert Leute standen da rum und wollten auch in dem Film mitspielen.
Da ist Cheyenne ein bisschen ungeduldig geworden und hat sich vorgedrängelt.

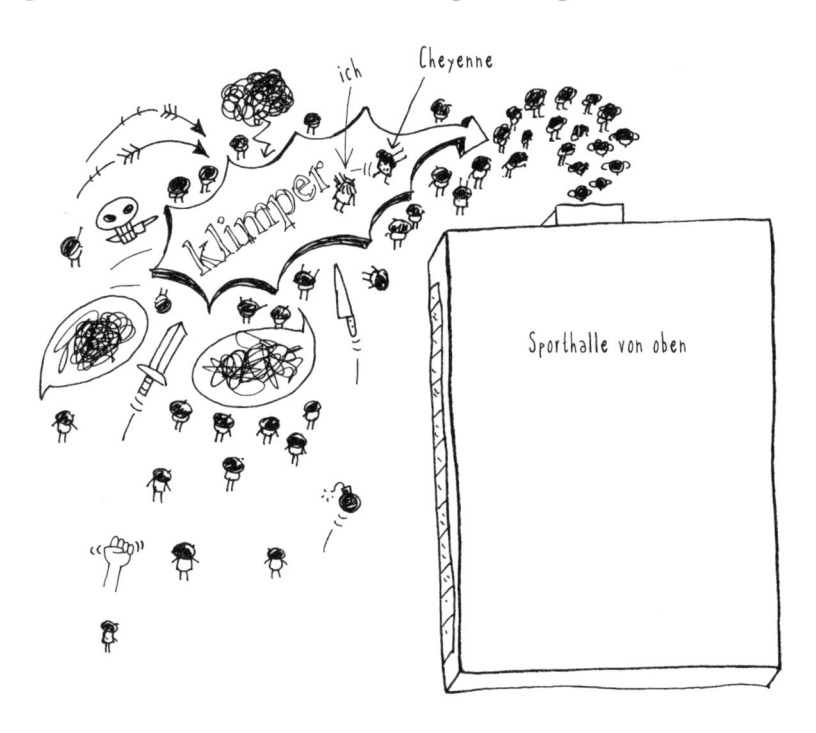

Dabei hat sie ordentlich geklimpert mit ihren Ketten und Armbändern und ziemlich viele Leute haben **geschimpft**.
Über mich haben sie nicht so doll geschimpft, weil ich mich viel leiser vorgedrängelt hab.

Dann sind wir an einen Tisch gekommen, an dem wir einen Zettel gekriegt haben.
Da sollten wir unseren Namen und unser Geburtsdatum und so was aufschreiben.
Cheyenne hat noch dazugeschrieben, dass sie auf jeden Fall die Hauptrolle haben will.

Name: ~~Che~~yenne Wawr~~tsch~~c~~X~~eck

Vorname: CHEYENNE ⭐

Geburtsdatum: 11 Jahre

Augenfarbe: Nugatschokoladenbraun

Haarfarbe: Dunkelblond oder so

Größe: Ziemlich groß ☺

Hobbys: Film! Und ich will auf jeden Fall die Hauptrolle!!!
♡Till Tettenborn ist süß!!!♡

Danach sind wir in die Vorhalle gegangen, wo es zu den Umkleidekabinen geht.
Und haben gewartet. Und gewartet.

Es hat total lange gedauert und immer mehr Leute sind reingekommen. **Menno!** Die wollten doch wohl nicht alle im Film mitspielen, oder? Cheyenne hat die ganze Zeit mit ihren Ketten und Armbändern rumgeklimpert und **gemotzt**. Und zwar dass sie sich beim Resischör beschwert. Und dass man eine Hauptdarstellerin nicht so behandeln kann. Und wenn sie erst mal reich und berühmt ist, dann lässt sie die ganze Sporthalle abreißen.

Als ich fast schon wieder nach Hause gehen wollte, weil es so **langweilig** war, ist eine Frau gekommen. Sie hat Hallo gesagt und dass sie Antje Seltsam heißt oder so ähnlich und dass sie uns ein paar Sachen zum Film erklären will.

Und das hat sie dann auch gemacht. Sie hat gesagt, dass wir alle Zuschauer bei einem wichtigen Basketballspiel sind.
Und wenn sie uns sagt, wir sollen klatschen, dann sollen wir klatschen.
Und wenn sie uns sagt, wir sollen buhen, dann sollen wir buhen. *Buuuh!*

Und wenn Cheyenne nicht aufhört, mit ihrem Schmuck zu klimpern, dann muss sie ihn draußen lassen.

Dann durften wir endlich in die Sporthalle, in der so eine große Tribüne war. Cheyenne und ich haben uns voll beeilt, damit wir **ganz vorne** sitzen können.

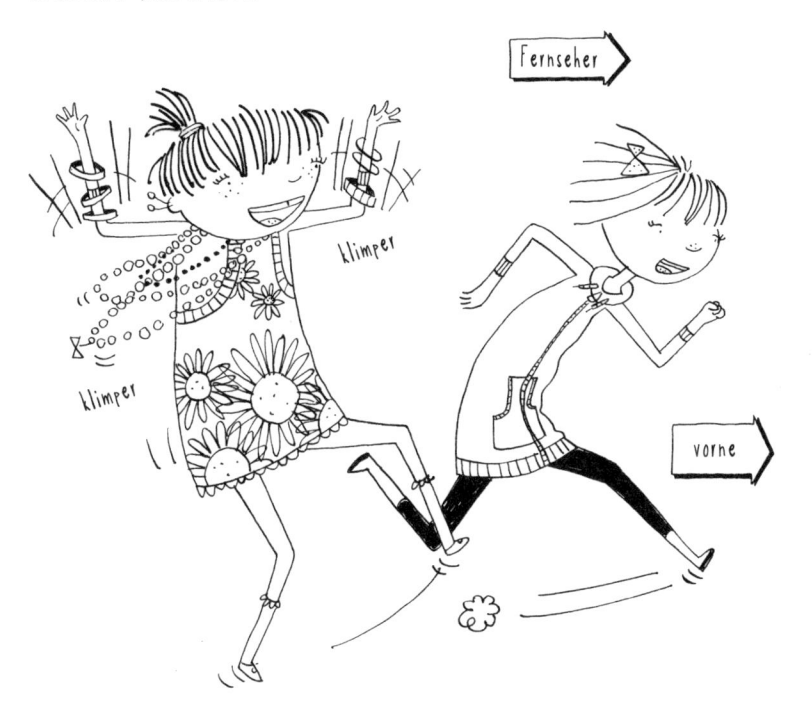

Dann kann man uns nämlich bestimmt immer **ganz groß** in dem riesigen **Fernseher** sehen, der an der Wand hängt.

Unten in der Halle waren lauter Kräne und Kameras und Lampen und ganz viele Leute, die hin und her gelaufen sind. Ein paar davon waren als Sportler verkleidet.

Tribüne (oben)
hier sitzen wir
Sportler
Halle (unten)

Bloß **Till Tettenborn** konnte Cheyenne nicht sehen und sie wollte schon wieder rummeckern. Aber dann hat sie ihn doch gesehen und **losgebrüllt**.

klimper

TiLL!
HiER BiN iCH, TiLL!

Und sie hat mit ihren Armreifen geklimpert.

Dabei sieht **Till Tettenborn** eigentlich ganz normal aus. So ein bisschen wie Casimir, bloß mit kurzen Haaren mit Gel drin. Und Sportsachen an. Da konnte man voll die Muskeln drunter sehen.

Als ich noch überlegt hab, warum Cheyenne den so toll findet, ist Antje Seltsam mit einer Tüte gekommen und hat gesagt, Cheyenne soll ihren ganzen Schmuck da reintun.

Und sie kann ihn später am Eingang wieder abholen.

Anschließend war Cheyenne ein bisschen **maulig** und hat gesagt, dass Antje Seltsam ja voll keine Ahnung vom Film hat. Und davon, was man alles machen muss, um entdeckt zu werden.

motz

Dann haben wir allerdings **beide** noch **schlechtere Laune** gekriegt, und zwar weil wir **Berenike** gesehen haben. Die stand nämlich unten in der Sporthalle.

Da, wo die ganzen Schauspieler waren.

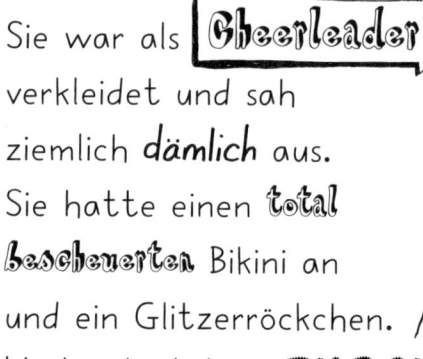

Sie war als **Cheerleader** verkleidet und sah ziemlich **dämlich** aus. Sie hatte einen **total bescheuerten** Bikini an und ein Glitzerröckchen. Und natürlich so **PUSCHEL** in den Händen.

Buuuh! hat Cheyenne geschrien und da ist Antje Seltsam schon wieder gekommen und hat gesagt, dass wir nur buhen sollen, wenn sie es sagt.

Aber dann hat sie uns jedem eine Tüte Popcorn geschenkt, für völlig umsonst! Das war ja echt mal großzügig zwischendurch von Antje Seltsam! Allerdings dürfen wir die nur essen, wenn gefilmt wird, hat sie gesagt. Sonst ist das Popcorn bald alle und dabei soll es für den ganzen Tag reichen.

Cheyenne hat ihr Popcorn trotzdem gleich aufgegessen, als Antje Seltsam weg war. Weil sie nämlich Hunger hatte.

Also, ich hab das ja nicht gemacht. Ich hab mein Popcorn lieber nach Berenike geschnipst. Und einmal, da hab ich sie auch fast am Ohr getroffen!

Aber nur fast, leider.

Aber dann ist schon wieder die blöde Antje Seltsam gekommen und hat geschimpft. **Und zwar mit mir!** Dabei hab ich doch gar kein Popcorn gegessen!

Das ist ja mal wieder so was von unfair!
So langsam nervt Antje Seltsam! Aber total!

Danach ist endlich mal was passiert. Wir sollten nämlich alle klatschen und jubeln.

Bloß leider sollten wir den **Cheerleadern** zujubeln. Und die sind da so **affig** rumgehüpft mit ihren Puscheln ... das ging gar nicht!

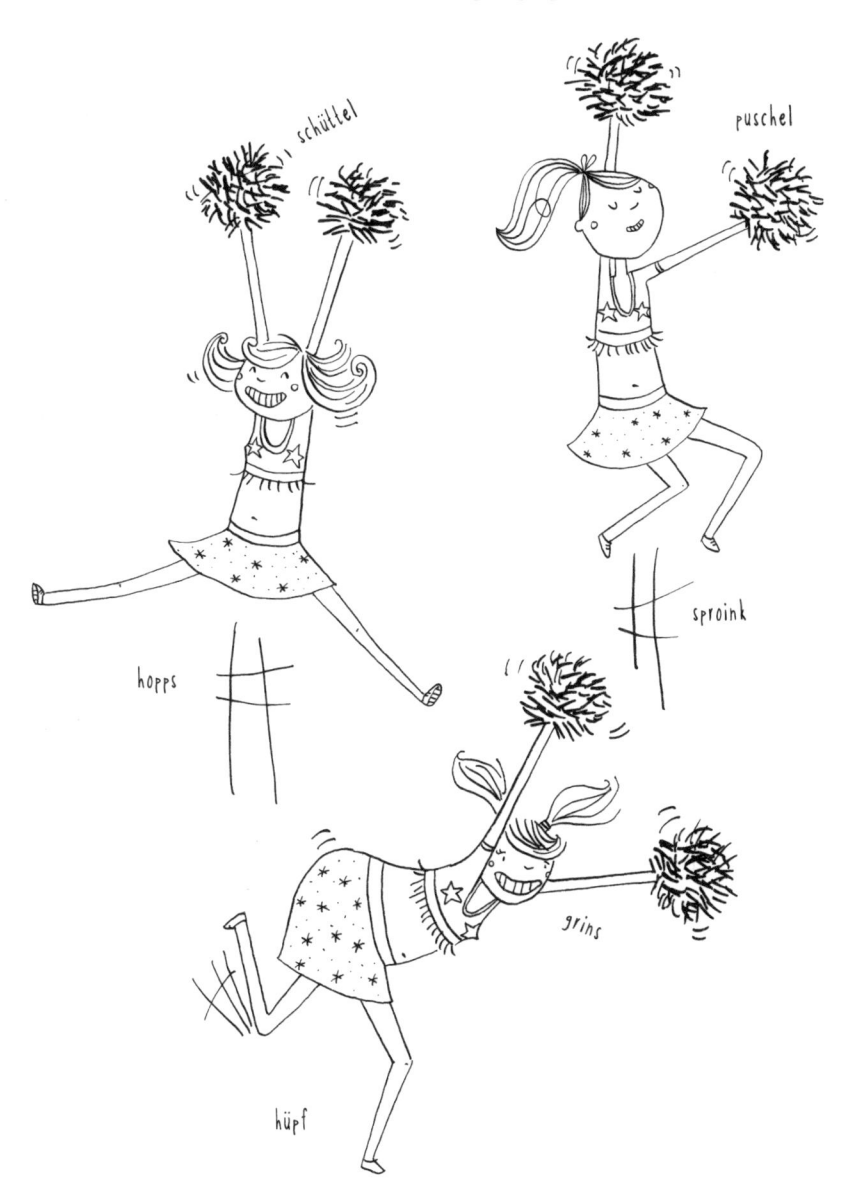

schüttel

puschel

hopps

sproink

hüpf

grins

Deshalb haben Cheyenne und ich lieber die Zunge rausgestreckt und Grimassen gezogen. Leider haben wir nicht gemerkt, dass schon in echt gefilmt wurde. Und dann waren wir plötzlich voll groß auf dem Bildschirm. Alle konnten sehen, wie ich Schlitzaugen gemacht hab. Und solche Nagezähne.

Sofort war Antje Seltsam wieder da. Sie hat ein voll **Stinkiges** Gesicht ⟶ gemacht und so **rumgezischt**, beim nächsten Mal fliegen wir raus.

> Die soll bloß aufpassen. Wenn ich erst mal reich und berühmt bin, dann fliegt **die** raus, die blöde Kuh!

Danach wurde es wieder ein bisschen **langweilig**, weil wir nicht mehr klatschen und jubeln durften. gähn!

Dafür hat mir Cheyenne erzählt, was sie alles macht, wenn sie erst mal **REICH** und **BERÜHMT** ist:

♛ **Antje Seltsam** wird ihre Dienerin und muss jeden Tag ihre hundert Schuhe putzen.

Vor allem wenn Cheyenne in einen Hundehaufen getreten ist.

iiiihhh!

👑 Cheyenne lässt die Günter-Graus-Gesamtschule schließen. Und dann muss **Frau Kackert** in der Fußgängerzone Mundharmonika spielen.

👑 **Berenike** muss in ihren Filmen immer die Böse spielen, die keiner mag. Und zum Schluss kriegt sie ihre Strafe.

👑 Jeden Abend macht Cheyenne Party zusammen mit **Till Tettenborn** und dann gibt es so viele Chips, wie jeder essen kann.

👑 Und zum Schluss heiratet sie **Till Tettenborn** und ihre Kinder werden alle berühmte Sänger.

plärr

kreisch

Bestimmt hätte Cheyenne noch viel mehr erzählt, aber da hat sie **Till Tettenborn** gesehen. Der war gerade unten in der Sporthalle und hat Basketball gespielt.

ditsch
ditsch
ditsch

Da hat sich Cheyenne ganz weit nach vorne gebeugt und gewinkt und gebrüllt.

TILL! HIER BIN ICH!

Und ich hab meine Flöte rausgeholt und extra **FIES** reingepustet. Natürlich nur, um Cheyenne zu helfen.

Damit Till mal hochguckt, nämlich.

Aber da ist Antje Seltsam gekommen und hat uns **rausgeschmissen**.

Und zwar weil wir schon wieder **ganz groß** auf dem Bildschirm zu sehen waren.

Und weil wir eigentlich Till Tettenborn zujubeln sollten, der nämlich gerade gefilmt wurde.

Dabei war das ja bloß ein Versehen!

Wir haben das doch überhaupt nicht gemerkt, dass die schon wieder am Filmen sind! Und dann werfen die uns raus! **VOLL GEMEIN!!!**

Als wir wieder in der Vorhalle waren, haben wir erst mal rumgeschimpft, was für eine obervollfiese Sumpfkuhziege Antje Seltsam ist.

Aber dann hat Cheyenne gesehen, dass die da so einen großen Essenstisch aufgebaut haben für die Komparsen. Da waren Brötchen 🥖 drauf und Obst 🍎 und Müsliriegel. Und was zu trinken.

Da hat Cheyenne sich wieder gefreut und wollte sich ein Salamibrötchen und ein paar Müsliriegel mit Schokolade holen.

Aber als Cheyenne gerade zugreifen wollte, ist ein Mann mit so einem Bart nur an den Seiten gekommen und hat gesagt, **HALT STOPP**, das Buffet ist noch nicht freigegeben.

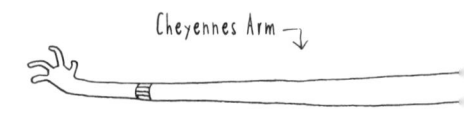

Cheyennes Arm →

Erst in einer Stunde, wenn Pause ist, dürfen sich alle was zu essen holen.

Also hat Cheyenne so lange gewartet, bis der Mann sich umgedreht und mit seinem Handy telefoniert hat.
Und da hat sie sich schnell ein paar Müsliriegel stibitzt.

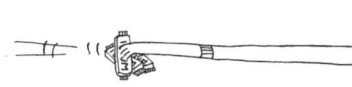

Leider hat der Mann das aber trotzdem gesehen und uns rausgeschmissen.

Da sind wir dann eben nach Hause gegangen.

Die ganze Zeit über haben wir gar nichts gesagt. Erst als wir bei Cheyenne angekommen waren, ist ihr eingefallen, dass ihr Schmuck noch in der Sporthalle liegt.

MONTAG, DER 14. MAI

Oh Mann, heute war schon das Frühstück total bescheuert!

Ich hab gerade so knusprig in meine Cornflakes gebissen, da kam Mama mit dem Telefon rein. Sie hatte ein ganz **begeistertes** Gesicht, das war schon mal voll verdächtig.

Und dann hat sie mir erzählt, dass sie endlich eine neue Blockflötenlehrerin für mich gefunden hat.

> Frau Engelmann klingt wirklich entzückend! Und sie hat gleich heute Nachmittag einen Termin frei! Um vier hast du deine erste Flötenstunde bei ihr.

Da musste ich so husten, dass mir ein bisschen Milch aus der Nase rausgekommen ist.

Jakob hat mir auf den Rücken gehauen und da hab ich zurückgehauen, gegen seinen Arm.

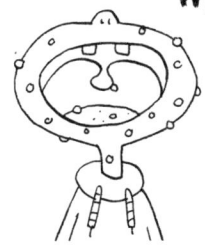

WAAAH!

Natürlich hat er sofort losgeheult. Dass er mir nur helfen wollte und so. Ja, von wegen!

Ich bin aber jetzt Schauspielerin. Da hab ich keine Zeit mehr für Flöte.

> Solange du keine Filmrolle hast, gehst du zum Blockflötenunterricht

hat Mama geantwortet und ihr Keine-Widerworte-Gesicht gemacht.

Oh Mann, Mama!

"Dann gehst du dahin, bis du tot bist!", hat Simon gerufen und so **blöd** gelacht. "Weil du nämlich niemals eine Filmrolle kriegst!"

Da hab ich ihn auch gehauen und er hat auch geheult und nach Mama **geschrien**.
Nee, das war echt kein gemütliches Frühstück!

In der Schule war es auch nicht besser.
Und zwar weil Berenike
schon vor der ersten Stunde
voll damit angegeben hat,
dass sie in dem Film mit
Till Tettenborn eine
Cheerleaderin spielt.

Da hat Cheyenne dazwischengerufen, dass man
mit **PUSCHELN** an den Händen aussieht wie
das Krümelmonster aus der Sesamstraße.

Und Berenike hat zurückgerufen,
dass wir ja sogar zu blöd sind
für Komparsenrollen.
Wir können ja nicht mal an
der richtigen Stelle klatschen.

Natürlich haben die **LÄMMER-GIRLS** sofort wieder losgegackert, die dummen Hühner!

Ich bin so was von **böse** geworden!

Irgendwann sind wir reich und berühmt! Und du nicht! Dann sitzt du zu Hause und spielst mit deinen **PUSCHELN!**

Da hat Cheyenne so laut losgelacht, dass ich auch nicht mehr sauer sein konnte.

Ha! Ha! Ha! Ha!

Wir sind weggegangen und haben dabei voll rumgekichert.

Ha! Ha! Ha! Ha! Ha!

raschel

> Trotzdem. So viel Angeberei muss bestraft werden! Jetzt müssen wir erst recht tolle Filmrollen kriegen!

> Klar, Mann!

Und dann hat sie gesagt, dass sie weiß, in welchem Hotel **Till Tettenborn** wohnt.

> Heute Nachmittag fahren wir da hin. Und wenn er zum Fenster rausguckt, dann schreien wir: „**Hier sind wir, Till!**" Und schmeißen eine Rose hoch. Und dann findet der uns ganz toll und gibt uns Hauptrollen.

> **HiER SiND WiR, TiLL!**

Also ganz ehrlich, dazu hatte ich überhaupt keine Lust. Ich glaub auch nicht, dass das so geht, mit den Hauptrollen.

Aber dann ist mir gerade noch rechtzeitig eingefallen, dass ich ja sowieso zum Flötenunterricht musste.

> Dann geh ich eben alleine. Hauptsache, Berenike hat bald ausgepuschelt!

Das fand ich auch.

Vor allem weil Berenike in Deutsch schon wieder von ihrem **blöden Film** und ihrer **blöden Filmrolle** erzählen durfte.

interessierter Blick

Frau Kackert hat sogar total interessiert über ihre Brille geguckt und noch extra viele Fragen gestellt.

Dabei ist sie doch sonst immer so **streng**. Wenn ich in der Deutschstunde so viel rede, dann krieg ich jedenfalls immer eine Strafarbeit. Und die eingebildete Berenike mit ihrer hochnäsigen Nase wird auch noch gelobt.

PUSCHEL!

PUSCHEL!

UNFAIR!
BERENIKE MUSSTE GESTOPPT WERDEN.
So viel war klar!

Aber nachmittags hatte ich ja erst mal Flötenstunde.
Fast hätte ich aus Versehen meine Flöte vergessen, aber Mama hat sie mir schnell noch in die Tasche mit den Noten gesteckt.

Frau Engelmann sah nett aus und auch noch gar nicht so alt wie Frau Friemel. Sie hatte auch keinen Dackel, sondern nur eine lustige Mütze auf mit so Blumen dran. Obwohl sie doch in ihrer Wohnung war.

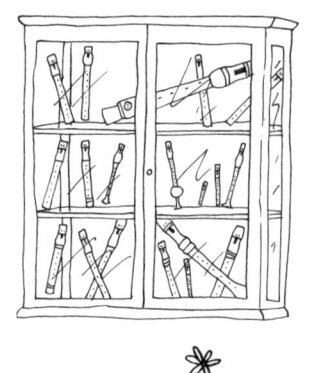

← lustige Mütze

← kein Dackel

Und sie hatte ganz viele Flöten in einem Schrank mit einer Glastür davor, mindestens zwanzig. Riesengroße und winzig kleine.

Die hat sie mir erst mal alle gezeigt.
Eine Flöte war gerade mal so klein wie mein Zeigefinger.
Darauf hat sie ein bisschen rumtiriliert.
Das klang voll **schön**.

Dann hat sie die Flöte ganz vorsichtig wieder zurückgelegt und die Glastür zugemacht. So, als ob sie ihre Flöten richtig gern hat. Ich glaub, das ist ihr **Hobby**, Flötensammeln.

Gerade als ich dachte, dass ich Frau Engelmann echt nett finde, hat sie aber gesagt, ich bin jetzt dran mit Flötespielen. Da hab ich voll den **Schreck** gekriegt.

Zum Glück sollte ich aber erst mal nur eine Tonleiter spielen. Also, Tonleiter kann ich ja. Allerdings bloß eine **indische**. Und die hört sich natürlich ein bisschen **jauliger** an als eine deutsche.

Ich hab tief Luft geholt und dann hab ich ganz langsam eine **indische** Tonleiter gespielt.

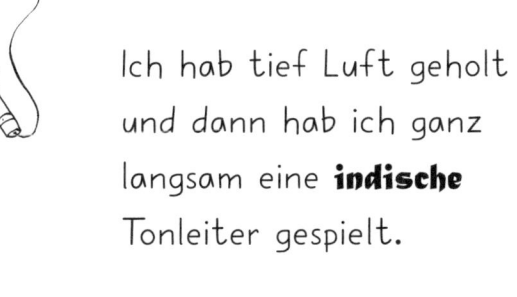

Und als ich so ungefähr beim fünften oder sechsten Ton war, ist **plötzlich wieder was passiert.** Die winzig kleine Flöte im Schrank hat nämlich mitgespielt.
Sie hat da so ein bisschen rumgepiepst.
Das hat sich voll süß angehört!

Aber dann hat eine größere Flöte auch geflötet.
Und noch eine. Und noch eine.
Und dabei sind sie immer lauter geworden.

TRÖÖT!

FIIIIIEEEEEEP!

pieps

TUT!

Ich hab lieber schnell aufgehört, in meine Flöte zu pusten. Trotzdem haben immer mehr Flöten **GEFIEPT** und **GETRÖTET** und **GETUTET**.

Es war so laut, dass ich mir die Ohren zugehalten hab. **Boah!** Dass so ein paar Blockflöten so einen **LÄRM** machen können!

HUP! pieps **TÖTÖÖ! QUIIIIIETSCH!**

TÖÖRÖÖÖ! FUP!

Als ich gesehen hab, dass die Glasscheibe angefangen hat zu zittern, da hab ich meine Flöte genommen und bin lieber rausgegangen in den Flur.

Frau Engelmann auch, übrigens. Mit einem Mal war sie auch gar nicht mehr so nett und hat gesagt, ich soll gehen und nie wieder in die Nähe ihrer Flöten kommen.

DÖÖÖÖD! TUUT! KLIRR!

Dann hat was **gekracht** und **geklirrt** und da bin ich schnell abgehauen.

Nee, wirklich, meine Flöte ist für normalen Blockflötenunterricht nicht zu gebrauchen, glaub ich. Die eignet sich nur für **Schlangenbeschwörung**. Das muss ich Mama dringend mal sagen. Damit sie endlich weiß, dass sie mir nicht ständig neue Blockflötenlehrer suchen muss.

DIENSTAG, DER 15. MAI

Cheyenne hat was Neues rausgefunden.

Und zwar dass der Film mit **Till Tettenborn** jetzt nicht mehr in der Sporthalle gedreht wird. Sondern am Kröte-Gymnasium oder wie das heißt. Das ist hier ganz in der Nähe!

> Ich bin da so vorbeigekommen, gestern, und da waren die alle auf dem Schulhof mit ihren Kameras.

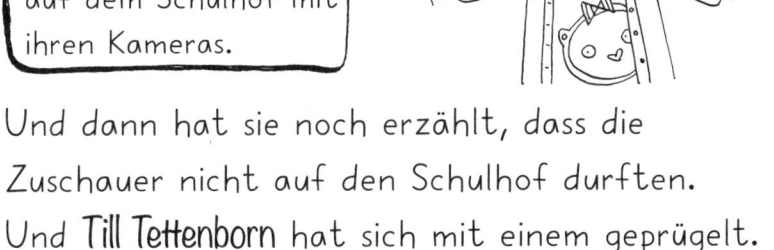

Und dann hat sie noch erzählt, dass die Zuschauer nicht auf den Schulhof durften. Und **Till Tettenborn** hat sich mit einem geprügelt. Das musste er, weil das gefilmt wurde.

> Da hab ich ganz laut geschrien: **„LOS, TILL, HAU IHM EINS IN DIE FRESSE!"**

"Und dann?" hab ich gefragt und mir war total **kribbelig**.

Aber da hat Cheyenne gesagt, dann ist bloß Antje Seltsam gekommen und hat sie weggejagt und gesagt, sie soll sich nie wieder blicken lassen.

"Und meinen Schmuck hat sie mir auch noch nicht wiedergegeben, die blöde Kuh!"

Cheyenne hat geknurrt und mit einer Faust gedroht.

"Da müssen wir hin! Gleich heute Nachmittag!"

Am liebsten wär ich sofort zum Kröte-Gymnasium gelaufen! Und zwar weil das jetzt ja vielleicht doch noch klappt mit unserem neuen **Hobby!**

„Klar gehen wir hin", hat Cheyenne geknurrt und immer noch mit ihrer Faust gedroht. „Jetzt erst recht!"

Und dann haben wir auch noch Paul Bescheid gesagt, damit er mit uns kommt. Schließlich sind wir ja eine Bande, DIE WILDEN KANINCHEN!

EINER FÜR ALLE UND ALLE FÜR EINEN!

seufz

Aber Paul wollte trotzdem nicht zum Film gehen.

Er wollte lieber zu Hause bleiben und seine Zauberkunststücke üben. gähn!

Ich glaub, er ist ein bisschen eifersüchtig, weil ich nämlich besser zaubern kann als er.

Aber Cheyenne und ich, wir sind sofort nach dem Mittagessen losgelaufen zum Kröte-Gymnasium. Leider standen schon ganz viele Leute am Zaun und haben geguckt.
Deshalb war da total wenig Platz.
Und das Tor war auch abgeschlossen.

Büsche mit Hagebutten dran

kleine Pforte

Aber dann hatte Cheyenne voll die gute Idee. Und zwar ist ihr eingefallen, dass es da noch so eine kleine Pforte gibt, hinter der Schule.

Da ist sie früher manchmal durchgegangen, weil dahinter Büsche stehen mit Hagebutten dran. Und die braucht man ja, wenn man Juckpulver machen will.

Juckpulver à la Cheyenne

Man suche:
Büsche mit Hagebutten dran.

Man pflücke:
eine Handvoll Hagebutten.

So wird's gemacht:
1. Hagebutten aufschneiden.

2. Kerne mit Löffel rauskratzen.

3. Fertig.

Anwendung:
Die Kerne in den Halsausschnitt von z. B. Berenike rieseln lassen.

Wir sind sofort zu der Pforte gelaufen und sie war offen! **Juchhu!** Schnell sind wir durchgewitscht und an den Büschen vorbei.

Aber das waren jetzt andere Büsche. Da waren nämlich (Rosen) dran und keine Hagebutten.

Fast wär ich auch noch hingefallen, weil ich über irgendwas gestolpert bin, das plötzlich aus den Büschen gesprungen ist.

Und zwar über einen weißen Hasen.

Der ist mitten auf dem Weg sitzen geblieben und hat mich angestarrt. Und gemümmelt hat er, so mit seinen Nagezähnen.

Hey! Das ist der gezauberte Hase! Der von Paul!

Da hat der Hase einen **Schreck** gekriegt und ist wieder in die Büsche gehoppelt.

flitz

Und ich hab Cheyenne erst mal erzählt, dass ja wohl (ich) den Hasen gezaubert hab und nicht Paul!

Danach sind wir um die Schule rumgeschlichen und Cheyenne hat sich so **geheimnisvoll** umgeguckt.

Pssst. Ich hab einen Plan.

schleich

Und das war er, **CHEYENNES PLAN**:

> Erst mal müssen wir uns **unauffällig** unter die Leute mischen.
>
> Und wenn **Till Tettenborn** dann gefilmt wird, dann müssen wir immer so hinter ihm rumgehen.
> → Damit wir auch gefilmt werden.
>
> Und dann machen wir irgendwas, **was voll gut aussieht** im Film.
>
> **Und dann werden wir entdeckt!**
>
> Und dann kriegen wir natürlich auch eine **HAUPTROLLE!!!**

juchhu!

Da bin ich schon wieder ganz **kribbelig** geworden, weil ich das **total aufregend** fand!

Also haben wir uns erst mal unauffällig unter die Leute gemischt. Das war voll schwer.

Obwohl da echt viele Leute waren. Aber die waren alle älter als wir. Und außerdem sind die immer hin und her gelaufen und wir haben bloß so rumgestanden.

Deshalb haben wir uns lieber hinter einem großen Schirm versteckt. Das war ein bisschen **langweilig**, aber wenigstens konnten wir uns überlegen, was wir machen, wenn wir gefilmt werden. Was voll gut aussieht im Film.

"Wir müssen da so hinter Till Tettenborn stehen und sagen: „Husten, wir haben ein Problem!"

⟵ Schirm

Und zwar weil ich das schon mal im Fernsehen gesehen hab. Da war auch einer, der Schauspieler werden wollte und der hat das immer geübt.

Aber Cheyenne hat nur so geschnaubt.

"Ey, das ist ja voll blöd."

Und sie hat gesagt, dass wir lieber tanzen und singen sollen. Weil man das nämlich wirklich braucht, wenn man ein Star sein will.

Typisch Cheyenne! Sie will immer nur das machen, worin sie gut ist! Ich hab ein bisschen **schlechte Laune** gekriegt.

Gerade wollte ich ihr sagen, dass sie ja echt keine Ahnung hat, da haben wir Till Tettenborn gesehen.

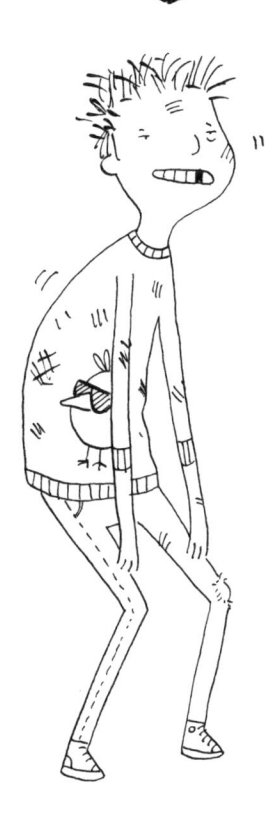

Und zwar wurde der gefilmt.

Er sah immer noch ein bisschen **verprügelt** aus, obwohl das ja schon gestern war. Aber seine Sachen waren ganz **schmutzig** und auch ein bisschen **kaputt** und die Haare sahen auch so **verstrubbelt** aus.

Ganz leise ∼∼∼→ sind Cheyenne und ich hinter unserem Schirm hervorgekrochen.

Till Tettenborn hat sich gerade mit einem **gestritten**. Der sah richtig **FIES** aus. Außerdem war er viel größer und auch dicker, so an den Schultern.

Und dann hat er Till auch noch geschubst.
GEMEIN!
Da wussten wir, was zu tun war!

> EINER FÜR ALLE UND ALLE FÜR EINEN!

haben wir geschrien, Cheyenne und ich.
Und zwar gleichzeitig. Dann sind wir losgerannt.

Wir hatten so viel Schwung, dass wir den **FIESEN** voll umgerempelt haben.

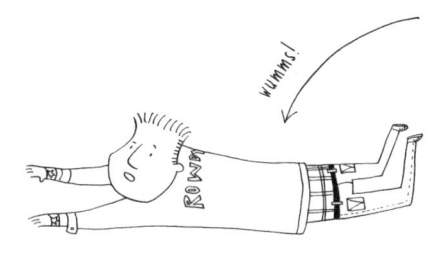

Mit einem Mal lag der auf dem Schulhof und Cheyenne hat einen Fuß auf ihn draufgestellt und gerufen:

TILL, WIR RETTEN DICH!

Und weil ich ja auch gerne eine Hauptrolle haben wollte, hab ich schnell noch hinterhergerufen:

Husten, wir haben ein Problem!

Aber dann haben alle Filmleute angefangen
rumzuschreien und zu **schimpfen**.

Boah, haben die einen **LÄRM** gemacht!

Bloß Antje Seltsam war nicht dabei.
Das war ja mal komisch.

Dafür kam aber ein Mann mit einer Sonnenbrille angelaufen.

Der hatte genauso ein **böses** Gesicht wie Antje Seltsam und hat gebrüllt, wenn wir nicht auf der Stelle verschwinden, dann vergisst er sich.

Da sind wir lieber gegangen. Obwohl ich das gerne gesehen hätte, wie der sich vergisst. So was hab ich nämlich noch nie gesehen.

Ein anderer Mann hat uns zum Tor gebracht und es aufgeschlossen und hinter uns wieder abgeschlossen. Dabei hat er die ganze Zeit nicht mit uns geredet.

SCHEPPER

Die ganzen Leute hinterm Tor haben uns angeguckt. Wahrscheinlich, weil wir jetzt ein kleines bisschen **BERÜHMT** waren.

Als wir dann nach Hause gegangen sind, hat Cheyenne sehr zufrieden ausgesehen.

> Ich glaub, das war der Resischör eben.

Und sie hat gemeint, dass er uns jetzt bestimmt entdeckt hat.

Aber dann hat sie plötzlich ein bedröppeltes Gesicht gemacht.

Hoffentlich wird Casimir nicht eifersüchtig. Wenn ich die Hauptrolle spiel, mein ich. Zusammen mit **Till Tettenborn.**

Da hab ich lieber nichts gesagt.
Weil ich ja vielleicht auch die Hauptrolle krieg.

> Husten! Wir haben ein Problem!

Schließlich hab **ich** ja den richtigen Satz gesagt. Wie eine echte Schauspielerin!

MITTWOCH, DER 16. MAI

So! Heute **muss** es klappen mit der **Hauptrolle!**

Vor allem weil Berenike in der Schule schon wieder total angegeben hat. Sie hat ihre Federtasche rumgezeigt und da war ein Autogramm von **Till Tettenborn** drauf. Mit ☺ Smiley.

Pfff! Die mit ihren **PUSCHELN!**

Nach dem Mittagessen wollte ich gleich zu Cheyenne. Wobei, eigentlich wollte ich schon vor dem Mittagessen zu Cheyenne, weil es nämlich heute **ROSENKOHL** gab.

Und Rosenkohl schmeckt ein bisschen so, wie wenn ein Hund mit **MUNDGERUCH** einen anhaucht.

Aber Mama war schon wieder **schlecht gelaunt**.

Weil sie nämlich schon wieder eine Flötenlehrerin angerufen hatte. Und die war **sehr unfreundlich** am Telefon, hat Mama gesagt.

Lieber wollte die einen ausgewachsenen **Gorilla** unterrichten als mich.

Oh Mann, Mama! Dabei hatte ich ihr doch erzählt, dass meine Flöte sich nicht für Flötenlehrerinnen eignet!

Aber ich hab lieber den Mund gehalten, weil Mama die ganze Zeit nur gemeckert hat.

Obwohl ich es eigentlich auch ganz schön fies finde, wenn Blockflötenlehrerinnen solche Sachen über mich sagen.

Nur weil sie keine Ahnung von **Schlangenbeschwörung** haben!

Direkt nach dem Essen wollte ich dann zu Cheyenne laufen, aber Mama hat gefragt, ob ich keine Hausaufgaben aufhab.

Menno! Wie soll man denn eine berühmte Schauspielerin werden, wenn man immer Mathe machen muss?

Also bin ich hoch in mein Zimmer gerannt und hab versucht, ganz schnell zu rechnen.
Ich konnte mich aber nicht richtig konzentrieren, weil die Jungs unten so **rumgebrüllt** haben.

WAAAH!

Deshalb wollte ich runterlaufen und gucken, was los ist. Aber dabei bin ich über Heesters gestolpert, unsere Schildkröte.

WAAAH!

WAAAH!

(Über Heesters schreib ich später noch was. Jetzt hab ich gerade keine Zeit!!!)

WAAAH!

Jakob und Simon waren bei Mama in der Küche. Mama hat gerade versucht, Jakob die Haare zu schneiden, und zwar mit

ROBOFLOW
Das Haarschneidesystem für zu Hause.

Das hatte sie bestimmt schon wieder irgendwo im Fernsehen bestellt. Es sah aus wie ein Staubsauger, und als ich genau hingeguckt hab, hab ich gesehen, dass es auch unser Staubsauger war!

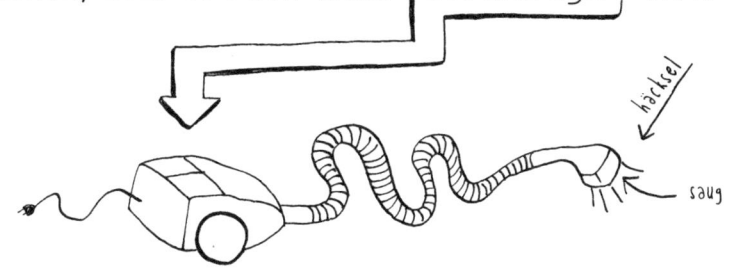

häcksel

saug

Da hatte Mama so ein Teil drangeschraubt, womit sie gerade Jakobs Haare weggesaugt hat. Kein Wunder, dass der so **geschrien** hat!

Simon hat auch **geschrien**.
Und zwar weil er als
Nächster dran war.

Da hab ich mich lieber schnell aus dem Staub gemacht. Ich hab nur noch schnell meine Flöte geholt, meine **indische**.
Und dann bin ich losgelaufen.

Bei dem **LÄRM** kann man sowieso kein Mathe machen.

seufz

Cheyenne hat schon auf mich gewartet.

Und Chanell, ihre kleine Schwester, auch.

> Ich will aber mit!

hat Chanell gerade geschrien und mit den Füßen getrampelt. Aber das ist normal. Chanell schreit meistens rum. Sie ist acht und ziemlich **nervig**.

> Ey Mann, das geht nicht. Man muss mindestens zehn sein, wenn man in einem Film mitspielen will.

blinker   blinker

Und wir haben uns zugeblinkert, Cheyenne und ich. 😉

Aber da hat Chanell noch viel lauter geschrien. Und zwar, dass bei Molly-May, die süße Prinzessin, auch kleine Kinder mitspielen.

Molly-May, die süße Prinzessin

Also echt, so langsam hab ich genug von diesem ganzen GESCHREI!

Aber Cheyenne hat nur mit den Schultern gezuckt.

Na gut, dann kommst du eben mit.

stöhn!

zuck

Und dann sind wir losgegangen.

Chanell hat die ganze Zeit irgend so einen **Blödquatsch** geplappert. Von wegen, dass sie eine Prinzessin spielen will mit einer Krone und einem Wunderpony und zaubern kann sie auch noch mit ihrem goldenen Glitzerstab.

Glitzerstab → ← Krone
← Wunderpony

Oh Mann, wie kann man bloß so viel Mist reden!

Wir waren schon fast beim Kröte-Gymnasium, da haben wir gesehen, dass sie noch ihre Puschen anhatte. Die Puschen, die aussehen wie tote Meerschweinchen, mein ich.

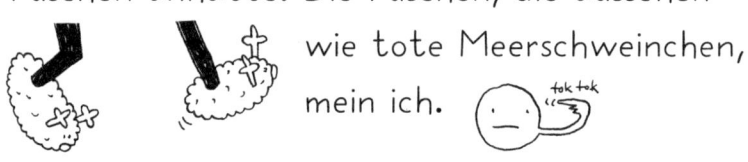

Da hat Cheyenne gesagt, mit den Puschen kriegt sie bestimmt keine Filmrolle.

Oder ob Chanell schon mal gesehen hat, dass Prinzessin Molly-May mit so doofen Puschen rumläuft?

← keine Puschen

WAAAAAAH!

Und da hat Chanell wieder **losgebrüllt**.
Nee, kleine Geschwister sind das **Nervigste**, was es gibt!
Echt!

Heute sind wir gleich zu der kleinen Pforte gegangen. Aber die hatte jemand einfach (abgeschlossen).
GEMEIN!
Das war ja jetzt blöd.

Chanell hat gesagt, wir sollen über ⌒↓ den Zaun klettern. Aber der war zu hoch und außerdem aus so dünnen Stangen. Da ist sie sowieso gleich wieder abgerutscht mit ihren Puschen.

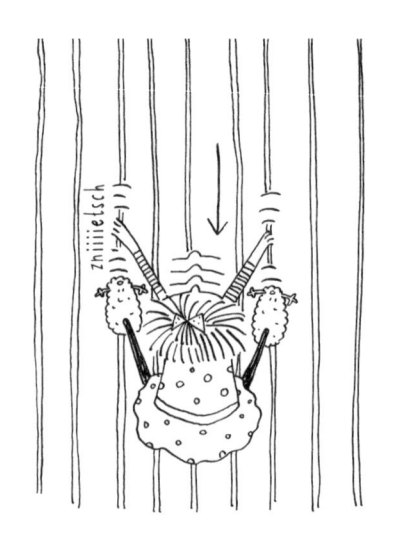

Deshalb sind wir nach vorne gegangen, dahin, wo der Haupteingang ist.

Achtung!

Schon wieder standen da ganz viele Leute am Zaun, die geguckt haben. Cheyenne hat gerufen, dass sie uns vorbeilassen müssen, weil wir Schauspieler sind. Aber die haben uns nicht geglaubt. Die haben einfach keinen Platz gemacht!

Also, so langsam bin ich ein bisschen **ungeduldig** geworden! Das kann ja wohl echt nicht sein, dass Kinder nicht gucken können, weil die ganzen Erwachsenen sich vordrängeln!

Da hat Cheyenne angefangen, Chanell zwischen ein paar Leuten durchzudrücken.
Und ich hab ihr geholfen. Ich hab sogar gerufen:

Lassen Sie doch das Kind durch!

weil man das so macht.

Chanell hat gebrüllt, weil es total eng war und sie voll eingequetscht wurde. Und da haben die Leute ein bisschen Platz gemacht. Dabei haben sie die Köpfe geschüttelt und wahrscheinlich haben sie auch gemeckert. Auf jeden Fall konnte ich sehen, dass sich ihre Münder bewegt haben. Aber man konnte nichts hören. Und zwar weil Chanell so laut geschrien hat.

WAAAAAAAAAAAH!!!

Endlich standen wir vorne am Zaun und konnten auf den Schulhof gucken. Erst mal ist gar nichts passiert. Nur ganz viele Leute sind rumgelaufen und haben Sachen hin und her geschleppt. Lampen und so.

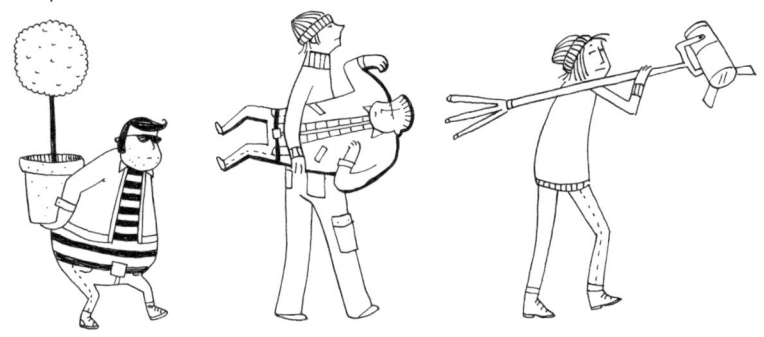

Chanell hat gemault, dass ihr voll langweilig ist.

Langweilig!

Selber schuld! Was bist du auch mitgekommen mit deinen dämlichen Puschen!

Da hat Chanell sie an den Haaren
gezogen und Cheyenne hat ihr gegen
die Schulter geboxt.
Und dann gab's erst mal wieder **GESCHREI**.

Na ja, wenigstens ist der Platz um uns rum
immer größer geworden.

Und dann hat Cheyenne plötzlich den Resischör
gesehen. Der hatte so Papiere in der Hand und
hat mit jemandem gesprochen.

Huhu!

hat Cheyenne
gerufen und durch
das Gitter gewinkt.

Aber ich hab ihr gesagt,
sie soll das lieber lassen,
weil ich nämlich eine
bessere Idee hatte.
Schließlich hatte ich
ja meine Flöte dabei!

Ich hab Cheyenne gesagt, dass ich den Resischör **beschwören** will. Wenn er nämlich erst mal so richtig **beschwört** ist, gibt er uns bestimmt eine Hauptrolle.

Das fand Cheyenne auch gut. 🙂

Also hab ich meine Flöte rausgeholt und mich ganz doll konzentriert. Weil es ja unbedingt klappen musste! **Das war jetzt schließlich kein Üben mehr, sondern der Ernst des Lebens!**

Ich hab die Augen zugemacht und dann hab ich ganz vorsichtig in die Flöte gepustet. Und dann ein bisschen lauter. Es hat sich **total indisch** angehört.

Die ganzen Leute, die am Zaun standen, waren plötzlich mucksmäuschenstill und haben nichts mehr gesagt. Ich glaub, die waren alle schon **beschwört! Voll cool!**

Da hab ich immer weitergemacht mit meiner **Schlangenbeschwörermusik**. Ein bisschen bin ich dabei auch so hin und her geschaukelt. Bestimmt hab ich ausgesehen wie ein **echter indischer Fakir!**

Und dann ... und dann haben mit einem Mal alle **Ooooooooh!** gerufen!

Ich hab schnell die Augen geöffnet, weil ich dachte, jetzt ist was **TOLLES** passiert. Es war auch was passiert. Bloß weiß ich nicht, ob es so toll war. Es hatte auf jeden Fall nichts mit Schauspielerei zu tun.

Plötzlich ist nämlich ein riesiger Schwarm Vögel über die Schule geflogen. Ich konnte gar nicht erkennen, was das für Vögel waren ...

Krähen oder Möwen oder so ...

Aber auf jeden Fall wurde der Himmel voll dunkel. Als ob es gleich regnen würde.

Da hab ich lieber nicht weitergespielt auf meiner Flöte. Weil **ich** die ja vielleicht **beschwört** hatte, die Vögel.

Und weil die so böse aussahen, wie die da alle angeflogen kamen.

Alle haben nach oben geguckt, und als die
Vögel genau über dem Schulhof waren,
haben sie angefangen, was fallen zu lassen.

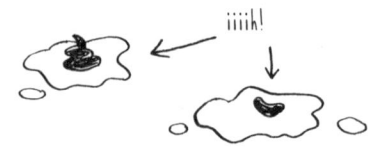

Vogelkacke nämlich.

Jetzt war es wirklich, wie wenn es regnet, und
die ganzen Schauspieler und Lampen-hin-und-
her-Träger und der Resischör haben angefangen
zu **schreien**. Und mit den Armen zu wedeln.
Und dann sind sie reingerannt, in die Schule.

hier sind wir

Da sind die Vögel zu uns rübergeflogen, zu den
Zuschauern. Und die Zuschauer haben sich alle
umgedreht und sind weggerannt.

Mit einem Mal hatten wir ganz viel Platz, Cheyenne und Chanell und ich. Aber dann hab ich auch einen Vogelklecks abgekriegt, und zwar voll in die Haare. Und da sind wir auch lieber losgelaufen.

Auf dem Weg nach Hause hat Chanell die ganze Zeit rumgeheult, weil sie Vogelkacke auf den Puschen hatte.

Ich hab in der Zwischenzeit noch mal überlegt, ob Zaubern nicht auch ein gutes **Hobby** für mich wäre. Weil, mit Zaubern kenn ich mich ja ein bisschen aus. Wegen meiner Flöte. Schließlich hab ich ja auch schon einen echten weißen Hasen aus dem Hut gezaubert. Das kann ich besser als Paul, zaubern und **beschwören** und so.

Gerade als ich das Cheyenne sagen wollte, hat sie so geseufzt. Und sie hat gesagt, wenn es mit Till Tettenborn nicht klappt, dann nimmt sie eben doch Casimir. Der ist ja auch voll cool.

Aber gerade in dem Moment haben wir Casimir gesehen. Und zwar auf der anderen Straßenseite. Allerdings hat er nicht rübergeguckt.

Er ist da nämlich mit so einer aus der Achten rumspaziert. Ich glaub, die heißt Anna. Sie haben sich an den Händen gehalten und miteinander geredet. Und dabei haben sie sich so in die Augen geguckt, dass sie uns nicht gesehen haben.

Da hat Cheyenne erst mal gar nichts mehr gesagt.

Und dann hat sie gesagt, dass wir morgen wieder zu Paul ins Baumhaus gehen.

Und wehe, er hat in der Zwischenzeit keine coolen Zaubertricks gelernt!

DONNERSTAG, DER 17. MAI

mit Ohren

Paul hat sich schon in der Schule gefreut, dass er uns nachmittags was vorzaubern durfte. Er hat gesagt, dass wir uns bestimmt total wundern, was er jetzt alles kann. Weil er so viel geübt hat. Auch den Hasentrick.

Da war ich schon richtig gespannt. Schließlich ist das ja jetzt auch mein neues **Hobby**, Zaubern.

Nachmittags sind Cheyenne und ich dann gleich nach den Hausaufgaben zu Paul gelaufen. Er war schon in seinem Baumhaus und hatte alles vorbereitet für die Zaubershow.

Bloß Kekse waren keine da fürs Publikum.

146

Das fand ich ein bisschen merkwürdig.
Weil Paul ja sonst immer was zu essen da hat.
Aber Paul hat gesagt, zu einer Zaubervorstellung
passen keine Kekse.

Da haben Cheyennes Augen geleuchtet.

blink

Cool, ey, dann gibt's wohl Popcorn, was?

Aber Paul hat gesagt, das hier wär kein Zirkus mit Clowns, sondern echte Magie und Kunst der Illusion und so was. Und dazu gibt's auch kein Popcorn.

Also haben wir uns auf die Holzkisten gesetzt, Cheyenne und ich, und haben gewartet. Paul hat einen schwarzen Umhang und weiße Handschuhe angezogen.

147

Dann hat er sich so verbeugt.

> Sährr värrährrte Damen und Härren, ich prräsentierre Ihnen ... **den grroßen Paulini!**

Dabei hat er sich aber doch wie ein Zirkusclown angehört, wie so ein weiß angemalter. Die sprechen auch immer so **quäkig**.

Aber dann hat er was **Tolles** gemacht. Und zwar hatte er so eine Dose, die war mit Alufolie umwickelt.

Er hat die Dose vor sein Gesicht gehalten, mit beiden Händen.

Und dann hat er die Hände ganz langsam weggenommen ... und trotzdem ist die Dose in der Luft geblieben!
Die ist echt geschwebt, zwischen seinen Händen.
Boah, cool!

Cheyenne und ich haben geklatscht und gejubelt. Das können wir jetzt ziemlich gut, weil wir das ja ganz viel beim Film geübt haben.

> Und jetzt das mit dem weißen Hasen!

Da hat Paul so **streng** über seine Brille geguckt wie Frau Kackert und hat gesagt:

> Späterr, värrährrtes Publikum, späterr!

Aber dann hat er mit seiner normalen Stimme weitergesprochen und gesagt, dass ihm gestern was **Komisches** passiert ist. Er war nämlich zum Schachspielen im Gemeindezentrum.

Auf dem Rückweg ist er am Goethe-Gymnasium vorbeigekommen, so wie jeden Mittwoch.
Aber gestern wurde da gerade ein Film gedreht. Und als er so am Zaun vorbeiging und gerade daran dachte, wie er beim Schach gegen den doofen Tobi gewonnen hatte, da kam jemand angelaufen und hat gerufen, dass man für die nächste Szene genau so einen **kleinen Jungen mit Brille** braucht.

Und da haben sie gefragt, ob ich vielleicht mitspielen will. Das hab ich dann auch gemacht. Ein Böser sollte mich ärgern und dann kam ein berühmter Schauspieler und hat mich gerettet. Ich hab bloß vergessen, wie der heißt.

Also, ich hab Paul nur angestarrt. Weil mir gerade der Mund offen stand und ich deshalb nicht sprechen konnte.

Paul hat einfach weitergeredet. Und zwar dass er auch noch was sagen sollte, nämlich Danke, und dann hat er noch High-five mit dem berühmten Schauspieler gemacht.

Danke

So mit der Hand. Und er hat mir einen Arm um die Schulter gelegt. Das war echt toll! Und nächstes Jahr kommt der Film ins Fernsehen und dann könnt ihr mich da sehen.

Dann hat er noch in seinem schwarzen Zaubersack mit Sternen drauf gewühlt, weil er jetzt nämlich keine Plastiktüte mehr hat.

Er hat eine DVD rausgezogen, die hieß **DER COOLE AUS DER SCHULE**. Da war Till Tettenborn vorne drauf.

Paul hat auf ihn gezeigt und gesagt:

> Guckt mal, der war das, der berühmte Schauspieler. Die DVD hab ich noch geschenkt gekriegt. Mit Autogramm, hier, guckt mal!

Aber da waren Cheyenne und ich schon aufgesprungen und fast die ganze Leiter runter.

Wir waren so stinkig, dass wir nicht mal mehr schreien konnten! **Boaaah, das war ja so was von unfair!!!**

Paul hat noch seinen Kopf oben rausgestreckt und gerufen, wo wir denn hinwollen.

Aber wir haben nicht geantwortet, Cheyenne und ich. Wir sind aus Pauls Garten rausgelaufen und dann sind wir durch die Straßen gerannt und haben nichts gesagt.

Hexe Lotta Paul

Wir sind bloß immer weitergerast.
Bis Cheyenne Seitenstiche hatte und dann sind wir stehen geblieben. Gerade waren wir in der Nähe vom Kröte-Gymnasium. Aber da sind wir (nicht) hingegangen. Cheyenne hat so geschnauft und sich die Seite festgehalten.

Und dann hat sie gejapst, dass so ein **Hobby** doch wohl das Blödeste ist, was es gibt.

Genau. **Hobbys** sind doch eigentlich total **überflüssig**. Man hat gar keine Zeit mehr für was anderes, wenn man ständig zaubern muss. Oder in einem Film mitspielen.

Und dann sind wir in den Park gegangen. Da kann man nämlich einfach reingehen und spielen, wozu man Lust hat, wenn man nicht ständig irgendwelche **Hobbys** machen muss. **SO!**

Allerdings wussten wir erst nicht, was wir im Park tun sollten, außer auf den Spielplatz gehen. Und der ist ja eher für Kleinkinder.

Aber gerade da haben wir einen Hund gesehen, der einen Hasen gejagt hat.

HA! Das war ein Fall für
DIE WILDEN KANINCHEN!

> EINER FÜR ALLE UND ALLE FÜR EINEN!

Und wir sind losgerannt.

Der Hund ist aber nicht sehr weit gekommen, und zwar weil er an einer Leine fest war.

Da war der Hase schon längst in einem Busch verschwunden.

Ein bisschen schade war das schon.
Weil wir ihn ja eigentlich retten wollten.

Cheyenne und ich sind trotzdem zu dem Busch gegangen und haben mal geguckt, ob er noch da ist, der Hase. Er war wirklich noch da. Er hat so rumgesessen und uns angeguckt und dabei total lieb gemümmelt.

Und da haben wir erst gesehen, dass es **unser** weißer Hase war! Unser gezauberter aus Pauls Baumhaus! Der in Wirklichkeit ein Puschen oder eine Mütze ist.

Cheyenne hat sich so umgeguckt, als ob sie einen Löwenzahn pflücken wollte. Dann ist sie aufgesprungen. Aber dabei ist sie voll mit dem Kopf gegen einen Ast von einem Baum geknallt.

aua!

Da hat's bloß noch geraschelt im Busch und der Hase war weg.

raschel

Außerdem sind ganz schön viele Blätter vom Baum gefallen.

Und ein Frisbee.

Ey, cool! hat Cheyenne gerufen und sich die Stirn gerieben, wo sie eine ordentliche Beule hatte.

Und dann haben
wir Frisbee gespielt.

Den ganzen
Nachmittag lang.

swisch

Dabei haben wir gemerkt,
dass wir das ziemlich gut
können, wir beide!

Ob das wohl ein
richtiges **Hobby** ist?
Frisbee spielen?

Lou Kuenzler

Holly Hexenbesen
kann das Zaubern nicht lassen

Holly Hexenbesen ist eine hoffnungslose Hexe – bei ihren Zaubersprüchen läuft einfach immer etwas schief! Deshalb muss Holly ab jetzt bei den Menschen wohnen. Dort gibt es Badewannen voller Schaum statt schlammiger Sümpfe und leckere Limonaden statt fauliger Frühstückseiern. Doch schon bald muss Holly ihre neuen Freunde vor dem fiesen Nachbarsjungen beschützen. Sie muss hexen – und zwar schnell!

192 Seiten • Gebunden
ISBN 978-3-401-60273-8
Auch als E-Book erhältlich

Ilona Einwohlt

Wild und wunderbar
Zwei Freundinnen gegen den Rest der Welt

Als Shark alias Sophie Hyazinth Amanda Ricarda Kornelius in der Wohnung unter ihr einzieht, steht Linns Welt Kopf. Denn die Neue sieht obercool aus mit ihren bunten Leggings und der karierten Haarsträhne und ist nie um einen frechen Spruch verlegen. Schon immer hat Linn sich eine Freundin gewünscht, die so selbstbewusst ist wie Shark. Nur wie soll sie es anstellen, dass die beiden Freundinnen werden? Sie, die schüchterne Linn, die täglich von der Mobbing-Clique drangsaliert wird? Doch Linn weiß noch nicht, dass auch Shark ganz dringend eine echte Freundin braucht…

240 Seiten • Gebunden
ISBN 978-3-401-60430-5
www.arena-verlag.de

Berenike von Bödecker

geht in meine Klasse ⌢ Bruder von
→ ist total hochnäsig

Casimir von Bödecker

der coolste Junge auf dem Schulhof (findet Cheyenne)

die Bande von Berenike →
die ~~Glamour-Girls~~
LÄMMER

Emma, Hannah, Liv-Grete

guckt immer gerne streng über ihre Brille

unsere Klassenlehrerin →

Frau Kackert

meine Blödbrüder →

Jakob und Simon Petermann

Zwillinge nämlich

Till Tettenborn

berühmter Schauspieler

Till Tettenborn ☺
Original-Autogramm
(hat Cheyenne gefälscht)

meine beste Freundin → Cheyenne Wawrceck

das bin ich ↘ Lotta Petermann

kleine Schwester von ↗ Chanell Wawrceck

meine Mama → Sabine Petermann

mag Ajudingsbums-Gekoche

Mitglied unserer Bande ↘ Paul Kohlhase

Rainer Petermann

HANNIBAL

Heesters/Schildkröte

mein Papa ↗ Lehrer

(Über Heesters schreib ich später noch was.)

Alice Pantermüller
Daniela Kohl

Mein Lotta-Leben
Wie belämmert ist das denn?

Weitere Bücher von Alice Pantermüller im Arena Verlag:

Mein Lotta-Leben. Alles voller Kaninchen (1)
Mein Lotta-Leben. Wie belämmert ist das denn? (2)
Mein Lotta-Leben. Hier steckt der Wurm drin! (3)
Mein Lotta-Leben. Daher weht der Hase! (4)
Mein Lotta-Leben. Ich glaub, meine Kröte pfeift! (5)
Mein Lotta-Leben. Den Letzten knutschen die Elche! (6)
Mein Lotta-Leben. Und täglich grüßt der Camembär (7)
Mein Lotta-Leben. Kein Drama ohne Lama (8)
Mein Lotta-Leben. Das reinste Katzentheater (9)
Mein Lotta-Leben. Der Schuh des Känguru (10)
Mein Lotta-Leben. Volle Kanne Koala (11)
Mein Lotta-Leben. Eine Natter macht die Flatter (12)
Mein Lotta-Leben. Wenn die Frösche zweimal quaken (13)
Mein Lotta-Leben. Da lachen ja die Hunde! (14)
Mein Lotta-Leben. Wer den Wal hat (15)
Mein Lotta-Leben. Das letzte Eichhorn (16)

Mein Lotta-Leben. Alles Bingo mit Flamingo! (Buch zum Film)

Linni von Links. Sammelband. Band 1 und 2
Linni von Links. Alle Pflaumen fliegen hoch (3)
Linni von Links. Die Heldin der Bananentorte (4)

Poldi und Partner. Immer dem Nager nach (1)
Poldi und Partner. Ein Pinguin geht baden (2)
Poldi und Partner. Alpaka ahoi! (3)

Bendix Brodersen. Echte Helden haben immer einen Plan B

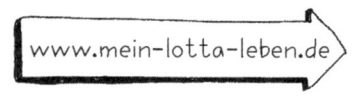

www.mein-lotta-leben.de

Alice Pantermüller
wollte bereits während der Grundschulzeit „Buchschreiberin" oder Lehrerin werden. Nach einem Lehramtsstudium, einem Aufenthalt als Deutsche Fremdsprachenassistentin in Schottland und einer Ausbildung zur Buchhändlerin lebt sie heute mit ihrer Familie in der Lüneburger Heide. Bekannt wurde sie durch ihre Kinderbücher rund um „Bendix Brodersen" und die Erfolgsreihe „Mein Lotta-Leben".

Daniela Kohl
verdiente sich schon als Kind ihr Pausenbrot mit kleinen Kritzeleien, die sie an ihre Klassenkameraden oder an Tanten und Opas verkaufte. Sie studierte an der FH München Kommunikationsdesign und arbeitet seit 2001 fröhlich als freie Illustratorin und Grafikerin. Mit Mann, Hund und Schildkröte lebt sie über den Dächern von München.

Alice Pantermüller

MEIN LOTTA-LEBEN
Wie belämmert ist das denn?

Illustriert von Daniela Kohl

Arena

Für Andreas, mein treuester Fan
und geduldiges Grimassenmodell

♥ Daniela

5. Auflage der Sonderausgabe 2020
© 2012 Arena Verlag GmbH,
Rottendorfer Str. 16, 97074 Würzburg
Alle Rechte vorbehalten
Einband und Illustrationen: Daniela Kohl
Gesamtherstellung: Westermann Druck Zwickau GmbH

www.arena-verlag.de
Mitreden unter forum.arena-verlag.de

DIENSTAG, DER 6. SEPTEMBER

Heute Morgen wurde ich von so einem **Kreischen** geweckt.

KREISCH!
KREISCH!

Es hat **gekreischt**, wie wenn einer abgemurkst wird.

KREISCH!

Aber das ist normal, seit ich mich um **Hannibal** kümmere.

Hannibal ist nämlich der Papagei von **Frau Segebrecht**, unserer Nachbarin. Die ist im Krankenhaus.

Und weil ich bis vor Kurzem noch furchtbar gern ein eigenes Tier haben wollte, hab ich jetzt Hannibal gekriegt.

Für mindestens **drei Wochen**. Das sind noch neunzehn Tage, weil erst zwei vorbei sind.

KREISCH!

So ein Papagei ist ja eigentlich was Schönes, nur leider ist Hannibal ein Nymphensittich. Und **Nymphen** heißt, glaub ich, dass er irgendwie krank ist. Auf jeden Fall muss er **große Schmerzen** haben, so wie er immer schreit. Außerdem beißt er.

Sittich + Nymphen - Nymphensittich

Ich bin noch nie so gerne zur Schule gegangen wie jetzt, wo ich Hannibal hab.

Seit den Sommerferien geh ich in die 5b der Günter-Graus-Gesamtschule.

Und das ist auch gut so, weil meine aller-allerbeste Freundin Cheyenne auch in der 5b ist.

die aller-allerbeste Cheyenne

Was nicht so gut ist, ist, dass Berenike von Bödecker auch in die 5b geht. Weil nämlich **Berenike** → glaubt, dass sie **viel toller** ist als alle anderen. Dabei ist sie in Wahrheit

Berenike von Blödecker

hähä

1. total eingebildet mit ihrer **hochnäsigen Nase**

schüttel

2. und ihren **langen blonden Haaren**

3. und ihren **reichen Eltern**

4. und ihrem eigenen **Pferd**

Rexarop

5. und ihrer **mädchenbande**, in der fast **alle** Mädchen aus der Klasse sind und nur ein paar nicht. Zum Beispiel Cheyenne und ich.

Emma, Liv-Grete, Hannah

6. Außerdem hat sie den **coolsten Bruder** der Schule.

Casimir

7. Und deshalb finden die meisten Mädchen in der Klasse sie **toll**.

FALSCH Berenike ist toll

8. Bloß **Cheyenne und ich nicht!!!**

Heute vor der Mathestunde hat Berenike Einladungen zu ihrem Geburtstag verteilt. „Wir kriegen bestimmt keine ab", hat Cheyenne mir zugezischelt und wollte schon ihr Kaugummi in Berenikes Mathebuch kleben.

Aber dann haben wir doch jede eine gekriegt! Weil Berenike nämlich eine **RIESEN-ZELT-ÜBERNACHTUNGS-PARTY** macht und **alle** aus der Klasse einlädt. Sogar die Jungs.

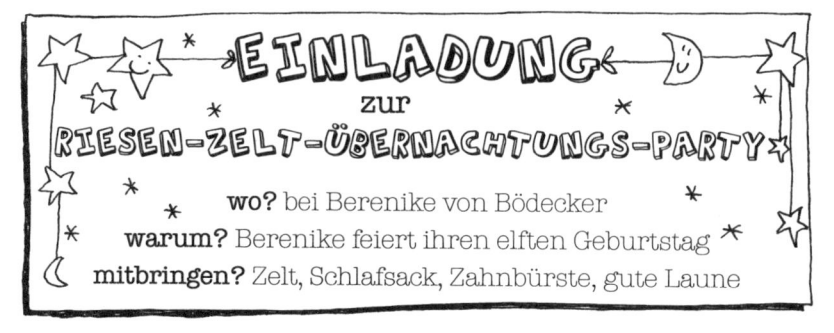

> **EINLADUNG**
> zur
> **RIESEN-ZELT-ÜBERNACHTUNGS-PARTY**
> **wo?** bei Berenike von Bödecker
> **warum?** Berenike feiert ihren elften Geburtstag
> **mitbringen?** Zelt, Schlafsack, Zahnbürste, gute Laune

Voll die Angeberin, sag ich doch.

Aber Cheyenne und ich haben uns trotzdem total gefreut, vor allen Dingen, weil wir uns jetzt ein **lustiges** Geschenk für Berenike überlegen konnten.

hihihi

→ Cheyenne

Wir haben die ganze Mathestunde überlegt und immer Zettelchen hin- und hergeschoben.

Dabei mussten wir ziemlich viel kichern, was Frau Kackert nicht so gut fand. Frau Kackert ist unsere Klassenlehrerin. Und sie ist ziemlich **streng**.

Ich hab gerade eine besonders schöne Geschenkidee aufgeschrieben, da hat sie sich auf mich gestürzt und mir den Zettel weggenommen.

huch! Und gelesen. ??! Und dann hat sie so komisch geguckt.

Ein Labello mit Popelgeschmack?

Wir haben genickt.
Da hat sie uns eine **Strafarbeit** aufgegeben.

> Die ist ja nur neidisch, weil sie auch gern einen Labello mit Popelgeschmack kriegen würde.

Und da musste ich schon wieder kichern. 😊
Für den Rest der Mathestunde konnten wir gar nicht mehr aufhören zu kichern. Unsere **Ideen für Berenike** waren nämlich echt komisch:

🎁 **Hannibal** mit einer rosa Schleife um den Hals. Oder — besser — um den Schnabel

hihihi hihihihi

🎁 einen selbst gebackenen **Kuchen** — mit Hundehaufen-Füllung

🎁 ein **Gutschein** für zehn Mathe-Nachhilfestunden bei Frau Kackert

🎁 eine **Barbiepuppe** mit Pickeln

🎁 ein **T-Shirt**, auf dem steht „Pferde stinken"

🎁 Cheyennes kleine Schwester **Chanell**

🎁 meine kleinen Brüder **Jakob und Simon**

🎁 irgendwas von dem komischen **Kram**, den Mama immer auf diesen Shopping-Kanälen im Fernsehen bestellt
 (z. B. den **Eierschalen-Sollbruchstellen-Verursacher**

 oder den **Austernhandschuh**

 oder die **Enthaarungs-Rollwalze** für streichelzarte Haut ohne Körperbehaarung)

🎁 meine **indische Blockflöte**, aus der immer so grässliche Töne kommen, wenn man reinbläst

Obwohl, meine Blockflöte, die kann ich vielleicht doch noch gebrauchen.

Weil nämlich immer **komische** Sachen passieren, wenn ich auf ihr spiele. **GRUSELIGE** Sachen manchmal. So 'n bisschen glaub ich, die ist irgendwie verzaubert, die Flöte. Aber das kann ja vielleicht noch mal ganz nützlich werden. Auf Berenikes Geburtstagsfeier zum Beispiel. 😊

In der Pause haben alle aus der Klasse nur von Berenikes Geburtstag gesprochen. Am meisten hat Berenike von Berenikes Geburtstag gesprochen. Sie hat erzählt, dass *Luigi Verrutschi* oder so kommt mit seiner neuen Kinder-Kollektion.

> Und dann halten wir eine Modenschau ab, Emma, Liv-Grete und ich. Anschließend machen wir einen Karaoke-Wettbewerb. Es gibt tolle Preise zu gewinnen.

Emma

Liv-Grete

Da haben Cheyennes Augen geleuchtet. Cool! hat sie gehaucht. Sie findet so was nämlich total toll, Klamotten und Stars und Musik und so.

Bloß Paul aus unserer Klasse, der hat an seiner Brille geruckelt und so komisch geguckt. So unglücklich.

Dann kam er ein bisschen zu Cheyenne und mir rüber. „Hat sie Kakao-Wettbewerb gesagt?", hat er gefragt und so ausgesehen, als wollte er **nicht** zu Berenikes Geburtstag.
Und da wollte ich plötzlich furchtbar gerne, dass Paul auch hingeht.

Ich war nämlich bisher nur auf Geburtstagen, wo wir gebastelt und gespielt haben. Oder zum Schwimmen gegangen sind.

Da ist es irgendwie schön, wenn einer dabei ist, der auch keine Ahnung von Karaoke-Wettbewerben und so hat.

MITTWOCH, DER 7. SEPTEMBER

Heute Morgen bin ich schon wieder von Hannibals **Gekreische** geweckt worden.

Ich glaub sogar, das Geschrei ist noch _schlimmer_ geworden in den letzten Tagen.

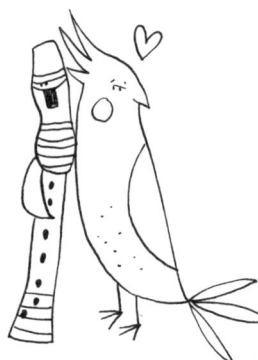

Es hat sich so angehört, wie wenn Hannibal versucht, die **grässlichen** Töne aus meiner indischen Blockflöte nachzumachen.

Da hab ich ihm schnell (Lustig trommeln Buntspechte durch den Wald) vorgesungen, damit er vielleicht mal schönere Geräusche macht.

Er hat auch ganz lieb geguckt und gar **nicht mehr** geschrien.

Deshalb hab ich immer weitergesungen.
Dann hab ich ihm Vogelfutter  gegeben und
er hat mich in den Finger gebissen.
Da hab **ich** dann geschrien.

KREISCH!

KREISCH!

Leider muss Hannibals Käfig auch noch die ganze Zeit in meinem Zimmer bleiben, weil Papa von dem **Gekreische** Kopfschmerzen kriegt.

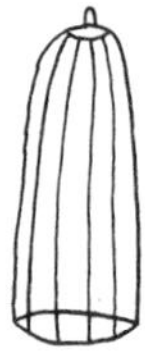

Sagt er auf jeden Fall.

Noch achtzehn Tage. Mindestens.

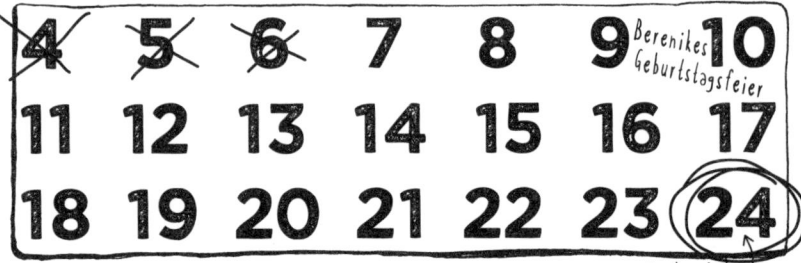

~~4~~	~~5~~	~~6~~	7	8	9	10 Berenikes Geburtstagsfeier
11	12	13	14	15	16	17
18	19	20	21	22	23	(24)

Heute wird Hannibal abgeholt!!! Juchhuuu!!!!!!

Ich hab mich also schon wieder richtig auf die Schule gefreut. Aber dann ist da auch was **Schlimmes** passiert.

Und zwar hat Frau Kackert mich nach der Religionsstunde abgefangen und mir gesagt, dass Herr Marx dringend jemanden braucht, der Flöte spielt.

Da hab ich einen **RIESENSCHRECK** gekriegt.

Herr Marx leitet nämlich das **Schulorchester** der Günter-Graus-Gesamtschule.

Meine Stimme hat sich voll fiepsig angehört, als ich Frau Kackert erklärt hab, dass ich fast überhaupt nicht Flöte spielen kann.

Das weiß sie aber eigentlich auch.
Und zwar, weil ich schließlich schon mal in der Klasse was vorspielen musste. ☹

Na, dann lernst du es eben!

hähähä

hat Frau Kackert aber bloß gesagt und auch noch so doof gelacht dabei. ☹

Und dann hat sie mir meine Blockflöte in die Hand gedrückt. Meine indische. Wo hatte sie die denn schon wieder her? Ich hab sie doch gar nicht mit zur Schule genommen! Also echt, diese Flöte ist ein bisschen **GRUSELIG!**

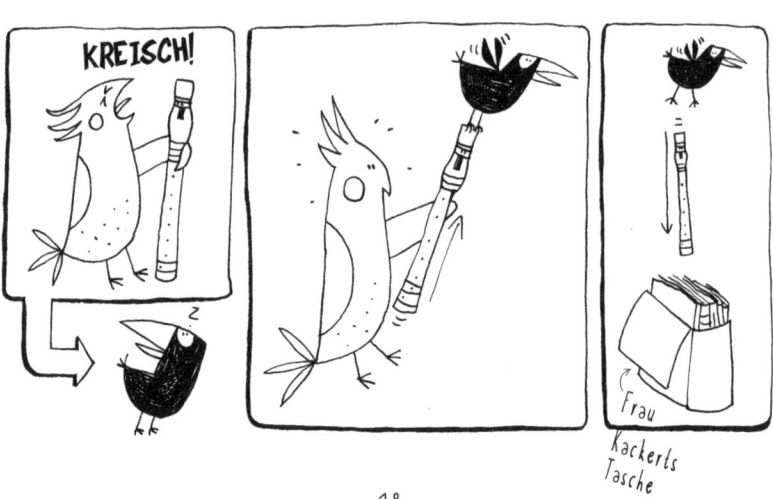

KREISCH!

Frau Kackerts Tasche

Und dann musste ich zu Herrn Marx
in den Musikraum gehen.

Auf dem Weg hab ich
ganz **SCHLACKERIGE
BEINE** bekommen.

Und ich hab mir überlegt, ob ich
mir vielleicht einen Finger in der
Klotür einklemme, damit ich nicht
vorspielen kann. Aber das hab ich
mich dann doch nicht getraut.

Draußen auf dem Schulhof hab
ich die anderen Kinder gehört. Es
war nämlich gerade große Pause.
Und ich musste zu Herrn Marx.
Das war ja wohl UNFAIR!

Herr Marx hat gerade eine Tuba oder so was abgestaubt, als ich reinkam.

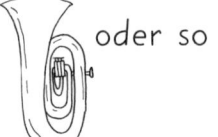

Aha, meine neue Flötistin.

Herr Marx

Und dann hat er so mit den Vorderzähnen gelacht wie ein Eichhörnchen. Dabei hat sein **Ziegenbart** gewackelt.

Da hab ich ihm gesagt, dass ich leider eine Holzallergie gekriegt hab und nicht mehr Flöte spielen kann.

hmmpf

Aber das hat er mir nicht geglaubt und gesagt, ich soll ihm ein *kleines Stück* vorspielen.

Ist ja eigentlich auch **egal**, hab ich da gedacht. Ein *kleines Stück* vorspielen kann ich sowieso nicht und dann will er mich schon gar nicht mehr in seinem Schulorchester haben.

Ich hab tief LUFT geholt und in meine Flöte gepustet. Ich hab versucht, besonders schlecht zu spielen, und ich glaub, das hat auch geklappt.

Auf jeden Fall sind Herrn Marx' Haare vom Kopf geweht.

Und zwar genau in das Loch von der Tuba.

Da hab ich schnell aufgehört zu spielen, damit nicht noch mehr abfällt von Herrn Marx.

Aber Herr Marx hat nur in die Tuba gegriffen und seine Haare rausgeholt und sie wieder aufgesetzt.

Sie waren ein bisschen schief und Herr Marx hatte ein ganz **rotes Gesicht**. So mit Schweißperlen. Er sah aus, als wär er plötzlich ein bisschen *krank* geworden. Fieber oder so.

Deshalb dachte ich, ich kann jetzt gehen und muss ihm **nie** wieder was vorspielen. Langsam hab ich mich in Richtung Tür geschoben. Mit dem Po zuerst.

Aber da hat Herr Marx
gesagt, er erwarte mich
nächsten Montag pünktlich
um halb drei zur Orchesterprobe.

Und ich soll noch ordentlich
Flöte üben bis dahin.

Dann hat es geklingelt.
Die große Pause war vorbei.

Aber das ist noch nicht alles, was heute passiert ist. Und zwar hat Berenike letzte Woche ja eine Bande gegründet. Eine Mädchenbande.

Fast alle Mädchen aus der Klasse sind da drinnen, bloß Cheyenne und ich nicht.
Und noch so ein oder zwei andere.

Zuerst haben wir gedacht, die Bande heißt **DIE LÄMMER-GIRLS**. Ha! Ha!

Das hat sich nämlich so angehört. Aber dann hab ich gesehen, dass Berenike **DIE GLAMOUR-GIRLS** auf ein Heft geschrieben hat. Mit einem Silberstift. Und Glitzersteinchen hat sie auch dazugeklebt.

DIE GLAMOUR-GIRLS

Cheyenne und ich nennen sie trotzdem immer noch **LÄMMER-GIRLS**.

mähä

mäh

mäh

Und jedes Mal, wenn ein **LÄMMER-GIRL** an uns vorbeigeht, dann mähen wir wie ein **SCHAF**.

Deswegen glaub ich auch nicht, dass wir irgendwann noch mal bei den GLAMOUR-GIRLS mitmachen dürfen.

Aber das macht ja nichts. Heute haben Cheyenne und ich nämlich unsere **eigene** Bande aufgemacht! Ab heute sind wir

DIE WILDEN KANINCHEN!

Und weil zwei ganz schön wenige sind für eine Bande, haben wir Paul gleich mit dazugenommen.

Paul

DIE WILDEN KANINCHEN

Der wollte natürlich erst mal wissen, was für eine Bande das überhaupt ist.

Die coolste Bande überhaupt mit Blutsbrüdern und so. Berenikes Bande hat voll **keine** Chance gegen uns!
Die machen wir **platt!**

patsch!

Da hat Paul gesagt, er hat ein Baumhaus, wo wir uns heute Nachmittag treffen können.
⇨ Um die Bandenregeln aufzuschreiben und so.

Ich glaub, es war eine gute Idee, Paul in die Bande aufzunehmen!
Sein Baumhaus ist echt klasse!

hier oben ist das Baumhaus

Es ist ganz oben in einer Eiche und man muss eine Strickleiter hochklettern, um raufzukommen.

„Die kann man nach oben ziehen, wenn Feinde angreifen", hat Paul gesagt und Cheyenne hat die Hände in die Seiten gestützt und hochgeguckt.

Ha! Die können sich schon mal warm anziehen, die **LÄMMER-GIRLS!**

Dann sind wir hochgeklettert und haben die (Leiter) eingezogen.

Im Baumhaus standen ein paar Holzkisten und auf dem Boden lagen Kissen. Es gab sogar ein Regal mit einem Fernglas, ein paar Comics und einer Kiste mit Keksen und Lakritzschnecken. Und ein paar Flaschen Apfelschorle.

Ich sag ja, es war eine gute Idee, Paul mit in die Bande zu nehmen.

Außerdem ist er total klug, das sieht man ja schon an seiner (Brille.)

Er hat gleich einen Block und einen Stift genommen und EINER FÜR ALLE UND ALLE FÜR EINEN oben auf eine Seite geschrieben.

Wie die drei Musketiere ...

Hä? Kaninchen sind doch keine Muskeltiere!

Dann haben wir die BANDENREGELN auf den Block geschrieben. Paul hatte die besten Ideen. Zum Schluss hat er alles vorgelesen.

EINER FÜR ALLE UND ALLE FÜR EINEN

DIE WILDEN KANINCHEN

1. Der Name der Bande lautet
   DIE WILDEN KANINCHEN.
2. Es gibt keinen Anführer. ALLE SIND GLEICH!
3. Wir haben eine tolle GEHEIMSPRACHE und eine GEHEIMSCHRIFT!
   (Die denken wir uns später noch aus.)
4. WIR HALTEN IMMER ZUSAMMEN
   (z.B. gegen Lämmer-Girls und Lehrer)!
5. Wir verraten keine GEHEIMNISSE!
6. Wir finden raus, was die Lämmer-Girls in ihrer Bande machen, und UNTERGRABEN ihre Aktivitäten.
7. Wir sind NETT zu Älteren (außer zu Frau Segebrecht), Schwächeren, kleinen Kindern und Tieren (außer, es sind kreischende Nymphentiere), aber GNADENLOS zu unseren Feinden!!!
8. Wir LACHEN KEINEN AUS, nur weil er eine Brille trägt oder nicht Blockflöte spielen kann oder schlecht in Mathe ist. Nur, wenn es einer ist, der **nicht** zu den WILDEN KANINCHEN gehört.
9. Unsere WAFFEN sind unser Verstand, Lottas Blockflöte und alles, womit man jemanden ärgern kann!

> Hä? Was is'n **untergraben ihre Akikiväten?**

Aber Paul hat nur gesagt, dass er sich eine tolle Geheimsprache (geheim) ausdenkt und einen WILDE-KANINCHEN-Ordner anlegt. Und dass wir schon mal die **LÄMMER-GIRLS** ausspionieren und unsere Beobachtungen aufschreiben sollen.

Als Cheyenne und ich dann nach Hause gegangen sind, fand ich eins aber ganz schön **kOmisCh**. Und zwar, dass Paul so viel bestimmt hat, obwohl es doch gar keinen Anführer gibt bei den WILDEN KANINCHEN.

> Schließlich war das ja auch **unsere** Idee und **unsere** Bande!

> Ey, das stimmt!

Cheyenne hat so ausgesehen, als wollte sie zurücklaufen, um Paul zu verkloppen. Aber dann hat sie das doch gelassen.

Abends fiel mir dann wieder ein, dass ich noch Flöte üben musste. Wegen dem Schulorchester. Ich hab einen richtigen **SCHRECK** gekriegt und total **SCHLECHT** ist mir auch geworden.

Also bin ich in mein Zimmer gerannt. Dabei bin ich über Heesters, unsere Schildkröte, gestolpert.

Heesters

(Über Heesters schreib ich später noch was. Jetzt ist mir viel zu **KODDERIG.**)

Hannibal hat mich so nett angelächelt mit seinen **roten Bäckchen**, als ich ins Zimmer kam. Er hat ganz schön süß ausgesehen und da hab ich ihm gesagt, dass er ein feiner Vogel ist.

Meine Flöte war noch im Schulranzen. Ich hab sie rausgeholt und mir vorgenommen, besonders schön zu spielen.

Aber dann musste ich wieder an die Haare von Herrn Marx denken. Und da hab ich so gelacht, dass nur noch ein fieses Fiepen aus meiner Blockflöte gekommen ist.

Es hat richtig in den Ohren wehgetan, aber ich konnte nicht aufhören zu lachen.

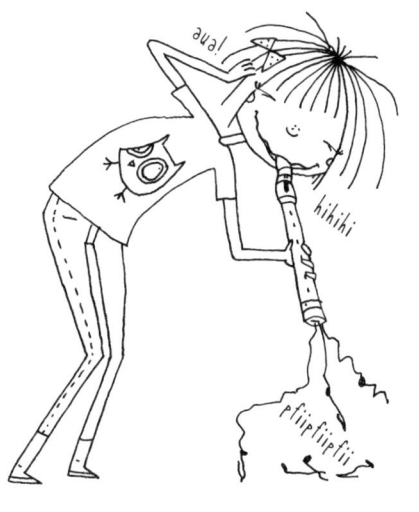

Aber dann hat Hannibal **gekreischt**. Und zwar genauso fies wie meine Flöte. Und noch einmal. Bloß, dass es sich diesmal angehört hat wie ein Schaf, das mäht.

Da hat Hannibal den Kopf schief gelegt. So, als ob er lauschen würde. Und dann hat er wieder gemäht und wieder. Ich glaub, das mochte er.

Ich auch, übrigens. Am liebsten hätte ich ihn gestreichelt, aber ich hatte ein bisschen **Angst**, dass er mich wieder beißt.

Deswegen hab ich ihm nur gesagt, was für ein liebes Schäfchen er ist und dass er ruhig so bleiben kann.
Und ein bisschen Vogelfutter hab ich ihm hingestreut.

bäh!

Wie toll wär das denn: Hannibal, das fliegende Schäfchen, und ich beim Spaziergang/-flug

mäh!

Aber ich glaub, Hannibal dachte, er wär jetzt ein Schaf geworden. Er hat nämlich nichts gefressen, sondern nur gemäht und gemäht. Und dabei hat er auch ein kleines bisschen geguckt wie ein Schaf. So **verdutzt**.

DONNERSTAG, DER 8. SEPTEMBER

Heute war Cheyenne nicht in der Schule. Das fand ich aber gar nicht so schlimm, weil wir eine Mathearbeit geschrieben haben.

Hier fehlt Cheyenne

Und da ist es sowieso besser, wenn ich neben Paul sitze und **nicht** neben Cheyenne.

Wir halten zusammen. EINER FÜR ALLE UND ALLE FÜR EINEN. Du darfst von mir abschreiben und ich von dir.

Rucki, zucki!

Aber da ist Frau Kackert an unseren Tisch gekommen und hat gesagt, ich soll zurück an meinen Platz gehen, aber rucki, zucki.
OCH MENNO!

Nachmittags wollte ich dann zu Cheyenne und ihr die Hausaufgaben vorbeibringen.

Aber sie ist schon vorher zu mir gekommen. Und zwar, weil ihre Mutter nicht wissen darf, dass sie nicht in der Schule war.
Sie hat nämlich geschwänzt, weil sie Mathe nicht konnte! **Auweia!**

Aber ich brauch 'ne Entschuldigung für die Schule. Meinst du, **deine** Mutter schreibt mir eine?

Ich hab gesagt, dass es wohl keine gute Idee ist, Mama zu fragen.
Aber Cheyenne hat so lange rumgedrängelt, dass ich es doch gemacht hab.

Mama hat aber wirklich **NEIN** gesagt und auch noch rumgeschimpft.

stinkiges Gesicht

Sie hat ihr **stinkiges** Gesicht gemacht und gesagt, dass sie eigentlich Cheyennes Mutter anrufen müsste, um ihr Bescheid zu sagen. Und wohin das noch führen soll, wenn schon Fünftklässler die Schule schwänzen.

Wahrscheinlich war sie nur so schlecht gelaunt, weil sie gerade den neuen Profi-Eiswürfelbereiter **Mr Frost** ❄ ausgepackt hatte. Und der passte nicht in die Küche, weil er so groß war wie eine Waschmaschine.

Dann hat sie irgendwas von **„Bis zu zwanzig Kilo Eiswürfel am Tag"** gemurmelt und ist über die Plastikfolie gestolpert, die überall in der Küche rumlag.

Als ob Cheyenne und ich was dafür können, dass dieses Zeug, das sie immer bestellt, so viel **Platz** braucht.

Aber trotzdem haben wir uns schnell verdrückt und sind lieber rausgelaufen. „Das ist ein Fall für DIE WILDEN KANINCHEN", hab ich ganz düster geknurrt und dabei genickt und es hat sich ganz schön wichtig angehört.

Ich glaub, Cheyenne war ziemlich froh, dass wir jetzt eine Bande haben, die sich um solche schwierigen Fälle kümmert.

"Hag a lag lag o!" hat Paul gesagt, als er uns die Tür aufgemacht hat.

Cheyenne hat ihn misstrauisch angeguckt. "Hä?" "Was is'n jetzt los?"

"Das ist unsere neue Geheimsprache", hat Paul uns erklärt. "U nag sag e rag e Gag e hag ..."
"Ach, die ist doch blöd, die versteht doch gar keiner", hat Cheyenne dazwischengerufen und da hat Paul ganz beleidigt geguckt.

hmpf

stöhn

Als wir im Baumhaus saßen, hat er immer noch so maulig durch seine Brille geguckt und die Arme vor der Brust verknödelt.

Und was habt ihr über die **LÄMMER-GIRLS** rausgefunden? hat er voll **patzig** gefragt.

Wir haben jetzt ganz andere Probleme! hab ich ihm erst mal erklärt. Denn er wusste ja noch gar nicht, dass Cheyenne die Schule geschwänzt hat und eine Entschuldigung brauchte.

Und was hab ich damit zu tun?

Hey! Der hatte wohl vergessen, dass wir **eine Bande** sind!

EINER FÜR ALLE UND ALLE FÜR EINEN!!!

Da musste Paul ja helfen.

Erst wollten wir schreiben, dass Cheyenne einen Termin beim Kieferorthopäden hatte, aber das dauert ja nicht den ganzen Vormittag. Dann wollten wir schreiben, dass sie krank war, aber das dauert ja meistens länger.

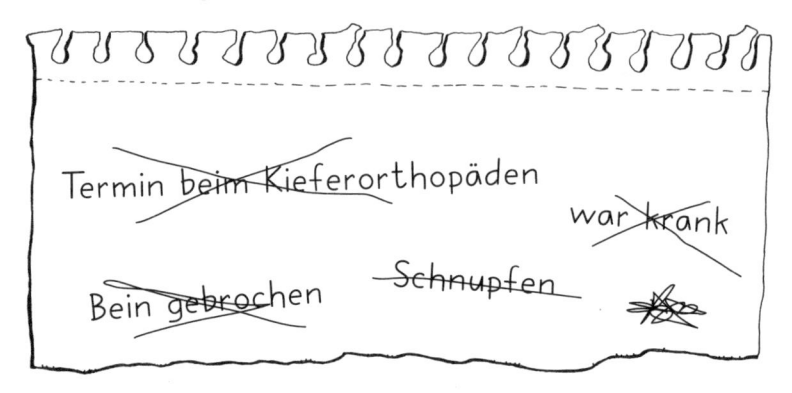

Termin ~~beim Kiefer~~orthopäden
war ~~krank~~
Bein ~~gebrochen~~
~~Schnupfen~~

Und da ist Paul erst mal ins Haus gelaufen und hat Kekse  geholt. Wahrscheinlich, weil er sich verantwortlich gefühlt hat für die Bande.

Das mit den Keksen ist wirklich nützlich bei Paul.

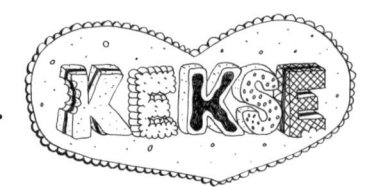

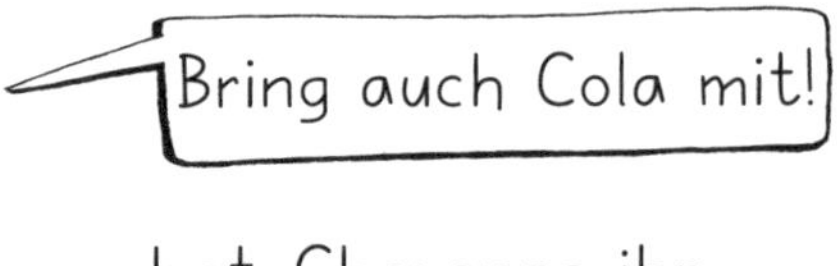

Bring auch Cola mit!

hat Cheyenne ihm noch nachgebrüllt.

Cheyenne mit marsupilamischer Tigerwolperdingitis

In der Zwischenzeit ist mir eingefallen, dass wir eine ganz seltene Krankheit aussuchen müssen, die Frau Kackert nicht kennt.

Nicht so was Normales wie Schnupfen oder Bein gebrochen. Dann weiß sie auch nicht, ob die Krankheit vielleicht nur einen Tag dauert.

Wir haben angestrengt nachgedacht, und als Paul wiedergekommen ist, hat er auch mitgedacht. Dabei hat er die Kekse aufgemacht. Bloß die Cola, die hatte er wohl vergessen.

Bauchschmerzen!

hat er dann vorgeschlagen, aber das fand Cheyenne nicht so gut.

Sie hat nur die Augen verdreht:

Ey, so was Langweiliges wollten wir doch gerade nicht, du Doofi!

Danach war Paul schon wieder beleidigt.

Aber genau da hatte ich voll **die gute Idee!**

Pest! Das ist total selten!

Paul hat gesagt, das ist der **blödeste** Vorschlag, den er jemals gehört hat, aber ich glaub, er war nur eifersüchtig, weil das meine Idee war und nicht seine.

Auf jeden Fall hatte er plötzlich ganz **schlechte Laune** und wollte uns nicht mehr beim Briefschreiben helfen. Er hat bloß noch dagesessen und Kekse gemampft.

Obwohl wir doch eine Bande sind! Mann, Paul.

Da hab ich das eben gemacht.
So!

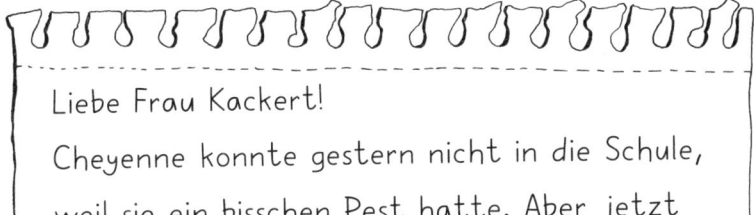

Liebe Frau Kackert!
Cheyenne konnte gestern nicht in die Schule, weil sie ein bisschen Pest hatte. Aber jetzt geht's schon wieder.
Viele Grüße von Sandra

„Wie wird denn Wawrceck geschrieben?", hab ich Cheyenne dann gefragt. So heißt sie nämlich mit Nachnamen.

~~WAF~~
~~WAWRCZ~~
~~W A~~ ve

Da hat Cheyenne angefangen zu buchstabieren, aber sie wusste das selbst nicht so genau, weil der Name so schwer ist. Zur Stärkung haben wir erst mal einen Keks gegessen.

Paul hat die ganze Zeit
nur so **doof** geschnaubt und
sich gegen die Stirn gehauen.

patschpatsch!

Aber ist ja auch egal.
Bei Unterschriften kritzeln 
die Erwachsenen sowieso immer so
doll, dass man gar nichts lesen kann.

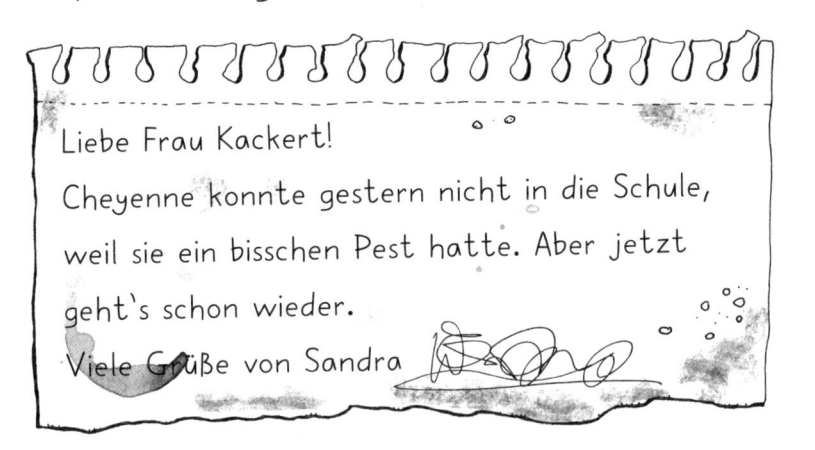

Liebe Frau Kackert!
Cheyenne konnte gestern nicht in die Schule,
weil sie ein bisschen Pest hatte. Aber jetzt
geht's schon wieder.
Viele Grüße von Sandra

Cheyenne war auf jeden Fall sehr zufrieden mit
der Entschuldigung. Auch wenn da ganz schön
viele Kekskrümel dran waren.

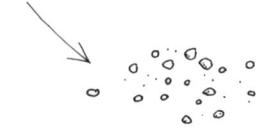

Aber Paul, der muss wohl noch lernen,
wie das so ist in einer Bande.

Später war Paul dann nicht mehr beleidigt 🙂 und wir wollten den **LÄMMER-GIRLS** auflauern. Paul hat noch seinen geheimen Spion-Koffer geholt.

unsichtbare Tinte

Da war Fingerabdruckpulver drinnen und ein Rohr, mit dem man um die Ecke gucken kann und so was. **Voll cool!**

Paul hat noch ganz viel erzählt über Anschleichen und Tarnen

Busch

winzige Schleichtapser

und Ausspionieren und so.

Ich glaub, er ist sehr froh, dass er jetzt eine Bande für seine ganzen Bandensachen hat. 😉

Dann fing die **AUFLAUERUNG** an. Erst mal sind wir zu Berenike gegangen. Das war nur zwei Straßen weiter.

Berenike wohnt in einem großen gelben Haus mit riesigem Garten. Und wir hatten echt Glück: Berenike war nämlich gerade im Garten. Zusammen mit Emma und Liv-Grete und Hannah, die auch alle **LÄMMER-GIRLS** sind.

Wir sind über den Zaun geklettert und durch die Büsche geschlichen, bis wir ganz nah an ihnen dran waren.

Die **LÄMMER-GIRLS** haben auf Liegestühlen gelegen und in Zeitschriften geguckt. Und dann haben sie sich gegenseitig die Bilder gezeigt und gesagt, was sie cool und **voll krass** und total niedlich finden.

Und dann hat Emma einen Labello oder so was rausgeholt und gesagt, der schmeckt nach Cherry Cola.

Und alle haben probiert.

Berenike und die Lämmer-Girls mit Cherry-Cola-Geschmack

Dann haben sie wieder in die Zeitschriften geguckt und Berenike hat erzählt, dass sie so eine Sonnenbrille zum Geburtstag haben will wie auf dem Bild.

Und Hannah wünscht sich die Schuhe aus ihrer Zeitschrift.

Und Liv-Grete wollte so ein T-Shirt haben.

Da sind wir wieder zurückgekrochen durch die Büsche. Bloß Paul, den musste ich erst mal anstupsen. Der hockte nämlich vor mir im Weg und war ein klein bisschen eingeschlafen, glaub ich. 😊

Als wir auf der Straße standen, haben wir uns nur so angeguckt. Und dann hab ich gefragt:

> Wozu haben die eigentlich 'ne Bande, wenn sie eh nur rumsitzen und in Zeitschriften gucken?

zuck   zuck

Das wussten Cheyenne und Paul auch nicht. Aber weil die **LÄMMER-GIRLS** so langweilig waren, hatten DIE WILDEN KANINCHEN für den Rest des Nachmittags frei. 😁

FREITAG, DER 9. SEPTEMBER

Gleich vor der ersten Stunde hat Cheyenne ihre Entschuldigung bei Frau Kackert abgegeben.

Frau Kackert hat sie gelesen und dann hat sie ganz lange Cheyenne angeguckt.

(Pest)

Cheyenne hat so ein bisschen gehustet.

hüstel

Ja, aber jetzt geht's schon wieder.

Und da hat Frau Kackert gesagt, dass sie heute noch ihre Mutter anruft.

Cheyenne hat voll den **Riesenschreck** gekriegt!

Ich glaub fast, Paul hat das schon vorher gewusst. Dass man Lehrer nicht anschummeln kann, mein ich. 😕

Hätte er ja auch mal rechtzeitig sagen können.

SAMSTAG, DER 10. SEPTEMBER

Heute war **BERENIKES GEBURTSTAGSFEIER!**
Mama hat Cheyenne und mich und unser Zelt
und das Geburtstagsgeschenk mit dem Auto
hingebracht.

Das Geschenk, das sie für Berenike besorgt
hatte, war ein beheizter Wimpernformer.

*Formt, separiert und ordnet
Wimpern mithilfe von Wärme.*

vorher

nachher

Oh Mann, typisch Mama! So was **Doofes**
für ein Mädchen, das elf wird!
Aber für Berenike genau das Richtige!!!

Obwohl Cheyenne gleich gesagt hat, sie wünscht sich auch so was zum Geburtstag.

klimper

Bei Berenike im Garten haben wir unser Zelt aufgebaut. Und zwar ziemlich am Rand, wo ganz viele Büsche stehen und ein paar große Bäume. Die meisten aus unserer Klasse waren schon da. Und alle hatten voll coole Zelte!

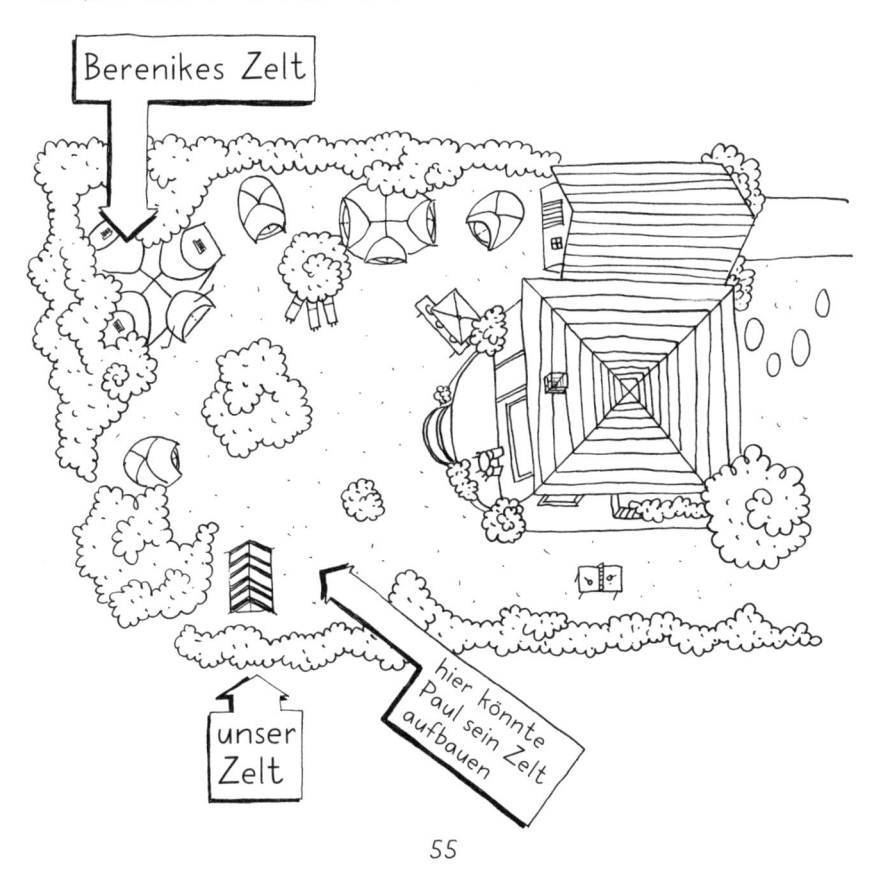

Berenikes Zelt

unser Zelt

hier könnte Paul sein Zelt aufbauen

Papa hatte mir sein altes Zelt mitgegeben, das er mal zum Geburtstag gekriegt hat, als er noch ein Kind war.

muffiger Geruch, ähbäh!

Es hat orangene und braune Streifen und ist aus so einem schweren Stoff, der muffig riecht, wenn man reinkriecht.

Wir haben unsere Sachen reingeworfen und sind erst mal gucken gegangen.

Cheyenne hat sofort gesehen, dass Casimir auch da war. Casimir ist Berenikes Bruder und er geht schon in die Neunte. Er ist der coolste Junge der Schule. Mit langen Haaren und so. Ganz viele Mädchen finden ihn toll. Und Cheyenne natürlich auch.

Gerade hat er zusammen mit seinem Vater ein **riesiges** Zelt aufgebaut. Das war silber und pink und so groß wie ein Wohnmobil. Garantiert sollten hier Berenike und ihre **LÄMMER-GIRLS** schlafen.

> Da drinnen gibt's bestimmt auch ein Klo. Und einen Fernseher mit Wii.

hihihihi

Cheyenne hat mich angestupst.

Das Zelt stand ganz hinten im Garten, gar nicht so weit weg von unserem.
Nur ein paar Büsche und ein anderes **LÄMMER-GIRLS**-Zelt waren dazwischen.

Dann hat Cheyenne mir zugeflüstert, dass sie sich an Casimir ranschleichen und „Buh!" rufen wollte.

Aber als sie sich rangeschlichen hat, ist sie über eine Zeltschnur gestolpert.

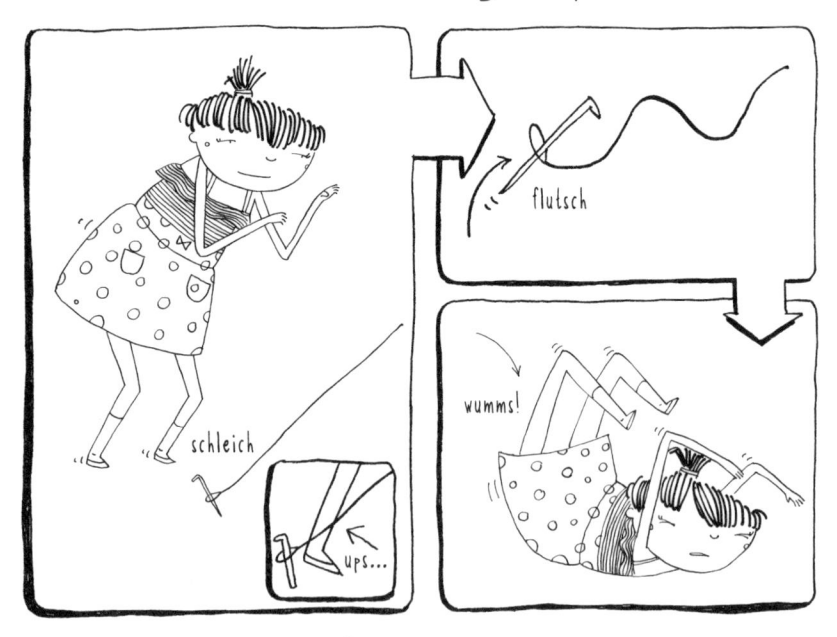

Dabei ist der Hering aus dem Boden gerissen und dann ist sie auch noch gegen das pink-silberne Zelt gefallen und es ist in sich zusammengesackt.

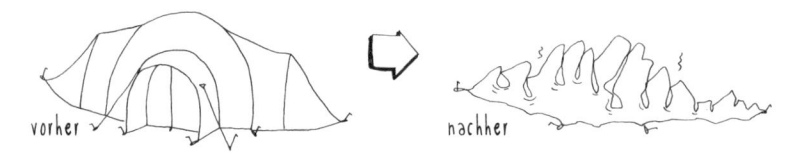

Da hat Casimir total GENERVT geguckt. Und zwar, weil er und sein Vater jetzt alles noch mal aufbauen mussten.

weffweffgrunzweff
weffweffweff
grunzweff

Die ganze Zeit über haben Pompey und Pugsley gebellt wie verrückt. Das sind die beiden Möpse von Berenike und ihrer Familie. Sie haben Cheyenne angebellt und geknurrt und sahen dabei sehr SÜSS aus.

Dann kam auch Paul und hat sein Zelt neben unserem ausgepackt. Wir wollten ihm beim Aufstellen helfen, aber plötzlich waren alle Zeltschnüre miteinander verknotet, und zwar ganz von alleine.

Und da wollte er das Zelt lieber selbst aufbauen.

Paul hatte ein Zelt für sich allein, weil er ja Platz brauchte für seine ganze geheime Spionausrüstung. Er hatte den Koffer dabei und außerdem Stinkbomben, ein Furzkissen und Walkie-Talkies.

Test!

Cool! Paul hat ein Walkie-Talkie genommen und Cheyenne und ich das andere. Falls wir uns verlieren.

Außerdem hat jeder von uns ein paar Stinkbomben in die Tasche gesteckt.

Jetzt müssen wir das Gelände auskundschaften!

fuchtel

Und das haben wir dann auch gemacht.

Cheyenne hat erst mal das Kuchenbuffet ausgekundschaftet. Und zwar gab es da eine riesige rosa Torte mit einem Pferd obendrauf. Sie stand unter so einem großen, eckigen Schirm im Schatten.

tadaaa!

„Das ist bestimmt Marzipan", hat Cheyenne gesagt und dem Pferd ein Bein abgebrochen. Es war wirklich Marzipan. Also hat Cheyenne noch ein Bein abgebrochen, weil sie Marzipan **total lecker** findet. Und dann ist das Pferd umgekippt und mit dem Kopf in die Sahne gefallen. Da sind wir lieber schnell weitergegangen."

mansch

plöp

Vor einer Treppe, die zu der Terrasse und dem riesigen gelben Haus hochgeführt hat, haben wir dann endlich auch Berenike gefunden. Sie hat mit ein paar **LÄMMER-GIRLS** Federball gespielt.

Ein paar andere lagen auf den Liegestühlen im Garten.

Die meisten Jungs turnten um eine große Tischtennisplatte und haben sich darum gekloppt, wer spielen durfte. Bloß gespielt hat keiner, weil sie sich alle gekloppt haben.

Anschließend gab es Torte und Kuchen und Kekse. Die ganze Klasse hat sich am Kuchenbuffet gedrängelt und sich die Teller vollgeladen.

Cheyenne hat sich fast nur Schokoküsse geholt, weil sie die am liebsten mochte.

Auch Casimir wollte ein Stück Torte haben. Aber weil es so voll war, kam er nicht richtig ran.

Hinter dem Gedränge ist das Kuchenbuffet!

Casimir

Deshalb hat Cheyenne ihm geholfen. Auf jeden Fall hat sie das versucht.

ATTACKE!

Leider ist sie dabei gegen den Tisch gestoßen und dabei ist eine Stinkbombe in ihrer Rocktasche kaputtgegangen.

Danach hat sie so gestunken, dass sich keiner mehr in unsere Nähe getraut hat. Oder an die Torten ran.

Auch Casimir wollte keine Torte mehr.

Dann ging auch schon die **Modenschau** los. Die war voll **langweilig**, weil Berenike, Emma und Liv-Grete bloß auf einem langen Teppich durch den Garten gegangen sind. Und dabei hatten sie immer andere Klamotten an.

Luigi Verrutschi oder wie der hieß hatte ein Mikrofon und hat die ganze Zeit was zu den Sachen erzählt und zwischendurch hat er die Musik **laut** gedreht.

Bei dem Lärm konnte man das Gepiepse und Gekrackse von unseren Walkie-Talkies gar nicht mehr hören.

krackskrackpiiiieeeps

böser Blick

Also mussten wir richtig **REINSCHREIEN**, um den Krach zu übertönen. Berenike hat ziemlich böse geguckt.

Aber dann wurde es wieder interessanter. Weil nämlich jetzt der Karaoke-Wettbewerb dran war. Berenike hat sich oben auf die Treppe von der Terrasse gestellt und irgendwas Kleines, Grünes hochgehalten.

???

!!!

Ein **Mini-MP3-Player!** Zwei Gigabyte Speicherplatz. Zum Anklemmen an einen Rucksack oder die Kleidung! Das ist unser Hauptgewinn beim Karaoke-Wettbewerb!

KREISCH!

Sofort fingen alle an zu schreien und ich auch, weil ich den unbedingt gewinnen wollte!

Von meinen Eltern krieg ich nämlich garantiert nie einen MP3-Player, weil Papa technisch leider in der Steinzeit stehen geblieben ist. Der glaubt immer noch, dass ein Telefon unbedingt eine Schnur haben muss.

„Wir singen was zusammen", hat Cheyenne sofort bestimmt, was ich zuerst nicht so gut fand.

Weil wir dann ja zwei sind und es nur <u>einen</u> MP3-Player gibt.

Aber dann hab ich doch Ja gesagt, weil Cheyenne gut singen kann. 🙂
Ich hör mich nämlich beim Singen an wie eine **Ente mit Schluckauf**, hat meine Oma mal gesagt.

Wir wollten uns auf das Heft mit den Liedern stürzen, aber die **LÄMMER-GIRLS** waren schon da und haben durcheinandergeschrien und -gegackert.

Natürlich hat Berenike angefangen. Sie stand oben an der Treppe und hat getanzt und die Haare geschüttelt und was Englisches gesungen.

singt Englisch
schüttelt
tanzt

Das hat sich voll eingebildet angehört und ich bin immer stinkiger geworden. Weil ich nämlich gedacht hab, dass sie bestimmt selber den MP3-Player gewinnen will, und das gehört sich ja wohl echt nicht für eine Gastgeberin!

Cheyenne war auch **böse**. Sie hat Hannah das Heft mit den Liedern weggerissen und dann haben wir uns hinter einen Busch gesetzt.

grrrrr

zack!

Cheyenne hat geguckt, was wir singen.

Paul bitte melden!

Ich hab so lange ins Walkie-Talkie gesprochen, weil Paul nämlich verschwunden war. Und ich wollte wissen, wo er bleibt.

Aber er hatte sich auf dem Klo eingeschlossen und gesagt, er kommt da erst wieder raus, wenn der Wettbewerb vorbei ist. Und wir sollen ruhig ohne ihn singen.

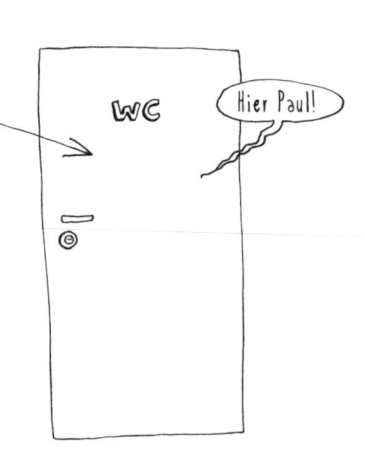

WC *Hier Paul!*

Cheyenne fand ganz viele Lieder gut. Die hießen aber so ähnlich wie **Pigs don't fly** oder **Viva la Frieda** und die kannte ich alle gar nicht.

Dann haben wir endlich eins gefunden, das ich auch kannte, weil meine Eltern eine Kassette davon haben.

Es hieß DSCHINGHIS KHAN und wir haben schon mal ein bisschen geübt hinter dem Busch.

schnipp

hopps

Bis Cheyenne gesagt hat, am besten, ich beweg nur den Mund, wenn wir dran sind, oder klatsch in die Hände, wenn sie singt.

klatsch

AGRRRR!

Da hab ich echt **schlechte Laune** gekriegt! Ich bin aufgesprungen und zum Zelt gelaufen.
Aber Cheyenne ist hinterhergekommen.

Ey, ich will dir doch nur helfen, Mann!

hat sie gesagt und sich neben mich auf meinen Schlafsack gehockt.

Und dann hat sie noch versprochen, dass ich auch den MP3-Player krieg, wenn wir gewinnen. Sie hat nämlich schon einen.

Cheyenne ist die Beste

Das fand ich dann ja wieder **total nett** von ihr und ich hab mich gefreut! Cheyenne ist einfach meine beste Freundin! :)

Aber sicherheitshalber hab ich noch meine Flöte mitgenommen, als wir zurückgegangen sind. Schließlich geht es um einen MP3-Player.

Gerade haben Emma und Liv-Grete gesungen. Bei Liv-Grete wär es wohl auch besser gewesen, wenn sie nur ihren Mund bewegt hätte.

Cheyenne hat BUUUH! gerufen, und zwar ganz **laut**. Das fand ich aber nicht so klug, weil wir nämlich als Nächste dran waren.

Die **LÄMMER-GIRLS** haben jedenfalls ganz komisch geguckt, als Cheyenne und ich oben an der Treppe standen. So **streitsüchtig** irgendwie.

belämmerter Blick

Dann ging die Musik an und wir mussten singen.

Mir war total **KODDERIG** im Bauch und deshalb hab ich wirklich nur den Mund bewegt. Aber Cheyenne hat echt gut gesungen und auch noch getanzt dabei.

belämmertes Gelache

buuuh! hihihi! hahaha! bääah!

Trotzdem haben die **LÄMMER-GIRLS** "BUUUH!" geschrien und so doof gelacht.

Dann sind auch noch Pompey und Pugsley die Treppe hochgekommen und haben uns angebellt.

Die ganze Zeit standen sie da und haben

aruuuh

gebellt und **gejault** und **gefiept**

und Berenike und die **LÄMMER-GIRLS** und die Jungs sind fast umgekippt vor Lachen.

Da bin ich ja so was von **STINKIG** geworden!!!

Ich hab meine Flöte genommen und reingepustet! Die Töne, die rauskamen, waren wohl nicht für Hundeohren geeignet.

Pompey und Pugsley sind jedenfalls *weggeflitzt* wie der Blitz und haben auch noch so gewinselt dabei.

fiepfiiiiep

Cheyenne hat die ganze Zeit weitergesungen und getanzt. Und das, obwohl es mitten drin auch noch angefangen hat zu regnen.

Dschin-, Dschin-,
DSCHINGHIS KHAN
He Männer
Ho Männer
Tanzt Männer
So wie immer! ...

*Und man hört ihn lachen
Hahahaha
Immer lauter lachen
Hahahaha
Und er leert den Krug
in einem Zug ...*

Komisch war bloß, dass es nur bei uns oben auf der Treppe geregnet hat. Die ganze Klasse stand unten im Garten im Trocknen und hat gestaunt, wie Cheyenne gesungen und getanzt hat, obwohl wir immer **NASSER** wurden.

Sogar Casimir war da und hat geguckt und gestaunt. Deshalb hat Cheyenne auch besonders toll gesungen und getanzt und sich gedreht.

patschpatsch

Ich hab in die Hände geklatscht und die Tropfen sind nur so durch die Gegend geflogen.

Und die ganze Zeit hab ich gedacht, dass ich ganz dringend rausfinden muss, was mit meiner Flöte los ist.

Vielleicht frag ich mal in diesem indischen Laden nach, in dem Mama sie gekauft hat. Das ist doch wirklich nicht normal, dass immer was **Komisches** passiert, wenn ich da reinblase! Fast ein bisschen wie Zauberei.

Als wir danach die Treppe runtergegangen sind, war auch Paul wieder da.

So, jetzt bist du dran hat Cheyenne zu ihm gesagt und ihre Haare ausgewrungen. „Obwohl wir den MP3-Player schon so gut wie gewonnen haben."

Paul hat bloß den Kopf geschüttelt. „Nie im Leben", hat er gesagt und gar nicht mehr aufgehört mit dem Schütteln. „Lieber schließ ich mich für den Rest des Tages im Klo ein."

Überhaupt haben die meisten Jungs nicht mitgemacht und deshalb war der Wettbewerb ziemlich schnell vorbei. Ich war total gespannt auf die Preisverleihung, aber leider hat Hannah den MP3-Player gewonnen. **War ja klar, oder?** Ein **LÄMMER-GIRL**, wer sonst?!

Berenike als **Lämmer-Girl**

Hannah als **Lämmer-Girl**

Emma als **Lämmer-Girl**

Liv-Grete als **Lämmer-Girl**

Cheyenne, Paul und ich haben dann nur noch **WILDE-KANINCHEN-**Sachen gemacht. Wir haben die **LÄMMER-GIRLS** belauscht und uns durch die Walkie-Talkies unterhalten.

Paul stand hinter einer Eiche und Cheyenne und ich haben uns in einem Busch versteckt.

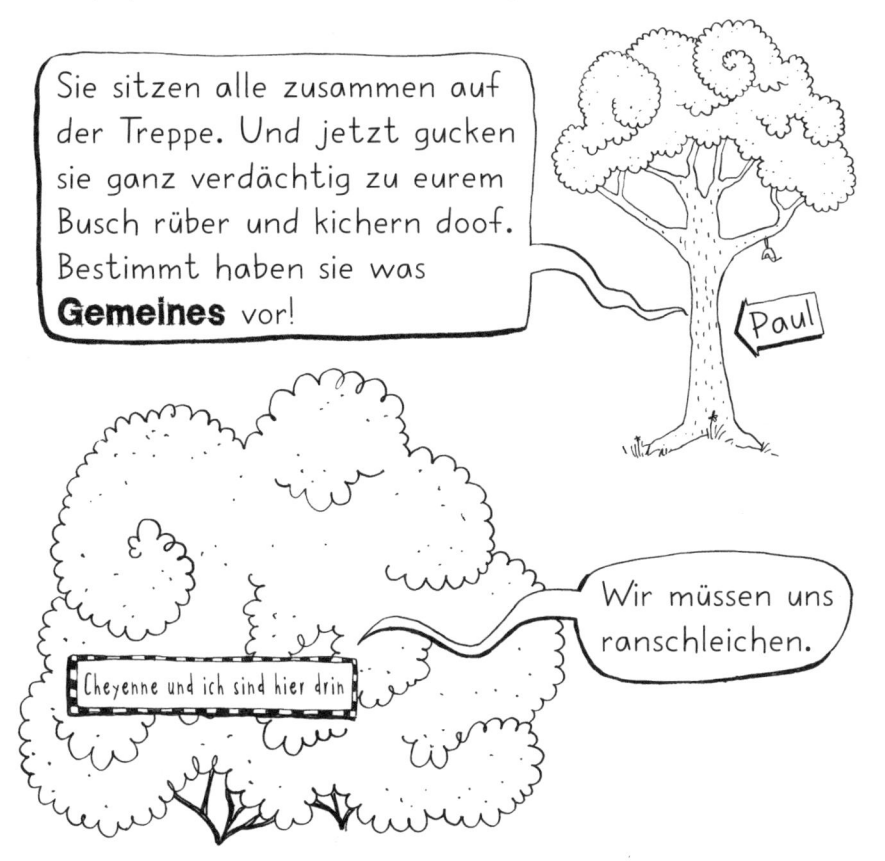

Sie sitzen alle zusammen auf der Treppe. Und jetzt gucken sie ganz verdächtig zu eurem Busch rüber und kichern doof. Bestimmt haben sie was **Gemeines** vor!

Paul

Cheyenne und ich sind hier drin

Wir müssen uns ranschleichen.

Das haben wir auch gemacht. Außerdem

1. haben wir uns **GETARNT**. Dazu mussten wir ein paar Zweige aus dem Busch abreißen. Aber Berenikes Mutter hat uns trotzdem gesehen und geschimpft.

2. hat Cheyenne Berenikes Mutter das **FURZKISSEN** auf ihren Gartenstuhl gelegt. Mann, war das ein Furz!

3. hat Paul die **LÄMMER-GIRLS** mit einem Abhörgerät **BELAUSCHT**.

4. haben die Lämmer-Girls das Abhörgerät **ENTDECKT** und alle zusammen reingekreischt. Anschließend war Paul eine halbe Stunde lang taub.

5. haben uns die **Rocker** den Spionkoffer **GEKLAUT**.

Die Rocker sind auch eine Bande. Und zwar sind das Maurice, Finn, Timo und Benni, die stärksten Jungs der Klasse.

Maurice | Finn | Timo | Benni

Sie haben unsere Bandenregeln im Koffer gefunden und Timo hat sie laut vorgelesen. „**Die Wilden Kaninchen, höhö!**", haben die anderen gegrölt.

> Das ist ein Fall für ... **uns!**

RACHE!

droht mit der Faust

Hä?

„Hä?", hat Paul gefragt, weil er immer noch ein bisschen taub war.

Aber unsere Rache musste noch warten, weil es erst mal Abendbrot gab.

Ein Partyservice kam mit zwei Autos angefahren und hat ganz viel Essen auf einem langen Tisch aufgebaut.

Cheyennes Augen haben geleuchtet, aber als wir uns das Essen aus der Nähe angeguckt haben, war sie erst mal ganz lange still.

Wo is'n das Ketchup, ey?

Auf dem Tisch standen lauter **KOMISCHE** Sachen. Bei den meisten konnte man gar nicht richtig erkennen, ob das **WÜRMER** oder **SCHNECKEN** waren iiiiiihh! oder gebackene **HUNDEHAUFEN** — oder was **Richtiges** zu essen.

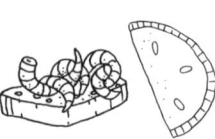

Oh Mann. Ich glaub, die mögen uns hier nicht. Die wollen uns vergiften.

Glücklicherweise hat Berenike eine Katze.
So eine **PUSCHELIGE** Perserkatze.

Sie heißt **Kleo** und ist sehr zutraulich.
Und ziemlich hungrig außerdem.

Bloß Cheyenne konnte sich ihren Namen
nicht merken und hat immer **Klo**
zu ihr gesagt. Aber ich glaub, ein bisschen
hat sie das mit Absicht gemacht.

Cheyenne und Paul und ich haben uns einen
Teller von dem Essen geholt und sind
mit Kleo zu unserem Zelt gegangen.

Und alles, was **KOMISCH** geschmeckt hat,
hat Kleo gekriegt.

Irgendwann ist Kleo dann weggelaufen, aber da
hatten wir sowieso schon fast alles aufgegessen.

Auf Cheyennes Teller waren bloß  noch ein paar kleine Brötchen. Aber die mochte sie nicht,  weil die mit so braunen Stücken gefüllt waren. Da musste sie sich auf die Suche nach einem **Mülleimer** machen, weil Kleo ja weg war.

Frau von Bödeckers schicke Handtasche

Berenikes Reithelm

Lämmer-Girls-Zelt

Später hat Berenike dann rumgeschrien, wer denn die ganzen Piroggen ins Bidet im Badezimmer gekippt hat.

Danach hat sich Cheyenne nicht mehr aufs Klo getraut. Sie wusste nämlich nicht, was ein **Bidet** ist. (Paul und ich auch nicht, übrigens.)  Und außerdem hat sie gedacht, **Piroggen** wären so kleine, bissige Tiere.

Obwohl Paul gemeint hat, das wär wohl eher was von dem **komischen** Essen.

Dann hat Berenike auch noch rumgeschrien, weil Kleo in ihren Schlafsack gekotzt hat. Mann, was für ein **Geschrei**.

Nach dem Essen gab's im Garten noch **DiSCO**, aber Cheyenne, Paul und ich hatten dafür keine Zeit.

Wir haben vor unserem Zelt gesessen und Pläne für die **NACHT DER WILDEN KANINCHEN** geschmiedet. Wir hatten viel vor.

Paul hat alles aufgeschrieben:

1. Wir schleichen uns zum Zelt der **Rocker** und **KLAUEN DEN KOFFER** zurück.

2. Dafür lassen wir eine **STINKBOMBE** da.

3. Dann schleichen wir uns zum **LÄMMER-GIRLS**-Zelt und machen **GRUSELIGE GERÄUSCHE**.

buuuhu fauch!

4. Wenn sie wach sind und Angst haben, bläst Lotta volles Rohr in ihre **BLOCKFLÖTE**.

5. Und dann passiert erst was richtig **GRUSELIGES!!!**

Grrrrrrruselämmer

Irgendwann hat Berenikes Mutter gesagt, dass wir in unsere Zelte gehen sollen. Da ist Paul in sein Zelt gekrabbelt.

Cheyenne und ich waren noch ganz lange wach, weil wir ja warten mussten, bis alle eingeschlafen sind.

Leider waren alle anderen auch ganz lange wach. Und dann sind wir doch eingeschlafen.

Aber plötzlich hat irgendwas an unserem Zelt **gekratzt**. Es war stockfinster und irgendwelche Nachtvögel haben rumgehu-hut.

Ich wär fast gestorben vor **ANGST**.

Bis Paul gesagt hat, dass er's bloß ist.

Cheyenne wollte ihn am liebsten verkloppen, aber da hat Paul schnell gesagt, **DIE WILDEN KANINCHEN** müssen zusammenhalten und EINER FÜR ALLE UND ALLE FÜR EINEN.
Und da konnte Cheyenne ihn ja nicht mehr hauen.

Ich wollte eigentlich lieber in meinem Schlafsack bleiben, der war so kuschelig warm.
Aber wir mussten uns ja rächen.
Für Karaoke und Piroggen und Kofferklau.

RACHE!

Damit durfte Berenike nicht durchkommen! Und die **Rocker** schon gar nicht!!!

Also haben wir uns an das Zelt der **Rocker** rangeschlichen. Auf jeden Fall wollten wir das. Aber es war so finster und wir konnten fast nichts sehen.

Ich bin über eine Zeltschnur gestolpert und Cheyenne ist sogar voll gegen einen Baum gekracht.

Deshalb haben wir uns total verlaufen und das Zelt **nicht** gefunden. 😐

> Hast du keine Taschenlampe mitgenommen, du Doofi?

> Selber Doofi! Die ist doch im Koffer!

← aua!

Und da haben wir beschlossen, dass wir das Zelt von Berenike und Emma und Liv-Grete suchen und sie erschrecken.
Das war bestimmt leichter zu finden, so **groß**, wie das war.

> HU HU

Aber ich hatte total **Angst**, weil es **stockduster** war und die Nachtvögel so **gruselige** Geräusche gemacht haben!

„Hier ist es", hat Paul irgendwann gewispert.

Wir sind stehen geblieben und ich hab tief Luft geholt. Dann hab ich in die Flöte gepustet.

Es hat sich schlimmer angehört als alle Nachtvögel zusammen!

Wir haben uns umgedreht und wollten weglaufen, aber da standen solche Büsche mit Dornen. Und in denen haben wir uns leider verfangen.

Alle im Zelt haben **geschrien** und **geschimpft** und dann ging der Reißverschluss auf und Maurice, Finn, Timo und Benni sind rausgesprungen.

GGGRRRRRR!!

AUWEIA! Endlich hatten wir das Zelt mit den **Rockern** gefunden!!! Bloß jetzt war es das falsche! Die Jungs haben **geflucht** und die Fäuste **geschüttelt** und sind hin und her **gerannt** und haben **gebrüllt**, was passiert, wenn sie **DEN** erwischen.

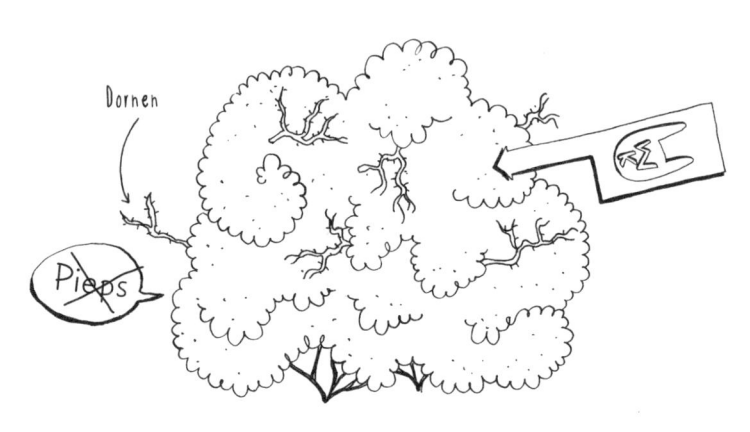

Dornen

Pieps

Zum Glück war es so dunkel. Cheyenne, Paul und ich hingen in den Büschen fest und haben keinen Pieps gemacht.

Wetten, das war Lotta mit ihrer Flöte?

Da haben die anderen alle was von **LOTTA** und **WILDE KANINCHEN** und **RACHE** geschrien.

Die **Rocker** sind losgerannt, mitten in die Dunkelheit. Irgendwo dahin, wo unser Zelt stand. Manchmal hat einer "**AUA!**" gebrüllt, weil sie nämlich die Taschenlampe vergessen hatten.

Erst als die "**Auas**" immer leiser wurden, haben wir versucht, aus den Büschen rauszukommen. Es hat sehr lange gedauert und mein halber **Schlafanzug** ist in den Dornen hängen geblieben.

Dann sind wir schnell ins Zelt der **Rocker** gekrochen und haben den Spionkoffer geholt. Zum Glück haben wir gleich die Taschenlampe gefunden, sonst hätten wir wahrscheinlich aus Versehen Timos CD-Player mitgenommen.

Als die **Rocker** später wieder in ihrem Zelt waren, sind wir auch zu unseren Zelten zurückgeschlichen. Leider gab's da aber gar keine Zelte mehr, sondern nur noch Stoffhaufen.

Die Heringe waren auch alle verschwunden. Paul hat mit der Taschenlampe rumgeleuchtet und da hab ich erst gesehen, dass er keine Brille aufhatte. Na, da war ja klar, warum er uns das falsche Zelt gezeigt hat!

Oh mann, Paul!
Der muss noch ganz schön **viel** lernen, wenn er ein richtiges Mitglied in unserer Bande werden will!

Wir haben unsere Schlafsäcke und Pauls Brille aus dem Zelthaufen gebuddelt und unter einem Busch geschlafen.

Das war eigentlich ganz gemütlich. Und auch gar nicht so kalt. Dann hat uns Paul auch noch die Sterne erklärt und da bin ich so richtig schläfrig 😴 😴 geworden. Bei **Cassiopeia**, glaub ich, sind mir die Augen 😴 😴 zugefallen.

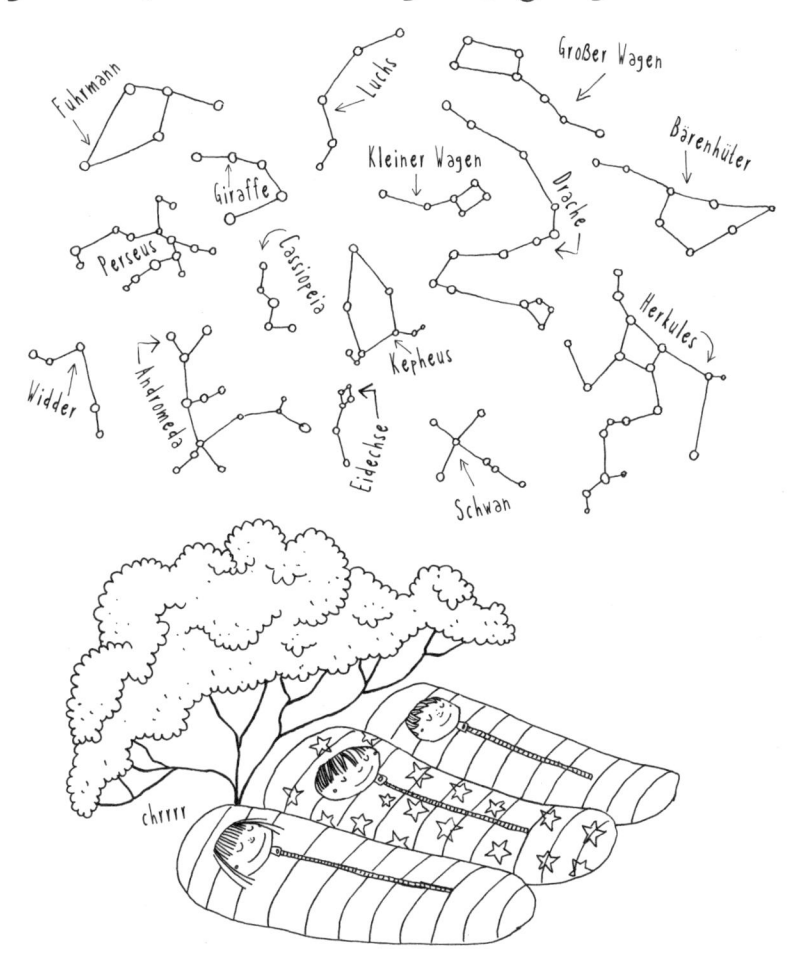

Aufgewacht 👀 bin ich erst wieder, als es angefangen hat zu regnen.

SONNTAG, DER 11. SEPTEMBER

Als ich heute Morgen ins Haus geschlichen bin, war mir eiskalt und es hat in meinem Hals gekratzt.

Noch mehr gekratzt hat es, als ich gesehen hab, dass die **LÄMMER-GIRLS** alle gemütlich im Wohnzimmer auf Matratzen gelegen und geschlafen haben. Die haben sich echt nach drinnen verkrümelt, **die Doofen!**

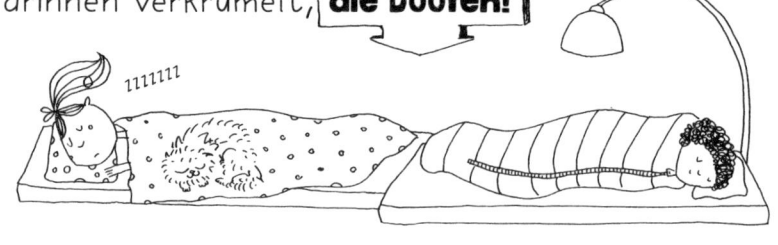

Später hat Mama mich **endlich** abgeholt. Ich wollte nur nach Hause und in mein Bett und ganz viel schlafen.

KAWUMM

Leider hat es immer noch geregnet und meine beiden Blödbrüder haben in ihrem Zimmer **KRIEG DER STERNE** oder so gespielt. Und ihr Zimmer ist direkt neben meinem.

Vielleicht haben sie auch **Flugzeugabsturz** oder **Untergang der Titanic** gespielt. Auf jeden Fall musste man für das Spiel immer vom Schrank auf den Boden springen und mit Suppenkellen auf Kochtöpfe hauen.

RAUMFISCH ENTERPRISE AFFEN IM WELTALL

HEUTE: DIE TOPFMONSTER

Lt. Simon / Lt. Jakob: Da unten bewegt sich was. Das müssen wir erforschen.

Der Weltraum – unendliche Weiten. Dies sind die Abenteuer von Raumfisch Enterprise, der mit seiner fünf Mann starken Besatzung 400 Jahre unterwegs ist, um neue Welten zu erforschen, neues Leben und neue Zivilisationen.

TOPFMONSTER! Das müssen wir Käpt'n Barni melden!

VERNICHTET SIE, ABER SEID VORSICHTIG ...

... DIE SIND MIT ALLEN WASSERN GEWASCHEN!

Die haben aber keine Chance gegen unsere **Geheimwaffe! ANGRIFF!!**

Geheimwaffe!

KAWUMM!

Werden Lt. Simon und Lt. Jakob noch weitere intelligente Lebensformen finden? Die Reise des Raumfisch Enterprise geht weiter ...

Aaaarrgh! Achtjährige Brüder sollten verboten werden!!! 💀

Irgendwann hat Mama sie rausgeschickt und ich bin eingeschlafen. Aber kurz darauf bin ich schon wieder aufgewacht, weil Hannibal gekreischt **KREISCH!** hat. Da hab ich ihm schnell ein bisschen Vogelfutter gegeben, damit er den Schnabel hält. Ich glaub, er hat schon wieder vergessen, dass er eigentlich ein Schaf ist.

KREISCH! = 🐑❌

Nachmittags ist Cheyenne gekommen und wir haben überlegt, was wir machen sollen. Es hat nämlich immer noch geregnet.

Da hatte Cheyenne die **Idee**, dass wir Hannibal sprechen beibringen können.

Cheyenne hat voll die guten Ideen!

Eigentlich komisch, dass ich da noch nicht von selbst draufgekommen bin!

Ich hab sofort angefangen, **Lotta ist cool!** zu Hannibal zu sagen.

Hä?

Hannibal hat den Kopf schief gelegt und *niedlich* geguckt. So, als ob er überlegt, ob er mal wieder ein bisschen mähen soll.

Cheyenne ist cool!

Und da hat Hannibal gekreischt, dass die Fensterscheibe in meinem Zimmer gezittert hat.

KREISCH!

Wahrscheinlich fand er Cheyenne nicht so cool.

Ich hab mir die Ohren zugehalten und **Lotta ist coooooo!** geschrien.

Und dann ist Papa die Treppe hochgekommen und hat uns rausgeschmissen, obwohl es doch geregnet hat. Dabei hat er die ganze Zeit **rumgeschimpft**, dass er nicht mal sonntags Ruhe hat vor Schreihälsen. Papa ist nämlich Lehrer.

Raus!

Das war ja mal wieder ganz schön **unfair!** Dass wir rausmussten und Hannibal durfte drinnen bleiben. Schließlich war er der größte Schreihals!

Erst haben wir geschimpft und dann sind wir zu Paul gegangen. Weil es bei Regen bestimmt schöner ist, in Pauls Baumhaus zu sitzen als vor unserem Haus rumzustehen.

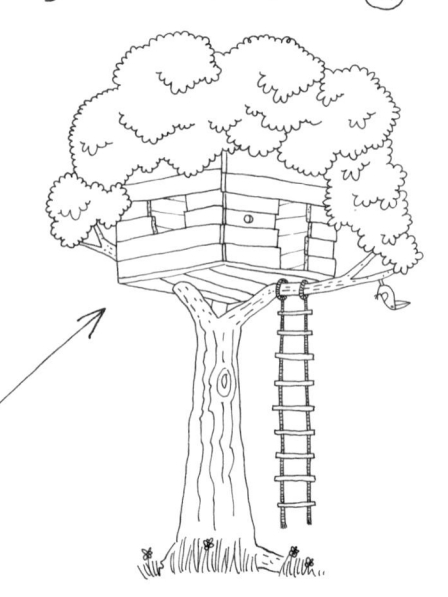

Paul war zu Hause und seine Mutter hat uns sogar Kekse gegeben, bevor wir ins Baumhaus geklettert sind.
Für so eine Bande ist Paul ein **ganz schön wertvolles Mitglied**, auch wenn er noch ein paar Dinge lernen muss.

Ich hatte meine indische Blockflöte mit und wir haben überlegt, dass ich ja mal ein bisschen üben kann. Damit die Flöte Sachen macht, über die sich die **LÄMMER-GIRLS** ärgern. Dass ihnen beim Diktat der Füller ausläuft oder so was.

Ich hab auch gleich geübt und da ist Cheyenne die Schüssel mit den Keksen runtergefallen.

Die Kekse waren rund, das waren nämlich solche mit Marmelade in der Mitte, die ich eigentlich nicht so gerne mag.

Sie sind bis zum Ausgang gerollt und dann abgestürzt. Leider war genau unter dem Baumhaus kein Gras, sondern nur eine Kuhle mit einer Pfütze. Und genau da sind die Kekse reingefallen.

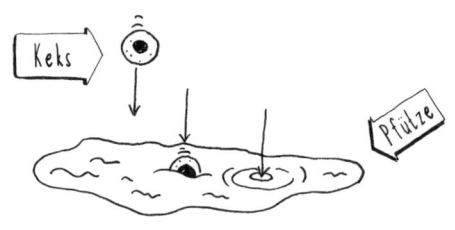

Da war Paul schon wieder **maulig** und hat gemeint, am besten, ich probiere die Flöte gleich an den **LÄMMER-GIRLS** aus — und nicht an seinen Lieblingskeksen.

Das fand Cheyenne auch.

Also sind wir runtergeklettert und zu Berenike gegangen. Aber natürlich war niemand im Garten, weil es immer noch geregnet hat. Der Garten sah wieder **ganz normal** aus, gar nicht, als ob hier gestern eine Geburtstagsparty gewesen wär.

Deshalb wollten wir wieder zurück zum Baumhaus.

Aber auf dem Weg kamen uns ein paar Jungs entgegen. Und zwar waren das die **Rocker**.

Paul wurde ein bisschen nervös, aber Cheyenne hat gesagt, mit denen kann ich ja gleich mal üben.

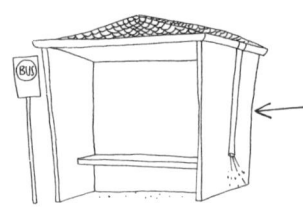

Da haben wir uns **hinter** dem Wartehäuschen von einer Bushaltestelle versteckt.

Und als die **Rocker** vorbeigegangen sind, hab ich in die Flöte geblasen. Es hat ziemlich schlimm **gequiekt**.

In dem Moment ist die Regenrinne von dem Häuschen abgeknickt und das ganze Wasser ist auf die **Rocker** runtergeplatscht. Sie haben **gebrüllt** und **geschrien** wie verrückt.

Bloß gut, dass wir hinter dem Häuschen versteckt waren!

Aber dann hat Cheyenne gekichert, und zwar so laut, dass die **Rocker** sie gehört haben.

HIHIHI!

UND DA MUSSTEN WIR RENNEN.
Wir sind so schnell gerannt, wie wir nur konnten.

Die **Rocker** waren aber trotzdem schneller.

Riiiiiiiiiiiiiiiiiiiiiiiinnngg!

Zum Glück war Pauls Haus ganz in der Nähe, und als wir wie verrückt an der Tür geklingelt haben, sind die **Rocker** nicht hinter uns hergekommen.

puh!

Sie haben nur an der Gartenpforte gestanden und gerüttelt und mit den Fäusten gedroht und gerufen, dass sie wissen, wo wir wohnen.

Hoffentlich wissen die nicht, wo **ich** wohne, hab ich gedacht, aber lieber nichts gesagt.

Paul hatte nämlich schon wieder **total schlechte Laune.** Er wollte nicht mal Cheyenne ins Haus lassen und hat gesagt, dass sie eine **selten blöde Kuh** ist und gleich wieder nach Hause gehen kann.

Blöde Kuh!

EINER FÜR ALLE UND ALLE FÜR EINEN!

Aber Paul wollte trotzdem, dass sie weggeht. Da bin ich dann mitgegangen. Obwohl, zuerst haben wir gewartet, bis kein **Rocker** mehr zu sehen war.

Aber Paul muss wirklich noch ein paar Dinge lernen, wenn er in der Bande bleiben will!!!

MONTAG, DER 12. SEPTEMBER

Ich bin schon wieder von Hannibals **Kreischen** geweckt worden. Aber das ist ja jetzt normal.

KREISCH!

„Lotta ist cool!" hab ich zu ihm gesagt und da hat er noch mal **gekreischt**. Aber vielleicht hat er ja auch versucht, mir nachzusprechen.

KREISCH!

Deshalb hab ich noch einmal ganz langsam „Looottaaa ist coool!" gesagt.

Hä?

patsch!

Aber dann hab ich voll den **SCHRECK** gekriegt.

Und zwar, weil mir plötzlich eingefallen ist, dass ich ja heute Nachmittag zur **ORCHESTERPROBE** muss!

Und dabei hab ich gar <u>nicht</u> Flöte geübt in den letzten Tagen! Außer bei dem Karaoke-Wettbewerb und bei der Sache mit den Keksen und mit den **Rockern** natürlich. Aber ich glaub, das gilt nicht für Herrn Marx.

In der Schule konnte ich mich gar nicht so richtig konzentrieren, weil ich immer an die **ORCHESTERPROBE** denken musste.

> So, Lotta spielt jetzt mal vor, was sie geübt hat. Hehehehehe!

Es wurde auch nicht besser, als Frau Kackert in der Mathestunde vor der ganzen Klasse gesagt hat, dass jetzt zwei Schülerinnen aus der 5b im Orchester sind.

HAHA

Nämlich Berenike und ich.

Im Gegenteil, mir ist voll **KODDERIG** geworden! Nämlich, weil ich vergessen hatte, dass Berenike auch im Schulorchester ist.

Sie hat sich zu mir umgedreht und mich so angeguckt. So hochnäsig. Und **fies** gegrinst hat sie auch dabei. Und mit Emma getuschelt. Und zwar, weil sie ganz genau weiß, dass ich überhaupt nicht Flöte spielen kann.

tuschel

Ich hab überlegt, ob ich krank werde. **BAUCHSCHMERZEN** hatte ich sowieso schon.

buääääh

Das könnte ja auch passieren

Aber dann hätte Berenike bestimmt allen erzählt, dass ich Angst hab.

Also musste ich wohl hingehen.

Vielleicht konnte ich es ja so machen wie beim Karaoke-Wettbewerb. Dass ich nur die Finger bewege und so tu, als würde ich Flöte spielen.

Wenn wenigstens Cheyenne mitkommen würde! Aber die muss ja kein Instrument lernen. Die kann Nintendo DS spielen, während ich bei der Orchesterprobe bin. **Voll unfair!**

Um halb drei fing die Probe an, und zwar mitten in der Aula der Günter-Graus-Gesamtschule. Außer mir waren nur zwei Flötespielerinnen da und beide hatten Querflöten. Wir sollten zusammen üben.

Die eine Flötespielerin hieß Fiona und ging schon in die Neunte. Sie hatte eine Brille und eine Zahnspange. Und sie war voll die Bestimmerin.

Sie hat mir so einen Zettel mit Noten drauf gegeben und gesagt, dass ich das jetzt spielen soll.

Also, ehrlich gesagt sehen Noten für mich aus, als hätte eine Fliege aufs Papier *gepupst*. Ich kann mir nie merken, welche Töne das sein sollen.

Wenn da wenigstens **Jingle Bells** oder so drüber gestanden hätte. Dann hätte ich gewusst, welches Lied ich spielen soll.
Aber da stand *Concertino C-Dur*.

Was soll denn das bitte sein?

Da hab ich einfach ein bisschen in die Flöte gepustet und die Finger so hin und her bewegt. Es hat sich gar nicht mal schlecht angehört. Ein bisschen so, wie Papas Computer piept, wenn man ihn einschaltet.

Aber Fiona hat sich trotzdem die Ohren zugehalten und böse geguckt. Ich glaub, sie wollte auch noch meckern, aber ihre Zahnspange hatte sich irgendwie verhakt und sie konnte ihren Mund nicht mehr aufmachen.
Sie hat nur noch „ng, ng, ng" gemacht.

Da hat Herr Marx sie nach Hause geschickt und gesagt, ihre Mutter soll mit ihr zum Kieferorthopäden fahren.

Und dann hat Herr Marx gesagt, eigentlich wollte er nur mit Berenike üben, weil sie die Solo-Violine spielt.

Aber weil Fiona nicht mehr da war, sollte ich ihm auch was vorspielen. ⊖
Und zwar den Anfang von *Concertino C-Dur*.

Da war ich noch AUFGEREGTER als vorher. Und zwar, weil Berenike so blöd gegrinst hat. Und Herr Marx hat sich die Haare festgehalten.

← blödes Grinsen

Ich habe so konzentriert, wie ich konnte, auf die Noten geguckt. Und dann hab ich losgespielt. Aber weit bin ich nicht gekommen. ♩♩♩

Nein, nein, nein! hat Herr Marx gerufen und an seinen Haaren gezogen. Sein Ziegenbart hat auch gewackelt.

Bloß, weil ich mich ein bisschen verspielt hab. Kann ja mal vorkommen.

Dann hat er mich gefragt, was ich eigentlich glaub, was ich da spiele.

Ich hab auf den Zettel mit den Noten geguckt und gesagt:

Concertino C-Dur?

Da hat Berenike total affig gelacht und Herr Marx hat mir die Flöte weggenommen und gesagt, jetzt zeigt mir Berenike mal, wie sich das Concertino C-Dur anhört.

ahaha hahaaa

Ich fand es zwar **total blöd**, dass Berenike auf meiner Flöte spielen sollte, aber wenigstens erlebt sie jetzt ihr blaues Wunder, dachte ich. **Ha!** Sicherheitshalber bin ich ein paar Schritte in Deckung gegangen.

Dann hat Berenike losgespielt und ich dachte, sie hätte sich heimlich eine andere Flöte geholt. Es klang nämlich gar nicht wie meine indische Blockflöte. Sondern eher so, wie wenn ein Vogel singt. Tiriliert oder wie das heißt.

Und dann ist wieder was passiert. Und zwar war in der Aula ein Fenster offen. Und plötzlich sind ein paar Vögel reingeflogen und haben sich auf die Notenständer gesetzt. Und dann noch ein paar mehr. Es waren mindestens fünfzehn oder zwanzig. Und sie haben angefangen zu singen. Es hat sich total *schön* angehört zusammen mit der Flöte.

Aber dann hat Berenike aufgehört zu spielen, weil sie staunen musste. Die Vögel haben noch ein bisschen **weitergetrillert** und dann sind sie wieder rausgeflogen. Einer nach dem anderen.

Berenike hat sich erst die Flöte angeguckt und dann mich. Und zwar so, als ob ihr die Flöte leidtäte.

Und Herr Marx hat sich eine Träne aus dem Augenwinkel gewischt und sein Ziegenbart hat gezittert. „DAS", hat er so mit seinen Vorderzähnen gesagt, „ist Musik! Das ist das *Concertino C-Dur*!"

Dann hat er mich mit meiner Flöte und den Noten nach Hause geschickt und gesagt, ich soll ganz viel üben bis nächste Woche.

Auf dem Rückweg bin ich noch bei Cheyenne vorbeigegangen, und zwar, weil das eindeutig EIN FALL FÜR DIE WILDEN KANINCHEN war!

Wir sind gnadenlos zu unseren Feinden!

DAS BÖSE MUSSTE GESTOPPT WERDEN!!

NIE WIEDER ORCHESTERPROBEN!!!

grrrrrr!

DIE WILDEN KANINCHEN

← Superkaninchen

Cheyenne war schon fertig mit den Hausaufgaben und ist mitgekommen.

Wir wollten zu Paul ins Baumhaus.

← Kaninchenpirat

Jetzt werden wir erst richtig wild!!!!

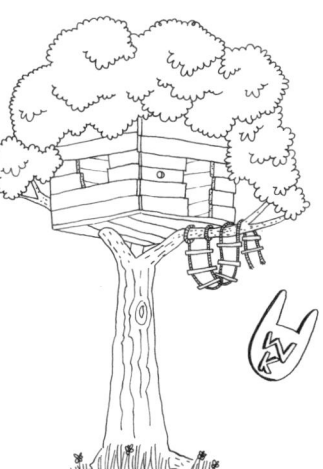

Auf dem Weg haben wir die **Rocker** gesehen. Die haben in der Nähe von Pauls Haus rumgelungert und dabei voll verdächtig ausgesehen.

Die nerven langsam echt.

Ob die uns verfolgen? Auf jeden Fall haben wir uns lieber mal durch den Hintergarten angeschlichen.

Vorsichtig haben wir bei Paul geklingelt. An der Wand neben der Haustür waren ganz viele Farbflecke. Als ob da ein Tuschkasten explodiert wär oder so.

Komisch, die waren neulich noch nicht da.

Paul war immer noch **voll sauer** und hat gesagt, wir sollen bloß abhauen und niemals wiederkommen.

Und DIE WILDEN KANINCHEN sind sowieso totaler Mist! Und ihr seid genauso blöd wie eure bescheuerten Ideen.

Dann hat er die Tür zugeknallt. WAMM!

Dürfen wir noch ins Baumhaus? hat Cheyenne ihm noch hinterhergeschrien, aber Paul hat nicht mehr geantwortet.

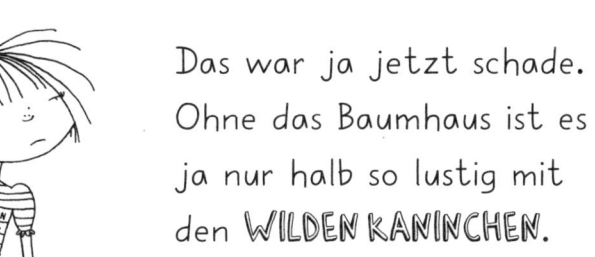

Das war ja jetzt schade. Ohne das Baumhaus ist es ja nur halb so lustig mit den WILDEN KANINCHEN.

Und ohne Paul auch.

Als wir zurückgegangen sind, haben wir überlegt, dass es für eine Bande vielleicht gar nicht so schlecht ist, bloß rumzusitzen und Labellos mit Cherry-Cola-Geschmack auszuprobieren. Und in Zeitschriften zu gucken.

> Ich hab 'ne Zeitschrift bei Mami gefunden. **TRASH** heißt die. Da sind so verrückte Geschichten und Bilder drinnen.

> Von Leuten, die von **AUẞERIRDISCHEN** entführt worden sind oder so.

← UFO

> Oder wo der **KAKTUS** die Katze angegriffen hat. Die können wir uns ja morgen mal angucken.

Das fand ich gut. 😊

Und dann bin ich nach Hause gegangen.

Auf dem Weg in mein Zimmer bin ich über Heesters gestolpert, die Schildkröte. (Über Heesters schreib ich später noch was. Jetzt muss ich erst mal Flöte üben.)

DIENSTAG, DER 13. SEPTEMBER

Heute hab ich mich besonders auf die Schule gefreut, weil wir nämlich keine Schule hatten. Sondern Bundesjugendspiele.

Cheyenne hat sich auch gefreut, obwohl sie nicht so gut in Sport ist. Aber in der Schule ist sie noch schlechter.

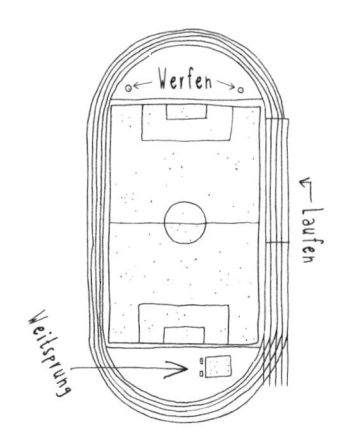

Als wir auf dem Sportplatz angekommen sind, standen alle Mädchen aus der Klasse um Berenike rum und haben gegackert.

Das tun sie zwar immer, aber heute haben sie **besonders affig** rumgestanden und besonders laut rumgegackert. Da sind Cheyenne und ich auch mal gucken gegangen.

Berenike hatte neue Sportklamotten an. Von *Luigi Verrutschi* natürlich. Der von ihrer Geburtstagsfeier.

Das Oberteil hatte die gleiche Farbe wie meine Zahnpasta zu Hause, nur mit Glitzersternen drauf.
Es sah **voll bescheuert** aus.

"Das sieht **voll bescheuert** aus", hat Cheyenne mir zugewispert. "Blink-blink. Wie ein Weihnachtsbaum."

Oh Tannenbaum, oh Tannenbaum, wie pink sind deine Blätter ...

Und da mussten wir beide loslachen. Wir sind weggehüpft und haben dabei *Oh Tannenbaum* gesungen.

Ein bisschen später mussten wir noch mehr lachen. Weil wir nämlich Frau Kackert gesehen haben. Sie hatte sich als **Sportlerin verkleidet**, so richtig mit Trainingsanzug.

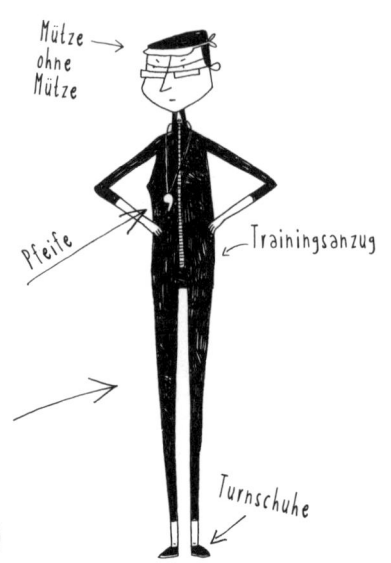

Und dann hatte sie noch eine von diesen Schirmmützen **ohne** Mütze auf, wo die Haare oben rausgucken. Und eine Pfeife um den Hals. Da hat sie reingepustet und unsere Klasse musste sich aufstellen.

Sie hatte einen Plan, → wo draufstand, wann unsere Klasse zum Laufen, Springen und Werfen sollte. Auf den sollte Berenike aufpassen, war ja klar.

Und dann ist sie zur Sprunggrube gegangen, weil sie dort messen musste.

Frau Kackerts Maßband für Weitsprung ↓

| Haha! | Wie bitte? | Vergiss es! |
| 1,00 | 1,10 | 1,20 |

| Kleinkind | Fast ... | Weiterüben! |
| 1,30 | 1,40 | 1,50 |

| War was? | Na ja ... | Ohne Worte |
| 1,60 | 1,70 | 1,80 |

Berenike hat ganz wichtig getan und gerufen:

Als Erstes müssen wir zum Weitwurf! Alle in Zweierreihen aufstellen!

Aber bloß die **LÄMMER-GIRLS** haben sich in Zweierreihen aufgestellt.

JÖÖÖÖÖÖÖö!!!!

Die anderen sind losgelaufen und haben noch rumgegrölt dabei. Cheyenne und ich auch, übrigens.

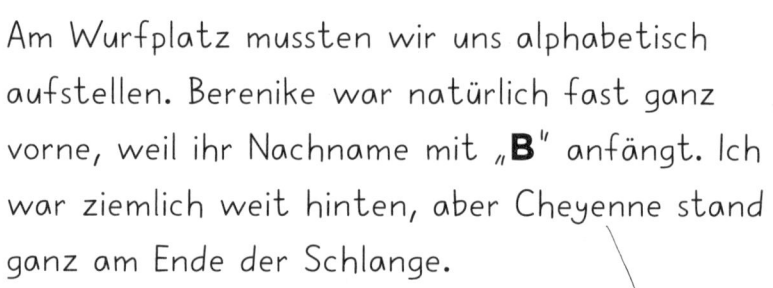

Am Wurfplatz mussten wir uns alphabetisch aufstellen. Berenike war natürlich fast ganz vorne, weil ihr Nachname mit „**B**" anfängt. Ich war ziemlich weit hinten, aber Cheyenne stand ganz am Ende der Schlange.

A B C D E ... N O P ... U V W ... Z

Berenike   Lämmer-Girls   ich   Liv-Grete

Berenike hat sich umgedreht und so hochnäsig geguckt.

> Na, da stehen wir ja gleich in der richtigen Reihenfolge für die Urkunden.

pokpoookpokpokpok

Und die dämlichen **LÄMMER-GIRLS** haben schon wieder angefangen zu gackern.

Bloß Liv-Grete *hmpf* nicht, und zwar weil sie Volkerts mit Nachnamen heißt und direkt vor Cheyenne stand. Ha! Ha!

Ich bin total **STINKIG** geworden und zu Cheyenne geschlichen. „Klarer Fall für **DIE WILDEN KANINCHEN**", hab ich ihr zugeflüstert.

> Wir müssen dafür sorgen, dass Berenike keine Ehrenurkunde kriegt, die blöde Kuh!

Cheyenne hat die Fäuste geschüttelt und gegrollt wie ein Tiger.

EINER FÜR ALLE UND ALLE FÜR EINEN!

Und das, obwohl wir ja bloß noch **zwei** waren in der Bande.

Dann kam Frau Fischer, unsere Englischlehrerin, und hat gesagt, ich soll gefälligst wieder zurückgehen an meinen Platz in der Reihe. Danach fing das Werfen an. Jeder hatte drei Versuche.

Leider konnte Berenike ziemlich weit werfen. Fast dreißig Meter!

Und ich stand da an meinem Platz in der Reihe und konnte gar nichts machen! Noch nicht mal meine Blockflöte hatte ich dabei.

Als Paul dran war, haben Cheyenne und ich ihn ganz **DOLL ANGEFEUERT**. Weil wir dann ja vielleicht wieder in sein Baumhaus dürfen.

Aber Paul hat sich nur umgedreht und gezischt, dass wir bloß die Klappe halten sollen. Und dann hat er gerade mal zwölf Meter geworfen.
Selber schuld!

Benni und Maurice von den **Rockern** haben gelacht. Und danach haben sie ganz weit geworfen. Da hab ich dann doch wieder Mitleid mit Paul gekriegt.

Aber erst mal musste ich mich um mich selbst kümmern. Ich war nämlich dran mit Werfen.

Die **LÄMMER-GIRLS** haben voll rumgetuschelt.

belämmertes Getuschel

Da hat Cheyenne Mäh! Mäh! gerufen und ich konnte mich gar nicht mehr konzentrieren.

ERSTER WURF

daneben ...

Den ersten Ball hab ich deshalb Herrn Marx an den Kopf geworfen. Der hat am Weitwurfplatz neben uns aufgepasst, wo gerade die 7a mit Werfen dran war.

Anschließend saßen seine Haare wieder schief und er hat sehr laut geschimpft und sein Ziegenbart hat gewackelt.

Dabei war das ja überhaupt keine Absicht gewesen, echt nicht!

Unsere ganze Klasse hat gelacht und ich war noch **aufgeregter** als vorher.

Deshalb hab ich beim **ZWEITEN WURF** auch nur elf Meter geschafft, noch weniger als Paul.

Aber beim **DRITTEN WURF** hatte ich dann vierzehneinhalb Meter.

> Ich hoffe, du kannst wenigstens laufen

hat Berenike gesagt, als ich an ihr vorbeigegangen bin.

blink-blink

Die Glitzersterne ☆ auf ihrem *Luigi-Verrutschi-* Zahnpasta-Hemd haben geglitzert und die **LÄMMER-GIRLS** haben **doof** gekichert.

Da bin ich so was von **BÖSE** geworden!

"Ich hoffe, du hast nicht auch noch einen Schlafanzug mit Glitzer drauf gekauft! Sonst siehst du ja nachts genauso bescheuert aus wie tagsüber!"

So viel war klar:
Berenike musste gestoppt werden!

Allerdings war erst mal Cheyenne mit Werfen dran. Eigentlich kann sie ziemlich gut werfen. Das hab ich gesehen, als sie mal mit einem sauren Apfel eine Fensterscheibe **kaputt** geschmissen hat.
Aus Versehen natürlich.

Aber heute war sie wohl auch ein bisschen **nervös**.

Sie hat einen **großen** Anlauf genommen und ganz w e i t ausgeholt. Bestimmt hätte sie total w e i t geworfen.

Aber leider stand schon wieder Herr Marx im Weg mit seinem Kopf.

Flugkurve Ball

trifft auf
Herrn Marx

Bloß, weil Cheyenne ein bisschen schief geworfen hat.

Diesmal sind die Haare von Herrn Marx bis auf den Rasen geflattert.
Und zwar weil Cheyenne stärker ist als ich.

Flugkurve Haare

Ich glaub, dass Cheyenne sich bei Herrn Marx entschuldigen wollte. Aber das ging nicht, weil sie so lachen musste. Und da wurde sie **DISQUALIFIZIERT** und durfte nicht mehr weiterwerfen.
Ganz schön **gemein!**

Danach sind wir zur Sprunggrube gegangen, weil jetzt **Weitsprung** dran war.

Auf dem Weg haben wir einen Plan geschmiedet, was wir mit Berenike machen, damit sie nicht so weit springt. Cheyenne hatte eine **voll gute Idee.**

Sie hatte nämlich ein Nutellabrot zum Essen mit. Das hat sie mir gegeben, damit ich es Berenike unter die Turnschuhe klebe.

Unter jeden Schuh eine Hälfte.

Berenikes Turnschuhe von unten mit Nutellabrot

> Wieso denn ich? Das war ja wohl eindeutig deine Idee.

> Ist doch klar, Mann. Du stehst doch viel weiter vorne im Alphabet. Ich komm doch gar nicht an Berenike ran.

Und da musste ich mich nach vorne schleichen, bis zu „**B**". Als ich da war, hab ich mich gebückt und so getan, als würde ich meine Schnürsenkel zumachen. Obwohl ich Klettverschlüsse hatte.

Klettverschluss

Berenike hat mich nicht gesehen. Aber dann ist sie einen Schritt zurückgetreten und voll auf meine Hand drauf. Ich hab geschrien und das Nutella-Brot fallen lassen.

KREISCH!

„Was hast duuu denn hier vorne zu suchen?",
hat Berenike so dämlich gefragt und Finn von
den **Rockern** hat „Blöde Kaninchen!" gerufen.

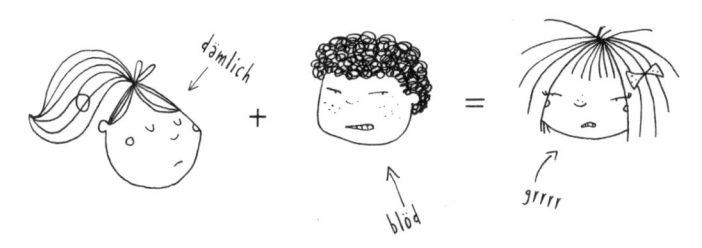

Da bin ich aufgesprungen und aus Versehen auf
das Brot getreten.

> Lotta Petermann,
> zurück auf deinen Platz, aber
> rucki, zucki!

hat Frau Kackert von
der Sprunggrube gerufen.

Und alle haben mich
angestarrt, dabei sah sie
doch viel doofer aus mit
ihrem Trainingsanzug und
der Schirmmütze ohne
Mütze mit den Haaren
oben raus.

Ich bin zurückgegangen und bei jedem Schritt hat die Nutella unter meinem Fuß gematscht.

Hinter mir auf der Laufbahn waren ganz braune Flecken. Es sah aus, als wär ich in einen riesigen Hundehaufen getreten.

Als Berenike mit Springen dran war, haben Cheyenne und ich Mäh! Mäh! gerufen, aber Berenike ist trotzdem drei Meter siebzig gesprungen.

Boah, so weit!

Und dann kam auch noch Frau Kackert an, mit so stapfigen Schritten und hat geschimpft, wie unfair Cheyenne und ich sind!

stapf! stapf!

GRRRRRRRRRR!!!!

Dabei stimmt das doch gar nicht, weil Berenike nämlich
⇨ voll weit werfen und springen kann.
Und außerdem kann sie
⇨ total gut Geige **und**
⇨ Flöte spielen.
⇨ **DAS** ist **unfair!!!**

UN FAIR!!!

Aber ich hab lieber nichts gesagt, damit ich nicht auch noch disqualifiziert werde. Und dann ist Frau Kackert zurück zur Sprunggrube gegangen. Dabei ist sie in das Nutellabrot getreten, das schon ganz zerfleddert war. Danach hat sie auch so braune Hundehaufen-Spuren auf der Laufbahn gemacht.

stapf! stapf! stapf! stapf! stapf! stapf!

Ich bin so weit gesprungen, wie ich konnte, aber leider waren das nur *zwei Meter sechzig*. :(

Das lag aber auch daran, dass es unter meinen Schuhen immer noch ein bisschen **GLITSCHIG** war.

Warum?	Turnbeutelvergesser	Anfänger
230	240	250

Probier's mal rückwärts ...	Geh nach Hause	Vollpfosten
260	270	280

Cheyenne hat nicht mal die Sandgrube getroffen. Und zwar weil sie zu früh abgesprungen ist.

Frau Kackert hat gesagt, sie soll sich hinten anstellen und noch mal springen, aber Cheyenne hat sich den Fuß gehalten und gesagt, das geht nicht, weil sie sich das **Bein gebrochen** hat.

Da hat Frau Kackert einfach einen Strich bei Cheyenne auf der Liste gemacht.

Vielleicht wollte Cheyenne ja auch nur, dass Casimir ihr hochhilft. Der hat nämlich mit aufgepasst an der Sprunggrube. Aber Casimir hat so getan, als müsste er gerade was in eine Liste schreiben, und hat in eine **andere** Richtung geguckt.

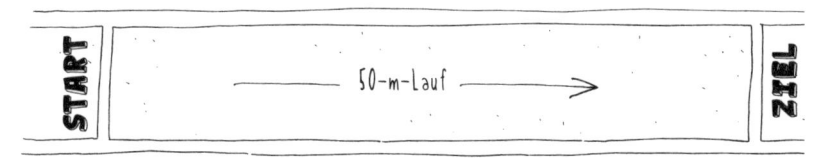

Als wir laufen mussten, ging es schon wieder mit Cheyennes Fuß. Das war ja auch wichtig, weil wir dafür sorgen mussten, dass Berenike **keine** Ehrenurkunde bekommt.

Wir haben überlegt, dass
wir ihr vor dem Laufen
die **Schnürsenkel**
zusammenbinden müssen.

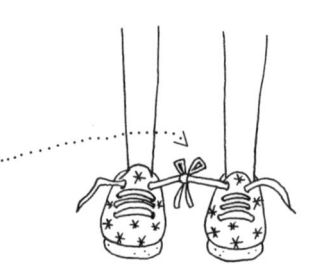

Aber das war gar nicht so einfach, weil man so
was ja normalerweise merkt.

Also musste Cheyenne sie ablenken.
Ich hab mich schnell hinter Berenike gebückt und
ganz langsam an den Schnürsenkeln gezogen.

Und Cheyenne ist vor ihr auf und ab gehüpft wie ein Flummi.

Ey, sag mal, was hat Casimir eigentlich für Hobbys?

Werfen, Weitsprung und unsportliche Mädchen verarschen.

sproink!

Da hat Berenike so **böse** gegrinst.

Alle **LÄMMER-GIRLS** haben losgegackert.

Hehehehehehehehhehehhehehehehehehhehehehehehehhehehe
↳ Pokpokpokpokpokpoooookpokpokpooookpokpokpokpooookpokpokpooookpokpok

Nur Emma hat gesagt:

He, was machst du da?

Und dann hat sie mich an den Schultern gezogen, dass ich umgekippt bin, und zwar genau auf eine Trinkflasche, die da auf dem Boden stand. Danach tat mir erst mal der **Po weh**.

Und dann ist Berenike gelaufen. Und zwar *voll schnell*. Nämlich nur **siebeneinhalb Sekunden**.

Ich musste zusammen mit Emma und Hannah laufen. Als wir zum Start gegangen sind, haben die mir beide in die Hacken getreten.

Emma links und Hannah rechts.

Anschließend saßen meine Schuhe ganz locker und ich hab sie nicht mehr rechtzeitig wieder richtig angekriegt. Da hab ich leider nach ungefähr zehn Metern einen verloren.

Aber weil ich *schneller* war als Emma und Hannah, bin ich weitergelaufen.

flutsch

Nach ungefähr noch mal so zehn Metern hab ich auch noch den anderen Turnschuh verloren.

Trotzdem war ich als Erste im Ziel.

Ich kann nämlich ganz schön schnell laufen! Vor allem *viel schneller* als Hannah und Emma.

Aber trotzdem haben die anderen alle gelacht.
HAHA!
Bloß weil meine Schuhe noch auf der Bahn lagen.

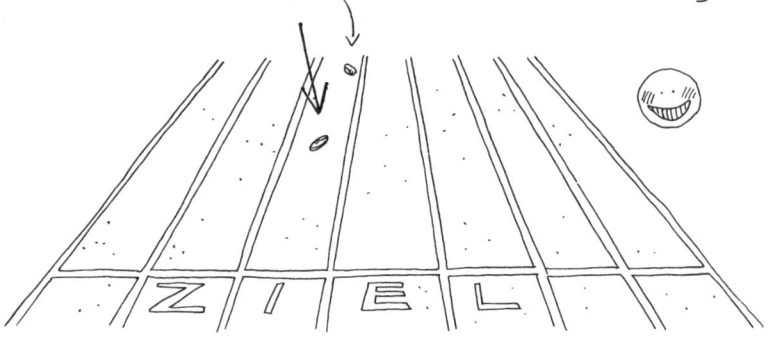

Cheyenne ist leider nicht mal von der Startlinie weggekommen und voll hingeknallt.

wumms!

Und zwar, weil ihr jemand die Schnürsenkel zusammengebunden hatte.

Berenike hat dann ihre Punkte ausgerechnet und gesagt, dass ihr eine ← **Ehrenurkunde** sicher ist. Mit echter **Unterschrift vom Bundespräsidenten.** Und dass sie wahrscheinlich sogar **Jahrgangsbeste** bei den Mädchen ist.

Dafür gibt's voll Rache, Mann!

hat Cheyenne geknurrt und ist losgehumpelt, weil sie sich ein **Knie** aufgeschlagen hatte.

Und sie hat gesagt, dass sie jetzt ihr Nutellabrot essen geht.

Aber dann hat sie nur noch **schlechtere Laune** gekriegt, weil ihr eingefallen ist, dass ihr Nutellabrot unter Frau Kackerts Schuh klebt.

Und als sie gerade so richtig grimmig gegen einen Zaunpfosten vom Sportplatz getreten hat, der im Weg rumstand, --→

haben wir zufällig gesehen, wie die **Rocker** Paul in der Sprunggrube eingebuddelt haben. Paul hat sich gewehrt, aber er konnte nicht so viel machen, weil bloß noch der Kopf rausgeguckt hat. Und immer, wenn er schreien wollte, haben sie ihm Sand in den Mund gekrümelt. Dann musste er wieder **spucken** und **husten** und konnte **nicht schreien.**

Da haben Cheyenne und ich uns angeguckt
und uns war klar, was zu tun ist.
Und wir haben gezischt:

> EINER FÜR ALLE UND ALLE FÜR EINEN!

Und zwar gleichzeitig.

Und dann haben wir uns ein Netz
geschnappt, das da über dem Zaun hing.

Wir sind losgerannt, eine rechts und eine links.
Die **Rocker** haben uns nicht gesehen, weil wir
von hinten kamen.

RACHE für DIE KANINCHEN!

hat Cheyenne gebrüllt und als Nächstes haben wir die **Rocker** eingewickelt und umgeworfen.

Ich weiß gar nicht, wieso plötzlich so viele Knoten im Netz waren. Auf jeden Fall sind die Jungs gar **nicht mehr** rausgekommen.

Sie haben ziemlich viele **unfreundliche** Sachen zu uns gesagt, nur Finn nicht. Der konnte nämlich nicht, weil sein Gesicht irgendwo zwischen Bennis Bauch und Timos Po eingequetscht war.

Und Cheyenne und ich haben Paul ausgebuddelt. Dann wollten wir ihm auch noch den Sand abklopfen, aber das wollte er nicht.

Danke hat er nur gemurmelt und war ganz rot im Gesicht, mit schiefer Brille und so.

> Heute um drei im Baumhaus?

Und da hat Paul schon wieder ein bisschen gegrinst und genickt.

Als ich mittags nach Hause kam, war mir ganz schön vergnügt zumute.

Nämlich, weil wir
☺ keine Hausaufgaben machen mussten.
Und außerdem, weil wir uns wieder
☺ mit Paul vertragen hatten.

Und dann ist gleich noch was Tolles passiert:
Als ich nämlich in mein Zimmer kam, war Hannibal verschwunden.

Auf meinem Teppich lagen bloß noch so ein paar graue Federn.

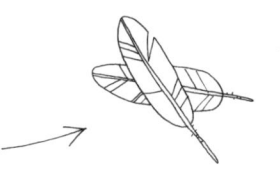

Ich bin sofort zu Mama gerannt und sie hat mir erzählt, dass Frau Segebrechts Tochter Hannibal wieder abgeholt hätte.

Weil Papa sie nämlich angerufen hat.

Er hat gesagt, er kann keine Diktate korrigieren, wenn das Viech immer so schreit.

Und die Nachrichten im Fernsehen kann er auch nicht verstehen.

Als Hannibal rausgetragen wurde, hat er schnell noch (Lotta ist Kuh) oder so gekrächzt, hat Mama dann noch erzählt.

Da bin ich in mein Zimmer gegangen und hab die Federn aufgehoben. Komischerweise war ich plötzlich ein ganz kleines bisschen traurig.

Ich hab die Federn in mein Schatzkästchen gelegt, zu dem winzig kleinen Tauf-Armband mit Rubinen und den goldenen Zähnen von Opa, die ich gekriegt hab, als er gestorben ist.

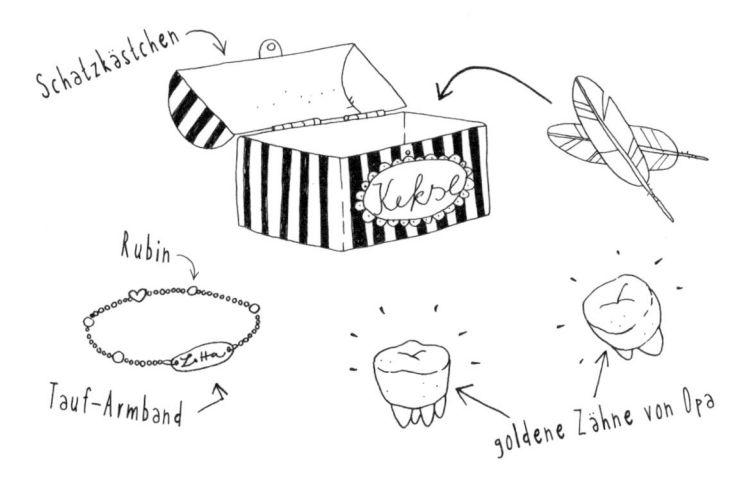

Und dann hab ich das Kästchen zugeklappt und mich auf heute Nachmittag gefreut. 🙂

Auf DIE WILDEN KANINCHEN und das Baumhaus und auf Paul. Und zwar weil er ein ganz schön wertvolles Mitglied für die Bande ist.

Alice Pantermüller / Daniela Kohl
Mein Lotta-Leben

Volle Kanne Koala

Volle Kanne unfair! Da kann ich einmal eine Reise nach Australien gewinnen und dann ist alles streng verboten. Dabei muss ich da doch unbedingt hin! Zu den süüüßen Koalas und zu meinen Cousinen. Dafür brauch ich aber unbedingt einen Gewinner-Deckel von dem Koala-Cola-Wettbewerb. Weil Cola aber so furchtbar ungesund ist, will Mama mir keine einzige Flasche kaufen. Zum Glück nimmt Cheyenne mich mit, wenn sie gewinnt. Zusammen schaffen wir es bestimmt zu den Koalas. Großes Didgeridoo-Ehrenwort!

160 Seiten • Gebunden
ISBN 978-3-401-60136-6
www.mein-lotta-leben.de

Eine Natter macht die Flatter

Das ist ja wohl echt nicht mehr witzig! Seit Lottas Klasse das Unterhaltungsprogramm für die große Turnhalleneinweihung probt, läuft alles schief. Während Cheyenne eine Hundedressur mit Lämmer-Girl Liv-Grete einstudieren darf (Verrat!), muss Lotta mit Rocker Benni eine Zweiergruppe bilden. Und dann will der auch noch eine Clownsnummer aufführen. Voll peinlich! Gut, dass Papa noch ein altes Kostüm im Schrank hat und Lotta sich mit lustigen Auftritten auskennt

160 Seiten • Gebunden
ISBN 978-3-401-60137-3
www.arena-verlag.de

Arena

Lou Kuenzler

Holly Hexenbesen zaubert Chaos in der Schule

Hollys erster Tag in der Grundschule Frohdorf ist eine Katastrophe: Eigentlich wollte sie bloß die Rechenaufgabe lösen, doch dann hoppeln plötzlich 11 Kaninchen durchs Klassenzimmer! Ob daran wohl ihr Flamingo-Zauberstift schuld ist? Zusammen mit ihrer neuen Freundin Esme versucht Holly, die verfressenen Kaninchen vor dem Fiesling Pierre und den verärgerten Dorfbewohnern zu beschützen ...

192 Seiten • Gebunden
ISBN 978-3-401-60305-6
Beide Bände auch als E-Books erhältlich

Ina Brandt

Die Zauberschneiderei
Leni und der Wunderfaden

Als Leni mit ihrer Familie in die Großstadt zieht, fühlt sie sich ziemlich verloren. Da stößt sie auf einen Laden, der gerade eröffnet: die Zauberschneiderei! Die Besitzerin, Ariane Arruga, sieht mit ihren roten Haaren und den bunten Kleidern zwar ein bisschen schräg aus, ist aber sehr nett! Doch in der Schneiderei geschehen seltsame Dinge. Was ist hier los? Kann Leni das Geheimnis der Zauberschneiderei lüften?

168 Seiten • Gebunden
ISBN 978-3-401-60354-4
www.arena-verlag.de

Berenike von Bödecker

geht in meine Klasse
→ ist total hochnäsig

die Bande von Berenike →
die ~~Glamour-Girls~~
LÄMMER

Casimir von Bödecker

Bruder von ↑

der coolste Junge
auf dem Schulhof
(findet Cheyenne)

Emma, Hannah, Liv-Grete

guckt immer gerne
streng über ihre Brille

unsere Klassenlehrerin →

Frau Kackert

↙ die **Rocker**

Maurice, Finn, Timo, Benni

meine Blödbrüder ↘

Jakob und Simon Petermann

Zwillinge nämlich

leitet das Schulorchester →

Herr Marx

Polly und Frau Segebrecht

sie hat einen Vogel,
nämlich ---------→

meine beste Freundin

Cheyenne Wawrceck

das bin ich
Lotta Petermann

kleine Schwester von

Chanell Wawrceck

meine Mama
Sabine Petermann
mag Ajudingsbums-Gekoche

Mitglied unserer Bande
Paul Kohlhase

Heesters/Schildkröte

(Über Heesters schreib ich später noch was.)

Rainer Petermann
mein Papa — Lehrer

Alice Pantermüller
Daniela Kohl

Mein Lotta-Leben
Ich glaub, meine Kröte pfeift!

Weitere Bücher von Alice Pantermüller im Arena Verlag:

Mein Lotta-Leben. Alles voller Kaninchen (1)
Mein Lotta-Leben. Wie belämmert ist das denn? (2)
Mein Lotta-Leben. Hier steckt der Wurm drin! (3)
Mein Lotta-Leben. Daher weht der Hase! (4)
Mein Lotta-Leben. Ich glaub, meine Kröte pfeift! (5)
Mein Lotta-Leben. Den Letzten knutschen die Elche! (6)
Mein Lotta-Leben. Und täglich grüßt der Camembär (7)
Mein Lotta-Leben. Kein Drama ohne Lama (8)
Mein Lotta-Leben. Das reinste Katzentheater (9)
Mein Lotta-Leben. Der Schuh des Känguru (10)
Mein Lotta-Leben. Volle Kanne Koala (11)
Mein Lotta-Leben. Eine Natter macht die Flatter (12)
Mein Lotta-Leben. Wenn die Frösche zweimal quaken (13)
Mein Lotta-Leben. Da lachen ja die Hunde! (14)
Mein Lotta-Leben. Wer den Wal hat (15)
Mein Lotta-Leben. Das letzte Eichhorn (16)

Mein Lotta-Leben. Alles Bingo mit Flamingo! (Buch zum Film)

Linni von Links. Sammelband. Band 1 und 2
Linni von Links. Alle Pflaumen fliegen hoch (3)
Linni von Links. Die Heldin der Bananentorte (4)

Poldi und Partner. Immer dem Nager nach (1)
Poldi und Partner. Ein Pinguin geht baden (2)
Poldi und Partner. Alpaka ahoi! (3)

Bendix Brodersen. Echte Helden haben immer einen Plan B

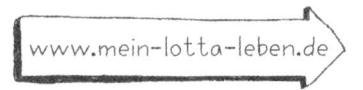

www.mein-lotta-leben.de

Alice Pantermüller

wollte bereits während der Grundschulzeit „Buchschreiberin" oder Lehrerin werden. Nach einem Lehramtsstudium, einem Aufenthalt als Deutsche Fremdsprachenassistentin in Schottland und einer Ausbildung zur Buchhändlerin lebt sie heute mit ihrer Familie in der Lüneburger Heide. Bekannt wurde sie durch ihre Kinderbücher rund um „Bendix Brodersen" und die Erfolgsreihe „Mein Lotta-Leben".

Daniela Kohl

verdiente sich schon als Kind ihr Pausenbrot mit kleinen Kritzeleien, die sie an ihre Klassenkameraden oder an Tanten und Opas verkaufte. Sie studierte an der FH München Kommunikationsdesign und arbeitet seit 2001 fröhlich als freie Illustratorin und Grafikerin. Mit Mann, Hund und Schildkröte lebt sie über den Dächern von München.

Alice Pantermüller

MEIN LOTTA-LEBEN
Ich glaub, meine Kröte pfeift!

Illustriert von Daniela Kohl

Arena

Für Vierchen, die tapferste
Schildkröte der Welt ♡ Daniela

5. Auflage der Sonderausgabe 2020
© 2014 Arena Verlag GmbH,
Rottendorfer Str. 16, 97074 Würzburg
Alle Rechte vorbehalten
Einband und Illustrationen: Daniela Kohl
Gesamtherstellung: Westermann Druck Zwickau GmbH

www.arena-verlag.de
Mitreden unter forum.arena-verlag.de

DIENSTAG, DER 10. JUNI

Also, Paul ist ja wohl echt eine **TRÖTE!** *(geheim!)*

Als er heute Morgen in die Schule kam, hat er total geheimnisvoll getan und gesagt, dass er eine **tolle Idee** für unsere Klasse hat. Aber er wollte uns einfach nicht verraten, was das ist!

> Das sag ich erst nachher, in Deutsch

hat er nur gemeint und dabei ganz **aufgeregt** ausgesehen. Und seine Brille saß auch ein bisschen schief.

Menno, Paul! 😐

meine aller-allerbeste Freundin Cheyenne →

> Ey, du musst uns das verraten. Schließlich sind wir eine Bande!

> Genau, DIE WILDEN KANINCHEN! EINER FÜR ALLE UND ALLE FÜR EINEN!

Und wir haben Paul ein bisschen umzingelt. Das war nicht so leicht, weil wir ja nur zwei waren, Cheyenne und ich. Cheyenne hat ihn dann noch gegen die Schulter **geboxt** und ich hab ihn **gekitzelt**.

Aber Paul hat trotzdem nur den Kopf geschüttelt und gegrinst und Nachher! gesagt. **Oh mann.**

Paul hat immer noch nicht richtig kapiert, wozu so eine Bande eigentlich gut ist!

Zum Glück hatten wir in der ersten Stunde gleich Deutsch und da hat Paul einen Zeitungsartikel aus der Tasche gezogen und sich gemeldet. ⟶

Und als Frau Kackert ihn drangenommen hat, hat Paul erzählt, dass ein neues Hauptpostamt gebaut werden soll. *gähn!*

Und die Post ruft alle Schulklassen in der Stadt zu einem Wettbewerb auf.

Um die Baustelle herum steht nämlich so ein **Bauzaun** und der soll schön bemalt werden. Und zwar mit **Briefmarken**. Aber man darf nicht irgendwelche Briefmarken malen, sondern alle sollen ein Thema haben.

Und die Klasse, die **das interessanteste Thema** vorschlägt, darf den **Zaun gestalten!**

Cool! Wir waren alle **total aufgeregt**, aber am aufgeregtesten war Paul.

Er hatte rote Flecken im Gesicht und hat gesagt, dass er schon voll die |gute Idee| hat.

Wir malen unsere Briefmarken als ... **Briefmarken!** ⇦
Als **berühmte** Briefmarken!
Die Blaue Mauritius und so!

Cheyenne und ich haben uns angeguckt und Cheyenne hat so ausgesehen, als hätte sie gerade aus Versehen einen Käfer verschluckt.

Voll langweilig!

So 'ne blöde Idee! Typisch Paul!

gacker

Benni →

← Timo

pokpoook

Und Berenike und ihre dämlichen **LÄMMER-GIRLS** haben natürlich sofort losgegackert wie die Hühner.

Da hat mir Paul ein bisschen leidgetan. Obwohl ich seine Idee auch ganz schön **langweilig** fand. Briefmarken malen, die wie Briefmarken aussehen — so was **Ödes** kann sich echt nur Paul ausdenken!

Fernsehstars! Wir malen Fernsehstars auf die Briefmarken! Ich nehm **HORST** *DIE WURST*!

HORST *DIE WURST* ist so eine Zeichentricksendung, die Cheyenne total toll findet. Überhaupt kennt sie sich echt gut mit Fernsehstars und so was aus. Viel besser als ich.

Aber Frau Kackert hat Cheyenne nicht mal angeguckt. Sie hat gesagt, dass sie Pauls Idee mit dem Wettbewerb ausgezeichnet findet. Und ob irgendjemand eine schöne Idee für das Thema unserer Briefmarken hätte.

Fernsehstars! hat Cheyenne wieder geschrien und mit einer Hand rumgewedelt, aber Frau Kackert hat sie immer noch nicht angeguckt.

Und da hab ich (Lieblingstiere) vorgeschlagen.

Weil ich Tiere doch total gern mag und Cheyenne auch, das weiß ich. Dann ist sie vielleicht nicht so traurig, wenn wir keine Fernsehstars malen.

Aber Frau Kackert hat nur zu mir rübergeguckt und dabei so mit dem Kopf gewackelt.

So, als ob sie meine Idee nicht richtig gut findet.

Und danach hat sie Berenike drangenommen, weil die sich gemeldet hat. Berenike hat erst mal ihre Haare geschüttelt.

> Tiere, die vom Aussterben bedroht sind. Damit können wir darauf aufmerksam machen, dass Tiere geschützt werden müssen.

schüttel

Und ihre **LÄMMER-GIRLS** haben voll die bewundernden Geräusche gemacht.

ah! oh! toll!

Frau Kackert war natürlich total begeistert von Berenikes Idee. Sie hat gesagt, dass das ein **wunderbarer** Gedanke ist und ein ganz **wichtiges** Thema und dass unsere Klasse das beim Wettbewerb einreichen sollte.

ja!

War ja klar, oder? Immer ist Frau Kackert auf der Seite von Berenike. Und dabei ist die total eingebildet mit ihrer hochnäsigen Nase und ihren reichen Eltern!

Ich war voll **stinkig!** Aber am allerstinkigsten war ich, weil das Berenikes Idee war und nicht meine. Weil, ich fand das nämlich auch toll mit den ausgestorbenen Tieren.

Paul hat gesagt, dass man nur noch bis morgen Vorschläge machen kann für den Wettbewerb, und da hat Frau Kackert gemeint, dann reicht sie Berenikes Vorschlag noch heute ein.

Und sie kann sich gut vorstellen, dass wir damit den Wettbewerb gewinnen. Dabei hat sie Berenike ganz freundlich angeguckt. So stolz irgendwie.

Dann haben wir Deutsch gemacht.

stöhn!

Als Hausaufgabe sollten wir uns ein Tier raussuchen, das vom Aussterben bedroht ist. Und zwar das Tier, das wir auf unsere Briefmarke malen wollen, wenn wir den Wettbewerb gewinnen.

doppelstöhn!

Und ein Kurzreferat sollen wir auch noch halten über unser Tier.

dreifachstöhn!

War ja klar, dass Frau Kackert daraus gleich wieder so eine *blöde* Aufgabe für die Schule machen muss, oder?

Also ist Cheyenne nachmittags zu mir gekommen und wir durften uns an Papas Computer setzen. Papa ist ja Lehrer und braucht seinen Computer meistens selbst, aber heute hatten wir schließlich auch mal **was Wichtiges** zu tun.

Tiere retten, nämlich. Weil es total schlimm ist, wenn Tiere aussterben müssen, nur weil wir ihnen nicht geholfen haben!

Bloß mussten wir trotzdem erst mal lachen, weil es so viele bedrohte Tiere gibt, die voll die **komischen Namen** haben. Die komischsten haben wir uns rausgeschrieben. Und zwar waren das:

- Der Stummelfußfrosch
- Das Rüsselhündchen
- Das Rotsteißlöwenäffchen
- Das Zwergfaultier
- Der Ohrlose Graslanddrache
- Der Tasmanische Teufel
- Die Kihansi-Gischtkröte

VOM AUSSTERBEN BEDROHT

Aber es gab noch viel mehr, echt!

"Voll fies, dass die alle aussterben" hat Cheyenne gesagt, aber dabei hat sie so gekichert, dass ich sie fast nicht verstanden hab.

Und dann hat sie überlegt, ob sie das Rüsselhündchen nimmt für ihre Briefmarke oder den Tasmanischen Teufel.

Bis sie Bilder vom Rüsselhündchen gesehen hat. Und das sieht ja eher so aus wie eine Maus mit Ameisenbärnase. Da hat Cheyenne sich dann den Tasmanischen Teufel ausgesucht.

Ich konnte mich gar nicht so richtig entscheiden.
Vor allem, weil ich voll den **Schreck** gekriegt hab, als ich gesehen hab, welche Tiere alle vom Aussterben bedroht sind.

Nämlich auch Tiger und Nashörner und Gorillas und Orang-Utans und so.

VOM AUSSTERBEN BEDROHT

VOM AUSSTERBEN BEDROHT

VOM AUSSTERBEN BEDROHT

Und dann hab ich noch einen größeren **SCHRECK** gekriegt.

VOM AUSSTERBEN BEDROHT

Und zwar, weil die **Schildkröten** auch vom Aussterben bedroht sind.

Dabei haben wir ja eine Schildkröte, Heesters nämlich.

Heesters ist zwar schon **urall** und ein bisschen **langweilig**, weil er fast nie aus seinem Panzer rauskommt, aber er soll **NICHT AUSSTERBEN!** **Das will ich nicht!!!** Deshalb hab ich die **Schildkröte** als Tier genommen.

> Wir müssen voll die guten Tierbilder auf die Briefmarken malen. Damit alle Leute einen Schreck kriegen und besser auf die Tiere aufpassen. Die sollen nicht aussterben!

> Genau, Mann. Höchstens noch diese komische Gichtkröte. Aber die anderen Tiere, die müssen wir retten!

Mission → Tiere

düsteres Gemurmel

EINER FÜR ALLE UND ALLE FÜR EINEN!

> Schließlich sind wir DIE WILDEN KANINCHEN!
> Die besten Tierretter, die es gibt!

Dann hab ich versucht, ein Bild von einer Schildkröte auszudrucken. Aber aus dem Drucker kam nur ein Bild raus mit einem Eimer, der war voller Aale. Keiner für Aale!

MITTWOCH, DER 11. JUNI

Cheyenne, Paul und ich, wir haben uns wieder auf dem Schulhof getroffen, bevor die Schule losging. Und wir haben erzählt, welche Tiere wir uns ausgesucht haben für den Wettbewerb. Paul hat gesagt, dass er die **Kleine Hufeisennase** genommen hat. Also, ich hab ja versucht, nicht zu lachen. Aber das war so schwer, weil Cheyenne voll **losgekichert** hat.

Was soll denn das sein?

hihihihi

hab ich versucht, ganz **normal** zu fragen. Ohne zu lachen, mein ich. 😊
Weil Paul doch immer so schnell beleidigt ist.

Hufeisennase

Paul war trotzdem ein bisschen beleidigt. Aber er hat uns erzählt, dass das eine Fledermaus ist, die es auch in Deutschland gibt, und zwar in seinem Garten.

Und da hat Cheyenne noch viel mehr gelacht.

So 'n Quatsch! Fledermäuse in deinem Garten!

quietsch

Und sie hat gesagt, dass es hier überhaupt keine Fledermäuse gibt. Auf jeden Fall hat sie noch nie welche gesehen. Die leben nur in Transsibirien, wo sie sich nachts in Vampire verwandeln und Menschen aussaugen, mit so roten Augen und spitzen Zähnen.

Da hat Paul gesagt, dass Cheyenne eine selten **dämliche Kuh** ist, und Cheyenne hat gesagt, dass Paul voll **keine Ahnung** hat und wohl auch noch an den Weihnachtsmann und den Osterhasen glaubt.

Aber da hatte ich voll die **gute Idee!**
Und zwar, dass wir am
Wochenende ja alle
mal in Pauls Baumhaus →
übernachten können!
Dann kann Paul uns
seine Fledermäuse zeigen.
Wenn da welche sind.

Und Cheyenne und Paul
brauchten nicht weiterzustreiten.

> Cool! Das machen wir! Und wetten, da sind **keine** Fledermäuse?

> Wetten, doch?

hat Paul zurückgerufen und so die Fäuste in die Seiten gestemmt. Dabei hat er finster durch seine Brille geguckt.

Fast hätten sie sich schon wieder gestritten und deshalb hab ich schnell gesagt:

Vielleicht können wir ja sogar ein Fledermausküken vor dem Aussterben retten. Eins, das aus dem Nest gefallen ist oder so.

Und da hat Cheyenne nicht weitergemacht mit Streiten, sondern hat (Oooh, voll süß!) gerufen.

Paul hat nur die Augen verdreht.

Aber dann hat er gesagt, dass er für Samstag seine **Fledermausbestimmungsbücher** raussucht. Und einen Ordner anlegt für Fledermausbeobachtungen.

Damit wir ihr Verhalten dokumentieren können und so. Typisch Paul! ○ ○

In der Deutschstunde sollten wir alle Frau Kackert erzählen, welches Tier wir ausgewählt haben.

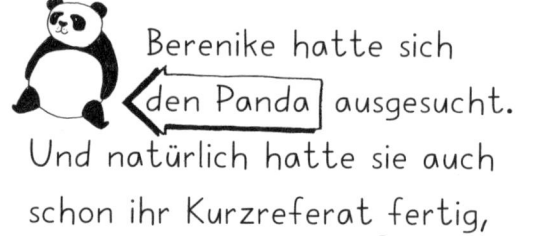

Berenike hatte sich den Panda ausgesucht. Und natürlich hatte sie auch schon ihr Kurzreferat fertig, **die olle Streberin!**

strahliger Blick

> Berenike, von dir habe ich nichts anderes erwartet

hat Frau Kackert gesagt und sie so strahlig über ihre schmale Brille angeguckt.

Dann hat sie Berenike gefragt, ob sie ihr Referat gleich vortragen will.

Klar, dass die das auch gemacht hat. Schließlich muss sie immer und immer und immer angeben, die blöde Gans, mit ihrem eigenen Pferd und ihrem Geigenunterricht und ihren reichen Eltern und ihrem Pandareferat!

waaaaaah!

Sie hatte sogar ein selbst gebasteltes Riesenposter dabei mit Pandabildern drauf und lauter Sachen, die sie über Pandabären aufgeschrieben hatte.

Der PANDA

Und dann hat sie viel zu viel erzählt und dabei sollte es doch bloß ein Kurzreferat sein!
Zum Schluss hat sie dann natürlich von Frau Kackert eine Eins gekriegt! Bäh!

Ich hab so getan, als müsste ich würgen.
Aber so, dass bloß Cheyenne es sehen konnte.

Aber Frau Kackert hat es doch gesehen und mir gesagt, dass ich mit dem nächsten Kurzreferat dran bin.

Und zwar schon übermorgen.

Da ist mir ziemlich **KODDERIG** geworden. Und zwar, weil ich glaub, dass ich nicht so gut bin in Referat.

Deshalb hab ich nachmittags gleich angefangen mit dem Referat, als ich zu Hause war.

Auf jeden Fall wollte ich es, aber dann bin ich über Heesters gestolpert, unsere Schildkröte.

← Heesters

(Über Heesters erzähl ich später noch was, jetzt hab ich gerade keine Zeit — schließlich muss ich ein Schildkröten-referat vorbereiten!)

Aber als ich mich gerade an den Computer setzen wollte, hab ich mir Heesters so angeguckt, wie er da auf dem Teppich lag mit seinem Panzer.

Und dann bin ich doch noch mal umgekehrt, zu **Heesters**.

Ich hab mich auf den Boden gesetzt und ihn auf den Schoß genommen. Und ich hab seinen Panzer gestreichelt. Mehr war nämlich nicht zu sehen von ihm, Arme oder Beine oder so. Wie immer eben.

Und als ich da mit ihm saß, hab ich über sein Schildkrötenleben nachgedacht.

Weil er ja schon so alt ist, hundert oder tausend Jahre.

Und wer ihm mal das Loch hinten am Po in den Panzer gebohrt hat, hab ich überlegt.

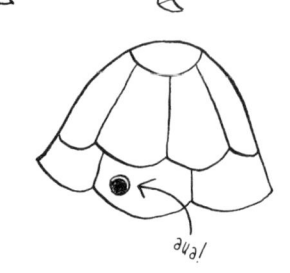

Vielleicht Jesus, weil der ja vor ganz langer Zeit gelebt hat.

meins! ← Heesters

Wir waren das jedenfalls nicht, weil Heesters uns nämlich zugelaufen ist, vor ungefähr fünf Jahren.

Heesters

Mama hat mal gesagt, das haben die Leute früher so gemacht, Löcher in Schildkrötenpanzer. Dann haben sie die Schildkröten festgebunden und sie konnten nicht weglaufen.

tok tok

meins!

Heesters

Aber Heesters ist trotzdem weggelaufen, und zwar zu uns! Wahrscheinlich hat er gemerkt, dass wir gut zu Tieren sind und keine Löcher in Schildkrötenpanzer bohren.

Dann hab ich Heesters auf Papas Schreibtisch gesetzt und mein Referat geschrieben.

In dem Referat kam ziemlich viel über Löcher in Schildkrötenpanzern vor.

meins!   Leine   Loch

Und auch ein bisschen darüber, dass Schildkröten total alt werden, und man soll bloß nicht glauben, dass sie ausgestorben sind, nur weil sie nie rausgucken aus dem Panzer.

zzzzz   ← nicht ausgestorben

Anschließend ist mir eingefallen, dass ich noch nie versucht hab, Heesters zu **beschwören**.

Da bin ich schnell in mein Zimmer gelaufen und hab meine indische Blockflöte geholt, mit der man Schlangen **beschwören** kann.

Heesters ist zwar keine Kobra, aber wenn er mal seinen Kopf aus dem Panzer rausstreckt, dann sieht er ja schon ein bisschen nach Schlange aus. Weil er ja auch eine Reptilie ist.

hier kommt der Kopf raus

Also hab ich mich ordentlich konzentriert und dann hab ich in meine Flöte gepustet.
Sie hat sich **voll jaulig** angehört, aber das sollte sie ja auch. Und zwar, weil sich **Schlangenbeschwörermusik** so anhört.
So **indisch** und **schlängelig** und **jaulig**.

Ich hab dabei die Augen zugemacht und bin so hin- und hergeschaukelt wie ein echter indischer **fakir**.

Und als ich dann ein Auge aufgemacht hab, um zu sehen, ob Heesters vielleicht schon ein bisschen **beschwört** ist, hatte er die

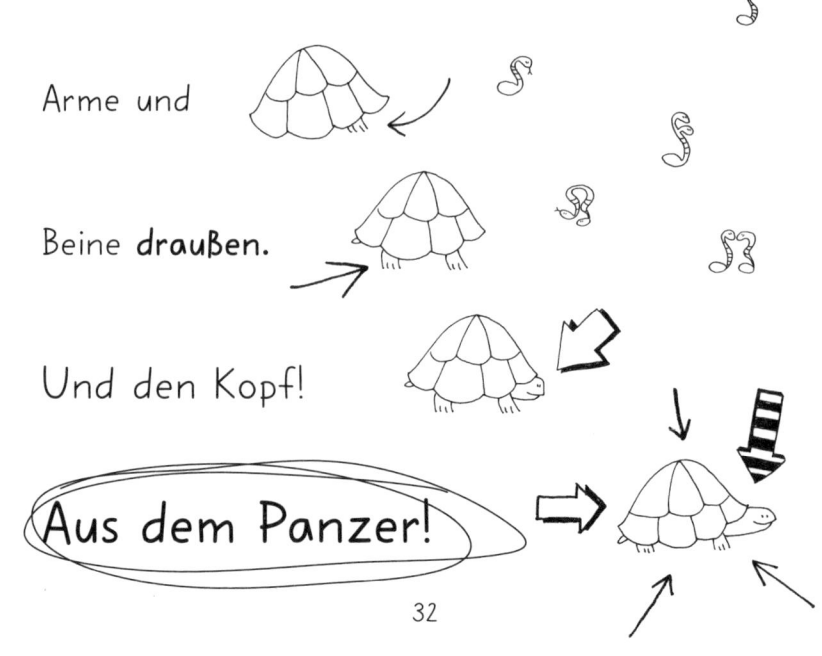

Arme und

Beine **draußen.**

Und den Kopf!

Aus dem Panzer!

UND ER HAT SICH SOGAR BEWEGT, AUCH SO HIN UND HER, WIE ICH!!!

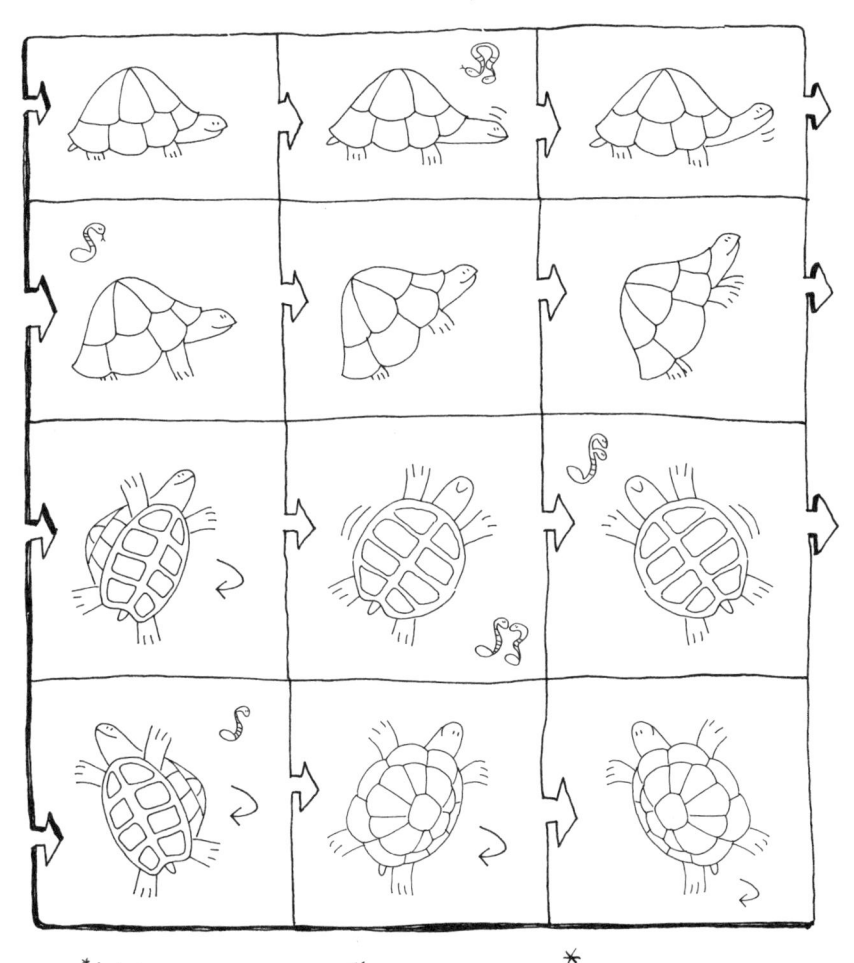

BOAH! Ich konnte fast nicht weiterspielen, weil das **ungefähr nie** passiert, dass Heesters aus seinem Panzer rauskommt!

Und mit einem Mal hab ich wirklich nicht weitergespielt, weil mir was **total Gutes** eingefallen ist.

Nämlich, dass ich Heesters übermorgen mitnehme, in die Schule. Wenn ich mein Referat halte. Damit jeder eine **echte** Schildkröte sehen kann, die vom Aussterben bedroht ist!

HA! Da wird Berenike aber gucken! Und zwar, weil sie nur ein **doofes** Poster für ihr Referat mitgenommen hat und **keinen echten** Panda.

← tadaaa!

Und Frau Kackert, die gibt mir dann bestimmt auch eine Eins!

FREITAG, DER 13. JUNI

Puh! Mir war doch ein bisschen **kodderig** zumute, als die Deutschstunde losging. Und zwar, weil ich ja heute mit dem ↪Referat dran war.

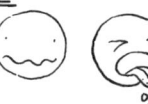

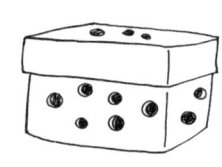

Paul hat gefragt, was in dem Karton mit den Löchern drin ist, aber ich hab es ihm nicht gesagt.

Schließlich hat er uns ja auch nichts von dem Wettbewerb mit den Briefmarken verraten.

Ha! Selber schuld, Paul!

Cheyenne war ein bisschen besorgt, und zwar, weil heute **FREITAG, DER DREIZEHNTE** ist.

Das geht nicht gut. Das ist voll der schlechte Tag für ein Referat!

murmel

Da ist mir **noch kodderiger** 😕 geworden, weil ich daran ja noch gar nicht gedacht hatte!

bibber

Und dann ist Frau Kackert reingekommen in die Klasse und ich musste mein Schildkrötenreferat halten. Ich hab Heesters aus dem Karton geholt und neben mich auf den Lehrertisch gesetzt.

Sofort ist Frau Kackert ein bisschen hektisch geworden und hat erst mal die ganzen Zettel weggenommen, die unter Heesters Po lagen.

schwupp

Und sie hat gesagt, **dass die Schule wohl kaum der richtige Ort für ein Haustier ist.**

Doch! Weil Schildkröten nämlich vom Aussterben bedroht sind!

Und dann hab ich gesagt, dass alle Kinder noch mal eine echte, lebendige Schildkröte sehen sollten, bevor es keine mehr gibt.

Die ist doch schon tot! hat Finn da gerufen und **alle** in der Klasse haben gelacht.

höhöhö! GACKER! hihihi!

Da hab ich denen aber erst mal was über Schildkröten erzählt! Und zwar, dass ich beweisen kann, dass Heesters noch lebt. Obwohl er schon so alt ist, dass vielleicht die Königin von England das Loch in seinen Panzer gebohrt hat, als sie ein Kind war. Oder ihre Mutter.

meins!

Dann hab ich noch erzählt, dass Schildkröten gerne alles fressen, was grün ist.

grün

Deshalb darf man auch keine kleinen Plastikfrösche aus Überraschungseiern rumliegen lassen.

← grün

Oder seine grüne Lieblingsstrumpfhose.

grün →

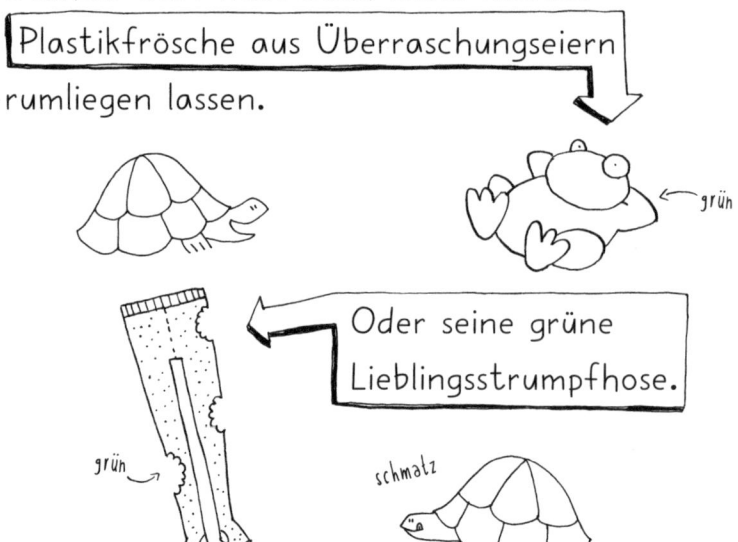

schmalz

Und außerdem stolpert man ständig über Schildkröten, was ein bisschen komisch ist. Weil sie sich ja von selbst fast nie von der Stelle bewegen und immer nur in ihrem Panzer drin sind.

Aber wenn man sich mit Schildkröten auskennt, dann weiß man auch, wie man sie da rauskriegt

hab ich gesagt und mein wichtiges Schildkrötenauskennergesicht gemacht. Und ich hab meine indische Blockflöte aus dem Schulrucksack geholt.

Oh nein, Lottas Blockflöte! Jetzt wird's schlimm!

hat Berenike gekichert und die dämlichen **LÄMMER-GIRLS** haben natürlich sofort angefangen zu gackern, die oberdusseligen Hühner.

Na wartet! hab ich gedacht. Ich hab die Augen zugemacht und tief Luft geholt und dann hab ich ganz vorsichtig in die Flöte gepustet. Und dann ein bisschen **doller**. Und dabei hab ich die Finger so hin und her bewegt.

Ja! Das war **Schlangenbeschwörermusik!**

Und als ich dann die Augen aufgemacht hab, war Heesters wieder draußen aus dem Panzer und ist über Frau Kackerts Lehrertisch spaziert, so mit klackerigen Füßen.

Er war schon ziemlich weit am Rand und da musste ich ihn schnell retten, damit er nicht abstürzt.

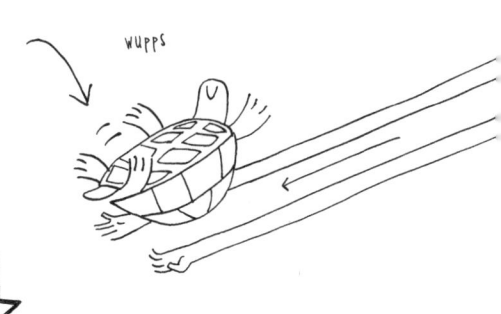

Ich hab ihn auf den Boden gesetzt und dann wieder in die Flöte geblasen.

Und Heesters ist weitergelaufen, immer so zwischen den Tischen durch.

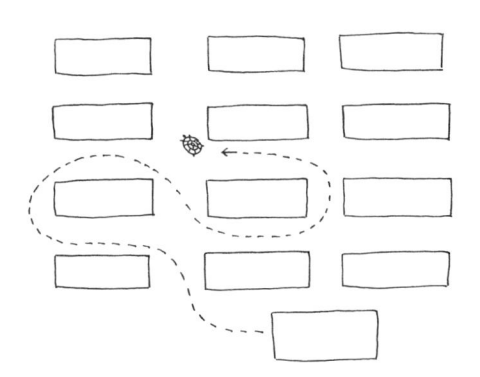

Tja, jetzt hat keiner mehr dumm rumgekichert!

~~höhöhö!~~ ~~GACKER!~~ ~~hihihi!~~

Bloß Frau Kackert hat irgendwann gesagt, **jetzt reicht es mit dem Flötenspiel.**

Dabei hat sie so ein **strenges Lehrergesicht** gemacht.

huch!

Und dann ist sie auch noch über Heesters gestolpert. Fast wär sie hingefallen, aber nur fast.

Zum Glück war da ein Tisch im Weg, an dem ist sie hängen geblieben, ungefähr da, wo der Bauch ist.

hmpf

Danach hatte sie ziemlich **schlechte Laune**.

Sie hat nämlich gesagt, dass mein Referat **nicht besonders gut** war. Und dass wir **nicht viel** Informatives über Schildkröten erfahren hätten.

Und dann hat sie mir eine **VIER** gegeben.
Die blöde Kuh!

Menno!

Jetzt haben die **LÄMMER-GIRLS** doch wieder rumgekichert. hikihikihikihikihikihikihikihikihikihikihikihikihikihikihikihikihikihiki

Boah, bin ich stinkig geworden!

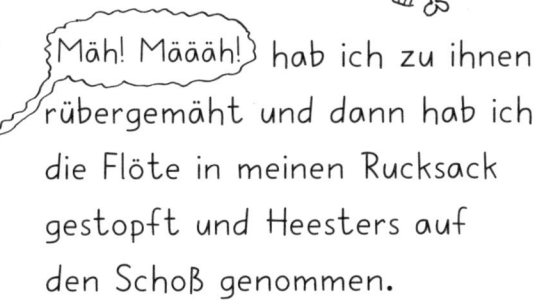

Mäh! Määäh! hab ich zu ihnen rübergemäht und dann hab ich die Flöte in meinen Rucksack gestopft und Heesters auf den Schoß genommen.

Weil das nicht gut für Schildkröten ist, wenn sie immer in Kartons rumsitzen. Auch wenn da Löcher drin sind.

seufz...

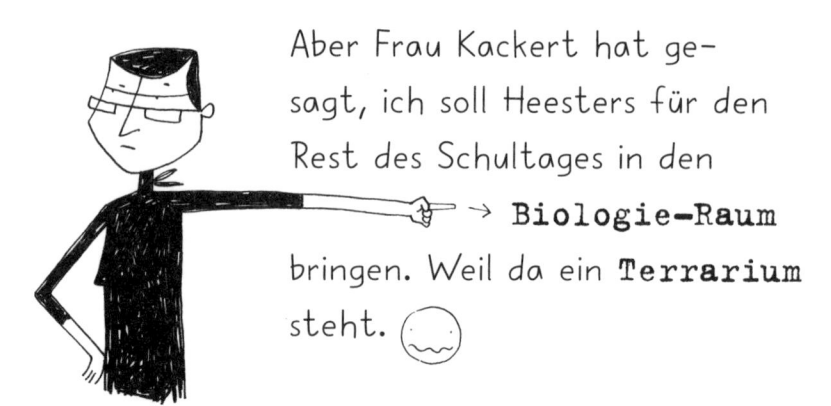

Aber Frau Kackert hat gesagt, ich soll Heesters für den Rest des Schultages in den → **Biologie-Raum** bringen. Weil da ein **Terrarium** steht.

Also, da hab ich ein bisschen **Angst** bekommen. Ich wusste nämlich nicht so genau, was ein **Terrarium** ist.

Ich wusste nur, dass im Biologie-Raum lauter ausgestopfte Tiere auf dem Schrank sitzen und voll **gruselig** runtergucken.

Eichhörnchen und Vögel und so.

Ich hab Cheyenne angeguckt, weil ich wollte, dass sie mir hilft. Und Paul auch. Weil wir ja eine Bande sind!

Aber Cheyenne hat nur so rumgemurmelt. Und zwar hat sie was von „**FREITAG, DER DREIZEHNTE**" gemurmelt.

Voll der Pechtag, ey.

Da war mir klar, dass ich Heesters alleine retten musste! Er durfte nicht ausgestopft werden!

Ich hab ihn in den Karton gepackt und bin rausgelaufen. Und zwar da lang, wo ich **nicht** am Bio-Raum vorbeikomme.

Als ich auf dem Schulhof war, hab ich erst mal aufgeatmet. Puh! Aber ich hab nicht lange Pause gemacht. Ich hatte nämlich schon voll den guten Schildkrötenrettungsplan.

Hinter der Günter-Graus-Gesamtschule gibt es einen Schulgarten.

← Teich

Da bin ich schnell hingelaufen. Zum Glück war gerade keine Klasse da, um Unkraut zu jäten oder einen Teich zu buddeln oder so.

Ich hab mich heimlich in alle Richtungen umgeguckt und dann hab ich Heesters in das Gemüsebeet gesetzt. Da war nämlich ein Zaun drum, deshalb konnte er nicht weglaufen.

Anschließend hab ich ihn
ziemlich stolz von oben
angeguckt, weil ich meine
Idee ganz schön *gut* fand!

Heesters 🐢 hat auch sofort angefangen,
diese kleinen grünen Blätter ❀ zu fressen.
Salat 🌿 war das, glaub ich.
Aber so richtig konnte ich das nicht erkennen,
weil die noch so winzig klein waren, die Pflänzchen.

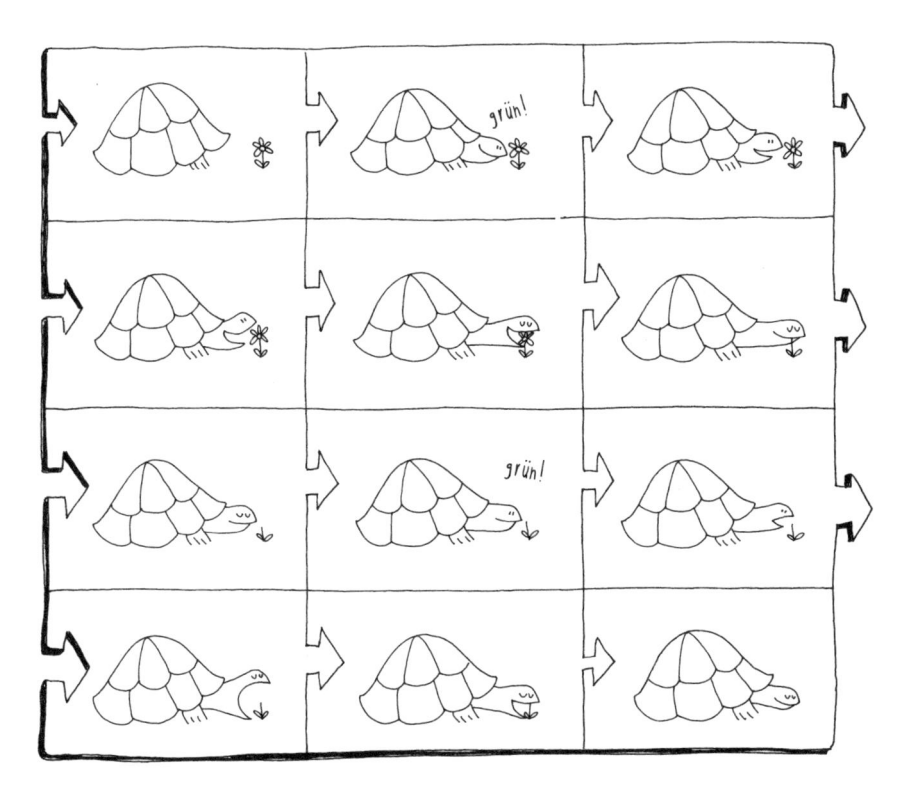

"Tschüss, Heesters, bis nachher!" hab ich noch gerufen und dann bin ich zurück in die Klasse gelaufen.

Da hatte ich Frau Kackert ja ganz schön ausgetrickst! Aber wenn die auch so **gemein** war und Heesters ausstopfen wollte!

der KACKERT

Als ich in die Klasse zurückkam, war gerade was passiert. Und zwar haben alle aus der Klasse geschrien und gejubelt.

"Was ist denn hier los?" hab ich Cheyenne gefragt und Cheyenne ist hochgehüpft und hat gequietscht, wir haben den Wettbewerb **gewonnen**.

sproink

Den mit den Briefmarken.
Ab Montag dürfen wir ausgestorbene Tiere auf den Bauzaun malen!

Cool! Ich hab mich total gefreut, obwohl ich ein bisschen sauer war, dass Frau Kackert allen davon erzählt hat, als ich gerade draußen war. Das hat sie bestimmt mit Absicht gemacht.

Vielleicht ist der **KACKERT** ja auch vom Aussterben bedroht. Ich glaub, ich mal lieber einen **KACKERT** auf den Bauzaun als eine Schildkröte.

Und da hat Cheyenne so gelacht, dass sie ganz schnell aufs Klo musste. Sie hat auch gar nichts mehr von „**FREITAG, DER DREIZEHNTE**" gemurmelt.

Dann hat es geklingelt und die Deutschstunde war vorbei.

Mittags hab ich Heesters wieder aus dem Schulgarten abgeholt. Er lag in einer Ecke vom Beet und war wieder in seinem Panzer drin.

Wahrscheinlich, weil er satt war. *rülps*
Die kleinen grünen Pflanzen waren alle weg. Und eigentlich war da auch kein richtiges Beet mehr, so mit Streifen, sondern nur noch lauter tapsige Fußspuren. Und Löcher. **Hups.**

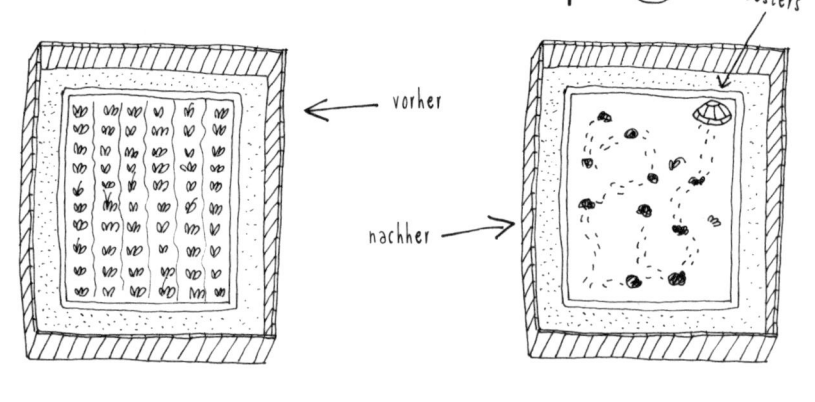

← vorher

Heesters

nachher →

Ich hab mich wieder heimlich umgeguckt und dann hab ich Heesters schnell rausgeholt aus dem Beet und in den Karton gesetzt.

Oh Mann, nichts wie weg hier!

SAMSTAG, DER 14. JUNI

ENDLICH WOCHENENDE!

Ich war schon morgens ganz **aufgeregt**, weil wir ja heute in Pauls Baumhaus übernachten, Paul und Cheyenne und ich.

Beim Frühstück hab ich Mama und Papa und meinen **Blödbrüdern** erzählt, dass wir Fledermäuse beobachten wollen, weil die vom Aussterben bedroht sind.

Und da hat Jakob so **doof** gelacht und gesagt, ich soll bloß aufpassen, dass ich nicht selber aussterbe, weil die Fledermäuse mein ganzes Blut raussaugen mit ihren spitzen Zähnen.

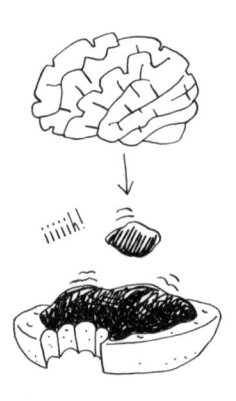

Und Simon hat gesagt, ein bisschen **GEHIRN** wär auch schon aus meinem Kopf rausgefallen und würde jetzt auf meinem Brötchen liegen.

Dabei war das Erdbeermarmelade!

GRRR! Ich hab Jakob ins Bein gekniffen **KNIFF!** und Simon hab ich getreten **DENG!**, weil der auf der anderen Seite vom Tisch gesessen hat.

Und da haben beide natürlich sofort losgeheult und bei Mama gepetzt. **MAMA!**

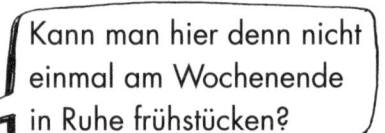

> Kann man hier denn nicht einmal am Wochenende in Ruhe frühstücken?

hat dann auch noch Papa angefangen **rumzuschimpfen** und mit der Faust so doll auf den Tisch gehauen, **WUMMS!**

dass ein bisschen Erdbeermarmelade von meinem Brötchen gerutscht ist. Nee, so ein Geschrei mal wieder! Das war heute echt nicht sehr gemütlich mit meiner Familie.

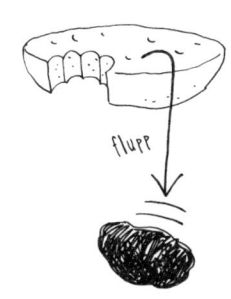

Nach dem Frühstück hab ich alles zusammengepackt, was ich brauch. Nämlich:

- Einen **Schlafsack**
- Eine **Isomatte**
- **Helga**, das Kampfschaf
  (das ist so groß, das kann man gut als Kopfkissen benutzen)
- Meinen **Schlafanzug**
- Die indische **Flöte**
- **Zahnbürste** und **Zahnpasta**
- Den **Pappkarton** mit Löchern
  (falls ein Fledermausküken aus dem Nest fällt und ich es retten und mit nach Hause nehmen muss)

Und dann bin ich zu Paul gelaufen. Cheyenne war schon da und hat gerade Pauls Kekse aufgegessen. Und zwar, weil sie noch <u>nicht</u> gefrühstückt hatte.

Paul hatte lauter Sachen mit ins Baumhaus genommen, die man braucht, wenn man Fledermäuse beobachten will. Nämlich voll die vielen Bücher und ein Fernglas und ein Nachtsichtgerät und Stirnlampen und einen Block mit Stift. Außerdem hatte er so ein Heft, das hieß

Fledermäuse brauchen Freunde.

Fledermäuse brauchen Freunde

Fledermäusche, so 'n Quatsch hat Cheyenne gesagt und ein bisschen gesabbert, weil sie gerade den Mund voller Kekse hatte. „Nie im Leben gibt's hier Fledermäusche."

Und dann hat sie noch zu Paul gesagt, dass er <u>mehr Kekse</u> holen soll, weil die hier niemals reichen bis zum Abend. Und wenn er schon dabei ist, dann soll er gleich mal Cola mitbringen.

Aber Paul hat gar nicht geantwortet. Stattdessen hat er uns erst mal was über einheimische Fledermäuse erzählt.

Nämlich, dass es in Deutschland

Braune Langohren gibt und

Zwergfledermäuse und

Breitflügelfledermäuse und

Fransenfledermäuse und noch viele andere.

Er wusste bloß nicht so genau, welche davon in seinem Garten wohnen.

Und **Hufeisennasen** hab ich ihn erinnert.

Und schleichige **Vampirfledermäuse** mit voll den spitzen Zähnen.

Dann hat sie Knoblauch aus der Rocktasche geholt und auf ihren Schlafsack gelegt. Damit sie heute Nacht **nicht** von einem Vampir gebissen wird.

Dafür hatte sie ihre Zahnbürste vergessen.

Paul hat gesagt, wir müssen die Fledermäuse zählen und alles aufschreiben und das dann an den Naturschutzbund schicken. Damit die die Fledermäuse besser schützen können.

Und danach hat Paul noch viel mehr erzählt, aber ich hab gar nicht so richtig zugehört, weil es ein bisschen **langweilig** war.   gähn!

Außerdem hab ich in einem Buch was **Tolles** entdeckt, und zwar einen Fledermauskasten.

Den kann man an die Hauswand hängen. Damit gibt man Fledermäusen eine Heimat und leistet einen wichtigen Beitrag für den Tierschutz, stand unter dem Bild.

Cool! So einen will ich auch haben! Zum Glück hab ich in einer Woche Geburtstag, deshalb muss ich Mama gleich morgen sagen, dass ich mir ganz doll einen Fledermauskasten wünsche!

Daumen gedrückt!

Und dann hat mich eine Mücke in den Arm gestochen und ich hab sie totgehauen.

> Sind Mücken auch vom Aussterben bedroht? Das wär doch mal toll! Wenn die Mücken alle aussterben würden.

Aber da hat Paul so **streng** über seine Brille geguckt und was vom Kreislauf der Natur erzählt. Und dass ganz viele Fledermäuse Mücken fressen.

Und wenn die Mücken aussterben, dann müssen sie verhungern, die Fledermäuse.

> Ha, das ist der Beweis, dass du voll den Schrott erzählt hast! Weil es hier nämlich total viele Mücken gibt. Und nicht eine einzige Fledermaus in Sicht, um sie aufzufressen!

Da hat Paul gesagt, Cheyenne hätte ja echt keine Ahnung und Fledermäuse fliegen doch erst in der Abenddämmerung, und Cheyenne hat gesagt, das Einzige, was hier gleich fliegt, sind Pauls Klugscheißerbücher, und zwar vom Baum runter.

flapp flapp

poff!

Fast hätten Cheyenne und Paul sich wieder gestritten, aber da hab ich schnell vorgeschlagen, dass wir was spielen. Und das haben wir dann auch gemacht.

Wir haben sogar ziemlich lange gespielt bis zum Abend, weil das noch so ewig hin war. Nämlich:

🎲 Frisbee

🎲 **Mau-Mau**

🎲 Ich schnupper an meinem Röselein
(das ist so ein Kartenspiel, das wir uns selbst ausgedacht haben. Da spielen nur die Karten mit Bildern drauf mit.)

🎲 RIESEN-KING-KONG,

GROSS-KING-KONG UND

KLEIN-KING-KONG
machen die Playmobil-Stadt kaputt und retten die eingesperrten Tiere vor dem Aussterben.

roaaarrr

🎲 Zaubershow (Paul hat gezaubert, aber der Hasentrick klappt immer noch nicht. Menno, Paul!)

kein Hase →

🎲 **Monopoly**

Wir haben echt lange **Monopoly** gespielt, bloß irgendwann hat Cheyenne das Brett umgekippt.

Aus Versehen natürlich. Paul hat trotzdem rumgemeckert, weil seine ganzen Hotels 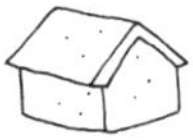 in den Ritzen vom Baumhaus verschwunden sind.

Aber ich war schon ein bisschen froh, dass das Spiel endlich vorbei war. Und zwar, weil ich ständig im Gefängnis gesessen hab. Geld hatte ich auch schon lange keins mehr. Und Hotels schon gar nicht.

IM GEFÄNGNIS

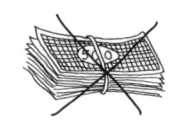

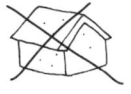

Inzwischen war es aber sowieso Abend geworden und wir wollten ja Fledermäuse beobachten. Nur leider war es immer noch total hell. Weil ja Juni war.

Fast hätten wir uns gelangweilt, aber dann kam Pauls Mutter durch den Garten.
Sie hatte uns belegte Brote gemacht mit Gurkenscheiben und kleinen Tomaten drauf und eine Kanne mit Apfelschorle hat sie auch noch mitgebracht.

Cheyenne hat ein bisschen rumgemosert, dass sie Pizza eigentlich viel leckerer findet als Vollkornbrot, und dann hat sie die ganzen Brote mit der Bärchenwurst weggegessen.

Und plötzlich hat Paul geschrien:

Da! Eine Fledermaus!

Cheyenne und ich sind aufgesprungen und Cheyenne hat die Kanne mit der Apfelschorle umgekippt. leer →

Wir haben aber <u>keine</u> Fledermaus gesehen.

„Fledermaus, nee klar! Bei Paul fledert es wohl im Gehirn!" hat Cheyenne gesagt und das letzte Stück Brot mit Bärchenwurst gerettet.

Das schwamm nämlich in der Schorle. Tiere

Gerade da hab ich aber auch was gesehen, was da so rumflatterte, ganz **schwarz** und **komisch**. Und dann noch was.

„Ey Mann, das sind doch nur normale Vögel, ihr Blödis!" hat Cheyenne gesagt und sich an die Stirn getippt. „Spatzen oder Drosseln oder so."

Aber es waren keine Vögel. Weil, Vögel sehen nicht so aus, als ob sie rückwärts fliegen. Und die piepen auch immer rum.

Die hier, die waren ganz leise und ein bisschen **GRUSELIG**.

Schnell, wir müssen unsere Beobachtungen dokumentieren!
Lotta, du zählst die Zwergfledermäuse, und Cheyenne, du die Kleinen Hufeisennasen!

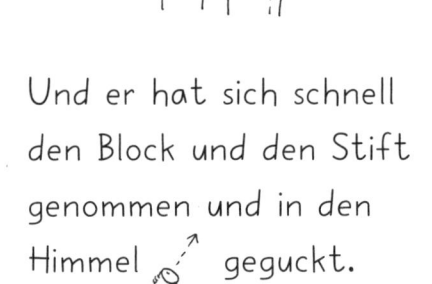

Und er hat sich schnell den Block und den Stift genommen und in den Himmel geguckt.

← echter Forscher

So interessiert irgendwie wie ein Forscher.

Also, für mich sahen die Fledermäuse alle gleich aus. Und zählen konnte man die sowieso nicht. Weil die ja so hin und her geflattert sind, über uns und neben dem Baumhaus und zwischen den Bäumen und überall. Bestimmt waren das auch immer die gleichen, die da oben rumgeflogen sind.

1, 2, ✳

1, 2, ... äh

> Zweiundfünfzig.
> Zweiundfünfzig Hufeisenohren.

Ich hab sie nur angestarrt.

Und Paul hat seinen Block weggelegt und lieber das Fernglas geholt.

Aber damit konnte er erst recht nichts erkennen, weil die immer so schnell rumgeflitzt sind, die Fledermäuse.

Wir konnten sowieso nur noch die oben am Himmel sehen, weil es bei uns unten so langsam finster wurde. Deshalb haben wir nur geguckt und geguckt, bis es irgendwann zu dunkel war dazu.

Und dann haben wir die Isomatten auf dem Boden vom Baumhaus verteilt und uns in unsere Schlafsäcke gelegt.

Leider hab ich nicht aufgepasst und deshalb hab ich die nasse Stelle erwischt. Die mit der Apfelschorle.

Und als ich da so gemütlich in meinem Schlafsack lag, hab ich überlegt, dass es ganz schön schwer ist, Tiere vor dem Aussterben zu retten.

Vor allem, wenn die immer nur am Rumflattern sind.

SONNTAG, DER 15. JUNI

Cheyenne und ich sind schon ganz früh aufgestanden und durch Pauls Garten gelaufen. Ich hatte meinen Pappkarton dabei, den mit den Löchern. Wir haben überall geguckt, ob wir nicht ein abgestürztes Fledermausküken finden, das wir retten können.

Aber leider war keins da.

Dafür haben wir eine winzig kleine Schlange gefunden, die ausgesehen hat wie ein Regenwurm.

> Das **ist** ja auch ein Regenwurm, ey

hat Cheyenne gesagt und wollte sie in die Büsche werfen, die Schlange.

Aber ich hab sie gerettet und in meinen Karton gelegt. Und zwar, weil ich ganz genau weiß, dass Regenwürmer viel **WABBELIGER** und **SCHLEIMIGER** sind und nicht so schlängelig wie meine winzige Schlange.

Dann sind wir wieder die Strickleiter hochgeklettert, zu Pauls Baumhaus.

Also, ich war echt ein bisschen **aufgeregt!** Weil ich jetzt nämlich endlich eine **richtige** Schlange zum **Schlangenbeschwören** hab!

Als Allererstes hab ich die Flöte aus meinem Rucksack geholt. Dann hab ich den Karton aufgemacht und die kleine Schlange auf meine Isomatte gesetzt und angefangen, sie zu **beschwören.**

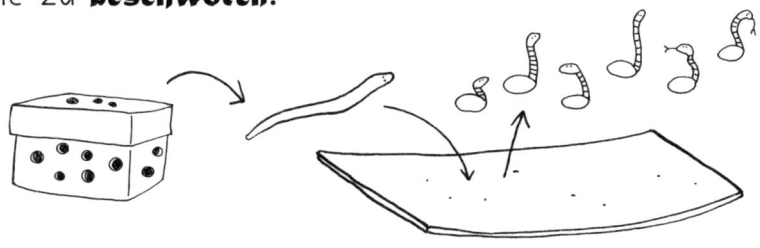

Da hat Paul voll den Schreck gekriegt und geschrien. Und zwar, weil er noch geschlafen hat.

waaaaah!

Er ist mit seinem Schlafsack so hochgehüpft und hat **böse** geguckt und gesagt, dass ich wohl spinne, ihn mit meiner bescheuerten Flöte zu wecken.

Und dann hat er sich die Augen gerieben und seine Brille aufgesetzt.

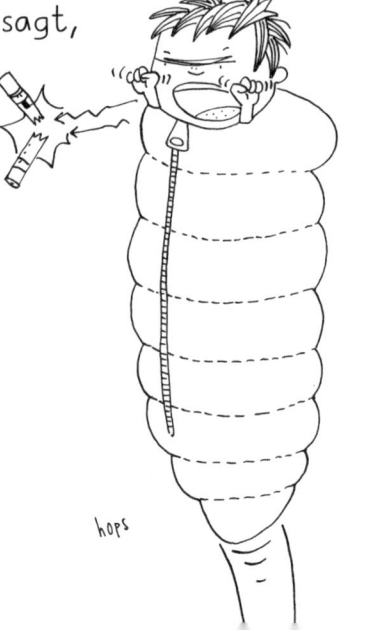

hops

Natürlich hab ich ihm da erst mal meine winzige Schlange gezeigt.

Aber da hat Paul gesagt, das ist gar keine Schlange. Sondern eine Blindschleiche. Und die ist mit den Eidechsen verwandt.

Blindschleiche

Er hat mir ein Bild von einer Blindschleiche in seinem **GROSSEN BUCH DER HEIMISCHEN TIERWELT** gezeigt.

Pöh! Das war mir ziemlich egal. Und zwar, weil ein Tier, das eine Reptilie ist und dabei auch noch wie eine Schlange aussieht, ja wohl keine Eidechse sein kann, oder?

> Quatsch Eidechse. Hier gibt's doch gar **keine** Eidechsen! Und auch **keine** Schlangen.

Und dann hat sie erzählt, dass wir auch **kein** Fledermausküken gefunden haben.

Da hat Paul mal wieder die Augen verdreht und gesagt, dass die überhaupt nicht Küken heißen, weil Fledermäuse ja schließlich keine Vögel sind. Cheyenne hat nur gelacht.

> Quatsch mit Soße, klar sind Fledermäuse Vögel oder warum fliegen die so in der Gegend rum?

flapp flapp

Aber da musste ich Paul ja mal recht geben. Weiß doch jeder, dass Fledermäuse Säugetiere sind! Genau wie Pinguine. Die sehen auch bloß so aus wie Vögel.

MONTAG, DER 16. JUNI

HURRA! Heute beginnt die große Malerei!

Die ganze Klasse 5b hat sich morgens vor der Schule getroffen. Alle hatten alte Sachen an, bloß Cheyenne nicht. Und zwar, weil sie schick aussehen wollte, falls zufällig Casimir vorbeikam.

schick →   von Papa →   wie immer →

Casimir ist der große Bruder von Berenike und Cheyenne findet ihn total toll. Aber weil Casimir ja auch in die Schule gehen muss, glaub ich nicht, dass er zufällig bei uns vorbeikommt, wenn wir malen.

Frau Kackert hatte sich auch alte Sachen angezogen, nämlich so eine blaue Latzhose mit voll vielen Flecken. Und ein gelbes Käppi.

← gelb

← blau

Da stand **PKK** Ihre Krankenkasse drauf.

Es sah **total bescheuert** aus.

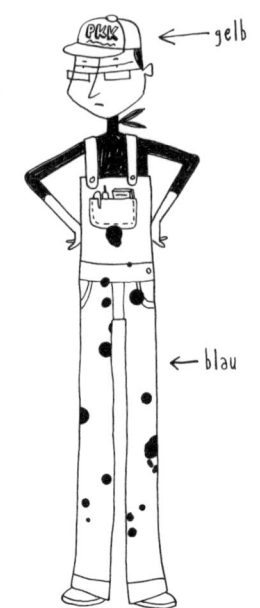

Wie **Bob der Baumeister**. Können wir das schaffen?

Yo, wir schaffen das!

Und da mussten wir beide lachen.

Aber Frau Kackert hat natürlich sofort wieder **streng** über ihre Brille geguckt.

Und dann sind wir losgegangen, die ganze Klasse. Wir sind dahin gegangen, wo die Baustelle mit dem Bauzaun war. Auf jedem Stück vom Bauzaun waren schon so Briefmarkenzacken drauf und da sollten wir unsere Bilder reinmalen.

Paul   Cheyenne   ich   Emma   Berenike

Farben und Pinsel waren auch schon da.

Voll cool! hat Cheyenne gesagt und wollte sofort anfangen zu malen. Sie wusste auch schon ganz genau, wie ihr Tasmanischer Teufel aussehen sollte. Nämlich mit Hörnern und so und voll den gefährlichen Zähnen. ⟶

Ich wollte meine Schildkröte so malen wie auf dem Schildkrötenfoto, das ich extra mitgenommen hab.

Alle hatten Bilder von ihrem Tier mit, weil Frau Kackert uns das gesagt hatte.
Bloß Cheyenne nicht.

Aber obwohl ich ein Foto hatte, war es echt schwer, so eine Schildkröte zu malen.

Und zwar, weil der Panzer ja total viele

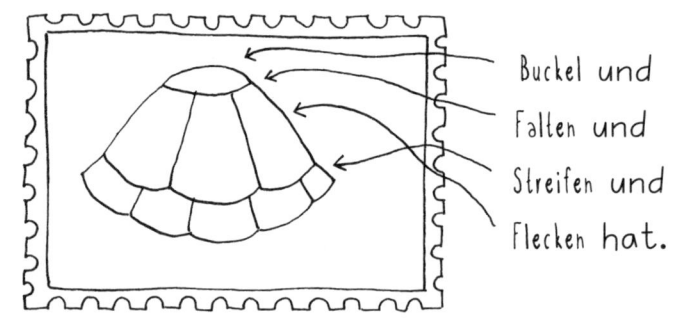

Buckel und
Falten und
Streifen und
Flecken hat.

Deshalb hat meine Schildkröte ein bisschen ausgesehen wie ein **kaputter** Fußball.

Dann ist auch noch Berenike vorbeigekommen, weil die nämlich nur zwei Briefmarken weiter war.
Zwischen uns war bloß Emma, die einen Tiger gemalt hat.

Berenike hat voll eingebildet gelacht mit ihrem Kopftuch und ihrem Pinsel, als sie meine Schildkröte gesehen hat.

Hihi, was soll denn das sein? Ein kaputter Fußball?

fuchtel

Also, da bin ich ja so was von **stinkig** geworden!

Die hatte ja wohl echt keine Ahnung von Schildkröten und wie schwer das ist, Schildkröten zu malen! Kein Wunder, schließlich hat sie sich den (Panda) ausgesucht. Und Pandas sind ja bloß schwarz und weiß und flauschig und voll leicht zu malen!

Und weil ich gerade Schwarz am Pinsel hatte, hab ich Berenikes Panda schnell eine (Brille) gemalt.

Und dann haben Berenike und Emma **rumgeschrien** und Hannah und Liv-Grete auch und da ist Frau Kackert gekommen.

Sie war noch viel **böser** als ich und hat gesagt, dass niemand in das Bild von einem anderen reinmalen darf. **Niemals!**

Und dann hat sie gefragt, was das Ding auf meiner Briefmarke überhaupt sein soll, und Emma hat schnell gerufen: Ein kaputter Fußball!

Da hab ich Rache geschworen!

RACHE!

Und zwar, weil ich keine Brillen und langen Vorderzähne und Schielaugen bei anderen Tieren malen darf.

Und das, obwohl die meine Schildkröte kaputten Fußball nennen! Damit dürfen die nicht durchkommen, Berenike und ihre dämlichen **LÄMMER-GIRLS!**

RACHE!

Aber erst mal haben wir alle weitergemalt. Ich hab allerdings beim Malen überlegt, wie ich mich am besten rächen kann.

Ab und zu hab ich darüber auch mit Cheyenne geflüstert, aber total leise, weil Emma ja auch neben mir stand, → rechts nämlich.

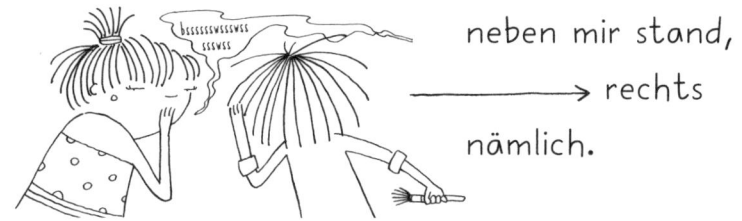

Deshalb hab ich auch nicht alles verstanden, was Cheyenne geantwortet hat.
Bloß ab und zu so was wie

Ketchup

und Hello-Kitty-Aufkleber

und Schlagsahne aus der Sprühflasche.

Auf der anderen Seite von Cheyenne stand Paul und hat seine Fledermaus gemalt.

Cheyenne hat ihm gesagt, dass er die spitzen Zähne vergessen hat, und dann hat sie die Zähne von ihrem Tasmanischen Teufel noch ein bisschen spitzer gemacht.

Und gerade, als sie ihrem Tasmanischen Teufel so fiese rote Schlitzaugen gemalt hat, ist Casimir vorbeigekommen, mit ein paar Kumpels. Und zwar, weil er gerade eine Freistunde hatte.

Da war Cheyenne voll **aufgeregt**, aber Casimir hat erst mal den Panda von Berenike angeguckt.

hops

Ich glaub, er fand ihn gut. Auf jeden Fall hat er so anerkennend genickt.

Na warte, Berenike! Du wirst schon noch sehen, wer zuletzt lacht und am Schluss das beste Bild hat!

← rot

Cheyenne ist rumgehüpft wie ein Gummiball und dann hat sie gerufen, dass Casimir auch mal ihr Bild angucken soll. Dabei hat sie ein bisschen **komisch** ausgesehen. Sie hatte nämlich einen roten Klecks auf der Nase und ihre Klamotten waren auch schon voller Flecken.

sproink

Und da ist Casimir mit seinen Kumpels zu uns rübergekommen und sie haben sich Cheyennes Bild angeguckt.

"Was soll'n das sein?" hat einer von den Kumpels gefragt und die anderen haben **Hahaha** gemacht.

Casimir konnte auch nicht erkennen, welches Tier Cheyenne gemalt hatte.

„Ey, ist doch voll einfach!", hat Cheyenne gerufen und so mit ihrem Pinsel rumgefuchtelt, dass ein bisschen rote Farbe durch die Gegend geflogen und auf Casimirs Hose gelandet ist.
Zum Glück hat er das nicht gemerkt.

"Was hat denn wohl Hörner? Und so schwarzes Fell mit bisschen Weiß dran? Naaa?"

"Eine Kuh?"

← rot

spratz

😆 Da haben alle gelacht. Ich auch, übrigens. Aber nur aus Versehen. 😀 Hahaha! Höhö!

Kuh, so 'n Quatsch! Der hat ja wohl voll die spitzen, gefährlichen Zähne, guck doch mal!

Hmmm. Ein Tyrannosaurus Rex?

fuchtel

Hihi! Ha! Ha! Hahaha! Hohoho! Höhö! Hihihi! Hähä!

böser Blick →

Da mussten wir noch mehr lachen 😄 und Cheyenne hat mich ein bisschen böse angeguckt.

Aber ich kann ja nichts dafür, dass sie kein Bild von ihrem Tier mitgenommen hat, so als Vorlage, und deshalb keiner ihren Tasmanischen Teufel erkennen kann!

Cheyenne hat wieder mit ihrem Pinsel rumgewedelt, voll **wütend** irgendwie, und da hatte Casimir auch noch rote Punkte auf dem T-Shirt. Das hat ausgesehen wie **BLUT**.

Der lebt in der Hölle! Grrr! Na, weißt du jetzt, wer das ist?

Lumpi, der Höllenhund!

Und da haben wir alle so schrecklich gelacht, dass ich fast keine Luft mehr gekriegt hab.

Hihi! Ha! Ha! Hahaha! Hahaha! Haha! Hihihi! Hähä!

„Mann, ey! Das ist ein Tasmanischer Teufel!" „Ich dachte, der lebt auf Tasmanien."

hat einer von Casimirs Kumpels gesagt, und obwohl das gar nicht so witzig war, konnten wir nicht aufhören zu lachen. *Hahaha! Hihi! Ha! Ha! Hihihi! Ha! Hoho! Hähä!*

Cheyenne hat geschnaubt wie ein Pferd.

„Quatsch Tasmanien. Was soll'n das sein?" *Hahaha! Hihi!*

Und dann hat sie sich aus Versehen voll viel Rot auf ihr Kleid gemalt, weil sie versucht hat, mit dem Pinsel eine Mücke zu erwischen.

Gerade da ist Frau Kackert vorbeigekommen und hat sich auch vor Cheyennes Bild gestellt. Und erst mal gar nichts gesagt.

~~Ha! Ha! Hehe!~~ Da haben wir alle aufgehört zu lachen und auch <u>nichts</u> mehr gesagt.

Und Frau Kackert hat sich zu Cheyenne umgedreht und sie **streng** angeguckt.

> Du weißt, dass die Zensur für diese Arbeit sowohl in die Kunst-Note mit einfließt als auch in die Biologie-Note?

Cheyenne hat sie nur erschrocken angeguckt.

Ich glaub, sie hat nicht so genau verstanden, was Frau Kackert gesagt hat. So ganz genau hab ich es nämlich auch nicht verstanden.

Das Einzige, was hier geflossen ist, das war sowieso die rote Farbe. Und zwar an Cheyennes Bein runter. Weil sie ihren Pinsel nach unten gehalten hat.

Wir haben dann weitergemalt und ich hab versucht, Cheyenne aufzuheitern.

Aber sie hat immer nur so rumgeknurrt.

Da hab ich dann irgendwann auch nicht mehr mit ihr geredet und mich lieber auf meine Schildkröte konzentriert.

Die sah schon voll gut aus, fand ich.

Nachmittags bin ich bei uns auf den Dachboden geklettert. Und zwar, weil da ja vielleicht auch Fledermäuse wohnen.

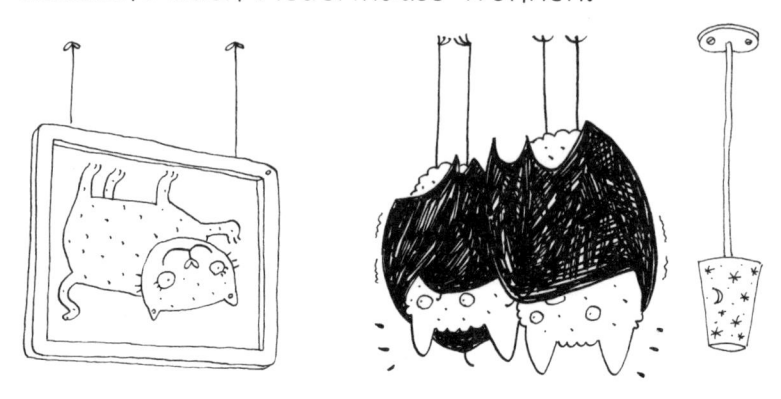

Mama musste mir die Klappe in der Decke mit einer Stange aufmachen und die Leiter runterziehen. Und dann bin ich da hochgestiegen.

Es war ganz schön dunkel, weil das Licht kaputt war, aber zum Glück hatte ich eine Stirnlampe auf. Und einen Fotoapparat hatte ich auch mit.

Damit ich tolle Fotos von den Fledermäusen machen kann, die ich dann in der Schule Cheyenne und Paul zeige.

Ein bisschen **GRUSELIG** war es schon auf dem Dachboden, weil da so viele dunkle Schatten waren. Überall standen Kartons rum und alte Stühle und ein Babybett.

Und irgendwelche komischen Sachen, die Mama bestimmt mal gekauft hat und bei denen ich gar nicht so genau wusste, was das überhaupt war.

Außerdem hat es manchmal so *geraschelt* und *geknistert*.

← Licht

Und zwar immer genau hinter mir, da, wo ich gerade **nicht** hingeleuchtet hab.

knister
raschel

Ich hab voll die **GÄNSEHAUT** gekriegt.

Aber trotzdem hab ich mit meiner Stirnlampe hinter die Dachbalken geleuchtet und in alle Ecken, in denen gut eine Fledermaus wohnen könnte. Leider hab ich keine gefunden.

Nur Spinnenweben.

Und Mäuseköddel.

Wahrscheinlich gibt's hier nur echte Mäuse, ohne Fleder.

Und da hat es schon wieder geknistert und mir ist NOCH GRUSELIGER zumute geworden,

knister

obwohl das ganz bestimmt nur eine Maus war.

Eine ganz normale Maus. Trotzdem wollte ich jetzt gern wieder runter vom Dachboden.

WAAAAAH!

Ich hab voll **GESCHRIEN**, weil da nämlich was

Großes

WAAAAH!

war ... auf unserem Dachboden!
Und es hat mich **angegriffen!**

Ich hab mich schnell hinter einem riesigen Frosch mit leuchtenden Augen versteckt, der früher mal im Garten gestanden hat. Der konnte Wasser spucken. Und dabei haben wir gar keinen Teich.

GRUNZ

SCHNAUF

Es waren zwei ... zwei große Tiere und die haben **GEGRUNZT** und **GESCHNAUFT** und ich dachte, was ist, wenn wir jetzt ... wenn wir jetzt **TASMANISCHE TEUFEL** bei uns auf dem Dachboden haben?

„**WAAAAH!**", hat der eine Teufel wieder gemacht und da hab ich erkannt, dass es Jakob war. Und der andere war Simon.

> **ICH BEICH DICH! IN DEN HALCH!**

Er konnte nicht so gut sprechen, weil er ein Plastik-Vampirgebiss im Mund hatte.

So eins, wie man auf dem Jahrmarkt immer gewinnt, wenn man Lose |LOS| zieht.

Jakob hatte auch eins.

> **Wir ghind die Vampirfledermäuche! WAAAH!**

sabber

*Diese oberdämlichen **Blödbrüder!***

Ich hab sie zur Seite geschubst und dann bin ich zur Bodenklappe gelaufen.

flitz

Ganz schnell bin ich die Stufen runtergesprungen.

Und dann hab ich die Leiter hochgeschoben

und mit der Stange die Klappe zugedrückt.

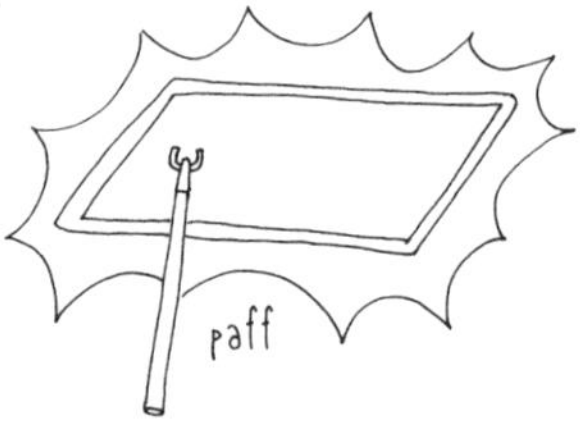

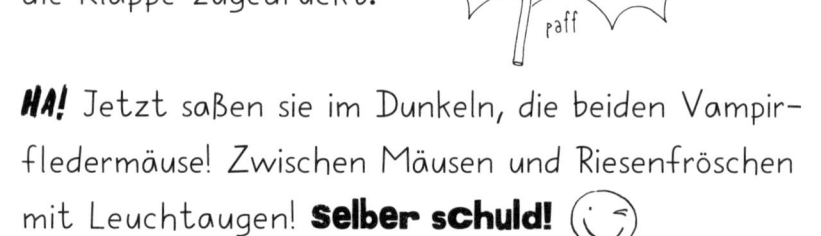

paff

HA! Jetzt saßen sie im Dunkeln, die beiden Vampirfledermäuse! Zwischen Mäusen und Riesenfröschen mit Leuchtaugen! **Selber schuld!**

Bloß leider haben sie so **RUMGESCHRIEN** und **GEHEULT**, dass Mama sofort gekommen ist und sie gerettet hat.

Und wer hat den ganzen **Ärger** gekriegt?

Natürlich mal wieder ich! **Typisch!**

Aber es hat sich trotzdem gelohnt, finde ich.
Weil, immer wenn die Jungs mal wieder blöd zu mir sind, kann ich sie
schissige Heulflederbabymäuse
nennen.
Oder so.

Das habt ihr jetzt davon, ihr **Blödbrüder!**

DIENSTAG, DER 17. JUNI

Heute hat Cheyenne zum Glück wieder mit mir geredet, als wir zusammen zum Bauzaun gegangen sind. Sie fand es total **lustig**, als ich ihr von Jakob und Simon und dem Dachboden erzählt hab.

Wir konnten fast nicht mehr aufhören zu lachen.

Aber als wir dann bei unseren Bildern angekommen sind, da haben wir nicht mehr gelacht.

Weil da nämlich voll die (weißen Streifen) auf der Schildkröte und dem Tasmanischen Teufel waren!

Die hatte jemand auf unsere Bilder gemalt!
Und zwar jemand, der ein Tier malt mit viel Weiß am Bauch!

BERENIKE! DAS KONNTE NUR BERENIKE GEMACHT HABEN!! DOPPELRACHE!!!
Ich hatte auch sofort voll die gute Idee, wie wir uns rächen konnten. Wozu hab ich schließlich eine **Schlangenbeschwörer**-Blockflöte?

Heimlich hab ich sie aus meiner Tasche gezogen und dann hab ich mich an Berenike rangeschlichen. Ich wollte nämlich ihren Pinsel **beschwören**. Weil er dem Panda dann bestimmt eine Schweinenase oder einen Elefantenrüssel oder so malt.

Und eine Brille.

Also hab ich angefangen zu flöten.

Aber irgendwie wollte sich
Berenikes Pinsel einfach
nicht **beschwören** lassen.

Und Berenike, die hat
sich nur umgedreht und
mich so angeguckt.
So mitleidig irgendwie.

Da bin ich noch viel **stinkiger** geworden und
hab DREIFACHRACHE geschworen!

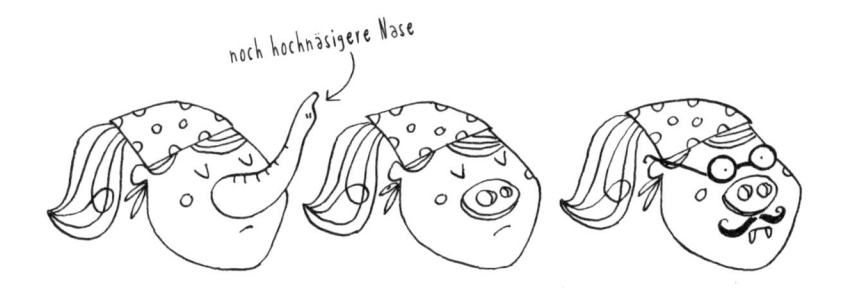

noch hochnäsigere Nase

Ich hab ganz tief Luft geholt
und ein paar
extrafiese
Töne gespielt. Und dann
ist doch noch was passiert.

Und zwar hat sich die Schildkröte auf meinem Bild in ihren Panzer verkrochen. Der Kopf und die Beine waren mit einem Mal verschwunden.

Da hab ich aufgehört zu spielen, aber sie sind trotzdem nicht mehr rausgekommen aus dem Panzer. Und dabei hatte ich da schon **so lange** dran gemalt! Der Kopf war schon **fast fertig** gewesen und die Beine auch **voll weit ...**

Jetzt musste ich alles noch mal machen!

Dabei sind so ein Schildkrötenkopf und Schildkrötenbeine fast noch schwerer zu malen als der Panzer, weil die ja so fleckig und schuppig sind!

„Rache!", hab ich Cheyenne zugeflüstert, damit Emma und Berenike nichts hören.

> Rache für meine Schildkröte!

> Und für den Tasmanischen Teufel!

hat Cheyenne zurückgeflüstert und dem Teufel so Stacheln an die Arme gemalt. Und zwar, weil er ja besonders gut aussehen sollte. Schließlich fließt er in die Kunst-Note mit ein. Und in die Biologie-Note.

Allerdings hatte Cheyenne schon wieder kein Foto von ihrem Tasmanischen Teufel mitgenommen und deshalb wusste sie nicht mehr so genau, wie er aussieht.

Sie hatte ihn ja bloß einmal gesehen, in Papas Computer.

Aber das war uns beiden gerade ziemlich egal. Weil wir nämlich heimlich überlegt haben, wie wir uns an Berenike rächen können!

Wir haben immer so hin und her geflüstert und zwischendurch haben wir mal ein paar Mücken gehauen, die uns gestochen haben.

Und dann mussten wir wieder kichern, weil wir so gute Ideen hatten. Nämlich:

☠ Wir legen Berenike ein ausgestorbenes Tier in ihre Schultasche. Zum Beispiel eine tote Ratte.

müffel

Ratte

☠ Wir sammeln ganz viele Hundehaufen in einem Eimer und kippen ihn unterm Po vom Panda aus.

iiiiih!

☠ Wir kommen abends noch mal allein hierher und malen dem Panda einen BH.
Und Stöckelschuhe.
Und so einen Knutschmund.
Und eine Brille.

☠ Wir verkleiden uns voll gut, damit keiner uns erkennt, und erschrecken Berenike. Wenn sie zum Beispiel mit dem Fahrrad zum Reitstall fahren will, dann springen wir aus den Büschen und machen „**WAAAAH!**", und zwar mit den Vampirzähnen von Jakob und Simon.

Wir konnten kaum noch malen, weil wir so viel lachen mussten, Cheyenne und ich.

Deshalb sind wir auch nicht fertig geworden und müssen morgen noch mal wiederkommen. Und zwar, wenn die anderen Kunst haben.

Aber das ist nicht so schlimm, weil wir in Kunst gerade sowieso Bilder malen müssen, die aussehen wie Paul Klee.

Das war ein Maler, aber der ist schon lange tot.

Und der hat immer nur so kleine Dreiecke und Vierecke gemalt. Das ist voll anstrengend und auch ein bisschen langweilig.

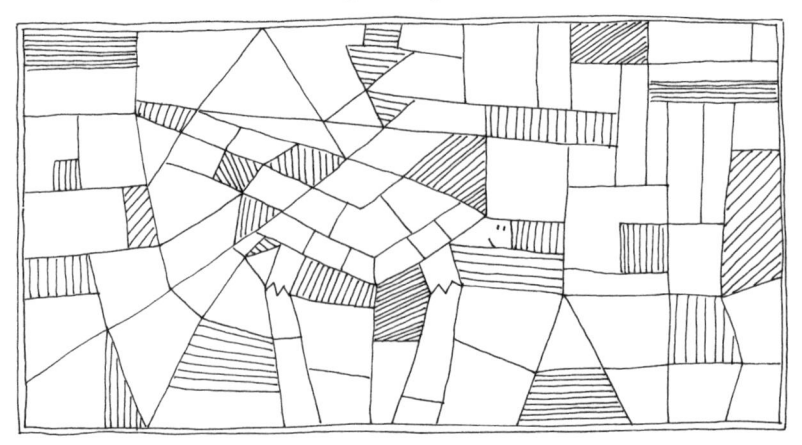

Deswegen freu ich mich total, dass ich morgen die beste Schildkröte der Welt zu Ende malen kann!

MITTWOCH, DER 18. JUNI

Cheyenne und ich hatten voll gute Laune, als wir heute zu der Baustelle mit dem Bauzaun gegangen sind. Und zwar, weil:

☺ wir keine Dreiecke und Vierecke malen mussten, sondern richtige Tiere (obwohl Cheyennes Teufel nicht wirklich aussieht wie ein echtes Tier),

☺ bloß noch drei andere mit dabei waren, die noch fertig malen mussten, und KEINER von ihnen war ein **LÄMMER-GIRL**,

☺ und Frau Kackert nicht mitgekommen ist, um auf uns aufzupassen, sondern nur so ein Bio-Referendar. Der hieß Herr Hering. ☺

Den ganzen Weg lang haben wir gelacht und gelacht, Cheyenne und ich. Und zwar, weil einer aus unserer Klasse einen Heringshai auf seine Briefmarke gemalt hat, mit so **GRUSELIGEN** Augen.

Da muss Herr Hering aber aufpassen. Dass der Hai ihn nicht frisst, und dann stirbt er auch aus!

Cheyenne konnte kaum laufen vor Lachen, aber Herr Hering hat so getan, als ob er gar nichts mitkriegt. Er hat immer nur die Vögel angelächelt mit seiner Lehrerfrisur und dem gelben Pullunder.

„Voll das Weichei, wetten?" hat Cheyenne gekichert und da musste ich schon wieder lachen.

Aber dann ist uns das Lachen vergangen. Weil da nämlich lauter weiße Streifen auf unseren Bildern waren. **Schon wieder!**

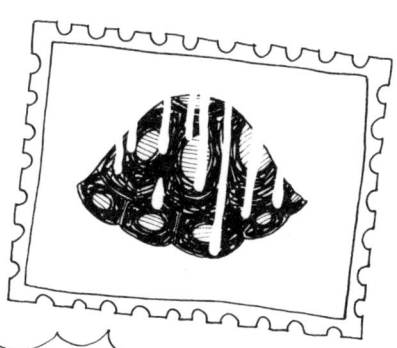

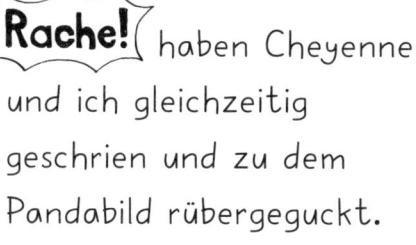

„Rache!" haben Cheyenne und ich gleichzeitig geschrien und zu dem Pandabild rübergeguckt.

Der Panda hat zurückgeguckt und irgendwie so nett gelächelt.

Aber wir hatten trotzdem
kein Mitleid mit ihm.

Jetzt muss er dran glauben, der Panda.

Aber so was von, ey!

Aber genau in dem Moment ist Cheyenne was auf den Kopf geklatscht.

Und zwar weiße Farbe.

Die ist von oben gekommen.

Und als wir hochgeguckt haben, da haben wir gesehen, dass in dem Baum über uns lauter schwarze Vögel saßen. Krähen oder Raben oder so.

Und die haben runtergekackt!

IIIIH! hat Cheyenne geschrien und versucht, die Kacke wegzuwischen.

Aber es wurde nur noch schlimmer.

Schmieriger irgendwie. Und außerdem hatte sie danach auch noch rote Farbe in ihren Haaren. Weil sie nämlich schon ihren Pinsel in der Hand hatte.

rot-weiß

Da hatten wir erst mal **schlechte Laune** und haben versucht, die Vogelkacke von unseren Bildern runterzukriegen.

Die Streifen, die schon trocken waren, gingen ganz gut ab. Aber einer war noch ganz saftig.

Ich hab echt vorsichtig gewischt, aber trotzdem hat der Schildkrötenpanzer danach überhaupt nicht mehr schön ausgesehen!

Und dann hat mich auch noch so eine blöde Mücke gestochen. In den Arm.

Da hab ich gegen den dämlichen Bauzaun mit den bescheuerten Briefmarken getreten und den Pinsel auf den Boden geschmissen.

Und bin draufgetreten.

wamm wamm

Und dann hab ich mal geguckt, wie Cheyenne die Vogelkacke abkriegt von ihrem Bild.

Cheyenne hat die weißen Streifen einfach mit ganz viel Schwarz übermalt.

Aber das kann ich ja nicht, weil so ein Schildkrötenpanzer voll viel Muster hat, und das sieht man dann ja gar nicht mehr!

Also echt, so was von gemein!

GRRRRRRRRR!

Erst mal hab ich Emmas Tiger angeschrien, dass er **total doof aussieht.**

Aber das sieht er ja auch. Weil Emma ihm nämlich so Schielaugen ⊙⊙ gemalt hat.

krähkrähkräh

chchchchhh!

Dann hab ich auch noch die Krähen angeschrien.

kräh

Und zwar, weil die die ganze Zeit so **nervig** rumgekräht haben, da oben in ihrem Baum.

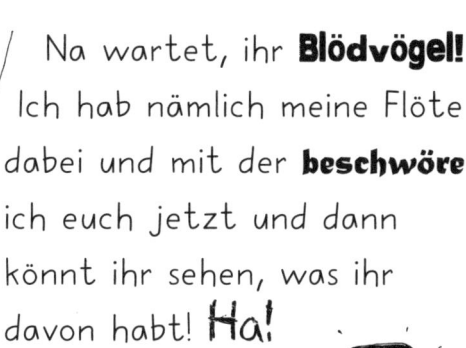

Na wartet, ihr **Blödvögel!** Ich hab nämlich meine Flöte dabei und mit der **beschwöre** ich euch jetzt und dann könnt ihr sehen, was ihr davon habt! Ha!

Und Herr Hering auch! Der guckt nämlich schon die ganze Zeit **so doof!**

Diesmal hab ich mir beim Flöten auch gar nicht so viel Mühe gegeben wie sonst.

FUUUP!

Ich hab einfach nur volle Kanne reingeblasen und es hat sich echt **ohrenschmerzig** angehört. So wie in dem Film, den ich mal geguckt hab. Da, wo die **Titanic** untergegangen ist.

Und natürlich ist schon wieder was passiert.

Die Krähen haben nämlich voll den **SCHRECK** gekriegt und sind alle zusammen losgeflogen. Dabei haben sie gekräht wie verrückt.

Außerdem haben sie alle noch mal was fallen gelassen. Die Vogelkacke ist auf uns runtergeklatscht wie Regen.

Dann waren die Krähen weg und wir haben uns angeguckt, Cheyenne und ich.

Sie war voller weißer Streifen und Kleckse und ich auch und unsere Bilder auch.

Die anderen Bilder nicht.

Emmas Tiger hatte keinen einzigen Kleckser abgekriegt und Berenikes Panda auch nicht.

Fast hätte ich wieder losgeschrien, aber da hat Cheyenne angefangen zu lachen. HA! HA! HA!
Sie hat einfach gelacht und gelacht und da konnte ich auch nicht mehr wütend sein.

schnüff

Bloß noch so ein bisschen traurig, weil mein Schildkrötenbild jetzt wohl endgültig **kaputt** war.

Ist doch egal, Mann! Am Samstag hast du Geburtstag und da fahren wir in den Zoo und können echte Tiere gucken. Die sind viel cooler als die oberpupsdämlichen Briefmarkenviecher!

pups

Und da ging es mir gleich viel besser.

Weil das ja stimmt:
An meinem Geburtstag fahren wir in den Zoo ...

MEIN GEBURTSTAG im Zoo

← echtes Tier

Juchhu!

und meine aller-allerbeste Freundin Cheyenne kommt mit!

verkackte Frisur →

beschissener Pullunder (gelb) →

"Was ist denn hier los?" hat da plötzlich Herr Hering gefragt, der mit einem Mal hinter uns stand. Er hat versucht, **streng** zu gucken, aber dabei hat er voll **komisch** ausgesehen.

Und zwar, weil er auch was abgekriegt hat von der Vogelkacke. Nämlich auf seinem gelben Pullunder und auf der Lehrerfrisur.

HA! HA! HA!

Da musste ich so lachen, dass ich überhaupt kein bisschen böse mehr sein konnte.

bsss

Und das, obwohl mich schon wieder eine Mücke gestochen hat.

Ich freue mich sooo auf SAMSTAG!!!

DONNERSTAG, DER 19. JUNI

Heute Nacht hatte ich voll den **gruseligen** Traum. Ich hab einen Heringshai gemalt, der hatte einen gelben Pullunder an.

Dann hat's plötzlich angefangen zu regnen, und zwar lauter bunte Farbtropfen.

Und als es fertig geregnet hatte, war da plötzlich kein Hai mehr auf meinem Bild drauf, sondern **Herr Hering.**

Und der hat sich sogar noch bewegt, obwohl er aus lauter Dreiecken und Vierecken zusammengesetzt war, wie **Paul Klee!**
Dabei ist Paul Klee doch schon ewig lange **tot!**

SAMSTAG, DER 21. JUNI!!!

JAAA!

MEIN GEBURTSTAG!

Endlich!

Obwohl Samstag war, bin ich ganz früh aufgestanden. Ich wollte meine Brüder wecken, damit sie Lärm machen. Weil die ja immer Lärm machen, wenn sie wach sind. Und dann stehen Mama und Papa auch auf.

MAMA!

Allerdings hab ich selbst Lärm gemacht.

Ich bin nämlich über Heesters, die Schildkröte, gestolpert.

← Heesters

Die lag mal wieder im Flur rum.

rumms!

Dabei bin ich gegen die Wand gedonnert, wo zufällig gerade ein Bild hing. So eins mit einem Kunstwerk drauf.

Das ist leider runtergefallen und kaputtgegangen.

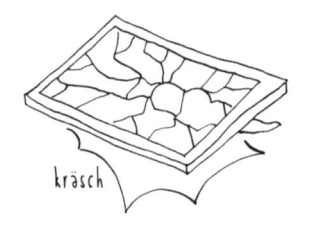

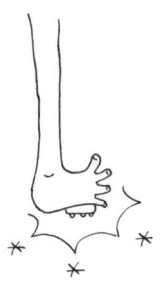

kräsch

Und dann bin ich auch noch auf einen Legostein oder so getreten. Barfuß.

AUA!

Da hab ich voll geschrien:

Also, Heesters muss sich echt nicht wundern, wenn der ausstirbt!

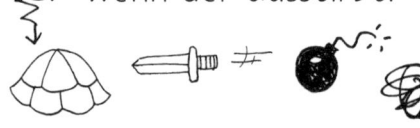

Danach waren alle wach und haben mir gratuliert und ich durfte meine Geschenke auspacken!

Glückwunsch

gähn

Boah, war ich aufgeregt!

Ich hab auch total **schöne Sachen** bekommen, nämlich

ein neues Fahrrad

und einen Badeanzug

und einen Kasten Urzeit-Krebse zum Selberzüchten.

Juchhu!

Aber ein paar **komische Sachen** waren auch wieder dabei.
Mama hat mir nämlich ein Insektenhotel gekauft — obwohl ich doch einen Fledermauskasten haben wollte!

Ich hab sie erst mal gefragt, was das eigentlich ist, und da hat sie gesagt, damit kann man Insekten ein Zuhause geben.

> Das ist doch fast das Gleiche wie ein Fledermauskasten. Beides dient dem Tierschutz.

Das finde ich aber nicht. Und zwar, weil ich Insekten nicht so gerne mag.

Ich hab aber nichts gesagt und nur meine Mückenstiche gekratzt.

Außerdem hab ich eine Tierpatenschaft gekriegt. Die hab ich mir auch gewünscht. Allerdings wollte ich gern eine Tierpatenschaft für das süße Orang-Utan-Baby Momo haben, das ich im Internet gesehen habe.

Da hätten Mama und Papa dann jeden Monat ein bisschen Geld bezahlt, damit es **Momo** gut geht. Und ich hätte mir ein Bild von **Momo** 🖤 über meinem Bett aufgehängt.

Stattdessen hab ich eine Tierpatenschaft für eine Kihansi-Gischtkröte gekriegt. Und von der häng ich mir bestimmt kein Bild übers Bett!

Das war übrigens Papas Idee. Das mit der Kröte, mein ich. Er hat gesagt, dass er extra ein Tier gewählt hat, das **nicht so niedlich** aussieht. 😑

Damit du lernst, dass jedes Tier schützenswert ist und wichtig für das Gleichgewicht in der Natur.

Mann, Papa! 😑

Danke hab ich gemurmelt und hab mir das Bild von Hansi, der Gichtkröte, 😝 angeguckt.
Und Hansi hat so glubschig zurückgeguckt.

← glubsch

Nee, echt, der kommt mir **nicht** übers Bett.

iiih!

Anschließend haben wir Erdbeerkuchen gegessen und währenddessen kam auch schon Cheyenne und hat mitgegessen.

zum Glück echte Erdbeeren

Farbe (rot)

Zwei Stück Kuchen hat sie geschafft. Sie hatte noch ein bisschen Farbe in den Haaren, aber die Vogelkacke war weg.

Und dann sind wir losgefahren, in den

Hurra!

ZOO

Es war ganz schön eng hinten im Auto, weil wir ja vier waren.

Aber wenigstens haben sich meine **Blödbrüder** nicht gestritten oder gekloppt. Cheyenne saß nämlich zwischen ihnen und die haut volle Kanone zurück, wenn sie was abkriegt.

Die Jungs haben nur von den Waffen erzählt, die sie mitgenommen haben. Und zwar, dass das Tierbetäubungspistolen sind, die sie brauchen, wenn sie von einem Löwen oder einem Tiger angegriffen werden.

Mit so Gummipfeilen.

Da hat Cheyenne die Jungs trotzdem gehauen, und gesagt, dass sie voll die **Tierquäler** sind.

Danach waren Jakob und Simon ziemlich still. Ich finde, wir sollten Cheyenne viel öfters mitnehmen, wenn wir Auto fahren.

Aber dann hat sie mich auch gehauen und zwar, weil ich so **kribbelig** war, dass ich die ganze Zeit **rumgezappelt** hab.

Dabei war Cheyenne **auch total aufgeregt** und ist immer so ᵃᵘᶠ und ₐᵦ gehüpft. Und gesungen hat sie auch noch dabei.

Papa hat rumgestöhnt und ab und zu hat er so was gemurmelt wie „… wirklich das allerletzte Mal …" oder „… bloß nie wieder …".

Und dann hat er auch noch geschimpft, weil er abbiegen musste und rechts nichts sehen konnte. Mamas **riesiger** Sonnenhut war nämlich im Weg.

Die Fahrt hat echt l a n g e gedauert. Irgendwann hat Jakob gesagt, dass er mal muss, und Simon hatte Durst und Cheyenne hat gefragt, ob wir auch was zu essen mithaben.

Da hab ich gedacht, dass ich vielleicht zur Beruhigung ein bisschen **Schlangenbeschwörermusik** spielen könnte. Aber ich hatte kaum angefangen, in meine Flöte zu pusten, da haben alle nur noch geschrien. Aufhören und so was.

Pöh! Dann eben nicht!

Endlich sind wir im Zoo angekommen und haben Eintrittskarten gekauft.

Die waren ganz schön teuer. Papa hat rumgejammert, dass er nicht vorhatte, den ganzen Zoo zu kaufen, und

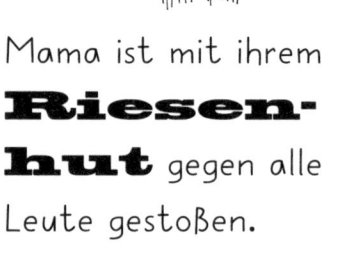

Mama ist mit ihrem **Riesenhut** gegen alle Leute gestoßen.

Bei mir auf der Eintrittskarte war eine Vogelspinne drauf und bei Cheyenne ein Gorillababy.

Ich hab sie gefragt, ob wir tauschen. Schließlich war das ja mein Geburtstag!

Aber sie wollte einfach nicht!
UNFAIR!
Trotzdem hatte ich keine Lust, böse auf sie zu sein, weil

⭐ das **Wetter** schön war

⭐ und ich **Geburtstag** hatte

⭐ und wir waren im **Zoo!**

Außerdem mussten wir ja was **Wichtiges** erledigen, Cheyenne und ich.

Mission: Tiere

Wir mussten nämlich aufpassen, dass alle Tiere artgerecht gehalten und gut gepflegt werden und nicht vom Aussterben bedroht sind!
Weil wir uns ja jetzt echt gut auskennen damit.

Zum Beispiel haben wir einen Mann gesehen, der hat so in den Beeten rumgeharkt. Da hab ich dem erst mal erzählt, dass er lieber nach den Nashörnern gucken soll. Weil es total **oberfiese** Menschen gibt, die denen einfach die Hörner abschneiden, um sie zu verkaufen.

Dann haben wir gesehen, dass Jakob und Simon auf so einer Hängebrücke waren. Und da haben wir uns rangeschlichen, jeder von einer Seite.

Und als wir auf der Brücke waren, haben wir ganz doll geschaukelt und die Jungs haben gebrüllt. Sie haben sogar vergessen, uns mit den Betäubungspistolen abzuschießen.

WAAAAA! WAAAAA!

Papa hat gesagt, wir sollen uns lieber die Giraffen angucken, dazu wären wir nämlich im Zoo, und da haben wir Giraffen angeguckt.

WAAAAA!

Sie sind so riesig und haben lange blaue Zungen und Jakob und Simon hatten voll Angst, **die Schisser!** 😊

blau

Sind die auch vom Aussterben bedroht?

hat Jakob gefragt und sich ein bisschen hinter Mama versteckt.

„Nee, ich glaub nicht", hab ich gesagt und da hat Simon gesagt, dann kann er sie ja abknallen mit seiner Tierbetäubungspistole.

Der Blöde! Cheyenne und ich haben uns beide auf ihn gestürzt.

Wir haben ihn auf den Boden geworfen
und seine Finger auseinandergebogen,
damit er die Pistole loslässt.

WAAAAA!

Simon hat **gebrüllt**

und Mama hat **geschimpft**

und Papa hat **gegrollt**
wie ein Tiger und sich
an den Kopf gefasst.

Aber das war uns
egal, Cheyenne
und mir.

Und zwar, weil wir schon wieder
ein Tier gerettet hatten!

Dann sind wir
zu den Affen
gegangen.

Auf dem Weg hat Cheyenne mich gefragt, ob man hier wohl auch mal ein Eis 🍦 kriegt, aber es war ja noch nicht mal Mittag.

Die Affen waren Schimpansen und sie haben auf so einer Insel gewohnt. Deshalb war da auch kein hoher Zaun, sondern nur ein Wassergraben.

Simon hatte voll die **Angst**, dass die Schimpansen zu uns rübergepaddelt kommen und ihn dann beißen.

Aber die haben bloß gespielt, die Schimpansen, und haben dabei total süß ausgesehen!

Da waren nämlich auch ein paar ganz kleine dabei.

Sie haben mit einem Reifen gespielt

und einige haben sich geschubst und sind rumgekugelt.

„Die kämpfen!", hat Jakob geflüstert und schon mal seine Pistole gezogen.

Die sind gefährlich!

Da hat Mama die Jungs in ihre Arme genommen und hat gesagt, keinem von uns kann irgendwas passieren.

Aber genau in dem Moment hat es ein bisschen geweht und da ist ihr riesiger Hut weggeflogen und rüber auf die Insel zu den Schimpansen.

Die haben aufgehört mit Spielen und erst mal nur geguckt.

Dann haben sie sich alle auf den Hut gestürzt und daran gezogen. Von allen Seiten.

kreisch!

RUPF! kreisch! ratsch ritsch FETZ!

Es hat nicht mal eine Minute gedauert und von dem Hut waren bloß noch so kleine Fetzen übrig.

Die ganzen Leute, die am Wassergraben standen, haben gelacht und gelacht, aber Mama hat nur mit so großen Augen zu den Affen rübergestarrt und nichts gesagt.

Da hab ich lieber auch nichts gesagt. Aber dann hab ich Papa gesehen.

chchhmpf

Der hat ausgesehen, als würde er gleich platzen. Weil er nämlich versucht hat, nicht zu lachen.

Da musste ich doch losprusten und danach konnte er auch nicht mehr ernst bleiben.

HA! HA! Ha! Ha!

Ihr findet das wohl komisch, was? hat Mama gesagt und ein ziemlich beleidigtes Gesicht gemacht. Und dann hat sie noch gesagt, dass der Hut ganz neu war und aus indischem Hanf geflochten, und über dreißig Euro hat er auch gekostet.

HA! HA! Ha! Ha! Hahaha!

Aber das konnten wir kaum verstehen, weil wir alle so lachen mussten.

Danach wurde es allerdings ernst, weil wir zum Tiger gegangen sind.
Und der Tiger ist ja **VOM AUSSTERBEN BEDROHT!**

← Affen   Tiger →

Im Tigergehege waren zwei Tiger und zuerst haben wir gedacht, die sind schon ausgestorben.

chrrr

Weil die sich <u>nicht bewegt</u> haben.

Jakob und Simon haben aber trotzdem mit ihren Betäubungspistolen auf die Tiger gezielt.
Vorsichtshalber.

Tiger →

Und zwar, weil man bei Tigern ja nie weiß.

ZACK

Dann hat ein Tiger so mit dem Ohr gezuckt und da hat Jakob einen Gummipfeil abgeschossen.
Allerdings bloß aus Versehen. plöpp
Weil er nämlich voll den **SCHRECK** gekriegt hat.

Mama und Papa haben aber trotzdem **geschimpft**.

Und Cheyenne und ich auch,
weil wir die Tiger ja schützen müssen.

Tiger

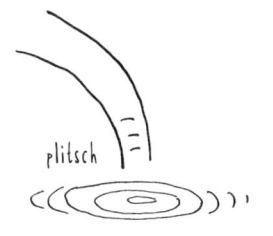

Dabei ist der Pfeil gar nicht bis zu den Tigern geflogen. Er ist nämlich schon vorher im Wassergraben untergegangen.

Und da hat Jakob geheult, weil sein Pfeil weg war.

Aber dann ist was passiert.

Und zwar kam ein Tierpfleger vorbei. Der hatte einen Eimer und in dem war Fleisch.

Das hat ganz schön **eklig** ausgesehen. Cheyenne hat sich geschüttelt und dann hat sie sich vor den Pfleger gestellt, so mit den Händen in den Seiten.

Sie hat ihn böse angeguckt und gefragt, warum die Tiger keine anständigen Frikadellen und Würstchen und so kriegen.

> Die brauchen richtiges Essen, ey! Sie wissen wohl nicht, dass die vom Aussterben bedroht sind, die Tiger!

fuchtel

Also, Cheyenne ist echt mutig, finde ich. Und eine voll gute Tierschützerin.

Aber der Tierpfleger, der hat sie bloß so komisch angeguckt. So, als ob er sie nicht versteht.

Er hatte einen Haken und damit hat er große Fleischstücke → aus dem Eimer gefischt und rübergeworfen zu den Tigern.

Tiger

Und da sind die Tiger aufgesprungen und haben sich auf das Fleisch gestürzt. Dabei haben sie total gefährlich gegrollt. Wahrscheinlich, weil sie das auch nicht lecker fanden, so mit dem ganzen **BLUT** dran.

GRRRRR

← iiih!

plöpp

Vor lauter Schreck hat Simon aus Versehen einen Gummipfeil abgeschossen.

Und zwar in den Wassergraben.

plitsch

Da hat er auch geheult.

In der Zwischenzeit hab ich mir so gedacht, dass ich auch was tun muss, um die Tiger zu retten.

Ich hoffe, das ist kein Schildkrötenfleisch, weil Schildkröten nämlich vom Aussterben bedroht sind.

Und auch kein Tasmanisches Teufelfleisch. Und kein Pandafleisch!

Und kein Heringshaifleisch! Und kein Fledermausfleisch!

Ich wollte noch viel mehr zu dem Tierpfleger sagen, aber da hat Papa mich am Ärmel weggezogen von den Tigern. Und Cheyenne auch.

Cheyenne hat bloß noch:
Und kein Rüsselhündchenfleisch!
über ihre Schulter gerufen.

← Papa

Danach haben wir uns angeguckt, Cheyenne und ich. Und zwar so ein bisschen stolz. Weil wir nämlich schon wieder was Gutes für den Tierschutz getan hatten!

Tiere

Anschließend haben wir erst mal Picknick gemacht. Wir haben uns einen schönen Tisch gesucht mit Blick auf die Elefanten und Mama hat lauter leckere Happen ausgepackt.

Allerdings waren da auch viele **indische Sachen** dabei, zum Beispiel **Papadam**.

Das sind so große Chips und die kann man in Soßen eindippen, die **Mango-Pickel** oder so heißen.

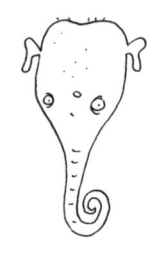

Aber das hat voll gut gepasst mit dem **indischen Essen**, und zwar, weil das ja auch **indische Elefanten** waren.

Bloß Cheyenne, die hat mich unter dem Tisch angestupst. Und dann hat sie mich gefragt, ob wir keine BiFis dabeihaben. Und Cräcker mit Pizzageschmack.

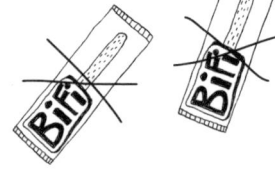

Da hab ich ihr einen **Haldiram-Yufka-Samosa**  gegeben und den mochte sie auch. Obwohl der mit grünen  Kichererbsen, Chili  und Aprikosenmarmelade 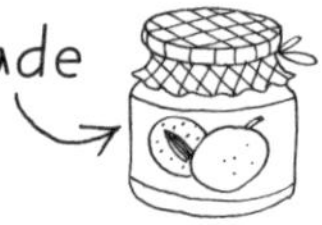 oder so war. Und ein bisschen Seife  war da auch drin, glaub ich.

Es hat total lecker geschmeckt, weil wir draußen waren und beim Essen **Elefanten** sehen konnten und weil ich **Geburtstag** hatte!

Bloß die Jungs, die haben immer so zu den Elefanten rübergeguckt und rumgemeckert. Jakob hat gesagt, dass die total stinken, die Elefanten, und Simon hat gesagt, die sollen nicht immer so viel Pipi machen beim Essen, sonst kriegt er nichts mehr runter.

Danach sind wir noch in so einen Laden gegangen, in dem es total **indisch** gerochen hat.

Und es gab Elefanten und Tiger und Schlangen zu kaufen — als Stofftiere.

Und sogar **indische Flöten!**

Mama hat sich einen neuen Hut gekauft und die Jungs haben geheult, weil sie <u>keine</u> Klapperschlangen aus Holz gekriegt haben.

Papa ist solange draußen geblieben.

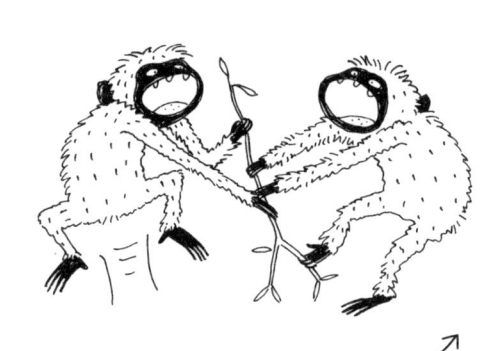

Weil er die (Hanuman-Languren) anschauen wollte, hat er gesagt. Das sind so Affen.
Schließlich sind wir ja im Zoo.

Aber ich glaub, er wollte bloß kein Geld ausgeben für Klapperschlangen und Räucherstäbchen und Glitzerpunkte, die man sich auf die Stirn kleben kann.

Cheyenne hat drei dicke Armreifen auf einmal anprobiert, die waren gold mit bunt.

"Ich hätte jetzt voll Hunger auf ein Eis" hat sie dann gesagt und so mit den Armreifen rumgeklimpert.

Dabei hat sie in die Richtung von der Eistruhe geguckt.

Aber Mama war gerade beschäftigt und hat sie nicht gehört. Sie konnte sich nämlich nicht entscheiden, welche Sorte von Glitzerpunkten sie kaufen sollte.

Solche, die man sich an die Stirn kleben kann, mein ich.

Dann sind wir wieder rausgegangen aus dem Laden. Und haben uns die Kamele angeguckt.

Und so verschiedene Hirsche.
Und danach haben wir ein Eis gekriegt.

Und dann sind wir zu einer Riesenschildkröte gekommen. Die war ganz allein in ihrem Gehege.

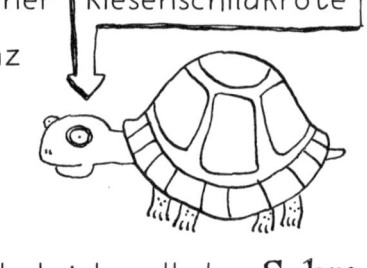

Da hab ich voll den **Schreck** gekriegt, weil ich gedacht hab, dass alle ihre Freunde schon ausgestorben sind.

Aber wenigstens hatte die Schildkröte genug zu essen. Da lagen nämlich Möhren rum und Salat.

Aber leider war kein Tierpfleger da, den man mal fragen konnte, warum da keine andere Schildkröte ist.

Bei den Kängurus war aber eine Frau, die hat gerade die Känguruknödel weggemacht. Ich hab sie gefragt, ob die Kängurus auch vom Aussterben bedroht sind, und da ist sie vorne an den Zaun gekommen. „Um Himmels willen, nein", hat sie gesagt und sich so über die Stirn gewischt.

> Die Viecher sind eine regelrechte Plage! In Australien werden die schon abgeschossen, weil die alles kahl fressen.

Da haben Jakob und Simon losgeheult wie die Indianer und mit ihren Betäubungspistolen auf die Kängurus gezielt.

UWUWUWUWU

Känguru ⟶

Die Frau hat einen Schreck gekriegt und Mama hat geschimpft und Papa hat ihnen die Pistolen weggenommen und gesagt, mit Pistolen schießt man nicht auf Tiere und die kriegen sie erst zu Hause wieder.

Tja, selber schuld, **ihr BlödbrüDer!** Das habt ihr jetzt von eurem Rumgeballere!

Und dann sind wir nach Hause gefahren. Ich war plötzlich ganz schön müde und die anderen wohl auch. Auf jeden Fall war es ziemlich still im Auto. Viel stiller als sonst. Bloß die Jungs haben ab und zu mal ein bisschen **rumgemault**, wegen ihrer Betäubungspistolen.

Aber ich hatte so ein Gefühl im Bauch, so ein *gutes* ... ich hab Cheyenne angeguckt und sie hat zurückgeguckt und hat dabei gelächelt. Ich glaub, sie hatte auch so **EIN GUTES GEFÜHL**. Nämlich das Gefühl, dass wir heute ganz schön viele Tiere **VORM AUSSTERBEN** ~~BEDROHT~~ **GERETTET** haben!

Und das fühlt sich echt toll an!

Alice Pantermüller
Poldi und Partner

Als Hörbuch bei Arena audio

978-3-401-60274-5

Immer dem Nager nach

Großalarm in Tommis Tierparadies: Meerschweinchen Poldi wird verkauft und muss zu den Menschen ziehen – und die sind böse, ganz schön böse! Um Poldi vor dem sicheren Niedergang zu retten, folgen ihm seine Freunde Mimi, Harro, Parker, Bibo und Serafine kurzerhand in die Wildnis der Stadt! Doch wo steckt der Nager nur?

978-3-401-60302-5

Ein Pinguin geht baden

Platsch! Meerschweinchen Poldi traut seinen Augen nicht: Plötzlich schwimmt da ein flauschiges Etwas in der Badewanne neben seinem Gehege. Wo im Himmel kommt das kleine Tier nur her? Das kleine Ding kommt bestimmt aus dem Dschungel! Und dahin müssen Poldi und seine Partner es unbedingt zurückbringen. Doch das ist gar nicht so einfach…

978-3-401-60416-9

Alpaka ahoi!

„Heilige Pachamama!" Wie sind Poldi und seine Partner denn da schon wieder reingeraten? Eigentlich wollten sie nur Herrchen Tommi dabei helfen, ein paar Tiere zu retten. Und dann treiben sie plötzlich in Gesellschaft eines Alpakas mitten auf dem Wasser. Zum Glück hat ihr neuer Freund Orlando ein klares Ziel: nach Südamerika soll es gehen, denn da erwartet die Freunde ein großer Schatz! Dann mal ahoi!

Arena

Jeder Band:
Gebunden
Mit Illustrationen von Julian Meyer
www.arena-verlag.de

Berenike von Bödecker

Casimir von Bödecker

der coolste Junge auf dem Schulhof (findet Cheyenne)

geht in meine Klasse → Bruder von
→ ist total hochnäsig

die Bande von Berenike →
die ~~Glamour-Girls~~
LÄMMER

guckt immer gerne streng über ihre Brille

Emma, Hannah, Liv-Grete

← unsere Klassenlehrerin

Frau Kackert

Herr Hering

← so ein Bio-Referendar

meine Blödbrüder →

Jakob und Simon Petermann

schleichige Vampirfledermaus →

Zwillinge nämlich